NOUVELLE BABEL

Michel Bussi

NOUVELLE BABEL

Roman

Les Presses de la Cité

Extrait p. 242
Jacques Prévert, *Les Enfants du paradis* © Éditions Gallimard.
Extrait p. 437
Paul Fort, « La Ronde » dans *Ballades françaises*, © Flammarion, 1922.

© Michel Bussi et Les Presses de la Cité, 2022
92, avenue de France – 75013 Paris
ISBN 978-2-258-20032-6
Dépôt légal : février 2022

Michel Bussi

À quarante ans, en 2006, géographe universitaire de renom, Michel Bussi publie son premier roman, *Code Lupin*. Mais c'est *Nymphéas noirs*, polar le plus primé en 2011, devenu aujourd'hui un classique, qui le fait remarquer par un large public.

Il atteint en quelques années le podium des auteurs préférés des Français, et se hisse à la première place des auteurs de polars. Un genre qu'il a su revisiter à sa façon avec toujours la promesse d'un twist renversant.

Consacré par le prix Maison de la Presse pour *Un avion sans elle* en 2012, il a reçu depuis de nombreuses récompenses. Tous ses romans ont paru en version poche aux éditions Pocket, trois d'entre eux ont été adaptés avec succès à la télévision, la plupart sont adaptés ou en cours d'adaptation en bandes dessinées, et ses droits cédés dans trente-sept pays.

Si le romancier se distingue par son art du twist, il pose aussi sur la société un regard juste, personnel, profond. Et sans jamais oublier l'humour, il sait partager avec ses lecteurs le plaisir de la culture populaire, notamment musicale. « Sans une bonne mélodie, même les plus belles paroles d'une chanson ne procureront jamais d'émotion. L'intrigue de mes romans, c'est ma mélodie. »

Retrouvez toute l'actualité de l'auteur sur son site
www.michel-bussi.fr
et sur sa page Facebook, son compte Twitter et Instagram

À la Terre entière

Le territoire est Janus, précieux et dangereux. Manquer de repères, d'ancrages, de prise, est risquer de perdre son identité ; cela fait des moutons, des prophètes, des démagogues et des risque-tout. À l'inverse, s'accrocher aux racines et au pré carré natal pour n'exister que par et dans le groupe territorial, pur de toute intrusion, fait les haines et les guerres tribales. Le résultat est le même, toujours inquiétant.

Roger Brunet, *Mondes nouveaux,*
Géographie universelle, 1990

Note aux lecteurs

Aussi étranges, inattendus ou effrayants qu'ils soient, tous les lieux évoqués dans ce roman existent. J'ai essayé d'en proposer une description la plus précise possible.

Bon voyage ! Pour vous téléporter, il suffit de tourner la page...

PARTIE I
MONDES LOINTAINS

Une seule Terre, un seul peuple, une seule langue [...]
Article 1, Constitution mondiale du 29 mai 2058

1

Tetamanu, archipel des Tuamotu, Polynésie

Comme chaque matin, Rupert Welt contemplait la longue plage blanche de Tetamanu. Si la téléportation n'avait pas été inventée, ça n'aurait rien changé, il aurait pu vivre le reste de sa vie ici, dans cet atoll des Tuamotu ensoleillé toute l'année, loin de toute terre habitée.

Il fit quelques pas dans le sable et rappela son chien. Le berger allemand courait une centaine de mètres devant lui, s'amusant à pousser du bout du museau les noix de coco tombées des palmiers.

— Rolf !

Il s'attarda sur les incroyables nuances turquoise du lagon. Nulle part sur terre on ne trouvait un bleu plus pur. *Le paradis*, pensait Rupert, *je vis au paradis !* Et pourtant, avec cette foutue téléportation, ça ne suffisait pas encore ! Minna insistait pour qu'ils sortent au moins une fois chaque jour, n'importe où pourvu qu'ils aillent prendre l'air ailleurs. *Juste une demi-heure, Ruppy*, suppliait sa femme, *rien qu'une poignée de minutes, chéri*, le temps d'admirer un coucher de soleil à l'autre bout du monde ou de s'oxygéner au sommet d'une montagne d'Asie ou de Sibérie. Mouais…

Rupert shoota dans une noix de coco que Rolf s'empressa de rattraper, pleine gueule, et de lui rapporter.

Mouais... Qu'y avait-il de plus à voir ailleurs ? Rupert en avait soupé des pique-niques en haut du Kilimandjaro, des promenades éclair dans les rues de Rome, Paris ou Tokyo, des chemins de randonnée au Népal ou devant les cascades du Tanganyika. Alors pour rester tranquille sans bouger de son atoll, il avait une bonne excuse désormais.

Rolf !

Rupert releva sa casquette verte *Privado Laguna* sur sa tête et observa avec dégoût la noix de coco gluante, à moitié pourrie, que Rolf venait de déposer à ses pieds. Son berger allemand s'en désintéressait déjà, il fixait la mer. La queue agitée, oreilles pointées. Intrigué ! Rupert scruta à son tour l'horizon, au-delà de la passe sud de Tumakohua, direction Pacifique. Qu'est-ce que Rolf avait bien pu repérer ? Qu'y avait-il à voir dans l'eau ? Rien ! Il était 6 heures du matin, tout le monde dormait sur l'atoll.

Rupert haussa les épaules et shoota à nouveau dans la noix de coco pourrie. Rolf hésita, puis courut après le fruit.

Oui, continua de monologuer Rupert dans sa tête (il aimait se tenir ainsi debout dans le sable, seul, à penser à tout et à rien), *Rolf est la bonne excuse pour éviter de se téléporter toutes les cinq minutes à chaque coin de la planète.* Rolf pesait cinquante et un kilos : une belle bête, la plupart des bergers allemands ne dépassent pas les quarante. Rupert l'avait gavé comme un pacha pour ça. Et le tour était joué ! Depuis que l'Organisation Mondiale des Déplacements avait ajouté le fameux article 19 à la Constitution de 2058, il était interdit de se téléporter avec un bagage de plus de cinquante kilos, valise ou animal de compagnie. Rupert était donc obligé de rester sur son îlot de Tetamanu, il n'allait pas mettre Rolf au régime, et encore moins le confier à un voisin. Du coup Minna parcourait le monde seule, ou avec ses copines, toutes les quinze secondes si ça lui chantait, et c'était parfait ainsi.

Lui attendait avec Stephan, Hans, Joseph et Mika, à discuter sur la plage et dormir au soleil. Une vie de crabe. Ils avaient payé une véritable fortune le droit de privatiser cet îlot, autant en profiter. Ils étaient cinq couples à avoir acheté cet atoll en copropriété, tous retraités, tous d'origine allemande, aucun enfant, juste un chien et un chat, tous ayant fait fortune dans la production d'électricité distribuée partout sur la planète, tous d'accord pour appliquer le règlement draconien des atolls privés des Tuamotu, qu'on soit à Rangiroa, Anaa ou Mataiva : limitation stricte du nombre d'invités, interdiction de confier son TPC à des inconnus, présence d'un vigile pour surveiller les limites de l'espace privé, au large de la barrière de corail.

Instinctivement, le retraité rechercha des yeux ces frontières invisibles, plein océan, au-delà des dernières langues de sable et des cocotiers qui étiraient leur cou comme pour y tremper leurs palmes. D'ailleurs, où était-il ce fainéant de vigile ? Il était censé être réveillé le premier, faire le tour de l'île dès le lever du soleil, nettoyer la plage. Devant lui, Rolf laissa tomber la noix de coco fendue entre ses crocs, et pointa une nouvelle fois ses oreilles vers la mer. En arrêt.

Rupert suivit le regard de son chien, troublé par une inexplicable sensation de danger. Sous la visière de sa casquette, il se concentra sur un point lointain, en direction de l'horizon. Il la vit alors, distinctement.

Une voile.

Une voile blanche.

Impossible !

Bien sûr, quelques fous parfois se téléportaient en mer avec un surf ou une planche à voile, et glissaient jusqu'aux limites des eaux de leur espace privé. C'est pour ça que Fischer, cet abruti de vigile, était payé : pour les surveiller. Généralement, ces amateurs de sensations fortes s'amusaient à tenir en équilibre sur l'eau pendant quelques mètres, profitaient d'une vague, puis filaient se téléporter autre part.

Mais plus personne n'utilisait... de voilier !

La voile blanche grossissait pourtant, elle approchait. Quelqu'un utilisait ce bateau comme... un moyen de locomotion.

Ridicule !

— Viens, Rolf.

Le berger allemand abandonna à regret sa noix cabossée. Rupert avait pris sa décision, il allait faire le tour de l'atoll, ça ne prenait pas plus de vingt minutes, trouver Fischer en train de dormir sous un palmier, le secouer et lui ordonner de se téléporter, avec un canot pneumatique de moins de cinquante kilos, pour s'occuper de cette étrange embarcation sortie de la nuit des temps.

Peut-être pas la nuit des temps, corrigea Rupert dans sa tête. Il exagérait. Avant la téléportation (Rupert ne conservait qu'un lointain souvenir de cette époque, il n'avait que onze ans quand les premières téléportations humaines avaient été testées), les gens voyageaient encore en bateau, en voiture, à vélo ou à pied, et promenaient leur chien en faisant le tour du quartier, exactement comme lui aujourd'hui sur son île. Quand Rolf était jeune, qu'il pesait moins de cinquante kilos et que d'ailleurs cette foutue loi n'existait pas, Rupert avait joué avec son chien sur des centaines de plages différentes, partout dans le monde, à balancer des noix de coco dans les vagues pendant que Minna se faisait bronzer. Il avait fini par se rendre compte que Rolf se foutait de courir sur la plage de Copacabana ou de Bora-Bora, qu'il ne voyait pas la différence entre le sable de l'île Maurice ou celui d'Honolulu... et Rupert non plus !

La voile blanche approchait. En droite ligne face à lui. Le triangle clair se détachait dans le ciel orangé du matin.

Et cette feignasse de Fischer qui n'était pas là.

Tant pis, Rupert s'arrêta, sortit de sa poche ses lunettes de soleil et les régla sur le zoom maximum. Il faillit en perdre l'équilibre tant l'agrandissement était puissant. Encore une de ces inventions qui fichaient la gerbe et donnaient le tournis. Avait-on besoin de porter des lunettes permettant de voir à des kilomètres ? Avec ce genre de truc, la plupart des gens ne remarquaient même plus ce qu'ils avaient sous leur nez.

Rupert resta stupéfait.

C'était bien un voilier !

Il distinguait parfaitement, jusque dans les moindres détails, le bateau... et celui qui le pilotait. Un homme, blond, cheveux courts, peau blanche, une quarantaine d'années.

Un marin !

Ça pouvait encore exister, un marin ? Autrement que dans les livres ou les vieux films de pirates ? Rupert examina avec plus d'attention l'embarcation. Le type blond la pilotait en tournant une sorte de grand volant, apparemment décontracté, mais ce sont les objets posés à ses pieds qui sidérèrent le retraité.

Des armes !

Rupert ne rêvait pas, ce marin sorti de nulle part transportait des armes ! Et pas des canifs ou des pistolets : des fusils, longs, à gros canons, comme seuls les militaires en possèdent, des trucs qui devaient peser plus de cinquante kilos, ce qui expliquait peut-être pourquoi ce type naviguait à l'ancienne plutôt que de se téléporter.

Mille comètes, qui était cet homme ? Un policier ? Et où pouvait bien être passé ce glandeur de Justus Fischer ? il était le seul homme armé sur Tetamanu.

— Dépêche-toi, Rolf.

Rupert dézooma ses lunettes et accéléra le pas. Il n'allait pas rester là à attendre que ce gars accoste. Il fallait réveiller Minna, puis Stephan et Hans, puis tous les autres. Un instant, des images stupides de vieux films de pirates venant piller les îles isolées lui traversèrent l'esprit. Il les chassa, le blond n'avait pas de jambe de bois, il n'avait aperçu aucun drapeau à tête de mort flotter au mât du voilier, et surtout il n'y avait aucun trésor enterré sur Tetamanu, rien que dix retraités qui n'emmerdaient personne et demandaient juste en retour que personne ne vienne les emmerder.

Chez eux.

Il s'en voulait d'avoir oublié son TPC sur la table de chevet. Il aurait pu se téléporter immédiatement auprès de Minna, ça aurait été tellement plus simple que de marcher dans ce sable dans lequel il s'enfonçait à chaque enjambée. *Ne te retourne pas !* se força à penser Rupert, au moment précis où malgré lui, il pivotait les épaules, le cou et la tête, et zoomait une nouvelle fois, d'une pression, sur ses lunettes.

Nom du ciel !

Le marin blond en portait lui aussi. Des lunettes rondes et noires. Et le regardait ! Il n'était encore qu'à un kilomètre des côtes, mais il le dévisageait aussi distinctement que Rupert le faisait.

Putamundo !

Rupert balança ses lunettes dans le sable.

— Cours, Rolf, cours !

Rupert sprinta, autant qu'il le put, il n'avait pas couru depuis des années. Il y a longtemps qu'il ne pratiquait plus aucun sport, à l'exception de son tour de l'île avec Rolf, à petits pas. Rupert n'était pas obèse, juste en surpoids, comme cent pour cent des résidents des atolls, qui se téléportaient même pour aller chercher leur pain, passer de leur lit à la terrasse d'un bar, ou s'installer dans la tribune d'un stade.

— Remue ton gros cul, Ruppy, haleta le retraité pour s'encourager. Une fois derrière la rangée de cocotiers, cet enfoiré ne pourra plus t'espionner ! On va s'organiser, on va l'attendre, ce Seemann Bastard.

Par miracle, son corps répondait, vibrait, grinçait, mais il assurait. Ses jambes le portaient, faisant valser autour de lui un nuage de sable, comme si ses muscles endormis s'étaient tous réveillés en même temps, parfaitement reposés, plus en forme que jamais.

Rolf crut que Rupert jouait, comme au temps d'avant, au temps où ils allaient courir sur les plages de tous les continents. Il en fut convaincu quand Rupert shoota dans une noix de coco, manqua de tomber, mais continua de courir, presque sans ralentir. Rolf changea de direction, détala pour gober la noix noire qui tourbillonnait. L'attrapa au vol, obliqua ventre à terre pour la rapporter.

Le fruit pourri, serré trop fort dans sa gueule, explosa, dans un mélange blanc et verdâtre que Rolf, surpris, recracha.

Il n'y eut aucun bruit, à part celui des vagues.

Rolf se contenta de baisser les oreilles, désolé d'avoir crevé son jouet.

Il suivit des yeux, une fraction de seconde, le mouvement de l'étrange pastille verte, de la même couleur que les cocotiers que Rupert avait presque atteints, un peu plus foncée que sa casquette, qui dansait sur le haut de la tête de son maître.

L'instant suivant, aussi soudainement que la noix de coco dans sa gueule, le crâne de Rupert explosa.

2

Port de Hong Kong

— Les enfants, que fête-t-on cette année ?

Devant Cléo, vingt-six petites mains se levèrent. L'institutrice hésita avant de choisir l'un des doigts tendus.

— Vas-y, Kenny.

— Le centenaire de la téléportation, madame !

— Bien, Kenny. Très bien.

Cléo avait choisi volontairement Kenny, l'un de ses élèves les plus turbulents, pour donner cette réponse qu'aucun des vingt-six enfants, même du haut de leurs neuf ans, ne pouvait ignorer. Elle leur en parlait en classe, chaque matin, depuis une semaine : le centenaire ! Elle avait préparé avec soin sa sortie scolaire. Elle évitait autant qu'elle le pouvait, à l'inverse de nombreuses enseignantes, de passer son temps à promener sa classe aux quatre coins de la planète. Elle tenait à apprendre aux enfants à s'asseoir sur une chaise, à rester concentrés une heure sur un cours de grammaire, et à ce qu'une sortie tous ensemble soit un événement exceptionnel, préparé, intégré dans un long et lent programme pédagogique.

Et ça fonctionnait ! Même ce Kenny, plus agité qu'un colibri, avait compris ! Par contre, Cléo appréciait moyennement qu'il l'appelle madame. *Cléo,* Kenny, appelle-moi *Cléo,* ou mademoiselle, à la rigueur.

Certains élèves gardaient toujours leur bras levé, d'autres attendaient la question suivante.

— Excellente réponse, insista Cléo en souriant à Kenny. La première téléportation de l'histoire, on l'appelait alors par son nom complet, *la téléportation quantique*, a été réalisée il y a exactement cent ans, en 1997, par le professeur Anton Zeilinger, à Innsbruck. Il est parvenu à téléporter, sur une distance de quelques centimètres, des grains de lumière appelés photons.

L'exploit ne parut impressionner que modérément ses élèves.

— Et maintenant les enfants, enchaîna Cléo, qui peut nous dire où nous sommes ?

Les élèves tournèrent les yeux dans tous les sens, se tortillèrent, se tordirent le cou. Ils ne voyaient rien d'autre qu'une gigantesque pièce où l'on aurait pu faire tenir des milliers de personnes. Un énorme entrepôt de brique et de fer. Vide. Froid.

— Heu…

Tous les enfants laissèrent pendre leurs bras, pas un n'osa risquer une réponse. Cléo tiqua. Elle avait essayé de leur faire comprendre, plusieurs fois, schémas à l'appui, ce qu'était un *hub*. Ils n'avaient rien retenu ! Les notions de position dans l'espace, de latitude, longitude, centre, périphérie, étaient l'un des apprentissages les plus compliqués pour ses élèves, une sorte d'abstraction mathématique : il n'existait pour eux que des lieux, sans aucune relation entre eux. Des lieux qui se rangeaient seulement dans deux catégories : soit chez moi, soit ailleurs. Ici, dans cet entrepôt, c'était ailleurs. Ailleurs et moche !

— Nous sommes à Hong Kong, les enfants, expliqua avec patience Cléo, au sud de la Chine. C'était un des plus gros *hubs* du monde, il a été construit dans le début des années 2040, quand on a commencé à savoir téléporter de plus gros objets.

Cléo montra du doigt des idéogrammes peints sur les murs, à moitié effacés, mais dont on pouvait encore deviner les dessins. Les élèves écarquillèrent les yeux, intrigués par ces symboles étranges.

— Ce sont les traces du vieil alphabet chinois, précisa l'institutrice, un alphabet que seuls les Chinois pouvaient lire.

Elle réalisa que cette simple explication était trop abstraite : aucun enfant de neuf ans ne pouvait imaginer qu'il y a moins d'un siècle les êtres humains parlaient et écrivaient différentes langues sans être capables de se comprendre. *Ne pas tout mélanger*, pensa Cléo. Elle essaya de se concentrer sur l'objectif de la première étape de sa sortie scolaire : que les enfants se souviennent de cette courte parenthèse de l'histoire du monde, les *hubs*, oubliés d'ailleurs par un grand nombre d'adultes eux-mêmes.

Elle fit signe aux élèves de se rassembler autour d'elle.

— Les enfants, il a fallu attendre beaucoup d'années pour qu'on passe de la première téléportation d'invisibles grains de lumière, il y a un siècle, à celle d'objets plus gros. Les premières expériences réussies datent des années 2030, pour vous situer, c'est à peu près l'époque où vos grands-parents avaient votre âge. Les progrès cette fois ont été rapides. En moins de dix ans, on est passé de la téléportation de petits objets, des pièces de monnaie, des stylos, des livres, à de très gros comme des tables, des lits, des congélateurs, sur des distances de plus en plus longues. Ça ne changeait rien à la technique de la téléportation quantique, cela demandait juste beaucoup plus d'énergie. Mais ce qui est important à comprendre, c'est que dès qu'elle a été fiable, la téléportation quantique a remplacé tous les autres moyens dont on disposait avant pour transporter les objets d'une partie du monde à une autre : les camions, les avions et surtout les bateaux. Tout le monde sait ce qu'est un bateau ?

Les enfants hochèrent la tête pour confirmer, mais Cléo n'était pas certaine que tous aient déjà vu à quoi ressemblait un porte-conteneurs, un paquebot ou un voilier. Le concept de bateau se résumait pour la plupart d'entre eux à un objet qui flotte sur l'eau.

— Avant qu'on invente la téléportation, essaya de préciser Cléo, on transportait tout ce dont on avait besoin pour vivre, la nourriture, les habits, les meubles, les jouets, dans de grosses caisses qu'on empilait sur des bateaux, de très gros bateaux, qui traversaient les mers et les océans pour arriver dans des villes qu'on appelait des ports, pour que tout soit distribué ensuite aux usines, aux magasins et aux gens qui habitaient autour. Vous comprenez ?

Moins d'un tiers des élèves la suivaient. Elle avait perdu les autres, Kenny le premier. Ils commençaient à montrer des signes d'agitation et de dispersion. Elle insista vaillamment.

— Avec l'invention de la téléportation, ces caisses, qu'on appelait des conteneurs, pouvaient être directement envoyées d'un bout du monde à l'autre, sans passer par les routes, le ciel, ou les océans. Elles étaient par exemple expédiées d'Amérique et réapparaissaient en Asie, ou en Australie. Mais attention, les enfants, il faut imaginer qu'à l'époque, les moyens de téléportation n'étaient pas aussi miniaturisés qu'aujourd'hui. (Les derniers élèves attentifs observèrent le TPC attaché à leur poignet.) Les centres de téléportation occupaient une pièce entière, nécessitaient une énergie exceptionnelle, et surtout, avaient besoin d'immenses entrepôts pour réceptionner et réexpédier des millions de conteneurs. À partir de 2042, une vingtaine de ces grands centres ont été construits dans le monde, le plus souvent à la place des anciens ports, comme ici à Hong Kong. On les a appelés des *hubs* (seules deux élèves, les plus sérieuses, Sarah et Dorothée, notèrent le mot). Les villes-ports étaient déjà énormes avant l'invention de la téléportation, mais elles ont continué de pousser à la vitesse des champignons autour des *hubs*, et certaines ont atteint jusqu'à cent millions d'habitants. Il a fallu attendre les années 2050, c'est-à-dire à peu près quand vos parents sont nés, pour que l'on commence à miniaturiser la téléportation et qu'on parvienne à construire des *hubs* dans des villes plus petites.

Cléo avait presque perdu la totalité de sa classe. Seules Sarah et Dorothée l'écoutaient encore. Les autres jouaient dans la poussière, couraient d'un mur à l'autre, et dès qu'ils étaient assez loin, criaient pour provoquer l'écho dans le gigantesque hangar vide. L'institutrice soupira. Désormais (c'était l'une des données que fournissaient les rapports de l'Organisation Mondiale de l'Éducation), dès qu'un enfant restait plus de dix minutes dans un endroit sans se téléporter, il s'ennuyait.

Cléo intervint en haussant la voix.

— Les enfants ! Les enfants, regardez autour de vous ! Observez la hauteur des murs et imaginez des caisses empilées sur plus de cent mètres de haut, apparaissant, disparaissant, toute la journée.

Les enfants s'en fichaient. Ça ne représentait rien pour eux... Ni pour elle non plus, Cléo devait bien l'avouer. Elle n'était pas née en 2050. Ces images de villes tentaculaires paralysées, de camions et voitures bouchonnant autour des *hubs* pour distribuer les produits de consommation à des gens regroupés le plus près possible, circulant dans des trains souterrains, habitant dans des tours aussi hautes que les piles de conteneurs, oui toutes ces images d'apocalypse ressemblaient, pour elle autant que pour ses élèves, à une sorte de préhistoire lointaine... et insupportable ! Comment les gens avaient-ils pu vivre ainsi ?

Une vibration à son poignet la tira de ses pensées.

Un message.

Elle baissa machinalement les yeux vers son TPC.

Un message de sa mère !

Il ne manquait plus qu'elle ! Comme si maman n'était pas au courant que sa fille était en classe à cette heure ! Cléo essaya de dissimuler son agacement, elle lirait son message à la sortie de l'école. Si elle y repensait.

— Les enfants, regroupez-vous.

Cléo frappa plusieurs fois dans ses mains, ordonna à nouveau de se rassembler, et rapidement, un cercle redevenu docile de vingt-six élèves l'entoura. Tous avaient deviné qu'on allait enfin quitter cet entrepôt sans fenêtres, sans lumière et sans intérêt.

— Et ensuite, après les *hubs*, qui sait ce qui s'est passé ?

Cette fois, toutes les mains se levèrent. Même celle de Kenny.

— Oui, Sarah… ?

Cléo avait décidé de récompenser l'une des deux élèves restées attentives jusqu'au bout de son explication. La pauvre Sarah n'eut pourtant pas le temps de parler, une dizaine de ses camarades crièrent leur réponse avant même qu'elle ouvre la bouche.

— Yuki ! Yuki !

— Yuki, mademoiselle, parvint tout de même à glisser Sarah. Une souris blanche. Yuki a été le premier animal téléporté, le 29 septembre 2051.

Des élèves confirmèrent, d'autres s'excitèrent, tous connaissaient cette histoire, l'avaient vue à la télévision, l'avaient lue dans un livre, avaient dormi avec une Yuki en peluche ou porté son museau rose sur un tee-shirt. Yuki était aujourd'hui aussi populaire que Mickey l'était au siècle dernier !

— Bravo, les enfants, maintenant restez autour de moi, je vais régler vos TPC sur la seconde étape de notre sortie. Ouvrez grand vos yeux, nous allons tous nous téléporter dans le musée de la Locomotion.

3

Forêt du Troodos, Chypre

Le réveil du commandant Artem Akinis, une sonnerie remplacée par un violent riff de Led Zeppelin, se déclencha à 17 heures pile.

Le soleil se levait à peine !

Désormais, pour que chacun puisse se déplacer en permanence d'un bout à l'autre du monde sans être confronté à d'insolubles calculs de fuseaux horaires, chaque horloge, montre, ou pendule sur la Terre était réglée sur le Temps Universel. Il était donc 17 heures dans la forêt du Troodos, au beau milieu de l'île de Chypre, comme partout ailleurs dans le monde, qu'il y fasse jour ou nuit.

Le commandant Artem Akinis fit valser le drap et, en aveugle, étendit le bras pour baisser le son. Un peu. Il aimait se réveiller avec un bon vieux rock poussé à fond. Une excellente méthode pour ne pas traîner au lit et tenir le rythme sitôt levé.

Il sauta sur ses deux pieds et avança dans la pièce unique de son chalet. La grande salle, intégralement lambrissée, faisait à la fois office de chambre, de cuisine et de salle de bains. Il ouvrit en grand les deux battants de la porte-fenêtre et marcha sur la terrasse, taillée dans le même bois que le chalet. Du cèdre de Chypre. On en trouvait à profusion dans l'île.

La guitare de Led Zeppelin s'échappait de la chambre pour s'engouffrer dans la forêt qui entourait le chalet, et petit à petit remonter la vallée de Krios Potamos. Artem resta de longues secondes à admirer le panorama. Au premier plan les pins géants de la forêt du Troodos, au deuxième les courbes arides du mont Olympe, au dernier le soleil rouge sur la Méditerranée. Entièrement nu, il laissa le vent des cimes réveiller chaque muscle de son corps. Sa nudité ne risquait pas de déranger les voisins, pas davantage que sa musique de sauvage : le premier autre chalet habité se situait à plus de deux cents mètres, dissimulé comme le sien entre les pins hauts de vingt mètres et les infinies variations de relief de la chaîne de montagnes chypriote.

Artem serait bien resté quelques instants supplémentaires à dorer sa peau au soleil naissant, mais son rituel matinal, avant de prendre son service à l'Organisation Mondiale des Déplacements, à 19 heures précises en Temps Universel, était aussi immuable que chronométré. Du moins depuis qu'il n'y avait plus personne pour le retenir au lit.

Quinze minutes consacrées au petit déjeuner, quinze à surfer sur les actualités, quarante-cinq pour son jogging matinal, et quinze sous la douche en revenant.

Il entra dans le chalet pour faire couler son café alors que le Densitographe lui proposait une première destination.

Overland Track, Tasmanie, dénivelé de 1 300 mètres, température constante de 21 degrés, 33 % d'humidité, vue mer 37 % du trajet, dont soleil couchant dans exactement 13 minutes. Densité actuelle : 39 randonneurs, soit 2,76 par kilomètre. 11 places disponibles.

Pendant que la voix féminine continuait d'énoncer l'ensemble des caractéristiques du parcours, le Densitographe projetait en direct, sur le mur du chalet, les images de marsupiaux somnolant sur les tapis de mousse des flancs du mont Ossa, ainsi que l'évolution des caractéristiques en temps réel. Le nombre de places disponibles sur le trail n'était déjà plus que de 9, deux nouveaux joggeurs venaient donc de s'y téléporter.

— Suivant, ordonna Artem tout en allumant la cafetière.

Il aimait préparer son café à l'ancienne, en le dosant à la main, sans utiliser les programmateurs connectés. Une nouvelle image s'afficha sur le mur, pendant que la voix féminine récitait.

Trek de l'Askja, Islande, dénivelé de 768 mètres, vue sur la caldeira du lac Öskjuvatn 78 % du trajet, température constante de 12 degrés, 23 % d'humidité, soleil semi-couchant, actuellement 72 randonneurs sur le parcours. 28 places disponibles.

Artem s'arrêta un instant pour admirer le stupéfiant paysage volcanique, noir charbon et bleu pétrole. Il restait émerveillé, chaque matin, depuis près de cinq ans maintenant qu'il avait acheté ce Densitographe, par la qualité du choix des destinations proposées par l'algorithme. L'appareil ne faisait pourtant que trier, dans son infinie base de données, les critères qu'Artem lui-même avait entrés : la variété des panoramas, la diversité des continents, la difficulté des trajets, selon un programme rigoureux d'entraînement intégrant sa forme du moment, les conditions climatiques et surtout la fréquentation des sites. Artem ne supportait pas, à l'inverse de nombreux joggeurs, de courir à la queue leu leu sur des sentiers ou des plages à la mode, et d'être obligé de doubler en continu des inconnus passant leur temps à discuter avec d'autres inconnus plus qu'à faire du sport.

— Suivant, dit-il en se dirigeant dans le coin salle de bains.

Chaque matin, il laissait généralement défiler quatre ou cinq destinations, proposées dans l'ordre de ses préférences supposées, savourant sans se lasser cette délicieuse indécision, pimentée de la frustration de ne pouvoir être partout à la fois, Tanzanie ou Finlande, Himalaya ou cordillère des Andes ?

Chemin de l'Inca, Pérou, indiqua la voix sensuelle du Densitographe. Les ruines du Machu Picchu apparurent sur le mur de la salle de bains. Au fur et à mesure qu'Artem se déplaçait chez lui, les cloisons de cèdre s'allumaient ou s'éteignaient, suivant ses pas et la direction de ses yeux, pour se transformer en écrans rétroéclairés sur lesquels s'affichaient les images des destinations.

Les lambeaux de névés sur la cordillère des Andes lui firent envie. Pourquoi pas le Pérou ? Les différents lieux du monde étaient désormais désignés par une montagne, une île, une région, ou les anciens noms des pays, *Pérou, Finlande, Tanzanie...* même si les frontières précises correspondant à ces Etats disparus n'existaient plus.

Il attendit un peu devant l'image figée. Parfois, il se décidait au dernier moment, simplement parce que la caméra attrapait un troupeau de chamois, de yacks ou de girafes, et qu'il fallait se téléporter dans la seconde pour avoir la chance de courir au milieu des animaux.

Malgré lui, les images du trek de la *voie Machame*, sur les flancs du Kilimandjaro, il y a un an, revinrent le hanter. Il avait couru pendant des kilomètres, dans la foulée de Maryann, au milieu des zèbres et des impalas. Des images inoubliables qu'il devait pourtant chasser de sa mémoire avant que le virus de la nostalgie ne contamine le reste de son cerveau.

Face au lavabo, Artem laissa couler un filet d'eau froide et s'aspergea le visage et le torse. À regret, il quitta les sommets andins pour s'examiner dans le miroir. Il démêla à la hâte, avec ses doigts écartés en peigne improvisé, ses longs cheveux noirs. Il les retenait sommairement par un bandeau pendant son jogging, et prenait ensuite le temps, après sa douche, de les nouer en catogan. Son regard descendit sur ses pectoraux mouillés et dessinés, son ventre sculpté sans un centimètre de graisse, et surtout ses cuisses épaisses. Un moteur de fusée dans chaque jambe. Si un tiers de la population mondiale était désormais considéré en surpoids, si les trois quarts d'entre elle parcouraient désormais moins d'un kilomètre à pied par jour, Artem appartenait au contraire à cette génération née avec la téléportation, qui aimait combiner sans modération ses avantages avec ceux du plaisir de l'effort physique intensif.

Un corps de rêve dans un lieu de rêve, vantaient les publicités.

La motivation d'Artem n'avait pourtant rien d'esthétique. Entretenir son corps, surveiller son poids, s'entraîner quotidiennement, avait un but avant tout pratique. En tant que chef du BIC, le Bureau d'Investigation Criminelle de l'Organisation Mondiale des Déplacements, son impeccable condition physique faisait partie de ses obligations professionnelles.

— Précédent, fit Artem en fermant le robinet.

Autant joindre l'utile à l'agréable. Il avait finalement craqué pour le *chemin de l'Inca*, dont la densité, de Cuzco à Wiñay Wayna, à des kilomètres de toute maison habitée, était tombée à trois joggeurs, pas assez pour déranger les condors qui se posaient sur les sommets.

Il fit trois pas jusqu'au lit, attrapa un short moulant qu'il glissa à même sa peau, enfila un tee-shirt ample, passa le bandeau sur son front, sauta dans deux baskets tout en posant son index sur le TPC à son poignet pour le connecter au Densitographe. Pas la peine de s'enquiquiner à entrer les coordonnées géographiques du lieu de destination, le logiciel calculait tout pour lui.

Artem était impatient de sentir l'air raréfié, à plus de quatre mille mètres d'altitude, brûler ses poumons. Il avait commencé à lacer sa basket droite et lacerait la gauche dans la foulée, une fois dans la cordillère ; se téléporter était devenu tellement mécanique qu'on pouvait commencer un geste à un endroit et l'achever une fois arrivé, presque sans se rendre compte qu'on avait changé de décor et parfois même traversé la terre entière.

Rien ne se passa.

Artem ne se téléporta pas.

Le commandant ne disposa que d'une seconde pour râler seul dans son chalet, se demander si son TPC ou le Densitographe déconnaient, ou si un foutu groupe de touristes l'avait devancé et s'était téléporté avant lui sur le *chemin de l'Inca*, saturant le Taux d'Occupation du lieu. La seconde suivante, tous les écrans sur tous les murs se mirent à clignoter, alors que la guitare de Led Zeppelin était remplacée par un hurlement de sirène. Une voix qui n'avait plus rien de sensuel répétait en boucle un message d'alerte.

— Urgence extrême. Attaque terroriste. Archipel des Tuamotu. Atoll de Tetamanu, passe sud de Fakarava. 16° 18′ sud, 145° 36′ ouest. Plusieurs victimes. Aucune trace de violation de l'espace privé. Mobilisation maximale. Convocation immédiate. Priorité totale.

Le regard d'Artem s'arrêta sur le mur du chalet qui à nouveau affichait la paisible image des condors survolant les ruines des forteresses incas. Il n'irait pas les déranger ce matin. Il savait que Mi-Cha et Babou, ses deux adjoints, avaient reçu un message identique, mais en tant que chef de la cellule antiterroriste, il tenait à être sur place le premier.

4

Musée de la Locomotion, Amsterdam

— Waooooouuh !

Le cri des enfants fut unanime quand tous apparurent dans le musée de la Locomotion. Depuis trois ans, Cléo organisait la même sortie scolaire, et le musée produisait à chaque fois le même effet de fascination. Les vingt-six élèves se dispersèrent dans les différentes salles, les filles étaient émerveillées par les diligences, les garçons restaient bouche bée devant les locomotives à vapeur ou les voitures, des Cadillac couleur pastel aux Ferrari rutilantes. Un groupe de cinq élèves s'agglutinait devant une reproduction grandeur nature d'un avion à hélice. Bien entendu, la plupart d'entre eux avaient déjà vu, dans des films ou dans des livres, des images de ces moyens de transport anciens, mais aucun n'en avait jamais approché.

— Ce sont des vrais, maîtresse ? Ils peuvent fonctionner ?

— Je pense, oui.

En fait, Cléo n'en avait aucune idée !

— Approchez-vous, les enfants.

Sa tableta vibra à nouveau dans sa poche. Maman, forcément... Qu'est-ce qu'elle voulait ? Ça pourrait bien attendre une heure, la fin de la classe.

Les élèves se regroupèrent autour de leur institutrice en traînant des pieds. Outre les vieux moyens de locomotion,

Yuki la souris était l'autre incontournable centre d'intérêt du musée. On la croisait partout, en figurine, dessinée sur les murs, collée sur les vitrines ; c'est elle, bien entendu, qui livrait les explications sur les panneaux d'informations que les enfants tentaient de déchiffrer.

— Parfait, fit Cléo en frappant dans ses mains pour réclamer l'attention. Nous en étions à Yuki la souris, le premier être vivant de l'histoire de l'humanité à avoir été téléporté. Qui peut m'expliquer le principe de la téléportation humaine ?

Kenny parla en premier, sans même lever la main.

— Je sais ! On est détruit, et puis après on est reconstruit, mais ça va tellement vite qu'on n'a pas le temps de s'en rendre compte.

Il y eut quelques rires, quelques frissons aussi, que Cléo calma rapidement.

— C'est un peu ça, Kenny, bravo.

Certains élèves parurent plus effrayés encore. Cléo se hâta d'enchaîner.

— Rassurez-vous, les enfants, se téléporter est beaucoup moins dangereux que tous les anciens moyens de déplacement.

Elle hésita à commenter le graphique sur le panneau d'informations derrière eux. Yuki avait mesuré l'évolution annuelle du nombre mondial de morts dans les transports : 1,3 million en 2020, 1,8 million en 2040, et seulement 118 en 2060 ! Spectaculaire, mais trop difficile à comprendre pour ses élèves.

— Je vais vous expliquer. Vous voyez cette voiture ? (Tous les yeux se braquèrent sur la Coccinelle orange.) Eh bien, la téléportation quantique, c'est comme si on s'amusait à démonter toutes les pièces de cette voiture, chaque morceau, même le plus petit, et que très vite on allait la reconstruire ailleurs. La téléportation des êtres vivants est à peu près identique à celle des objets, mais longtemps, les gens ont eu du mal à en accepter le principe, parce qu'ils pensaient qu'il fallait d'abord mourir, pour ensuite revivre juste après, autre part.

— Mon papa dit que c'est vrai, affirma Sarah, qu'on meurt quand on se téléporte ! Et qu'après on ressuscite…

Plusieurs élèves, guère rassurés par les explications de leur maîtresse, observaient avec angoisse le TPC accroché à leur poignet. On mourait quand on se téléportait ? Visiblement, leurs parents ne leur avaient jamais parlé des bases de la physique quantique.

— Ce n'est pas si simple que ça, rectifia vite Cléo. On ne meurt pas vraiment. Au contraire, on se dédouble, en quelque sorte. Selon la physique quantique, on peut être à la fois ici, et partout ailleurs.

— Non, pas partout ailleurs, répliqua Samuel, un des gros malins de la classe. On ne peut pas si c'est un espace privé !

— On ne peut pas non plus s'il y a déjà trop de monde à l'endroit où on veut aller, ajouta Jason, une autre forte tête.

— Bah c'est sûr, précisa Ben, le comique de la classe. Je vais pas me téléporter dans les toilettes de l'école si t'es déjà assis dessus en train de faire caca !

Toute la classe éclata de rire, chassant leurs dernières angoisses. Ben avait parfaitement compris le principe de densité contrôlée.

— Exact, Ben, reformula Cléo, il y a toujours plusieurs mètres de sécurité entre les personnes quand elles se téléportent, et on attribue à chaque espace public un taux de densité, qu'on appelle Taux d'Occupation, à ne pas dépasser, et qui peut changer selon les moments du jour, les saisons ou même les années.

— Il ne change pas tant que ça, madame, pleurnicha Dylan. Moi, depuis que je suis né, je veux aller voir les éléphants en liberté dans le parc d'Addo, mais il y a toujours trop de monde dans la savane, papa s'y prend toujours trop tard pour réserver, je suis sûr que j'irai jamais !

— Eh bien moi, répliqua Dorothée, j'y suis allée au moins trois fois voir les éléphants. C'est pas dur ! Il suffit de...

— Moi, coupa Kirsty, mes parents ont affiché dans ma chambre la liste des mille et un plus beaux monuments à voir dans le monde. J'en ai déjà fait six cent douze ! Un dimanche, j'en ai fait dix-sept d'un coup ! La Cité interdite de Pékin, l'Opéra de Sydney, la Sagrada Familia à Barcelone, la pyramide de Khéops en Égypte...

— Tu parles, se moqua Aurélia. C'est nul ! Tu les vois mais t'entres pas ! Moi l'été dernier je suis allée à Disneyland Shanghai et...

— D'accord, coupa Cléo, vous avez tous raison. Ce qu'il faut retenir, c'est que grâce à la téléportation, chacun fait comme il veut ! Rester toute la journée dans son espace privé ou changer de lieu toutes les dix secondes. Ce qui est important, ce n'est pas où l'on va, ni où l'on a été, c'est la liberté de se déplacer ! C'est une liberté aussi vieille que le monde. Regardez.

Les élèves se retournèrent et admirèrent à nouveau les diligences, puis les pirogues de bois, les traîneaux sur patins, les montgolfières dont la toile de soie touchait le plafond. Cléo avait récupéré leur attention.

— Les enfants, en plus du Taux d'Occupation et du respect des espaces privés, à quoi doit-on faire attention quand on se téléporte ?

Une nouvelle fois, une forêt de bras se dressa et les réponses fusèrent avant même que l'institutrice ne les interroge.

— On a pas le droit de se téléporter sans ses parents si on a moins de six ans.

— On a pas le droit de se téléporter avec des objets trop gros, heu, cinq cents kilos je crois.

— On ne doit prêter son TPC à personne.

— On doit regarder la météo qu'il fait avant de se téléporter pour savoir comment s'habiller.

— On doit se téléporter chez nous, directement, si un inconnu veut nous embêter.

Cléo sourit. Les enfants avaient grandi avec la téléportation en maîtrisant presque intégralement ses règles. Tous portaient depuis leur sixième année un TéléPuerto Cuerpo au poignet, ce fameux TPC, l'appareil miniaturisé de la taille d'une montre permettant à chacun de se déplacer où il le voulait en enregistrant les bonnes coordonnées. Elle souffla. Il lui fallait maintenant aborder la partie la plus compliquée de son exposé. Elle invita ses élèves à s'asseoir devant un grand écran pédagogique qui diffusait en boucle des images des moyens de transport anciens : les bouchons interminables dans les villes, les métros bondés, le va-et-vient incessant des avions dans un aéroport, des files de camions patientant devant une frontière, des pelotons de cyclistes à Amsterdam, des skieurs de fond à Stockholm, des pousse-pousse à Pékin.

Sur le mur opposé, sous le portrait du président Nemrod, était gravé l'article 1 de la Constitution mondiale de 2058.

Une seule Terre, un seul peuple, une seule langue.

Un peu partout dans le musée, des kakemonos colorés, des guirlandes et des fanions avaient été accrochés ; une décoration qu'on devinait éphémère, sans doute installée en l'honneur du centenaire.

— Et maintenant, se reconcentra Cléo, je vais vous poser une question plus difficile. Qui peut me dire quelle a été la plus grande conséquence de la téléportation humaine, après le temps des *hubs* où l'on ne savait téléporter que les objets ?

— ...

Tous les élèves observaient avec étonnement sur l'écran la course désordonnée des habitants dans les rues des vieilles

villes, et devaient comparer cette agitation à celle de fourmis affolées. Sur un autre écran, à leur gauche, des extraits
de vieux films de science-fiction étaient diffusés, *Metropolis,
Blade Runner, Le Cinquième Élément*. Cléo tenta de développer son explication d'une autre façon.

— Avant que vous ne soyez nés, commença l'institutrice,
tous ceux qui ont imaginé le futur croyaient qu'on vivrait
dans de très grandes villes, avec des voitures volantes pour
se déplacer, des immeubles de cent étages et des robots pour
tout faire à notre place. Aucun écrivain, aucun cinéaste n'a
réussi à imaginer le monde d'aujourd'hui.

Le regard des enfants oscillait entre les écrans et leur
maîtresse.

— L'un d'entre vous sait-il à quoi servent les villes ?

— ...

Cléo poursuivit sa démonstration, sans laisser ses élèves se
perdre dans des réponses erronées.

— À réduire les distances ! Le principe d'une ville, il est
tout simple, c'est d'essayer de mettre le maximum de choses
au même endroit : des gens, des usines, des bureaux, des
logements, des magasins, des jeux, des cinémas, des salles
de concert, des églises, pour que les gens puissent faire le
plus de choses possible en se déplaçant le moins possible.
La ville, on peut la résumer comme ça, c'est la recherche de
la distance zéro. Mais à partir de la téléportation humaine,
que s'est-il passé ?

— ...

Pour ne pas que les élèves se lassent de ses questions, Cléo
ne laissa passer qu'une microseconde avant de continuer.

— Plus besoin de villes, les enfants ! Plus besoin de distance zéro, puisque la distance n'existe plus. On peut se
téléporter où l'on veut. Même si aujourd'hui, un peu plus de
dix milliards d'êtres humains vivent sur terre, il y a encore
beaucoup de place : en moyenne plus de dix mille mètres

carrés par habitant, c'est-à-dire presque la surface de deux terrains de foot. Avec la téléportation humaine, les gens se sont posé une question toute bête : pourquoi s'entasser dans les villes alors qu'il y a de la place pour tout le monde ailleurs ? Pourquoi ne pas habiter au milieu d'un joli décor, dans les montagnes, près de la mer, en pleine forêt, et se téléporter en moins d'une seconde pour aller voir ses amis ou pour travailler ? En quelques années, les villes n'ont plus servi à rien ! Bien sûr, on a conservé les monuments, les tours, les stades, on n'allait pas tout reconstruire... Mais les gens, eux, sont partis s'installer un peu partout sur la planète, selon leurs goûts. On a utilisé un mot savant pour appeler cette période : la *désurbanisation*. Elle a été très rapide, c'était il y a moins de quarante ans. Selon les études de l'Organisation Mondiale du Logement, presque tout le monde est satisfait de l'endroit où il habite. Vous aussi, les enfants, je suis certaine que vous ne voudriez pas changer de maison.

Cette fois, les élèves, frustrés par la difficulté des questions précédentes, se précipitèrent pour répondre.

— Moi, dit Sarah, la plage est à deux cents mètres de chez moi. J'y vais à pied.

— C'est nul, répliqua Ben, moi je préfère me téléporter la tête la première dans la mer et habiter dans la montagne pour mieux voir les oiseaux !

— Moi, fit Dylan, j'habite au milieu d'un grand champ, on voit que de l'herbe, c'est parce que mes parents ont pas assez d'argent.

— Moi j'ai plusieurs maisons, expliqua Dorothée, une à Montréal sur le mont Royal, une au soleil et...

— Moi j'ai...

Cléo frappa dans ses mains.

— Justement, les enfants, en parlant de maisons, il est l'heure d'y retourner. La classe est terminée pour aujourd'hui.

Réglez tous vos TPC sur votre domicile. N'oubliez pas vos devoirs et à demain matin.

La seconde suivante le musée de la Locomotion était vide !

Cléo resta seule.

Sa tableta vibrait dans sa poche.

Maman !

5

Tetamanu, archipel des Tuamotu, Polynésie

— Combien de victimes, Artem ?

— Dix. Cinq couples. Tous retraités. Ils avaient acheté ensemble ce bout d'atoll pour y vieillir en paix. La plupart tués dans leur lit, pendant leur sommeil.

Mi-Cha se mordit la lèvre et observa la plage vide de Tetamanu.

— Merde... Je... Je crois que je n'ai jamais vu autant de morts.

La capitaine Mi-Cha Kim avança pourtant d'un pas décidé vers les cinq paillotes dressées derrière la rangée de cocotiers. Artem admira sa détermination. À vingt-six ans, Mi-Cha était déjà l'une des flics les plus performantes du Bureau d'Investigation Criminelle. Sortie major de promotion trois ans auparavant, Artem avait immédiatement tenu à intégrer à son équipe cette petite Coréenne. Il avait pu vérifier depuis à quel point sa réputation d'élève surdouée n'était pas usurpée. Travailleuse infatigable, esprit de déduction plus précis qu'un cerveau électronique, sportive acharnée, et surtout, qualité première aux yeux d'Artem, Mi-Cha adorait son époque ! La petite gamine de Séoul était née avec un TéléPuerto Cuerpo dans son berceau et comprenait difficilement comment on avait pu vivre pendant des siècles sans pouvoir se transporter en moins d'une seconde sur n'importe quel point de la planète. Bricoleuse informatique de génie, elle était de très loin la plus douée pour explorer les arcanes de PANGAÏA, la base de données qui coordonnait et enregistrait l'ensemble des déplacements mondiaux par téléportation. Mi-Cha était le complément parfait du second adjoint du commandant au BIC, le lieutenant Babou Diop.

— Dix morts et un chien, ajouta une voix grave derrière eux.

Le lieutenant Babou Diop venait de se téléporter sur la plage et tentait de rétablir son équilibre. Le géant sénégalais agita les bras et se redressa in extremis avant que ses cent vingt kilos ne s'étalent dans le sable.

— Je crois que je ne me ferai jamais à cette foutue désintégration !

Mi-Cha observa amusée les sandalettes de Babou, si fines qu'elles continuaient de déraper. Pour se téléporter, mieux valait comme elle porter de solides et élégantes baskets Trek Star, et une tenue à la fois confortable et chic, à l'image de sa minijupe et de son top Vivaldi en tissu isotherme capable de s'adapter à la plus grande diversité de climats. Super efficace tout en restant super sexy ! Même s'ils coûtaient une petite fortune, la moitié d'une semaine de paye.

Babou baissa les yeux vers le berger allemand abattu à ses pieds. Il s'était téléporté à moins d'un mètre du cadavre du chien. Il se dégageait du regard du lieutenant Diop une douceur, un calme et une sagesse que le commandant Akinis appréciait par-dessus tout. À plus de soixante ans, Babou était le plus vieux flic du Bureau d'Investigation Criminelle, en poste bien avant qu'Artem Akinis n'y entre, mais jamais Babou Diop n'avait voulu en prendre le commandement. Les nouvelles technologies lui étaient trop étrangères, avait-il argumenté. Il préférait les enquêtes à l'ancienne, celles que certains regardaient encore dans de vieilles séries télé, des scènes de crime où l'on laissait tout en place sans rien toucher, des interrogatoires interminables.

Babou emboîta le pas de Mi-Cha, en direction des paillotes. Artem les suivit tout en jetant un dernier regard vers le Pacifique. Il avait une confiance absolue en son couple d'adjoints, que tout opposait et qui ainsi, selon lui, formaient le duo d'enquêteurs le plus efficace sur lequel l'Organisation Mondiale des Déplacements puisse compter.

Deux mètres devant eux, sous les palmiers, ils découvrirent un premier corps allongé. Un homme, âgé, corpulent, abattu d'une balle dans la tête alors que vraisemblablement, il courait prévenir les autres habitants de l'atoll. Aucun TPC à son poignet. Sa casquette verte avait roulé un peu plus loin, contenant la moitié de son cerveau, l'autre moitié gisait entre les noix de coco.

— Pourquoi ? demandait Mi-Cha. Pourquoi ?

Des larmes, que les mèches de ses cheveux noirs coupés au carré ne parvenaient pas à dissimuler, coulaient de ses grands yeux maquillés, puis striaient son visage fardé. Babou la serrait dans ses bras, tel un géant prenant soin d'un oisillon.

— Ça va aller, mon Cha, ça va aller.

Babou avait connu d'autres massacres, il y a longtemps, quand il était enfant, du temps de la montée des populismes dans les années 2040, avant la téléportation humaine. Il n'en parlait jamais. Ils continuèrent leur macabre exploration. Dans la paillote de bambou baptisée *Frangipanier*, ils se retrouvèrent face à un premier couple, assassiné pendant leur sommeil. Une balle dans chaque tête, tirée à travers la moustiquaire. Deux trous dans la toile transparente par lesquels s'étaient ensuite engouffrés des moustiques qui bourdonnaient en grappes noires autour des plaies ensanglantées.

Un spectacle insoutenable.

Que Mi-Cha soutenait pourtant. En tremblant.

Ils découvrirent la même scène d'horreur dans les deux autres paillotes. Des couples. Assassinés. Dans leur sommeil. Au milieu d'une bouillie de sang nettoyée par des essaims d'insectes nécrophages.

Dans l'avant-dernier bungalow, le pavillon *Hibiscus*, le couple n'avait pas été surpris endormi. La femme, entièrement nue, gisait devant le lavabo de la salle de bains. Les traces de ses doigts ensanglantés sur le carrelage blanc dessinaient avec précision ses ultimes gestes : sa chute, les quelques mètres qu'elle était parvenue à parcourir en rampant, avant d'être achevée d'une balle dans la nuque. Son mari avait été égorgé sur le lit de la paillote, une entaille nette au cou en forme de sourire rouge, et s'était effondré sur le tapis berbère dont les poils gris ressemblaient étrangement à ceux argentés de la victime. S'étaient-ils réveillés ? Avaient-ils entendu du bruit ? Avaient-ils vu quelque chose ? Pas assez hélas, analysa Artem, pour avoir le temps de se téléporter.

Le nombre de crimes de sang, depuis la téléportation humaine, n'avait cessé de diminuer chaque année, non pas parce qu'il existait moins de psychopathes sur terre, de jaloux, de violeurs ou de braqueurs, mais parce que les victimes potentielles avaient progressivement intégré, en cas de danger, le réflexe de se téléporter. Il existait même un bouton d'urgence sur la plupart des TPC... que ce couple, pourtant réveillé, n'avait pas actionné. Pourquoi ?

Dans la dernière paillote, *Bougainvillier*, une femme était étendue dans son lit, seule, sa longue chevelure grise gorgée de sang. Sans doute l'épouse de l'homme à casquette verte abattu sous les cocotiers alors qu'il promenait son berger allemand sur la plage. Artem observa le TPC posé sur la table du chevet, puis dans le panier rond au bord du lit, couvert de poils, les trois noix de coco rapportées comme jouets-trophées.

— Pourquoi ? répétait Mi-Cha. Pourquoi assassiner ces retraités ? C'est quoi, cette folie ? Un attentat ? Pour revendiquer quoi ? Une vengeance ? Un règlement de comptes ? Un vol ? Mais pour voler quoi ?

Ils sortirent tous les trois dans la cour fleurie au centre des cinq paillotes de bambou. L'odeur y était un peu plus respirable.

— Tu peux ajouter d'autres questions, Mi-Cha, poursuivit doucement Babou. Combien étaient-ils pour parvenir à commettre une telle boucherie ? Qui sont-ils, et surtout, comment sont-ils arrivés jusqu'ici ? Il est impossible de se téléporter dans un espace privé, alors comment les tueurs sont-ils entrés ?

— Et une fois entrés, ajouta Artem, ils auraient dû se faire repérer. Tous les espaces privatisés par des gens fortunés possèdent un vigile. Où est-il ? A-t-il été abattu lui aussi ?

— Non, répondit Mi-Cha.

Artem et Babou fixèrent avec surprise la figure blanche zébrée de larmes noires de la jeune policière. Mi-Cha ajoutait toujours une quatrième couche de fond de teint quand elle se téléportait sous les tropiques.

— Non, répéta-t-elle avec assurance. Le vigile de Tetamanu nous attend à l'autre bout de l'île. Rassurez-vous, j'ai bloqué son TPC, il ne va pas se sauver.

Si Babou se contenta de sourire, habitué aux tours de magie de sa coéquipière, le commandant Akinis paraissait stupéfait.

— Je suis arrivée sur l'atoll deux minutes avant vous, expliqua Mi-Cha. Justus Fischer, le vigile, était assis sur la plage, la tête enfouie dans ses bras. C'est lui qui a découvert les corps et donné l'alerte.

— OK, grogna Artem. On commence par l'interroger. Il est face à la passe sud ?

Mi-Cha confirma de la tête tout en posant la main sur son TPC. Babou retint son geste.

— On y va à pied.

— Tu délires ? protesta Mi-Cha. C'est de l'autre côté de l'île. On va mettre au moins un quart d'heure !

— Tu l'as dit, insista le Sénégalais, il ne va pas se sauver. En marchant, on aura le temps de réfléchir.

Babou se mit en route. Mi-Cha resta immobile, hésitante, semblant ne pas croire qu'on puisse perdre plusieurs minutes à traverser l'atoll alors qu'une seconde suffisait. Le lieutenant Diop se retourna et sourit encore une fois.

— Si tu continues à jouer à la puce incapable de marcher plus de deux mètres, tu vas finir plus obèse que moi !

Mi-Cha les suivit à regret, à pied, sans renoncer à argumenter.

— T'inquiète ! Je fais plus de sport que toi ! Je parie qu'une fois en retraite, tu finiras sédentaire !

— Le rêve ! admit Babou.

On appelait *sédentaires* l'infime partie de la population mondiale qui refusait catégoriquement la téléportation humaine. Ils vivaient généralement isolés, produisaient eux-mêmes tout ce dont ils avaient besoin, ou l'achetaient à un réseau de commerçants itinérants.

— OK, trancha Artem. On ouvre l'œil pour ne laisser filer aucun indice. J'espère que ton vigile n'a pas foutu le camp en nageant !

Justus Fischer, le vigile, n'avait pas foutu le camp. Il était resté assis sur un rocher, mâchonnant un bâton de réglisse. Une quarantaine d'années, longs cheveux gris, corps musclé moulé dans une tenue kaki rappelant les anciens uniformes de l'armée. Il semblait sincèrement désolé.

— Pas de bol, expliqua-t-il à Artem. Je me suis absenté à peine quinze minutes, près des cascades de Krka, en Croatie, c'est là qu'habite ma sœur, pour prendre le petit déjeuner avec elle. Rupert Welt m'avait donné son autorisation, c'est calme en général le matin, il est le seul levé. Quand je suis revenu, ils... Ils étaient tous morts. Un carnage... Tous assassinés... En même pas un quart d'heure.

Ses yeux bleu acier brillaient de peur. S'il avait été là, à son poste de guet, aurait-il été assassiné lui aussi, ou serait-il parvenu à donner l'alerte ? Une seconde, une seule seconde d'avance sur les tueurs aurait suffi pour que l'atoll se vide et que personne ne meure.

— Vous ne pouviez pas prévoir, l'excusa Mi-Cha. Est-ce qu'avant, ce matin, ou hier, vous avez remarqué quelque chose ?

Fischer secoua négativement la tête. Artem insista. Le vigile leur fit un récit précis des jours précédents, des déplacements des habitants, sans que rien d'anormal n'apparaisse. Les journées sur l'atoll se ressemblaient toutes. Il y avait plus d'un mois qu'aucun étranger ne s'était téléporté à proximité de Tetamanu. Les derniers à s'être approchés des côtes étaient des jeunes pêcheurs de tortues qui suivaient leur migration planétaire, en se déplaçant de kilomètre en kilomètre.

— D'accord, conclut le commandant Akinis. Restez à proximité. On va avoir besoin de vous, pour identifier les victimes quand les médecins légistes seront sur place.

Ils s'éloignèrent en direction de la plage principale.

— Pauvre type, murmura Mi-Cha. Il va s'en vouloir jusqu'à la fin de sa vie.

— Il ment, se contenta de répondre Babou.

— Quoi ?

Artem laissa parler le lieutenant Diop, mais confirma en hochant la tête.

— Il ment, ça crève les yeux. Je ne sais pas s'il est complice de ce massacre, mais il a quelque chose à se reprocher, c'est évident.

— T'as des preuves ? protesta Mi-Cha. Qu'est-ce qui te permet de l'accuser comme ça ?

— L'expérience, mon petit Cha... Tu vois, c'est pas difficile. Tu t'installes, tu t'assois, et au lieu de te balader à l'autre bout de la Terre pour aller chercher le pain ou claquer la bise à un copain, tu te contentes de regarder tes voisins.

Mi-Cha haussa les épaules et enfonça la pointe de ses Trek Star dans le sable blanc.

— Mi-Cha, ordonna Artem. Tu te connectes à PANGAÏA et tu me récupères tous les déplacements de ce Justus depuis deux mois, à commencer par celui de ce matin.

Babou se tourna vers la mer, un petit sourire satisfait sur les lèvres.

— En attendant, continua le commandant, on a d'autres questions à régler. Qui sont ces salauds ? D'où sort ce commando ? Que cherche-t-il ?

Babou pencha son quintal sur le sable, laissa filer des grains entre ses mains, puis déclara :

— J'ai déjà au moins une bonne réponse sur trois.

6

Hakone, île de Honshū, Japon

Cléo savoura le silence.

Elle adorait sa classe, ses vingt-six élèves, leurs rires et leurs demandes incessantes, leur énergie permanente et elle, capitaine au milieu de leur tourbillon, seule adulte à recueillir leurs rêves d'enfants, à les protéger et les faire germer. Mais elle aimait encore davantage cette seconde où d'une simple pression sur leurs TPC, tous rentraient chez eux et où elle se retrouvait soudainement entourée de silence, sans cinquante-deux yeux pour scruter chacun de ses gestes, sans torrent de questions venant mitrailler ses pensées. Alors, après avoir pris le temps de goûter le moment, elle aussi, d'une simple pression sur son TPC, rentrait chez elle.

Seule.

Sa maison se trouvait sur les hauteurs d'Hakone. Une maison japonaise typique, toit pentu, murs de cyprès et cloisons de papier, perdue au milieu d'un champ de cerisiers. Elle l'avait cherchée pendant des mois, à errer en solitaire du nord au sud de l'île de Honshū. C'était son obsession depuis son adolescence, elle qui avait grandi avec sa mère dans une cabane au-dessus des falaises de Normandie : habiter au Japon, dans une maison qui ressemblerait à celles des anciens dessins animés de Miyazaki, *Mon voisin Totoro* ou *Le Voyage de Chihiro*. Elle s'y sentait désormais apaisée, sans éprouver le moindre besoin de se transporter ailleurs (en dehors de ses heures de classe bien entendu), à marcher, lire et rêver.

Seule.

Son espace privé était ridiculement petit, moins de cinquante mètres carrés, mais personne ne se téléportait jamais près de chez elle, si loin des rives du lac Ashi et des reflets du mont Fuji. Presque toute la population s'entassait au bord de la mer et l'habitation la plus proche se trouvait à trois kilomètres de la sienne.

Parfois, elle adorait le silence.

Parfois, Cléo aimait la musique, fort, très fort, à en faire s'envoler tous les oiseaux gourmands perchés sur les branches des cerisiers. Pas grave, ils reviendraient.

Il faisait beau. Cléo ouvrit grand les portes, les fenêtres, les volets qu'elle coinça avec les dossiers des deux chaises en osier posées devant sa maison, et lança la sono.

Les accords de *Supremacy* de Muse explosèrent à en faire fondre, au loin, très loin, la neige du mont Fuji.

Le bonheur ! Pour un peu, Cléo aurait eu envie de faire valser tous ses vêtements et de danser nue dans les champs roses de shibazakura[1], ou au bord du minuscule bassin aux nymphéas qu'elle avait aménagé devant le chalet. Pourquoi pas, après tout ? Elle était seule ! Elle était libre ! Rien ne l'en empêchait !

Elle entra dans sa chambre, admira les sobres kakemonos de soie suspendus aux murs de papier, et fit le geste de passer son chemisier par-dessus sa tête sans même le déboutonner.

— Qu'est-ce que tu fabriques ?

La voix avait surgi entre son lit et son armoire, avant de la poignarder dans le dos.

Cléo bondit de peur. Sa chambre était vide la seconde d'avant !

---

1. Fleurs de cerisiers-pelouse typiques des paysages japonais.

Son cœur se mit à battre à toute vitesse, de frayeur d'abord, avant qu'il ne se calme mais qu'à l'inverse, ses pensées sous son crâne s'accélèrent, poussées par la colère.

— Maman ?

— Bah oui, qui veux-tu que ce soit ? Tu donnes accès à ton espace privé à quelqu'un d'autre ? À un homme ? Tu me le dirais si...

— Qu'est-ce que tu fais là ?

— Eh bien... Rien d'extraordinaire, je rends visite à ma fille... Ma fille qui ne répond pas à mes messages.

— Je travaillais, maman.

— C'est bien pour cela que je te rends visite seulement maintenant.

Cléo prit le temps d'observer sa mère. Le gris strict de son tailleur tranchait avec la jupe et le chemisier colorés de Cléo. À cinquante-deux ans, Mylène Loiselle était encore une belle femme, sur laquelle sans doute beaucoup d'hommes de son âge se retournaient, puis disparaissaient. Cléo n'avait jamais compris pourquoi sa mère n'avait jamais pu garder plus de six mois un homme, pas même son père. Trop possessive ? Trop intrusive ?

À défaut de pouvoir materner un homme, elle se vengeait sur sa fille trop gentille. Même si Cléo tentait de ne plus l'être.

— Maman, je te l'ai déjà dit cent fois : je ne veux plus que tu te téléportes chez moi sans me prévenir ! J'ai vingt-neuf ans, j'ai passé l'âge de te voir apparaître dans ma salle de bains quand je prends ma douche, ou assise au bout de mon lit quand je me réveille. Si tu continues, je coupe l'accès de ton TPC à mon espace privé !

— Tu ne ferais pas ça à ta mère ?

— Si !

Mylène éclata de rire comme si elle ne prenait aucunement la menace au sérieux.

— Commence déjà par me couper cette musique de dingue.

Énervée, Cléo obéit. De toutes les façons, le charme était rompu ! Elle éteignit la musique et, pour la remplacer, alluma la télévision, histoire de bien signifier à sa mère qu'elle ne comptait pas passer la soirée à discuter en tête à tête avec elle. L'écran s'afficha sur l'intégralité du mur face au lit.

— Tiens, tu t'intéresses aux actualités, Cléophée ?

— S'il te plaît, maman, pas Cléophée. Cléo suffit ! Tu sais bien que je déteste mon prénom entier. Cléophée, franchement maman, tu ne pouvais pas trouver moins...

Sa mère s'approcha de la fenêtre et observa la pelouse recouverte de pétales de cerisiers.

— Cléo... Fée... La magicienne de la forêt. Je trouve au contraire que ça te va très bien. Tu es jolie, pleine de fantaisie, il ne te manque plus qu'un gentil...

Cléo augmenta d'un coup le son de la télévision. Le présentateur, visage catastrophé, parlait avec gravité d'un attentat, le plus meurtrier depuis des années. Une dizaine de morts. L'écran ne montrait aucune autre image que celle du journaliste, qui expliquait que personne, à l'exception des forces de sécurité, n'avait été autorisé à se téléporter sur les lieux du drame. Le président de l'Organisation Mondiale des Déplacements, Galiléo Nemrod, allait tenir une conférence de presse d'une minute à l'autre.

La mère de Cléo s'efforça de parler plus fort que la télévision. Visiblement, elle se fichait de ces victimes à l'autre bout du monde.

— Ma petite fille, si je suis venue t'importuner, c'est que j'ai une bonne nouvelle. Une très bonne nouvelle !

Elle ouvrit la penderie de la chambre, avant de poursuivre.

— Ce soir, tu te fais belle !

— Quoi ?

— Tu es invitée... par Élias, ton fiancé.

— Ce n'est pas mon fiancé.

— Mais si... Il t'adore ! Je ne sais pas pourquoi mais il t'adore. Fonce, ma fille. Élias est joli garçon, il possède une belle situation, il s'intéresse à toi, alors ne fais pas comme ta mère, ne laisse pas passer ta chance. Tu sais, les hommes sont des poissons qui ne prennent pas les rivières à l'envers, il faut les attraper quand ils passent. Si ce n'est pas toi qui pêches le plus gros, une autre s'en chargera.

— Maman ! Élias est charmant, intelligent, il a sûrement des tas d'autres qualités... Mais il ne me plaît pas.

Sa mère soupira.

À la télévision, le président Nemrod apparut. La caméra le cadrait en plan suffisamment large pour qu'on identifie immédiatement le Mémorial de la paix d'Hiroshima derrière lui. Le premier étage du dôme de Genbaku ainsi que le bas de la cravate du président étaient occultés par le bandeau qui, en boucle sur l'écran, affichait en temps réel les scores des dernières questions posées à l'Ekklesia.

— Tu es vraiment devenue trop raisonnable, Cléophée ! Tu ne vois jamais personne en dehors de tes gamins et de tes cerisiers. Qu'est-ce qui t'est arrivé, ma chérie ? T'étais une vraie chipie, avant. Tu te souviens du soir où tu avais prêté ton TPC à un garçon de ton lycée pour qu'il te retrouve dans ta chambre ?

— J'avais quinze ans !

— Et tu en as vingt-neuf aujourd'hui. À ce rythme-là tu vas finir vieille fille. Mais je t'avais promis une bonne nouvelle, alors parlons de ce bel Élias... Puisque tu ne réponds jamais à ses messages, ni à ses invitations, ce charmant garçon, qui a de la suite dans les idées, une autre de ses qualités, a décidé de s'adresser directement à ta maman.

Élias était un ami d'enfance. Cléo et lui avaient grandi dans la même école, dans une valleuse de Normandie. Ses parents s'étaient liés d'amitié avec sa mère, avant qu'ils ne déménagent à Montevideo. D'après ce que Cléo en savait, Élias était devenu architecte dans une grosse entreprise de Bâtiments et Travaux Universels.

— D'accord, maman, qu'est-ce qu'il veut ?

— Se marier !

— Quoi ?

— Pas tout de suite, tu as le temps, il veut se marier en 2118. Le 31 mai.

Cléo s'effondra sur le lit pendant que sa mère continuait d'observer une à une les tenues de sa fille accrochées dans sa penderie.

— Maman, soupira l'institutrice, qu'est-ce que tu as encore été inventer ?

7

Tetamanu, archipel des Tuamotu, Polynésie

— Ils sont venus par la mer, affirma Babou.

Le géant sénégalais regardait toujours l'horizon. Les trois enquêteurs, le lieutenant Diop, la capitaine Kim et le commandant Akinis, se tenaient debout sur la plage principale de l'atoll. Mer améthyste et sable en poudre de diamant, il était difficile de croire qu'un crime ait pu être commis ici.

— Tu veux dire qu'ils se sont téléportés aux limites de l'espace privé de Tetamanu ? demanda Mi-Cha. J'y ai tout de suite pensé, mon grand, et j'ai déjà vérifié, ça ne prend que quelques minutes sur PANGAÏA : il n'y a eu aucune téléportation ce matin dans les environs. Aucune ! Même en élargissant la recherche à plusieurs centaines de kilomètres.

Artem siffla entre ses dents. Il était toujours doublement impressionné par les intuitions de Babou et l'efficacité de Mi-Cha. Le plus souvent, il n'avait qu'à compter les points. Sur ce coup-là, Mi-Cha en marquait un.

— Ça confirme ce que je pense, poursuivit Babou avec assurance. Ils sont venus de plus loin.

— De plus loin ? répéta Mi-Cha sans comprendre.

— De Nouvelle-Zélande, d'Australie.

— Attends, c'est à des milliers de kilomètres d'ici !

— Ils se sont téléportés jusqu'à un port, et ensuite...

— Un port ? s'étrangla Mi-Cha. T'es au courant que ce truc n'existe plus depuis au moins cent ans ?

— Vingt ou trente ans, tempéra Babou. Et les digues, les quais sont toujours là. Le commando de tueurs s'est téléporté dans un des ports les plus proches, et de là est venu en bateau.

Mi-Cha allait protester une seconde fois, mais Artem la devança.

— Qu'est-ce qui te fait dire ça, Babou ?

— L'absence d'autres possibilités, d'abord. Cet atoll bénéficie d'un espace privé sécurisé. Seuls les amis de ces retraités étaient autorisés à s'y téléporter, et ils ne devaient pas être nombreux.

— D'accord, on vérifiera tout ça.

Babou agenouilla ses deux mètres et attrapa une poignée de sable.

— Et ces traces ensuite. Regarde, devant nous. Les vagues n'ont pas tout effacé. On voit encore la marque d'un bateau qu'on a tiré jusque sur la plage pour qu'il puisse accoster.

Mi-Cha et Artem observèrent, face à eux, une cuvette creusée dans la partie la plus humide de la plage, et durent admettre que Babou avait raison.

— Un bateau ? s'interrogea Mi-Cha. OK, j'ai appris à l'école comment fonctionnaient tous ces engins préhistoriques, les hélices et les turbines, les moteurs qui font vroum vroum. Mais aujourd'hui, on ne trouve plus une seule goutte d'essence sur terre, alors il faudra m'expliquer comment on peut parcourir des milliers de kilomètres sans se téléporter !

Babou se releva en souriant.

— Tout simplement, mon petit Cha. Avec une grande toile, on appelle ça une voile, et un peu de vent.

Mi-Cha grimaça. Elle semblait visualiser ce que de se laisser flotter sur la mer représentait : attendre que le vent daigne souffler, se faire chahuter par les vagues à chaque mètre.

— C'est réglé, conclut Artem. Babou, même si t'aimes pas trop les bases de données, tu retournes au BIC vérifier sur PANGAÏA tous les déplacements suspects sur des lieux ressemblant à des ports dans toutes les îles alentour. Mi-Cha, tu te concentres sur les déplacements de Justus le vigile, pendant que je retourne sur les scènes de crime en attendant l'arrivée des légistes.

Artem attendit que ses deux adjoints activent leur TPC et disparaissent, puis traversa le rideau de cocotiers pour revenir aux cinq paillotes. La perspective de se retrouver à nouveau face aux dix cadavres ne l'enchantait guère : les Terriens, y compris les policiers, étaient de moins en moins confrontés à la mort. Désormais, quand quelqu'un était victime d'un accident dans un espace public, d'une crise cardiaque ou d'une rupture d'anévrisme, les urgentistes arrivaient dans les secondes qui suivaient et la victime était envoyée vers un hôpital dans la seconde d'après. Rares étaient les personnes ayant pu assister en direct à une agonie. Le commandant n'avait pourtant pas le choix : interdiction de téléporter le moindre corps en dehors de Tetamanu tant qu'une escouade de policiers scientifiques et de médecins légistes n'aurait pas tout passé au peigne fin.

Artem, muni de gants, fouilla les deux premières paillotes, sans trouver le moindre indice pouvant expliquer un tel massacre. Les retraités semblaient se contenter de leur vie sur l'atoll, et n'en sortaient que pour des activités banales : achats dans les magasins d'usine, soirées au restaurant dans des hauts lieux touristiques, randonnées, concerts, matchs de foot. Des billets, programmes ou affiches, rangés dans les tiroirs et sur les étagères, en donnaient un premier aperçu, avant même de passer au crible sur PANGAÏA l'intégralité de leurs déplacements.

Le commandant sortit de la paillote *Frangipanier* et emplit ses poumons avant d'entrer dans l'*Hibiscus*, où gisaient le mari et la femme abattue dans la salle de bains. L'odeur était irrespirable dans les bungalows. Il appuya son dos contre un palmier, fixant avec dégoût la porte ouverte.

Avant de sursauter.

Une ombre se déplaçait, à l'intérieur.

Sa main chercha d'instinct l'Astra 1800 accroché à sa ceinture. Quelqu'un se tenait dans la pièce. Une silhouette, derrière la fenêtre. Bien vivante.

Son cerveau se mit à tourner à toute vitesse tandis qu'il s'accroupissait en position de tir, index droit crispé sur la détente, main gauche enroulée autour de son poignet, pouce posé sur le TPC. C'est ce qu'on apprenait en premier dans toutes les écoles de police, dégainer, viser, tout en restant prêt, à la moindre alerte, à se téléporter.

Le commandant avança vers la paillote, à pas lents, méfiant, Astra 1800 braqué vers la fenêtre. Une hypothèse tournait dans sa tête, une possibilité qu'ils n'avaient pas envisagée. Et si les tueurs étaient encore ici ? Cachés. Ou étaient-ils tout simplement revenus tout nettoyer ?

Ne pas attendre. Les surprendre !

Artem décida d'instinct de se téléporter dans le bungalow, d'un seul bond. Il surgit entre la porte d'entrée et le lit, se colla au mur pour ne pas être pris à revers, son pistolet balayant la pièce.

— Holà, tout doux, Arty, fit une voix devant lui.

Artem respira profondément.

Valéryah !

Valéryah se tenait face à lui. Valéryah Everianov, la médecin pilotant le service d'urgence de l'Organisation Mondiale de la Santé. Le commandant l'avait souvent croisée sur des affaires criminelles, c'est généralement elle qu'on appelait en cas de morts suspectes.

— Valéryah ? Tu aurais pu me prévenir que tu étais...

— Et remplir un formulaire en trois exemplaires pour te demander la permission de me rendre sur la scène de crime ? Contresigné par le commandant Akinis et pourquoi pas Galiléo Nemrod en personne.

Artem soupira et rangea son Astra 1800 dans son étui.

— Artem, insista la médecin légiste, si on a inventé la téléportation, c'est pas pour attendre une autorisation avant de bouger ses fesses. Tu sais lire ? Tu vois ce qui est inscrit sur ma blouse ? Urgentiste !

Artem savait que Valéryah avait obtenu directement de PANGAÏA l'accès à l'espace privé de Tetamanu. Les urgences médicales étaient d'ailleurs les seules à bénéficier du droit de se téléporter dans un espace privé sans l'accord préalable de son propriétaire. Cela donnait aux médecins un immense pouvoir.

— Saleté de métier, poursuivit pourtant Valéryah. Au moins, à l'époque des ambulances, les urgentistes avaient le temps de respirer sur la route. Mais maintenant... Tiens, à ton avis, combien d'appels je reçois en une journée ?

Le commandant Akinis n'en avait aucune idée.

— ...

— Plus de cent ! Mon record est de cent soixante-quinze. Et qu'est-ce que tu veux que je fasse ? Ne pas répondre ? Laisser les gens crever ? Je suis appelée toutes les dix minutes à chaque coin de la Terre pour sauver un type en train d'agoniser. Et une fois sur trois, j'arrive tout de même trop tard, ou il meurt dans mes bras. Alors tu vois, mon beau commandant, j'ai pas trop l'occasion d'envoyer un carton pour prévenir les gens que je vais atterrir dans leur canapé. Ils comprennent quand je suis là...

— OK, Valéryah, OK, on a dix cadavres sur les bras.

Artem connaissait Valéryah : râleuse impénitente, mais surtout l'une des plus consciencieuses urgentistes au monde, et pour cette raison précise l'une des plus sollicitées.

— Je sais, mon grand. Mon équipe débarque dès qu'ils ont cinq minutes de libres. On s'occupera de tes macchabées entre deux vivants à sauver.

Artem sourit. Il quitta la paillote *Hibiscus* pour se rendre à la *Bougainvillier*, celle de l'homme abattu sur la plage, la seule qu'il n'avait pas visitée.

Méthodiquement, comme dans chacun des bungalows précédents, il ouvrit les armoires, les dressings, vérifia sous le lit, tira chaque tiroir, celui d'une des tables de chevet, puis de l'autre.

Son geste resta suspendu.

Ce qu'il découvrait, rangé dans ce tiroir, n'avait rien à faire là ! Pourquoi ce couple de retraités sans histoire avait-il dissimulé un objet aussi subversif près de leur lit ? Tenait-il le premier indice ? Rupert et Minna Welt vivaient-ils sous une fausse identité ? Il vérifia que ses gants étaient parfaitement enfilés, avant de saisir le livre.

Une voix derrière lui l'arrêta dans son geste.

— Artem ?

Mi-Cha avait surgi sur le pas de la porte.

— Artem, viens vite, je crois qu'on a besoin d'avoir une nouvelle conversation avec Justus.

— Le vigile ? Tu as trouvé quelque chose ?

— Oui ! Toi et Babou, vous n'allez pas en croire vos yeux !

8

Hakone, île de Honshū, Japon

En gros plan sur le mur de la chambre de Cléo, le président Galiléo Nemrod prenait la parole devant une forêt de micros. Les caméras filmaient tour à tour l'orateur et la foule de journalistes massés autour de lui. Le président de l'OMD exposait les faits brièvement, sans rien révéler de plus que ce que les flashs d'information répétaient en boucle depuis quelques minutes. Un massacre dans un atoll du Pacifique dont on ne pouvait pas encore révéler le nom. Dix victimes dont on ne pouvait pas encore révéler l'identité. La police était sur place, enquêtait. Dès qu'ils en sauraient davantage ils communiqueraient. Sous la barbe du président, sur le bandeau de l'Ekklesia, une nouvelle question défilait. *Pensez-vous qu'il faille élargir les périmètres de sécurité autour des espaces privés ?* La réponse était oui à 48 %, avec un taux de participation des Terriens de 17 %.

— Maman, demanda Cléo en délaissant l'écran, qu'est-ce que tu manigances avec cette proposition de mariage en 2118 ?

La mère de Cléo sembla ne pas entendre la question. Dépitée par les tenues de sa fille, elle avait abandonné la penderie et observait le verger de cerisiers par la fenêtre.

— Pauvre Élias, tu n'as rien de correct à te mettre, ma chérie ! Et combien de temps vas-tu continuer d'habiter dans ce trou ? Tu pourrais trouver mieux, non ? Aujourd'hui, tout le monde habite au bord de la mer. Ou n'importe quel coin avec une jolie vue, au moins...

— Ici je suis bien.

Mylène jeta pêle-mêle des jupes et des robes sur le lit, sans masquer son agacement.

— Évidemment ma petite chérie, c'est si facile pour toi de jouer les blasées, tu as vécu avec un petit boîtier magique à ton poignet depuis que tu es née. Si tu avais connu les *hubs* de millions d'habitants, la pollution, les appartements empilés comme des prisons, tu la savourerais autrement, ta liberté.

— Tu avais cinq ans, maman, quand la téléportation humaine a été inventée !

— Peut-être, mais je me souviens que...

Cléo la coupa avant que sa mère ne s'embarque une nouvelle fois dans ses souvenirs où son enfance ressemblait à une sorte d'enfer sur terre.

— S'il te plaît, c'est quoi cette histoire de mariage ?

Mylène s'assit sur le lit, écrasant les robes de sa fille sous ses fesses. Un immense sourire éclaira son visage.

— Tu ne vas pas le croire ! C'est incroyable. Élias a réussi à acheter un créneau d'une heure pour célébrer votre mariage, en 2118, dans la basilique Saint-Pierre de Rome.

Cléo en resta sans voix. Sa mère insista.

— J'espère que tu te rends compte, ma petite gâtée sans conscience de la valeur des choses, de ce que ça représente ? Il y a sur terre à peu près dix milliards d'êtres humains, dont au moins la moitié vivent en couple et ne rêvent que de célébrer leur union dans un des lieux les plus fabuleux de cette planète. Fais le calcul ! À raison d'une cérémonie toutes les heures, jour et nuit, seuls cinquante heureux élus chaque jour peuvent se marier à Saint-Pierre de Rome, ça veut dire à peu près quinze mille par an, un petit million au bout de soixante-dix ans. Ramène ça aux milliards de Terriens, ma fille. À peine un couple d'amoureux sur mille, sur dix mille, aura cette chance-là dans sa vie ! Et Élias a réussi à te décrocher un créneau d'une heure, dans à peine vingt ans ! Ce n'est pas une preuve d'amour, ça ? Saint-Pierre de Rome fait partie des quatre lieux de mariage les plus recherchés au monde, avec Notre-Dame de Paris, le Taj Mahal et la Mosquée bleue. Réfléchis, ma grande, des occasions comme ça ne se présentent pas deux fois, Élias a déjà réservé le créneau, si c'est pas avec toi qu'il se marie, ce sera avec une autre, moins gourde ! Si j'avais eu cette occasion, moi, je...

Cléo roulait des yeux ahuris, espérant que sa mère plaisante.

— Enfin maman, c'est n'importe quoi ! On ne réserve pas un mariage, sans même savoir avec qui on va se marier, vingt ans à l'avance !

— S'il n'avait pas réservé à l'avance, ça lui serait passé sous le nez... et je te signale qu'il veut se marier avec toi... pour l'instant.

— Eh bien il aurait pu me demander mon avis. Et si je préfère un temple bouddhiste ? Ou une synagogue, ou une pagode, une chapelle orthodoxe ?

— On s'en contrefiche, Cléophée ! Quand on t'offre un sac à main Vuitton, tu ne dis pas que tu préfères un Hermès. Le luxe, c'est le luxe ! Toutes ces marques, *Allah-Akbar, J-Point-C, Bouddha-le-bienheureux,* tu sais bien qu'elles sont interchangeables. Elles cherchent juste à se faire un maximum d'argent en louant leurs monuments, et elles ont raison parce qu'il faut bien reconnaître qu'on n'a jamais rien construit de plus romantique depuis. Elles soignent le merchandising qui va autour, les petites croix, les petits Bouddha, les mains de Fatma et les yeux de sainte Lucie. Y a bien longtemps que plus personne n'est musulman, protestant ou je ne sais pas quelle autre superstition. Les religions ont disparu avec tout le reste, ma grande, en même temps que les pays et les langues, c'est toi l'instit, je ne vais pas te faire un cours d'histoire !

Cléo haussa les épaules et se tourna ostensiblement vers le mur de la chambre.

Galiléo Nemrod avait commencé à répondre aux questions des journalistes. Il s'arc-boutait sur les premiers articles de la Constitution de 2058 pour calmer les inquiétudes relayées par les chaînes de télé et de radio. Le bandeau de l'Ekklesia défilait sous le président et évoluait au fur et à mesure qu'il parlait. À la question *Pensez-vous qu'il faille élargir les périmètres de sécurité autour des espaces privés ?* la réponse *oui* montait désormais à 53 %, avec un taux de participation des Terriens de 19 %.

Énervée par cette opinion qui sans cesse variait, et plus encore par sa mère, Cléo se leva d'un bond en direction de la porte ouverte et de la forêt de cerisiers. Elle avait besoin de respirer.

— D'accord, maman, j'ai bien retenu. 31 mai 2118. Je vais y réfléchir. Je donnerai ma réponse dans vingt ans.

Mylène ricana. Elle ne prit pas la peine de marcher derrière sa fille et se téléporta sur trente mètres pour se retrouver devant elle. Cléo détestait qu'on fasse ça ! Elle passait son temps à l'interdire aux enfants dans la cour de récréation.

Sa mère cueillit une fleur de cerisier qu'elle glissa dans ses cheveux.

— Élias est un garçon plein de ressources. Et pas si bête. Il veut t'inviter avant, il a pour toi une surprise encore plus exceptionnelle que ce mariage au Vatican.

— Notre enterrement en 2166 à Washington au cimetière d'Arlington ?

— Idiote ! Il veut t'inviter ce soir ! Je ne sais pas comment tu t'y es prise mais tu l'as ensorcelé.

— Ce soir ? Qu'est-ce qui se passe, ce soir ?

— Ma fille, tu dois être la seule sur terre à ne pas être au courant. Ce soir, c'est la finale de la Coupe du monde, je te parle de foot, au Maracanã, à Rio.

— Ah ? fit Cléo.

Effectivement, ce fameux match de foot... Depuis une semaine, les enfants ne parlaient plus que de ça en classe.

— Ah, répéta Cléo, et alors ?

Sa mère marqua un court arrêt pour accentuer l'effet de surprise, prenant le temps, avant de répondre, d'admirer son reflet trouble dans le bassin aux nénuphars.

— Et alors ? Élias a obtenu deux places, au Maracanã, pour le match ! Toute la planète aura les yeux braqués sur le terrain, pas en 2118, ce soir, des milliards, et seuls cent vingt mille êtres humains auront le droit de se téléporter dans un fauteuil du stade. Élias et sa favorite seront deux de ces incroyables privilégiés.

Par la fenêtre ouverte, Cléo posa les yeux sur le mur de sa chambre. Le président Nemrod était interrogé par un jeune journaliste, mais sa mère parlait trop fort pour qu'elle puisse entendre les paroles. Elle s'en fichait d'ailleurs, sauf qu'elle trouvait plutôt mignon le jeune reporter, peau mate, nez d'aigle et yeux de faucon.

— Dis, Cléophée, tu m'écoutes ?

— Oui oui.

— Alors, petite chipie blasée, je réponds quoi à Élias ? Qu'il revende ses billets ? Que tu n'aimes pas le foot mais que tu préfères un repas au Jules Verne en haut de la tour Eiffel ? Ou qu'il emmène à ta place ta pauvre mère. Tiens, pourquoi pas après tout (elle caressa la fleur de cerisier dans ses cheveux)... Ou qu'il...

— Tu lui dis que c'est d'accord !

Mylène en resta bouche bée.

— Oui ?

Cléo avait hésité, pesé le pour et le contre dans sa tête, et s'était finalement décidée. Elle connaissait à peine les règles du foot, mais elle aimait l'ambiance de fête qui régnait autour, l'allégresse générale, les couleurs des drapeaux et des maillots. Et elle rapporterait des petits bibelots du match, des fanions ou des programmes, qu'elle distribuerait aux enfants de sa classe. Elle se promettait juste d'être la plus honnête possible avec Élias, comme elle l'avait toujours été. Aucune ambiguïté. Elle n'était pas amoureuse de lui. Même si hélas, à chaque fois qu'elle avait mis les choses au point, lors des rares dîners, promenades ou visites au musée qu'ils avaient partagés, son absence de sentiments pour lui paraissait plus encore le motiver à la séduire. Peut-être n'était-elle pour Élias qu'une citadelle imprenable, qu'il abandonnerait sitôt conquise...

— C'est oui ? répéta sa mère comme si elle n'y croyait pas tout à fait. Alors on s'y met !

L'instant suivant, elle se téléportait à nouveau devant la penderie de Cléo, commençant à balancer ce qu'il restait de jupes et de robes. Cléo la rejoignit tranquillement, en marchant.

— Je viens d'envoyer un message à Élias, fit l'institutrice. Je lui ai donné accès à mon espace privé. Il sera là d'une seconde à l'autre. Si tu pouvais nous laisser, maintenant.

Mylène regarda sa fille, sans parvenir à discerner si c'était vrai ou non. Elle hésita, puis décida de sourire, fit un petit signe de la main, croisa les doigts, et aussi magiquement qu'elle était apparue, disparut.

9

Tetamanu, archipel des Tuamotu, Polynésie

Mi-Cha et Artem s'étaient réintégrés à la passe sud de l'atoll. Cette fois-ci, avait exigé la capitaine, hors de question d'y aller à pied !

Babou les attendait, surveillant Justus d'un œil et suivant de l'autre la ronde dans l'eau d'inoffensifs requins pointes noires.

— Monsieur Fischer, attaqua Mi-Cha à peine matérialisée devant le vigile, où étiez-vous ce matin ?

Justus la dévisagea avec méfiance.

— Je vous l'ai déjà dit, à Krka, chez ma sœur, et...

— Formidable ! Moi aussi j'adore la Croatie ! On vérifie ? Rien de plus facile, nous disposons des coordonnées géographiques exactes du lieu où vous vous êtes rendu ce matin.

Mi-Cha connecta avec dextérité leurs trois TPC à celui de Justus Fischer.

— Go !

Justus n'eut pas le temps de protester, ils se téléportaient déjà tous les trois et se retrouvèrent brusquement en pleine forêt. La chaleur était tout aussi tropicale que sur Tetamanu, mais rien d'autre ne ressemblait à l'atoll. Ils se tenaient debout au milieu d'une jungle, sans doute quelque part en Afrique centrale ou en Amazonie. On entendait un bruit d'eau, au loin, et des rires bruyants.

Ils marchèrent une cinquantaine de mètres, écartèrent des feuillages denses, des fougères et des branches de teck, et parvinrent en surplomb d'un haut rocher. Stupéfaits !

Face à eux tombait une prodigieuse cascade, qui se jetait dans un lac turquoise, trente mètres plus bas.

— Les chutes de Luang Prabang, murmura Mi-Cha, un petit coin de paradis très très secret.

Sauf que ni Artem ni Babou n'admiraient la cascade. Leur regard s'était arrêté, subjugué, à la surface du lac, en direction des rires cristallins.

Une vingtaine de femmes nues se baignaient dans l'eau transparente. Toutes plus belles les unes que les autres, cheveux longs jusqu'aux reins, poitrines de rêve, hanches fines, fesses musclées et cuisses interminables, toutes capables de rivaliser pour monter sur le podium d'un concours de Miss Univers. Elles s'éclaboussaient en riant aux éclats, aspergeaient leurs seins d'eau claire, se laissaient glisser sur l'eau en offrant leur anatomie parfaite à la lumière.

Mi-Cha laissa quelques secondes supplémentaires aux trois hommes autour d'elle pour admirer le tableau, puis annonça :

— C'est bon, je crois qu'on a compris, on ne va pas y passer l'après-midi !

Elle reconnecta leurs TPC pour que tous les quatre retournent à leur point de départ, atoll de Tetamanu, passe sud, et rien que le Pacifique vide devant eux.

— Expliquez-moi ça, Justus !

Babou souriait de toutes ses dents blanches. Artem tentait de rester impassible.

— Laquelle est votre sœur ? insista Mi-Cha, sérieuse.

Babou manqua de s'étrangler de rire.

— Heu, bredouilla Justus. Disons que, bon, quand j'étais plus jeune, avant d'être recruté en tant que vigile sur Tetamanu, je travaillais dans la sécurité, pour des gens célèbres, j'étais une sorte, heu, de bodyguard si vous voulez. J'assurais aussi la protection des mannequins, des top models... Puis je suis devenu un peu trop vieux pour ça, je me suis retrouvé à surveiller des îlots de retraités. Bon, ça me plaît aussi mais disons qu'avant de changer de boulot, j'ai gardé une ou deux infos, heu, confidentielles. Pour moi, seulement pour moi, je vous jure. Vous vous doutez du nombre de mecs sur terre qu'aimeraient disposer d'un tel tuyau. (Justus tenta un discret clin d'œil complice à l'adresse de Babou et Artem.) Vous... Vous avez vu ces bombes prendre leur bain ? Je ne fais rien de mal, je ne dis rien à personne. Je vais juste les mater, à la limite de leur espace privé. De temps en temps...

— Plus de vingt fois rien que le mois dernier, cassa Mi-Cha. J'ai vérifié.

— Monsieur Fischer, intervint Artem, ces retraités de Tetamanu vous faisaient confiance. Vous vous rendez compte que votre voyeurisme a coûté la vie à dix innocents ?

Justus baissa la tête en signe de contrition.

Et vous a sauvé la vie, ajouta Artem pour lui-même. Si Fischer s'était trouvé sur l'atoll quand le commando avait débarqué, il aurait sûrement été abattu comme les autres.

Ils laissèrent Justus Fischer à ses remords, TPC bloqué, des collègues du Bureau d'Investigation Criminelle viendraient l'interroger, puis le remettre à la justice. Les avocats des starlettes se ficheraient des retraités assassinés mais ne lui feraient pas de cadeau pour atteinte à la vie privée. Les trois policiers marchèrent sur la plage. Les vagues ramenaient inlassablement des miettes de coquillages brisés, teintant le sable de reflets roses et nacrés.

— Joli coup, Mi-Cha, complimenta Artem. Mais ça ne nous apprend rien sur les tueurs. Babou, tu as du nouveau avec tes ports ?

— J'ai le fichier de toutes les téléportations depuis une semaine, dans une aire de cinq mille kilomètres, avec prio-

rité sur les abris pouvant accueillir un voilier en toute discrétion. Même au milieu du Pacifique, ça représente une
sacrée liste.

— On va la raccourcir, recoupe ton fichier avec celui de
toutes les personnes fichées à la rubrique *Lien avec des thèses
terroristes.*

Babou dévisagea son supérieur, surpris.

— Tu penses à quoi exactement ?

— Des indépendantistes, des nationalistes, tous ceux
qui de près ou de loin remettent en cause les principes de
l'Organisation Mondiale des Déplacements et la Constitution
de 2058.

— Pourquoi soupçonner ces gens-là ?

Artem hésita.

— J'ai trouvé un livre dans la table de chevet d'un des
couples, celui à casquette verte. Le livre d'Ossian, *Droit du
sang.*

Mi-Cha roula des yeux ronds. Visiblement, elle n'en avait
jamais entendu parler. Babou, à l'inverse, siffla entre ses
dents.

— *Droit du sang…* Ils avaient de sacrées lectures, notre
couple de retraités.

— Vous m'expliquez ? s'agaça Mi-Cha.

— *Droit du sang*, précisa Artem, est un ouvrage censuré
par l'OMD. Un livre interdit ! Un peu comme *Mein Kampf*,
si tu veux, ce genre de manuel qui défend une idéologie
capable de remettre en cause toute l'organisation sur laquelle
le monde actuel est bâti.

— On aurait affaire à des terroristes ? réfléchissait Babou
à haute voix. Ces braves retraités allemands seraient en réalité
des nationalistes bien cachés, des sortes de nazis ?

Mi-Cha ne comprenait pas davantage. *Mein Kampf*, nazis,
toutes ces références lui étaient étrangères. Elle fit quelques
pas en direction des cocotiers, craignant, malgré ses quatre

couches de fond de teint, une exposition trop longue au soleil.

— On va chercher, poursuivit Artem. Ça me paraît un peu gros. À part ce livre, rien dans la vie de ces retraités ne laisse penser qu'ils seraient des activistes. Ni sur cet atoll, ni dans leurs déplacements.

— Et ça ?

— Quoi, ça ?

Les deux policiers avaient continué de marcher sur la plage et s'étaient approchés du cadavre du berger allemand.

— Ça, précisa Babou, là, gravé sur le tronc.

Ils lurent distinctement neuf lettres majuscules, taillées dans l'écorce du palmier devant eux.

PITCHIPOÏ

Le commandant passa sa main à la surface de l'arbre. L'entaille était fraîche, gravée il y a deux ou trois heures, au maximum.

— Pitchipoï ? s'interrogea Artem. Babou, tu sais ce que cela signifie ?

Babou savait, et mesurait toutes les conséquences de cette macabre découverte. Il allait répondre au commandant quand Mi-Cha les interpella.

— Hé oh, les garçons, je suis peut-être larguée avec toutes vos considérations historiques, mais comme dirait Babou-le-sage, il suffit de s'arrêter deux secondes et de regarder autour de soi pour trouver la solution.

Elle sauta dans le sable pour se rapprocher d'eux.

— De regarder quoi ? s'énerva le commandant.

Mi-Cha baissa les yeux, triomphante.

— Le chien !

— Qu'est-ce qu'il a, ce chien ?

— Regardez, regardez ses yeux. Ce n'est pas normal qu'ils brillent encore autant.

— Et alors ?

— Ça signifie que son maître lui a implanté une micro-caméra dans le nerf optique. Vous comprenez ? Ça signi-fie que ce chien a vu toute la scène, et qu'il peut nous la raconter.

10

Esplanade de la Paix, Hiroshima, Japon

Galiléo Nemrod fit signe qu'on tire un rideau devant l'entrée du Mémorial de la paix d'Hiroshima. Il détestait terminer une conférence en se téléportant. Il estimait que l'image de sa disparition soudaine donnait une impression déplorable et impolie de fuite précipitée. Sortir lentement en marchant, puis fermer un rideau, était bien plus solennel.

Il consulta les résultats de l'Ekklesia sur l'écran derrière lui. Les votes s'étaient stabilisés depuis le début de son intervention. À la question *Pensez-vous qu'il faille élargir les périmètres de sécurité autour des espaces privés ?*, la réponse s'élevait à 49 % de *oui* avec un taux de participation croissant des Terriens de 26 %. Il savait que si le *oui* montait à plus de 66 %, le Congrès devrait se réunir pour légiférer. Le rôle des cent quatre-vingt-dix-sept élus du Congrès Mondial se limitait à poser des questions en permanence sur l'Ekklesia, c'est-à-dire à solliciter le vote immédiat de tous les Terriens, et à prendre des décisions respectant cette opinion mondiale instantanée.

Un nouveau bandeau défila. Désormais, seuls 64 % des Terriens étaient favorables à la célébration du centenaire. *Un autre front à défendre*, pensa Galiléo. Ils étaient presque 74 % à soutenir la commémoration avant l'attentat de Tetamanu (le lieu de l'attentat venait de fuiter dans l'*Independiente Planet*).

Il ne s'inquiéta pas outre mesure, il avait appris à ne pas réagir à chaque emballement de l'émotion des Terriens, depuis que l'Ekklesia avait été mise en place. La démocratie la plus directe qui soit. Le pire des systèmes, à l'exception de tous les autres.

Harold, l'un des conseillers, l'interpella.

— Président, vous êtes attendu à Tristan da Cunha, sur le chantier de la Nouvelle Babel. Tous les architectes sont là. Ils sont arrivés il y a trente minutes et...

— Et quoi ? Ils m'attendent dans la salle, c'est ça ? Ils n'ont rien à faire d'autre ? Pourquoi est-ce qu'ils ne se téléportent pas là où ils seront plus utiles, pour revenir quand je serai libre ?

— C'est qu'ils pensaient que...

Ces excès de politesse, des architectes, des conseillers, des députés du Congrès, des journalistes, excédaient Galiléo Nemrod.

Il avait été élu à la tête de l'Organisation Mondiale des Déplacements il y a quinze ans maintenant. À plus de soixante ans, sa cote de popularité restait forte dans l'opinion mondiale, ne descendant jamais au-dessous de 60 %, mais il savait que cette popularité était avant tout due au fait que les Terriens s'étaient habitués à le voir sur tous les écrans de la planète, qu'ils trouvaient rassurant son visage de grand-père poivre et sel, qu'ils aimaient sa voix assurée et posée, qu'il incarnait un symbole de paix, protecteur, un peu à l'image des représentations de dieux anciens. Si la sécurité des habitants venait à être menacée, s'ils ressentaient le moindre danger, sa cote d'amour chuterait immédiatement. Les gens se fichaient de l'histoire et de la géographie, des considérations techniques sur la téléportation, des fondements politiques sur lesquels reposait toute l'organisation mondiale, tout ce qu'ils voulaient c'était se déplacer partout le plus librement possible et être à l'abri chez eux.

Harold s'impatientait.

— Que ces architectes commencent sans m'attendre ! trancha Galiléo. Ils sont plus compétents que moi. Je regarderai les plans...

Il tira lui-même sur le rideau et jeta un bref coup d'œil en direction de l'esplanade de la Paix d'Hiroshima, dominée par la carcasse squelettique du dôme de Genbaku, le tertre funéraire où reposaient les cendres de plus de soixante-dix mille victimes et la flamme au centre du mémorial, éteinte depuis que les dernières armes nucléaires avaient été éradiquées. Une dizaine de journalistes n'avaient pas quitté la conférence de presse, et discutaient. *Les meilleurs journalistes*, avait toujours pensé Galiléo, *sont ceux qui restent sur place quand tous les autres, après un événement, se sont déjà téléportés vers leur rédaction pour colporter plus vite encore le scoop.*

Le président interpella Harold.

— Lui ! Le jeune journaliste brun, sous l'arche de granit du cénotaphe, celui de l'*Independiente Planet*. Faites-le venir.

— Pourq...

— Ne discutez pas toujours tout, Harold. Dites-lui simplement que je lui accorde un entretien. Exclusif. Trente minutes, qu'il pourra publier intégralement.

Galiléo jeta un regard appuyé aux chiffres de l'Ekklesia, et Harold comprit enfin.

— Bien sûr, président, je vais le chercher...

11

Stade Maracanã, Rio de Janeiro

Le virage nord du stade Maracanã était entièrement auri-verde. *C'est joli*, pensa Cléo, *très joli*. Elle aussi se sentait jolie dans sa robe courte verte et or, raisonnablement décolletée, ses cheveux longs retenus par des broches-papillons qu'elle avait dénichées chez Leticia, une petite boutique artisanale, lors d'une promenade sur les berges du Manacapuru, un affluent de l'Amazone où quasiment jamais personne ne se téléportait.

Même si Cléo appréciait plus que tout sa solitude, elle se surprenait à aimer cette liesse populaire dans les tribunes. À côté d'elle, siège 38B, Élias était habillé d'une impeccable chemise jaune et d'un bermuda vert. Élias était un beau gar-çon, Élias possédait un beau sourire, un sourire profession-nel d'architecte vous promettant de bâtir la maison de vos rêves dans les endroits les plus convoités du monde. Élias était sérieux, Élias était amoureux, et Cléo se demandait bien pourquoi. Il devait exister des millions de femmes dans le monde qui auraient aimé être à sa place, disposées à passer le reste de leur vie à rendre Élias heureux.

Cléo s'en voulait, elle recherchait des arguments, des défauts à Élias, pour essayer de comprendre pourquoi elle ne ressentait rien pour cet ami d'enfance qui la regardait comme si elle était la femme la plus précieuse de la terre. Elle n'en trouvait pas. Le seul charme qu'elle concédait à Élias était paradoxalement son seul défaut : une timidité de petit garçon dès qu'il s'aventurait sur le chemin des confidences.

— Je... Je suis désolé, Cléo. D'être... D'être passé par ta maman pour t'inviter. En fait, ça ne s'est pas passé exactement de cette façon. J'en ai parlé à maman, la mienne, j'avais deux places, j'étais seul, et elle l'a répété à la tienne. Elles ont un peu comploté dans notre dos et...

Cléo trouva adorable cet aveu que beaucoup de femmes auraient pris pour de l'enfantillage, de la lâcheté, voire de la goujaterie. Élias n'était au fond qu'un célibataire qui confiait ses peines de cœur à sa mère.

— Tu as eu raison. Si tu avais osé m'inviter direct, je n'aurais sûrement pas accepté. Tu me connais depuis le collège, je suis un petit animal sauvage, je ne réponds à aucun message. Ma mère est la seule à avoir accès à mon espace privé. L'horreur, d'ailleurs ! T'as pas une combine pour l'empêcher de se téléporter face à moi avec sa tasse de thé et ses tartines beurrées quand je prends à la cool mon petit déjeuner ?

Élias éclata d'un rire franc.

— M'en parle pas ! Moi, un soir de fiesta, j'ai autorisé l'accès de chez moi aux TPC d'une vingtaine de potes. Résultat, quand je rentre du boulot, j'en retrouve en permanence une dizaine en train de camper dans mon canapé.

Cléo éclata elle aussi de rire, sans retenue.

— Tu es belle quand tu ris, Cléo, tu n'as jamais été aussi belle.

Le timide, petit à petit, osait.

— Merci ! (Cléo caressa du bout des doigts les ailes de ses papillons amazoniens.) Tu sais, j'ai quand même réussi à passer dix minutes toute seule dans ma salle de bains et à choisir ma robe sans que ma mère s'en mêle. Je l'ai virée en lui faisant croire que tu arrivais !

— Chez toi ?

— Oui !

Élias rougit. Ça le rendait mignon, pensa Cléo... et un peu aussi couillon. S'était-il déjà une fois téléporté dans la chambre d'une fille ? Elle but quelques gorgées du jus de mangue pressée qu'Élias était allé galamment lui chercher dans un bar branché de Rockhampton, sur la côte est australienne, alors que lui se contentait d'un Coca, tout en observant le gigantesque stade Maracanã autour d'elle. Cent vingt mille personnes. Chaque place valait une fortune. Chaque personne présente ici n'aurait sans doute ce privilège qu'une fois dans sa vie.

Si la grande majorité du stade était colorée de jaune et vert, toutes sortes d'autres drapeaux étaient agités dans les tribunes. Trois rangs sous elle, un groupe d'Asiatiques remuaient frénétiquement des fanions coréens, chinois et japonais.

Élias les observait, fasciné.

— Tu vois, c'est tout ce qui reste des anciens États. Des équipes sportives payées à prix d'or par des grandes marques. Quand j'étais jeune, avoua-t-il, je connaissais par cœur tous les maillots et les drapeaux du monde. Les deux cent dix ! Maman m'interrogeait chaque soir et je ne me trompais jamais. Puis ensuite, j'ai eu d'autres passions. J'ai appris à reconnaître les logos des cent plus grandes entreprises mondiales, puis j'ai collectionné les blasons des châteaux européens anciens...

Cléo trouva étrangement attendrissantes ces manies de vieux garçon.

Élias était un être solitaire lui aussi, à sa façon.

Peut-être finirait-elle par se laisser charmer...

12

Tetamanu, archipel des Tuamotu, Polynésie

Mi-Cha tendit la carte mémoire de la microcaméra à Artem pour qu'ils la partagent sur les écrans de leurs tabletas. Le commandant Akinis la saisit entre son pouce et son index, elle mesurait à peine cinq millimètres. Il resta un instant à observer les infinies nuances bleues du lagon, en contraste avec les gouttes écarlates qui perlaient au bout de ses doigts. Sa petite adjointe l'avait encore bluffé ! Qui aurait pu croire qu'une poupée coréenne habillée en fashion victime puisse sans sourciller sortir un canif de sa poche, découper l'œil droit d'un berger allemand abattu d'une balle entre les deux oreilles, et plonger les doigts entre nerfs et chair pour en extraire une caméra miniaturisée ?

Babou lui tendit un mouchoir en wax pour qu'elle essuie ses mains ensanglantées.

— Officiellement, expliqua Mi-Cha, les propriétaires implantent ces microcaméras dans l'œil de leurs chiens pour savoir en permanence où ils se trouvent. Ça sert aussi pour les assurances quand les toutous font des bêtises, mais en réalité, c'est surtout une excellente façon d'espionner ses voisins.

Babou siffla tout en sortant sa tableta, une antiquité datant d'au moins six mois.

— D'accord, fit Artem qui, après avoir inséré la carte mémoire, venait de connecter les appareils de ses deux adjoints au sien. Découvrons ce que ce pauvre chien a vu avant de mourir.

Ils élargirent sur une trentaine de centimètres l'écran plastique étirable de leur tableta. Le commandant rembobina la vidéo à l'heure supposée du meurtre, environ cinq heures auparavant, tâtonna un peu, ne vit longtemps qu'un écran noir (le chien devait dormir), puis des mouvements brusques de jambes, de pieds, d'herbe et de sable, avant que le film ne se stabilise sur des images plus nettes de la plage.

Les trois policiers laissèrent la vidéo défiler quelques minutes, en l'accélérant dès qu'ils ne voyaient rien de plus intéressant que des vols de moustiques ou le frétillement des feuilles de palmiers. Le regard du berger allemand s'arrêta enfin, tourné vers l'horizon. Il avait vu quelque chose, venant de la mer, loin devant lui.

Artem, Mi-Cha et Babou plissèrent les yeux, pressés de découvrir ce que Rolf avait repéré (ils avaient appris son nom, par la voix de son maître, qu'on apercevait parfois, coiffé de sa casquette verte, penché au-dessus du museau de son chien). L'image était toujours figée, tournée vers le Pacifique, quand ils entendirent un cri, puis tout s'accéléra.

Ils virent l'homme à casquette courir sur la plage. Rolf se rapprochait, le dépassait, la microcaméra fixa un instant une noix de coco avant que l'image ne se redresse devant le crâne explosé du retraité. Sans le moindre son de détonation. Le coup avait dû être tiré à plus d'un kilomètre.

L'image s'était à nouveau arrêtée, gros plan sur le cadavre. Rolf observait son maître, sans comprendre. L'instant suivant, tout bascula, définitivement cette fois. Une vague rouge noya l'écran.

Rolf avait été abattu, à distance, quelques secondes après Rupert Welt.

Artem fit gicler une pluie de sable d'un coup de pied rageur. La microcaméra du chien ne leur apprendrait rien ! Ni des tueurs, ni de comment ils s'étaient approchés de Tetamanu. Les assassins avaient pris leurs précautions et éliminé tous les témoins, de loin. Même en zoomant au maximum sur les plans du Pacifique, la résolution optique ne serait pas assez puissante pour les identifier.

— Merde ! reprit Artem sans se calmer. C'était pourtant une sacrée bonne idée.

Mi-Cha semblait tout aussi déçue. Les trois policiers se redirigèrent vers les paillotes, où l'équipe de Valéryah Everianov s'affairait autour des cadavres.

— Il doit forcément y avoir un moyen de découvrir ce qui s'est passé, répéta le commandant. Terredemerde, le monde entier a les yeux braqués sur nous et sur cette enquête.

Babou marchait à leur côté, sans parler. Il s'arrêta soudain, à l'ombre des cocotiers, et leva les yeux vers le toit de la paillote *Frangipanier*. Le commandant Akinis et la capitaine Kim ralentirent à leur tour, essayant de repérer ce que le lieutenant Diop avait remarqué.

— Mon petit Cha, fit Babou, éclaire-moi. Si les gens sont devenus assez timbrés pour implanter des caméras dans les yeux de leurs toutous, pourquoi ne seraient-ils pas assez dingues pour faire la même chose… avec leurs matous ?

Un chat tigré, bien vivant, les observait du haut du toit de paille.

La jeune Coréenne n'eut pas le temps de répondre, le commandant avait déjà réagi.

— Mi-Cha, t'es la plus souple de nous trois, tu grimpes sur le toit et tu m'attrapes ce chat. Si par miracle…

La capitaine sourit, et avec la souplesse d'une petite souris, commença à escalader les murs de bambou. Les trois médecins légistes, derrière la fenêtre de la paillote *Frangipanier*, eurent juste le temps de voir sa minijupe Vivaldi flotter devant leurs yeux.

13

Esplanade des Mosquées, Jérusalem

— C'est un grand honneur, président. Pour moi, pour mon journal…

— Ne perdez pas de temps, je n'ai que trente minutes à vous consacrer.

Lilio de Castro alluma sa tableta. Tout le monde en possédait une, dans son sac ou dans sa poche, même si elles servaient désormais moins à téléphoner qu'à consulter des informations en direct, projeter des images, jouer, ou juste donner l'Heure Universelle.

Le journaliste prit ostensiblement le temps de regarder autour de lui. Il s'était téléporté, avec le président Nemrod, sur cette colline qu'on appelait auparavant l'esplanade des Mosquées. La place, au cœur du vieux Jérusalem, avait été sécurisée avec un Taux d'Occupation limité à deux personnes, mais Lilio pouvait apercevoir la foule de touristes se masser au-delà du mur des Lamentations. Un soleil aussi doré que la coupole du dôme du Rocher brillait au-dessus de leur tête, multiplié en kaléidoscope par les panneaux solaires disposés entre les tombes du mont des Oliviers.

Nemrod avait emporté une bouteille d'eau et deux verres, qu'il posa devant eux.

— Une première question tout de même, président, demanda lentement Lilio. Pourquoi moi ? Mon journal est loin d'être le plus lu dans le monde.

— Mais il est de loin le plus impertinent ! Vous le savez bien. Le seul à discuter les principes de la Constitution de 2058, le seul à publier des cartes du monde ancien, le seul à avoir eu l'audace de publier des éditions en langues anciennes !

Le journaliste sourit.

— Un fiasco, président. Plus personne n'est capable de les lire... On a vendu moins de quinze mille exemplaires de nos éditions en anglais et en mandarin, uniquement à quelques collectionneurs.

— Le seul, continua Nemrod, à pousser la provocation jusqu'à publier un compte rendu d'un ouvrage interdit, *Droit du sang...*

— Pour en dire le plus grand mal, président.

— Je vous l'accorde. Mais aucun autre journal n'a osé en parler.

— Pourquoi nier la réalité ? osa affirmer Lilio. Cet ouvrage, soi-disant interdit, circule partout dans le monde. Autant en proposer une critique argumentée.

— Je suis tout à fait d'accord avec vous, monsieur de Castro, même si le Congrès ne m'a pas suivi sur ce point, d'où mon invitation pour cet entretien. Vos lecteurs sont ceux que je souhaite convaincre ! Par quoi souhaitez-vous commencer ?

— Par l'actualité ? Le massacre de Tetamanu.

Le président Nemrod secoua négativement la tête.

— Vous me décevez, monsieur de Castro. J'ai déjà dit devant une forêt de micros tout ce que je savais. La police agit, enquête, au moment où nous parlons. Je n'accorde pas un entretien privé à votre journal pour parler d'un fait divers, je vous ai choisi parce que vos lecteurs sont ceux qui s'interrogent sur les fondements de notre monde et de ses institutions.

Lilio but une longue gorgée d'eau. Il regarda autour de lui l'immense place déserte. Il n'ignorait évidemment pas pourquoi Nemrod l'avait amené sur l'esplanade. Les religions les plus meurtrières de l'histoire de l'humanité s'étaient affrontées ici pendant des siècles, revendiquant ce même caillou au prétexte que sous la mosquée Al-Aqsa reposaient les ruines de l'ancien temple de Jérusalem.

— D'accord, président. Si vous me prenez par les sentiments... Ne trouvez-vous pas que la Constitution de 2058, aujourd'hui, pourrait être, disons, assouplie ?

— L'article 1 ?

— Par exemple. Et les suivants...

Le président se frotta les mains. Un sourire de professeur qui va dérouler sa démonstration préférée se dévoilait entre les poils de sa barbe grise.

— Constitution mondiale du 29 mai 2058. Article 1 donc : *Une seule Terre, un seul peuple, une seule langue.* Article 2 : *La Terre est la propriété de tous les Terriens. Toutes les frontières sont abolies, à l'exception de celles garantissant la propriété privée. En conséquence, il n'existe désormais que deux formes d'appropriation de l'espace terrestre : individuelle ou universelle. Tout territoire n'appartenant pas à un citoyen appartient à tous les Terriens. Toutes les autres formes d'appropriation collective d'un territoire, qu'elles soient locales, régionales ou nationales, sont considérées comme liberticides et démocraticides, et donc interdites.* (Le président marqua un bref temps d'arrêt, avant d'enchaîner.) Article 3 : *Il n'existe pas de limites à la libre circulation des individus, dans le respect de la capacité d'accueil de chaque lieu, fixée par le Taux d'Occupation.*

— Taux d'Occupation qui peut entraîner des profits très juteux, commenta Lilio.

— Et sauver des millions de vies ! Avez-vous oublié qu'au début du XXIe siècle, pour tenter de contrôler les pandémies, on confinait encore les gens chez eux ? Comme au Moyen Âge ! Seuls les Taux d'Occupation, avec l'instauration d'une distance-barrière étendue entre les individus, ont permis de concilier santé et liberté !

Le journaliste parut agacé.

— D'accord, président, j'admets bien volontiers les bienfaits de la Constitution de 58, et j'en connais le principe : la seule frontière tolérable est celle de la propriété individuelle. Tout espace qui n'est pas privatisé appartient, et est donc accessible, à chaque Terrien. Mais pourquoi une application aussi stricte d'une telle règle ? Tenez, observez, ces Allemands tués sur Tetamanu, ils étaient dix à posséder un atoll en copropriété. (Le président Nemrod fronça les sourcils, se demandant comment Lilio de Castro avait pu obtenir cette information confidentielle aussi rapidement.) C'est le seuil maximum autorisé, mais pourquoi limiter l'achat d'un espace privé à dix personnes ? Pourquoi ne pas autoriser des groupes d'individus de quelques dizaines, quelques centaines, quelques milliers de Terriens à gérer un territoire dont ils auraient la responsabilité ? Des individus qui auraient des affinités, des goûts communs, une histoire commune, un projet commun... ou simplement des voisins.

Cette fois, le président Nemrod sembla apprécier la question du journaliste. Il s'enfonça dans son siège et lui adressa un regard bienveillant.

— Les Terriens ont oublié l'histoire du monde, monsieur de Castro. Beaucoup d'habitants de cette planète pensent même que ce qui s'est passé avant leur naissance n'a pas vraiment existé, ou du moins, n'a pas beaucoup d'importance. Laissez-moi vous expliquer. Ce sera un peu long mais vous publierez ce que vous voulez...

Le président se lança dans un monologue, usant et abusant de références historiques pour marteler ses convictions philosophiques, écoutant à peine les relances de Lilio, ou à l'inverse, l'interpellant comme s'il était un enfant à qui il faut expliquer plusieurs fois, lentement et avec pédagogie, des vérités indiscutables. Sans le convaincre pourtant.

Nemrod s'arrêta enfin, il avait soliloqué pendant près de vingt-cinq minutes. Il restait à Lilio à peine cinq minutes d'interview. Le regard du journaliste embrassa à nouveau les collines ensoleillées entourant Jérusalem, peinant à imaginer les massacres commis sous ses pieds pendant des millénaires, uniquement parce qu'une bonne partie de l'humanité était persuadée qu'un certain Mahomet s'était téléporté d'ici jusqu'au paradis, et une autre que cet exploit avait déjà été réalisé quelques siècles plus tôt par un dénommé Jésus-Christ. Il s'efforça de se reconcentrer. Cinq minutes pour aborder les trois sujets les plus brûlants. Tout se jouait maintenant, en une poignée de mots.

— Président, il nous reste peu de temps, pouvez-vous nous parler, pour terminer, de la Nouvelle Babel ? L'opinion mondiale semble de moins en moins favorable à cette célébration du centenaire de la téléportation. Elle la trouve dangereuse, dans le contexte d'insécurité actuel. Et vous ?

— Et moi ? (Nemrod joua avec conviction l'étonnement.) La décision ne m'appartient pas, elle appartient à l'Ekklesia, c'est-à-dire à tous les habitants de la Terre. Elle sera prise dans les heures qui viennent. Vous pourrez suivre son évolution en direct, tout comme moi et chacun des dix milliards de Terriens.

Lilio consulta sa montre. Il lui restait moins de trois minutes d'entretien.

— Bien, président. Vous avez commencé par me parler du livre d'Ossian, *Droit du sang*. Il expose tout de même certaines réserves sur votre utopie planétaire. Par exemple,

Ossian dénonce l'existence des assignés, ces citoyens privés de leur liberté de se déplacer et...

— Les assignés sont une légende, monsieur de Castro. Il existe dans ce monde quelques sédentaires pacifiques, et leur choix est tout à fait respectable. Il existe également, malheureusement, une poignée de criminels qui cherchent à violer les espaces privés pour s'enrichir, et notre Bureau d'Investigation Criminelle les traque, les arrête, pour qu'ils soient ensuite jugés et condamnés, le plus souvent, pour les plus dangereux, en réduisant leur droit de déplacement à leur strict espace privé. Mais en aucun cas il n'existe sur terre une zone de non-droit, où des bannis seraient exilés, et où nul autre n'aurait le droit de se téléporter. Il s'agit là de jolies légendes de romanciers...

Lilio se gratta l'oreille. Plus que deux minutes.

— Et PANGAÏA ? Même s'il est difficile de suivre les théories extrémistes d'Ossian, la toute-puissance de cette base de données ne paraît-elle pas inquiétante ? Tous nos déplacements sont connus, archivés, contrôlés, analysés, selon un algorithme qui...

— Selon des règles transparentes liées au Taux d'Occupation supportable d'un lieu et à sa capacité d'accueil à un instant T... PANGAÏA n'est qu'une machine qui gère chaque seconde des milliards de données géoréférencées, rien d'autre. Un gigantesque aiguillage, sans âme ni états d'âme, qui se contente d'arbitrer les désirs de déplacement de chacun. Des désirs exaucés dans leur quasi-totalité, chacun peut se déplacer où il veut. Mais tout le monde en même temps au même endroit, ce serait un peu compliqué, non ?

— Sauf lors de la cérémonie du centenaire, répliqua Lilio.

Nemrod laissa filer un instant de silence, touché par la réplique qu'il n'avait pas anticipée. Il se leva.

— Je suis désolé, monsieur de Castro, je dois vous abandonner.

Le journaliste devait tenter de tirer une dernière flèche. Lui, le pigiste anonyme, se trouvait face au président Nemrod ! C'était tellement inespéré, chaque seconde gagnée valait une vie entière de journalisme.

— Pour en revenir à Tetamanu...

— Justement, fit Nemrod, justement, je crois que j'ai du nouveau.

Il ne prononça pas un seul autre mot, se contenta d'appuyer sur son TPC, et disparut.

Lilio de Castro resta seul devant l'esplanade des Mosquées. Pas longtemps. Presque immédiatement, des dizaines de touristes apparurent autour de lui. L'OMD venait d'autoriser à nouveau les téléportations sur la place, l'une des plus touristiques au monde, dont le Taux d'Occupation approchait les 0,78 habitant au mètre carré. Lilio se sentit pris dans un tourbillon assourdissant. Il repensait aux derniers mots du président Nemrod, avant qu'il ne disparaisse brusquement.

Je crois que j'ai du nouveau.

Le journaliste posa à son tour son doigt sur son TPC.

Lui non plus n'avait pas le temps de traîner.

D'une seconde à l'autre, le coup d'envoi serait donné.

14

Stade Maracanã, Rio de Janeiro

Un tonnerre de cris de joie accompagna l'entrée des deux équipes, allemande et brésilienne, sur le terrain. Une bonne partie du public se leva. Cléo remarqua que la majorité des spectateurs étaient âgés, corpulents, et n'avaient pas dû faire de sport depuis longtemps. Maman avait peut-être raison, admit Cléo, obtenir deux places dans ce stade, alors qu'Élias avait moins de trente ans, était exceptionnel... Seuls quelques rares autres supporters avaient leur âge.

Celui-ci par exemple, une dizaine de sièges plus bas. L'institutrice venait de repérer, indifférente au chahut du Maracanã, le jeune journaliste qu'elle avait vu interroger le président Nemrod à la télévision. Elle reconnaissait son profil d'aigle inquiet, à l'affût de chaque détail. Rien d'étonnant, se dit Cléo, ce type devait être un de ces journalistes à la mode, accrédités pour se téléporter partout où se braquaient les caméras de la Terre entière. Une sorte de grand reporter, un type presque irréel qui devait mener une existence fascinante, sautant d'un événement à l'autre, en apprenant plus sur le monde en une journée qu'elle n'en découvrirait en une vie.

Une main l'attrapa par l'épaule, cassant la magie. Élias se laissait lui aussi gagner par l'euphorie.

— Rien ne vaut l'ambiance d'un match en direct ! hurla-t-il en agitant son petit drapeau du Brésil.

Le stade entier scandait le nom des joueurs. Cléo n'en connaissait aucun. Elle essaya de se concentrer, mais elle ne parvenait plus à apercevoir le journaliste, masqué par les spectateurs debout applaudissant l'échauffement des vingt-deux joueurs.

— Tu te souviens, fit Élias, quand on était petits, ils ont tenté d'imposer les jeux Téléolympiques. Les épreuves avaient lieu un peu partout, simultanément, pour qu'un maximum de personnes puissent y participer, mais ils sont vite revenus aux sports à l'ancienne, un ballon, deux équipes, un terrain et un stade !

— Où seuls une poignée de privilégiés peuvent assister au match, commenta Cléo.

— Et des milliards à la télé ! C'est le même rêve pour tout le monde ! C'est quoi ton équipe préférée ?

Cléo n'en avait aucune idée. Elle essayait de retrouver son beau journaliste sur l'un des écrans géants de la tribune d'en face. Élias attendit sa réponse, se résigna, et osa poser sa main entre le bas de la robe de Cléo et son genou.

Cléo frissonna, vida son gobelet de mangue pressée.

— Tu... tu veux boire autre chose ?

La main d'Élias tremblait. Le pauvre garçon était cramoisi.

— Non... non merci, Élias, c'est gentil.

Élias hésita, puis de sa seule main libre, débarrassa Cléo de son gobelet et le jeta dans le trou à déchets creusé sous leurs pieds. Sa bouteille de Coca suivit le même chemin. Ils disparurent aussitôt, envoyés vers une usine de recyclage quelque part sur terre. Élias, devant l'absence d'enthousiasme de Cléo, chercha un autre sujet de conversation.

— Je n'arrive pas à croire qu'avant, bafouilla l'architecte, on stockait tous les déchets dans des poubelles, des sacs ou des boîtes, et que tout restait là, pendant des heures, pendant des jours, avant qu'un pauvre type vienne les ramasser. Tu imagines un tel boulot ? Ramasser les déchets ! Et l'hygiène... Il paraît que les gens vivaient chez eux, avec des poubelles pleines, qu'ils ne vidaient qu'une ou deux fois par semaine.

Cléo scrutait toujours les écrans géants. La main d'Élias restait posée sur son genou nu, sans qu'il ne s'aventure sous les coutures. Il avait dû se rendre compte que son couplet sur les poubelles n'avait rien de romantique. Sur le terrain, les deux équipes se rapprochaient du rond central avant le coup d'envoi.

— Cléo, devine pourquoi pratiquement tout le monde dans le stade supporte le Brésil.

Cléo n'avait en football que des connaissances très limitées. Elle savait juste que la Coupe du monde se disputait tous les quatre ans, dans les plus grands stades de la planète, que les équipes portaient le nom d'États disparus depuis longtemps, et qu'elle assistait à la finale, une sorte d'événement regardé par presque l'intégralité des dix milliards d'habitants sur terre, dont une bonne partie auraient rêvé d'être à sa place ici.

— Non...

Elle quitta enfin des yeux les écrans pour accorder un peu d'attention à son ami d'enfance.

— Bon, déjà, le Brésil était une belle équipe avant, avant la téléportation je veux dire, mais depuis, tout le monde aime encore plus cette région du monde. Tu vois, tout le monde s'y est déjà téléporté au moins une fois. Le Brésil représente des tas de symboles positifs que tout le monde adore : le soleil, la plage, la samba, le carnaval, et le métissage aussi, les peaux de toutes les couleurs. C'est un des lieux sur terre où on fait le plus l'amour (Élias avait encore rougi). Je le vois bien à mon boulot, la plupart des gens rêvent de construire au Brésil, c'est l'une des marques les plus cotées !

La main d'Élias remonta un peu sur la jambe de Cléo, à l'abri d'un des premiers plis de sa jupe. Au fond, pensait Cléo, Élias était un garçon cultivé, intelligent, galant, timide et néanmoins entreprenant. Pourquoi n'arrivait-elle pas à se laisser séduire ?

— En face, continua Élias, on a les méchants Allemands !

— Pourquoi méchants ? demanda Cléo.

Élias méritait bien qu'elle fasse l'effort de relancer de temps en temps la conversation.

— Eh bien, parce que pour déclencher les passions, il faut des bons et des méchants ! Avant qu'on naisse, ça n'avait rien à voir. Les gens supportaient l'équipe de l'endroit où ils habitaient, celle de leur pays si tu veux, mais tout ça c'est fini, tu connais la chanson, *un seul peuple, une seule Terre…* C'est formidable pour la politique, pour les droits des Terriens, on est tous d'accord, mais pour le sport, si on ne peut pas choisir son camp, c'est plus du tout marrant. Alors il a fallu faire semblant et inventer des bons et des méchants. Presque tout le monde veut que le Brésil gagne, et presque tout le monde que les Allemands perdent, c'est comme ça. En Allemagne il fait froid, la mer est rare et gelée, les gens y travaillent, mais plus personne n'y habite. Il paraît en plus que leur langue était l'une des plus moches à parler et, pour ne rien arranger, l'Allemagne est restée un peu le symbole du nationalisme, tu dois enseigner ça à tes enfants, les guerres mondiales, les nazis et tout ça. Donc voilà, l'Allemagne est juste une marque qu'il est commode de détester, que peu de personnes vont défendre, à l'exception de quelques nostalgiques des grosses voitures que les Allemands produisaient avant…

Cléo n'écoutait plus le discours d'Élias, ou d'une oreille distraite seulement. Peut-être n'était-elle pas séduite par lui uniquement parce qu'il était ennuyeux. Plus allemand que brésilien, au fond, même si Cléo n'était attirée ni par l'un ni par l'autre. Ni par les valeurs de rigueur, ni par celles de la fête populaire. Si on lui avait demandé de choisir, elle se serait plutôt tournée vers celles, intimes et discrètes, qu'on attribuait aux marques des anciens pays du Nord, l'Islande, la Laponie, ou des îles lointaines, les Marquises ou les Galápagos. Est-ce qu'avant, il y avait une équipe de foot aux couleurs des Galápagos ? Ne serait-ce qu'un drapeau ?

Cléo ne le saurait jamais. Le coup d'envoi venait d'être lancé sous les clameurs. Le stade s'enflamma à chaque passe brésilienne, même si une poignée de supporters allemands, coiffés de perruques blondes, bières à la main, donnaient de la voix dès que leur équipe franchissait la moitié du terrain, et plus encore à cet instant précis, quand un attaquant allemand déborda et faillit marquer. La main d'Élias se crispa sur la jambe de Cléo.

— Il y a quelques années, murmura-t-il comme pour se faire pardonner, on a soupçonné l'équipe allemande de tricher. Certains ont prétendu que les joueurs utilisaient une technique de microtéléportation. Ils se téléportaient d'un ou deux centimètres, c'était invisible pour le spectateur, mais ça leur permettait de courir plus vite, de sauter plus haut. C'est évidemment interdit, mais on n'a jamais pu prouver...

Cléo s'en fichait ! Cléo se sentait perdue. L'espace d'un instant, elle avait revu son journaliste sur l'écran géant, puis elle l'avait perdu, il semblait bouger sans arrêt.

L'équipe brésilienne se déployait en un contre fulgurant. *Vamos, vamos,* hurlait le stade en fusion. Élias se pencha, risqua un bisou sur la joue de Cléo. Elle ne le repoussa pas.

Elle ne comprenait plus rien au monde qui l'entourait. Comme étrangère à tout ! Cela aurait été si simple de s'intéresser à ce match de foot, comme tout le monde, de se laisser embrasser par ce joli garçon, de l'annoncer à sa mère qui lui aurait sauté au cou, d'aller faire l'amour sur une île au soleil, comme tout le monde, de se marier dans vingt ans à Saint-Pierre de Rome. Pourquoi ne pouvait-elle pas se contenter de ça ? Pourquoi était-elle si différente ? Si indifférente à ce monde tellement heureux ?

— Détends-toi, Cléo, fit Élias en se levant alors que le stade entamait une ola. Détends-toi ! Il fait beau, les gens s'amusent, on est à Rio ! Le monde est beau, Cléo, le monde n'a jamais été aussi beau ! C'est ça le monde global, le soleil, le ciel bleu, la musique, la liberté, la fête.

Élias a raison, se forçait à penser Cléo, le monde est devenu une fête.

Más rápido ! continuait de crier le stade.

Cléo apprenait à ses élèves qu'au temps des premières téléportations, et même un peu avant, c'est l'anglais qui était parlé partout sur terre. Puis dès les premières téléportations humaines, contre toute attente, l'espagnol s'était imposé comme la seule langue mondiale, en quelques années, renvoyant l'anglais, le mandarin, le portugais et le français au rang de langues quasi mortes. L'espagnol était une langue plus simple, une langue qui chante, une langue du Sud et du soleil, où neuf Terriens sur dix se téléportaient quand ils quittaient leur espace privé ou leur travail. La langue de la fête... et puisque le monde était devenu une fête !

Ce sont pourtant les Allemands qui dominaient le début du match.

Un défenseur brésilien faucha un attaquant adverse en pleine surface.

Penalty !

— *Vendido !* hurla le stade à l'intention de l'arbitre.

— Le scénario est écrit, glissa Élias hilare à l'oreille de Cléo, tout en déposant un second baiser sur sa joue. C'est pour faire monter le suspense. Les Allemands marquent les premiers, puis le Brésil va revenir, égaliser et gagner.

L'avant-centre allemand s'avançait pour tirer. Tout le stade Maracanã retenait son souffle. La dramaturgie était magnifiquement orchestrée. Cléo avait décidé de faire un effort pour se laisser bercer par l'euphorie, d'arrêter de chercher ce journaliste sexy sur les écrans ou dans les rangs voisins, de se concentrer sur le match, de se concentrer sur son cavalier surtout, le bel et merveilleux Élias.

D'essayer de l'aimer.

Elle se pencha pour lui rendre son baiser, entre coin de joue et coin de lèvre.

C'est alors, avant même que l'attaquant n'ait le temps de frapper son ballon, pour ouvrir le score d'un match tenant en haleine le monde entier, que l'inimaginable se produisit.

15

Tetamanu, archipel des Tuamotu, Polynésie

— J'ai le résultat, Artem.

Le commandant se retourna vers Babou, délaissant un instant les lents mouvements d'approche de Mi-Cha. Son adjointe courait toujours après le chat. Visiblement traumatisé, le matou tigré s'était sauvé dès qu'elle était parvenue à s'accrocher au toit, et avait filé se percher dans le plus proche cocotier. La capitaine n'avait pas renoncé, et grimpait elle aussi au palmier, acculant le félin au sommet.

Ça prendrait le temps que ça prendrait...

Les légistes sortaient régulièrement, amusés, pendant que Valéryah les sermonnait, criant qu'elle avait d'autres urgences à gérer, alors on évite de mater les fesses de la gamine et on se concentre sur l'hémoglobine.

— Quel résultat ? demanda Artem.

Babou répondit sans cesser d'observer Mi-Cha agiter les branches du cocotier.

— La liste des téléportations récentes dans les îles alentour. On a un premier problème, Arty. Pour commettre un tel massacre, pour tuer Rupert Welt et son chien, il fallait être équipé d'un sacré matériel, quasi militaire, un truc qui pèse bien plus que cinquante kilos. Comment les tueurs, même s'ils se sont téléportés dans un port du Pacifique, ont-ils pu trimballer ça ? S'ils avaient une autorisation spéciale de PANGAÏA, on en aurait forcément une trace...

— À l'ancienne, comme tu dis ? Ils ont traversé l'océan en bateau avec tout le matos ?

— J'y crois pas. Ça leur aurait pris des semaines. Je suis certain qu'ils ont atterri dans un des ports les plus proches.

Le commandant se retourna à son tour vers le palmier. Son tronc paraissait secoué par un typhon qui ne se serait acharné que sur lui. Le chat, pourtant, s'accrochait.

— Tu as croisé les fichiers de PANGAÏA et du BIC ? Tu as repéré si des types ayant des antécédents criminels se sont téléportés dans les environs ?

— Non, aucun. Rien que des déplacements normaux, aucun mouvement suspect.

Babou hésita.

— Quoi ?

— Le recoupement de fichiers m'a tout de même sorti un nom, mais il n'a rien à voir avec un criminel.

— Dis toujours...

— Un journaliste. Lilio de Castro... Il bosse pour l'*Independiente Planet*. Il est classé dans le fichier du BIC uniquement parce qu'il a écrit quelques papiers qui discutent les premiers articles de la Constitution de 2058. J'ai vérifié, ce type n'a rien d'un terroriste. Il fait même parti du gratin des journalistes accrédités pour les conférences de presse du président Nemrod.

Le commandant parut prendre au sérieux l'information.

— Étrange comme coïncidence, non ? On a retrouvé le bouquin d'Ossian, *Droit du sang*, chez les Allemands, et l'*Independiente Planet* est le seul journal à avoir parlé de ce bouquin.

— Mouais, fit Babou, toujours aussi peu convaincu. De Castro m'a tout l'air d'un emmerdeur, à la limite d'un fouineur, mais certainement pas d'un tueur.

— Je l'ai ! triompha une voix au-dessus d'eux.

Radieuse, les bras écorchés de griffes, Mi-Cha tenait dans ses bras le chat tigré.

— Je l'ai appelé Darn Cat, comme l'espion aux pattes de velours. Il a eu très peur, le pauvre chou. Il habitait la paillote *Hibiscus*. Il est orphelin depuis ce matin. Vous voulez une bonne nouvelle, les garçons ? Ses pauvres défunts maîtres lui ont implanté une petite caméra derrière les yeux. Il a sûrement tout vu, caché dans un coin, et les tueurs, aussi malins et précautionneux qu'ils étaient, n'ont pas pensé à le soupçonner. Heureusement pour toi, mon chou (Mi-Cha continua de câliner le chat). Allez, viens, docteur Valéryah va t'extraire ta vilaine caméra, tu verras, elle ne te fera aucun mal.

— Soyons clairs, résuma Artem, on ne sait toujours pas combien étaient les tueurs, ni qui ils sont, ni comment ils sont arrivés, ni pourquoi ils ont tué ces dix retraités. Personne n'a rien vu, ni Rolf le chien, ni Justus le vigile.

— Reste Darn Cat, fit Mi-Cha, serrant toujours entre ses bras le chat, un gros pansement sur l'œil droit. Allez, c'est parti.

Cette fois, à l'aide de la tableta de la jeune Coréenne, ils projetèrent directement les images de la microcaméra sur le mur blanc de la paillote *Hibiscus*. Valéryah venait tout juste de téléporter les cadavres des retraités allemands vers la morgue de Mariestad. Artem et Babou s'assirent sur le lit alors que Mi-Cha restait debout, caressant son chat.

Darn Cat était vraisemblablement perché au-dessus d'un des toits, mieux placé que la plus précise des caméras. De son poste d'observation, le chat surveillait tout, de la rangée de cocotiers bordant la plage jusqu'à la place au centre des paillotes, et même à travers les maisons de bambou, par les portes ou les fenêtres. L'image était nette, stable, comme s'il avait assisté à toute la scène, immobile et caché.

Les trois policiers virent la scène de crime se dérouler devant leurs yeux, aussi précisément que s'ils avaient été présents, tous les trois, perchés sur ce toit.

Une première surprise les cueillit.

Ils s'attendaient à voir surgir un commando, au moins quatre ou cinq tueurs, cagoulés, armés. Ils ne virent s'avancer qu'un homme, seul, visage découvert. Une quarantaine d'années, blond, vêtu d'un pantalon et d'une veste en jean. Détendu, aussi tranquille que s'il était venu réparer la connexion des appareils électroniques sur l'île. Un poignard était glissé dans son ceinturon et un simple pistolet, muni d'un silencieux, serré dans son poing. Celui avec lequel, méthodiquement, il entrait dans chaque paillote et abattait les retraités endormis. Le tueur n'avait pas montré le moindre signe de panique lorsqu'il avait repéré que les occupants de la paillote *Hibiscus* s'étaient réveillés. Il s'était contenté de contourner la case, d'entrer en silence, et d'égorger l'homme assis sur son lit, dans le dos de la femme qui se tenait devant le lavabo, quelques mètres devant lui. La retraitée s'était retournée, terrifiée. Il ne lui aurait fallu qu'une seconde pour actionner son TPC, se téléporter, être sauvée, mais avec une assurance déconcertante, comme si cette seconde d'hésitation était largement suffisante, le tueur avait visé la femme, au poignet d'abord, puis pleine poitrine lorsqu'elle avait tenté de s'enfuir, avant de l'achever d'un dernier tir dans la nuque.

La méthode, calme et systématique, du tueur terrifia les trois enquêteurs. Qui était cet assassin progressant à visage découvert ? Déjà, leurs tabletas se connectaient aux bases de données planétaires de reconnaissance faciale. Plus personne ne pouvait rester anonyme dans le monde actuel. Dans quelques secondes, ils connaîtraient l'identité de ce monstre.

La suite du film fut plus sidérante encore.

Le tueur blond ressortit de la paillote *Hibiscus* pour se rendre dans la *Bougainvillier,* celle de Rupert et Minna Welt. Ils le virent sortir un livre du sac de toile qu'il portait sur son dos, ouvrir le tiroir de la table de chevet, et le glisser à l'intérieur.

Aucun doute, il s'agissait du livre d'Ossian. *Droit du sang.*

Que signifiait cette mise en scène ? Le tueur voulait-il faire croire que les époux Welt le lisaient, ou était-ce un message politique délibérément laissé à l'intention des enquêteurs ? S'il s'agissait d'un acte terroriste, pourquoi ne pas le rendre plus explicite ?

Les bases de données de reconnaissance faciale de Mi-Cha, Artem et Babou tournaient toujours sur leurs tabletas, sans aucun résultat. Quelque chose buguait, la reconnaissance de n'importe quel individu de la planète prenait habituellement moins de trois secondes.

Tant pis, ils élucideraient cette nouvelle énigme plus tard, pour l'instant tous se concentraient sur les derniers gestes du tueur. Cette fois, il ouvrait les tiroirs des armoires, les portes des placards, recherchant quelque chose. Il finit par trouver une enveloppe dans la paillote *Frangipanier* qu'il emporta avant d'entrer à nouveau dans le bungalow *Hibiscus.* Il fouilla avec la même méticulosité la pièce, pour enfin découvrir, dans un des tiroirs du bureau, ce qu'il cherchait : deux feuilles de papier cartonné, aux reflets argentés.

— Qu'est-ce que c'est ? demanda Mi-Cha, sans cesser de caresser Darn Cat.

— Impossible de lire, fit Babou, ton chat aurait pu s'approcher plutôt que de rester perché sur son toit.

Mi-Cha se contenta d'embrasser les poils du front de Darn Cat.

— Zoome, bordel, s'énerva Artem.

Mi-Cha confia Darn Cat à Babou, qui mima un geste de dégoût, mais accueillit tout de même le félin entre ses bras, puis elle s'activa sur sa tableta. L'image du tueur blond tenant les deux papiers cartonnés se figea.

Mi-Cha zooma, zooma, zooma.

— Sacrelune, murmura Babou. C'est ce qu'il venait chercher ? C'était ça, le trésor caché de ces retraités ?

L'assassin tenait entre ses mains deux places pour la finale de la Coupe du monde Brésil-Allemagne. Vraisemblablement, l'enveloppe en contenait plusieurs autres.

Le commandant Artem Akinis tenta de relier les éléments le plus vite possible.

Dix riches retraités allemands qui ont acheté des places pour la finale de la Coupe du monde ; un tueur qui débarque en bateau ; qui assassine tous les habitants pour leur voler cette dizaine de billets ; qui prend le temps de placer en évidence un livre considéré comme potentiellement inspirateur d'actions terroristes ; qui sans doute avant de partir gravera *Pitchipoï* à la pointe de son couteau sur le tronc d'un des cocotiers.

— À quelle heure a lieu le match ? hurla le commandant.

Mi-Cha consulta le Temps Universel sur sa tableta.

— Il est commencé depuis un bon quart d'heure.

— Nom du ciel, cria Artem, c'est un attentat ! Ce type prépare une attaque au Maracanã, toutes les caméras du monde sont tournées vers Rio. Grâce à ces places, des tueurs se sont introduits dans le stade et vont faire un carnage.

16

Siège de l'Organisation Mondiale des Déplacements,
île de Manhattan, New York

— Vous êtes sûr de vous, Akinis ?

— Président, vous en savez autant que moi. Ce tueur n'a pas assassiné dix personnes simplement parce qu'il était fan de foot et qu'il voulait assister au match.

Le commandant Artem Akinis admira le reflet du Palais de verre dans l'East River. Le siège de l'Organisation Mondiale des Déplacements avait été installé au cœur de Manhattan, dans l'immeuble ayant abrité pendant près de cent ans l'Organisation des Nations unies.

Le bureau de la présidence trônait au trente-neuvième et dernier étage, avec vue imprenable, à travers le fameux vitrail de la Paix de Chagall, sur les buildings pour la plupart désaffectés de Long Island.

Nemrod joua du bout des doigts avec sa barbe, prenant le temps d'une lente réflexion, qui pouvait passer pour de la sagesse et non une hésitation. Le président était réputé pour peser mûrement chacune de ses paroles, et plus encore chacun de ses actes.

— Il portait le livre d'Ossian, dites-vous, Akinis ? Il l'a volontairement laissé en évidence dans une des chambres, puis il a gravé *Pitchipoï* sur un arbre ?

— Exact, président.

Le regard de Nemrod descendit cent soixante mètres plus bas, jusqu'à l'entrée du siège de l'OMD. Si les deux cents drapeaux nationaux qui jadis entouraient le monument avaient disparu, l'immeuble était toujours gardé par la sculpture géante d'un revolver de bronze au canon noué, symbole d'un monde à présent non violent.

— Et vous me confirmez, commandant, qu'aucun de nos fichiers, de nos caméras, de nos banques d'images, n'est capable d'identifier cet homme ?

— Aucun ! Un véritable fantôme. Aussi impossible que cela puisse paraître, le visage de ce tueur n'a jamais été filmé par la moindre caméra.

— À part celle cachée dans l'œil d'un chat, murmura le président, presque pour lui-même.

Il se redressa brusquement, comme s'il s'apprêtait à prendre l'une des décisions les plus importantes de sa vie. Il fixa Artem Akinis droit dans les yeux.

— C'est sûrement du bluff, une mise en scène pour nous faire paniquer, mais nous n'avons pas le choix. Commandant Akinis, donnez l'ordre d'évacuer le stade Maracanã. Immédiatement.

17

Stade Maracanã, Rio de Janeiro

Le joueur de football allemand, au moment précis où il allait entrer dans la surface de réparation pour tirer le penalty, disparut.

Tout comme le gardien sur la ligne de son but.

Comme les vingt autres joueurs sur le terrain, comme les arbitres.

Sur l'immense pelouse, il ne resta plus que le ballon, et personne pour le regarder. En moins de cinq secondes, les cent vingt mille spectateurs du stade disparurent eux aussi.

La liesse, la fureur dans le stade laissèrent place à un stupéfiant silence. Le contraste entre les clameurs de la foule quelques instants plus tôt et le calme absolu qui régnait maintenant était sidérant.

C'est ce que pensa Cléo.

Elle apprécia ce miracle, l'absence totale de bruit dans ce stade gigantesque et vide, avec pour unique trace de vie ce ballon abandonné près du point de penalty.

Pourquoi ne s'était-elle pas téléportée ?

Quand, comme tous les autres, elle avait reçu ce message d'alerte à son poignet, ÉVACUATION IMMÉDIATE, pourquoi, comme les cent vingt mille autres spectateurs, n'avait-elle pas appuyé sur le bouton *casa*, celui permettant à chaque propriétaire d'un TPC de retourner en toute sécurité dans son espace privé, d'une pression de l'index.

Cléo n'en savait rien.

Elle constatait seulement qu'Élias, aussi galant et prévenant qu'il était, ne s'était posé aucune question et était parti, comme les autres, se réfugier dans son appartement de Piccadilly Circus, sans hésiter, sans se retourner, sans s'inquiéter de Cléo. Dans les films catastrophe, les héros saisissent leur amoureuse par la taille et ils fuient ensemble, main dans la main. Parfois le garçon va jusqu'à sacrifier sa vie pour que survive sa tendre moitié. Élias, lui, s'était volatilisé. La pression de la main de son prince charmant sur sa cuisse n'était plus qu'un souvenir. Un instant, Cléo imagina que c'est elle qui avait tout provoqué, qu'elle possédait un fabuleux pouvoir magique : faire disparaître par sa seule volonté tous ces gens qui faisaient trop de bruit, y compris ce prétendant trop collant dont elle ne savait pas comment se débarrasser.

Mais non, devait admettre la jeune femme, tous ces gens avaient simplement fui. Ainsi tournait le monde aujourd'hui. Un instant, ils étaient tous unis dans le même élan, dans un stade, dans une salle de concert, devant un écran géant de cinéma, à rire, danser, chanter, et l'instant suivant, chacun disparaissait chez lui, chacun chez soi, chacun pour sa peau.

Tout cela lui semblait si superficiel.

Voilà peut-être pourquoi elle ne s'était pas téléportée quand elle avait reçu le message d'alerte. Parce qu'elle attendait quelque chose d'autre. Quelqu'un d'autre ? Quelqu'un qui ne suivrait pas le troupeau quand on lui demande de rire, quand on lui demande de fuir...

— Impressionnant, non ?

Surprise par la voix derrière elle, Cléo se retourna.

— On dirait que nous sommes seuls tous les deux.

Le journaliste ! Le journaliste au regard d'aigle se tenait trois rangs au-dessus d'elle. Une expression ironique au coin des lèvres et l'air incroyablement sûr de lui. Il la regarda de la tête aux pieds, et parut apprécier sa robe verte et or, et plus encore les papillons dans ses cheveux.

— J'avais fait le vœu de me retrouver en tête à tête avec la plus belle supportrice de tout le stade, ajouta le journaliste. Je crois que le dieu du foot m'a exaucé.

Cléo se contenta de sourire. Elle n'osa pas avouer qu'elle avait dû formuler un vœu à peu près similaire. Le journaliste se rapprocha, descendant les trois marches. Il n'était pas très grand, à peine plus que Cléo.

— Sérieusement, c'est sans doute dangereux de rester ici, mademoiselle. Des milliards de personnes dans le monde regardaient ce match. Si l'Organisation Mondiale des Déplacements a donné l'ordre d'évacuer, c'est qu'ils avaient de bonnes raisons et...

Cléo leva le doigt et le plaça devant sa bouche, un geste d'institutrice un peu autoritaire pour lui signifier de se taire. Elle n'avait aucune envie que le journaliste rompe le charme de cet instant magique et devienne à son tour raisonnable. Elle prit à nouveau le temps de regarder le ballon orphelin sur le terrain, puis les drapeaux abandonnés dans les tribunes.

— Vous me protégerez... Si c'est si dangereux, pourquoi êtes-vous resté ?

Le journaliste parut apprécier l'assurance de Cléo. Il s'assit à côté d'elle, sur le siège qu'occupait Élias quelques secondes auparavant. Ils observèrent tous les deux la pelouse, comme si les joueurs allaient rentrer sur le terrain et que le match allait reprendre, rien que pour eux.

— Je suis journaliste. Je n'allais tout de même pas me sauver et rater ce qui allait se passer.

— Et qu'est-ce qui s'est passé ?

— Hélas rien... Apparemment.

Tous les deux fixèrent le ballon sur le point de penalty, puis éclatèrent de rire.

— Lilio, fit le journaliste en tendant la main. Lilio de Castro.

— Cléo. Cléo Loiselle.

Ils restèrent un moment silencieux.

— Je crois, ajouta Lilio, qu'on n'avait pas vu une telle évacuation massive depuis celle du Big One en 2057.

Cléo le regarda, étonnée. Visiblement, elle ne se souvenait de rien.

— Je n'étais pas née, s'excusa-t-elle, malicieuse.

Lilio devait être à peine plus vieux qu'elle.

— En 2057, expliqua le journaliste, les sismologues ont repéré que la faille de San Andreas, celle sur laquelle étaient construites San Francisco, Los Angeles et une bonne partie de la Californie, allait céder : le fameux Big One, le tremblement de terre attendu depuis deux siècles. Les villes californiennes ont été englouties dans les entrailles de la terre en moins de vingt minutes. Rayées de la carte ! Et pourtant, la catastrophe n'a fait aucun mort. Pas un seul. Tous les habitants ont reçu un message d'alerte quand la terre a commencé à trembler, tous se sont téléportés. C'est peut-être l'événement qui a définitivement converti les Terriens à la téléportation humaine… La Constitution mondiale a été votée l'année suivante.

Cléo écoutait Lilio parler. Elle le trouvait passionné, intelligent, différent. Elle le coupa sans attendre la fin de son couplet.

— Je vous ai vu… tout à l'heure. Avant le match, à la télé.

Le regard de Lilio se perdit dans le stade vide.

— Oui. J'ai posé quelques questions au président Nemrod. Je crois que ma carrière est en train de décoller. Tout s'accélère étrangement ces derniers temps.

Cléo comprit qu'il avait du travail, un article à rédiger sûrement, qu'il allait l'abandonner là. Elle tenta néanmoins sa chance, tout sourire, caressant avec conviction ses papillons. Une intuition stupide lui soufflait que le journaliste, aussi célèbre, occupé et ambitieux qu'il était, ne voulait pas non plus la quitter.

— Et maintenant on fait quoi ?

Elle désigna le ballon oublié.

— Vous vous mettez dans les buts et j'essaye de marquer ?

Lilio laissa fuser un grand éclat de rire, avant de redevenir sérieux.

— Où voulez-vous vous téléporter ?

— Je n'ai pas envie de me téléporter, j'ai envie de marcher.

Lilio la dévisagea avec un intérêt nouveau. Plus seulement parce qu'il la trouvait jolie.

— Vous... vous êtes vraiment exceptionnelle !

— Vous aussi.

Cléo le pensait sincèrement. Ce journaliste devant elle était un des rares garçons qui n'acceptaient pas les conventions, à l'opposé de ces millions de moutons. Elle n'était qu'une femme ordinaire, banale, démodée, qui jouait à la fière pour que cet homme lui accorde un peu de temps, un peu d'attention, avant de disparaître à son tour.

— Connaissez-vous les favelas ?

— Ça se mange ?

Le journaliste éclata de rire une troisième fois. Cléo aimait la façon bruyante dont il riait, dont sa barbe noire tremblait, dont tous ses traits se tendaient.

— Les favelas sont des quartiers de Rio. De vieux quartiers. La favela de Mangueira est à deux pas, derrière la ligne de chemin de fer. Plus personne ne s'y téléporte, vous verrez, c'est... c'est instructif (il marqua un silence). Et potentiellement dangereux. Promettez-moi que si nous faisons une mauvaise rencontre, ce coup-ci, vous vous téléporterez.

— Promis, si vous vous téléportez aussi. On règle nos boutons *casa* sur le même lieu ? Venise ? Saint-Pétersbourg ? Montmartre ?

Lilio se leva. Les tribunes vides offraient une saisissante impression de vertige.

— Venez, Cléo, vous avez raison, marchons. Si vous êtes d'accord, nous éviterons tous ces lieux de lumière, il y a encore des zones d'ombre en ce monde, beaucoup de zones d'ombre.

Il lui prit la main et ajouta :

— Faites-moi confiance.

PARTIE II
MONDES SAUVAGES

La Terre est la propriété de tous les Terriens [...]
Article 2, Constitution mondiale du 29 mai 2058

Entretien exclusif
avec le président Galiléo Nemrod,
par Lilio de Castro,
*pour l'*Independiente Planet
Partie 1/3

Lilio de Castro : Vous parliez de l'importance du passé, pré-sident ?

Galiléo Nemrod : Exact, monsieur de Castro. En un siècle de téléportation humaine, presque tous les habitants sur terre ont oublié trois millénaires d'histoire de l'humanité. Oh certes, on enseigne toujours à nos enfants l'histoire, chacun possède quelques points de repère, chacun situe à peu près les grands conflits, les révolutions, la colonisation, les deux guerres mondiales, la crise des populismes des années 2040. Les plus érudits se souviennent des grands découpages du monde de jadis, les empires, les États-Unis, la Chine, l'Union européenne. C'est si exotique, ces vieilles langues, ces vieux drapeaux, ces vieux uniformes, ces palais, ces temples, ces châteaux. Mais qui mesure aujourd'hui la révolution de pensée qui s'est effectuée ?

Lilio de Castro : Une révolution de pensée ? Pouvez-vous préciser ?

Galiléo Nemrod : Il y a moins d'un siècle, aucun être humain sur la planète, à part peut-être une poignée d'illuminés, n'avait de conscience planétaire ! Vous-même, monsieur de Castro, peinerez à vous le représenter, mais un habitant de la Terre ne réagissait pas en tant qu'être humain, il réagissait en tant que résident d'un petit coin de la planète auquel il pensait appartenir et dont il pensait qu'il lui appartenait. Il réagissait en tant que Français, Allemand, Chinois, Étasunien, Brésilien... Aussi étonnant que cela

117

puisse paraître, c'était le seul schéma de pensée possible. C'était celui qui régissait tous les choix politiques et donc toutes les décisions de tous les élus de chaque État sur la planète. La règle était simple : défendre son territoire, pourtant construit généralement par les hasards de l'histoire, uni par des langues qui se superposaient rarement avec ses frontières, et transcendé par des religions se fichant bien des nationalités. Les Français étaient prêts à mourir pour défendre la France, les Allemands pour l'Allemagne, les Anglais pour leur île. Monsieur Lilio de Castro, écoutez-moi bien : si on commence à essayer d'évaluer le nombre de gens sur terre qui ont été tués, affamés, violés, gazés, le plus souvent jeunes et en bonne santé, uniquement parce qu'un groupe d'êtres humains voulait défendre son espace vital, envahir celui du voisin ou le convertir, ça ne se chiffre pas en millions, oh non, mais en milliards de Terriens sacrifiés. De Gengis Khan à Napoléon, de Jules César à Hitler.

Lilio de Castro (laissant apparaître un léger agacement) : Je comprends, président. Je vous rassure, je connais mon histoire. Mais le monde a évolué. Après la Seconde Guerre mondiale, les frontières se sont stabilisées, l'économie s'est mondialisée, plus aucun grand conflit mondial n'a explosé. Un équilibre a été trouvé. N'est-ce pas cet équilibre qu'il faut préserver ?

18

Quartier des pêcheurs, Saint-Louis, Sénégal

Appuyé au balcon, le commandant Artem Akinis observait les vagues lécher les pieds des maisons de pêcheurs posées sur la langue de sable entre l'Atlantique et le fleuve Sénégal. Il avait pris l'habitude, avec ses deux adjoints, d'alterner leurs lieux de réunion. C'était au tour de Babou de les accueillir, chez lui, à Saint-Louis du Sénégal, où le lieutenant s'était aménagé une jolie villa dans l'ancien quartier colonial de la Venise africaine. Le policier en sortait de moins en moins. Il y vivait avec sa famille au sein d'une petite communauté de semi-sédentaires venus de tous les continents qui fabriquaient leur pain, élevaient leurs poulets, cultivaient leur riz, et se réunissaient pour jouer de la musique ou simplement regarder l'océan moutonner.

Artem se tourna vers Babou et Mi-Cha. Tous les deux buvaient un verre de bissap frais.

— Alors, du neuf ?

Mi-Cha vida son verre et se reconcentra. Elle projeta, sur le mur blanchi à la chaux de la villa, les données qui tournaient sur sa tableta.

— Oui, ça vient de tomber. Vous vous souvenez de notre suspect numéro un, le type fiché qui se trouvait à proximité de l'atoll Tetamanu ?

— Le journaliste ? fit Babou en posant lui aussi son verre.

— Lilio de Castro, précisa Artem. Une star des médias bientôt intouchable. Le président Nemrod lui a accordé un entretien privé cet après-midi.

Dehors, des pêcheurs tendaient leurs filets entre les arches métalliques du pont Faidherbe. Des enfants se téléportaient des rives du fleuve jusqu'à chez eux, dans leur cuisine, pour apporter des poissons encore frétillants. Artem adorait la vie paisible de Saint-Louis, le parfum d'éternité qui se dégageait des façades aux couleurs vives, des balcons en fer forgé d'où les habitants prenaient le temps de s'interpeller, de somnoler, de regarder le soleil se coucher. Il chassa une pointe de nostalgie, Babou l'avait souvent invité ici, à partager un poulet yassa avec sa famille. Il se souvenait s'être tenu sur ce même ponton avec Maryann, il y a quelques années, bien avant que Mi-Cha n'intègre le BIC.

— Eh bien, continua la jeune Coréenne tout en faisant défiler à vitesse vertigineuse les visages des cent vingt mille supporters assis dans les rangées du stade Maracanã, notre fameux journaliste a eu une journée bien remplie. Après sa virée dans les Tuamotu, son tête-à-tête avec Nemrod, il s'est rendu au stade !

L'image s'arrêta soudain sur le visage barbu et les cheveux corbeau de Lilio de Castro.

— Par contre, enchaîna Mi-Cha, aucune trace de notre tueur blond autour de Maracanã, ni d'aucun autre terroriste.

— Ils n'ont peut-être pas eu le temps de mettre leur plan à exécution ? suggéra Artem. Ils ne pouvaient pas prévoir l'évacuation. Sans l'œil du chat, jamais on n'aurait pu faire le lien entre le match et l'attentat.

Darn Cat ronronnait à ses pieds, la tête plongée dans une écuelle de lait de chèvre que Filo, la fille de Babou, lui avait apporté. Mi-Cha se baissa pour le caresser, sans cesser d'argumenter.

— La coïncidence est un peu grosse, non ? Ce Lilio de Castro se trouve à chaque fois là où il ne faut pas.

Babou s'était à son tour avancé sur le balcon ensoleillé. Sur la plage, des pélicans blancs jouaient aux caïds au milieu des poulets sauvages et d'une dizaine de chèvres. Depuis la fin du fléau des déchets, les rives de l'océan avaient été rendues aux oiseaux et aux ruminants.

— Où plutôt *là où il faut*, nuança le Sénégalais. Il doit être compétent, s'il a été choisi par le président. Il est logique qu'il se trouve en première ligne sur les points chauds.

— Près de Tetamanu avant même que le massacre soit commis ? s'étonna Artem. Dans le stade Maracanã avant même que l'alerte soit donnée ? Je veux bien que la qualité principale d'un journaliste soit l'anticipation, mais là, c'est carrément de la divination !

La queue de Darn Cat s'agitait devant le projecteur de sa tableta, chatouillant la barbe de Lilio de Castro.

— Pousse-toi, mon Darny chéri, glissa Mi-Cha d'une voix douce de maman attentionnée.

Elle se tourna vers le lieutenant et le commandant.

— Ne vous chamaillez pas, les garçons, j'ai une autre info qui va vous intéresser.

Elle continua de faire défiler les visages des supporters sur le mur blanc. Presque tous portaient des tenues auriverdes.

— Lorsque l'alerte a été donnée, expliqua la Coréenne, les cent vingt mille supporters se sont évaporés du stade comme une volée de moineaux. Tous sauf deux personnes. Elles sont repérables sur PANGAÏA aussi facilement que deux éléphants téléportés sur la banquise. La première s'appelle Cléophée Loiselle, une femme apparemment sans histoire, elle enseigne dans une école en France, habite une maison au Japon, banal, quoi. Et la seconde tête de mule à ne pas avoir activé son TPC, attention, roulements de tambours et battements de tam-tams... n'est autre que le fameux Lilio de Castro !

L'écran se partagea en deux parties. Deux visages s'affichèrent en gros plans. Ceux de Lilio et de Cléo.

Artem se leva d'un bond, coupant court à toute autre explication.

— On fonce ! On les embarque tous les deux. Ce type est dangereux ! (Il s'attarda un instant sur le visage de Cléo.) Et cette femme est en danger.

Mi-Cha ne réagit pas. Elle avait pris Darn Cat dans ses bras et le berçait comme un enfant.

— Trop tard, Arty.

— Quoi ? explosa Artem. T'as pas bloqué leur TPC ?

Babou, tout en laissant son regard glisser sur les murs colorés des maisons coloniales, écoutait avec intérêt leur conversation.

— Mon commandant, s'offusqua faussement sa jeune adjointe. Je vous rappelle que vous parlez à Mi-Cha Kim ! La petite reine de PANGAÏA. La fliquette la plus qualifiée de tout le BIC pour naviguer dans les arcanes des bases de données. Évidemment, j'ai bloqué leur TPC, c'est la première chose que j'ai faite. Ni ce journaliste, ni cette instit ne peuvent se téléporter.

— Alors on boucle le stade et on file les cueillir.

Artem activait déjà le TPC à son poignet.

— Ils ne sont plus dans le stade, Arty. Ils sont partis. À pied.

— À pied ? répéta stupidement le commandant.

— Ben oui, à pied, répéta à son tour Babou, réintégrant enfin la discussion. Une petite balade romantique dans la baie de Rio, je suppose (il détailla les deux visages projetés sur le mur). Le journaliste est plutôt mignon, et la petite institutrice carrément craquante. Tu ne trouves pas, Artem ?

Le commandant ne répondit pas, mais conserva les yeux fixés sur le visage de Cléo. Mi-Cha coinça Darn Cat entre ses bras et frappa dans ses mains.

— Hé oh, les garçons, on réagit ! Cette femme est peut-être la complice d'un terroriste qui a commandé l'assassinat de dix braves retraités, et raté de peu de multiplier par dix mille son exploit dans le stade Maracanã.

Elle cliqua sur sa tableta et projeta sur le mur une carte de Rio.

— S'ils sont partis à pied, ils ne peuvent pas être loin. Ils ont le choix entre l'université, le parc de Boa Vista et la favela de Mangueira. En mettant en place un commando Kangourou dans Rio, on devrait facilement les repérer.

Au sein du BIC, on appelait commando Kangourou une chasse aux suspects, en général à haut risque, où l'on ne posait jamais les pieds plus de dix secondes au même endroit.

— Babou, rugit le commandant Akinis, tu viens avec moi. On récupère une vingtaine d'hommes et on boucle le quartier.

Mi-Cha s'apprêta à déposer son chat près de son écuelle de lait, pour elle aussi se téléporter.

— Non, fit Artem. Ma petite reine de PANGAÏA, tu restes là. J'ai besoin de toi pour naviguer sur les bases de données (il se connecta à la tableta de Mi-Cha et fit réapparaître le visage du tueur blond sur l'écran). Jusqu'à preuve du contraire, le tueur, c'est lui. Cet homme a assassiné dix personnes pour voler les places pour la finale, mais il n'était pas dans le stade. Pourquoi ? Où est-il ? Qui est-il ? Comment peut-il apparaître et disparaître sans laisser aucune trace ? Tu me le localises, Mi-Cha, tu as compris ? Tu me le localises et tu me le neutralises.

— Bien, chef !

Elle s'assit devant sa tableta avec une moue boudeuse, et reprit Darn Cat dans ses bras.

— Au fait, avant que vous ne partiez jouer aux gendarmes et aux voleurs dans les rues de Rio, qui peut m'expliquer ce fameux mot gravé dans le cocotier, *Pitchipoï* ?

— Plus tard, mon petit Cha, eut juste le temps de répondre Babou.

Le lieutenant sénégalais et le commandant Akinis disparurent l'instant d'après. La capitaine resta seule dans la villa du vieux Saint-Louis, coincée entre mer et fleuve, entre cris d'oiseaux et rires d'enfants, face au portrait géant du tueur blond. Elle pressa plus fort son chat contre son cœur, elle adorait son grand regard bleu, son museau rose humide, la douceur de son poil de soie, et se fit la réflexion qu'avec un nœud rose entre les oreilles, il serait encore plus mignon. Puis elle releva les yeux et dévisagea le tueur blond.

— Toi...

Doucement, elle murmura à l'oreille de son chat.

— Promis Darny, où qu'il soit, on le trouvera, le tueur de ta maman et de ton papa.

19

Gulmarg, massif de l'Himalaya, Cachemire

Depuis que sa femme Leela était morte, Madhu n'aimait pas s'éloigner de son chalet. Il se téléportait généralement à Islamabad, ou plus rarement à Delhi, pour acheter de quoi manger, des vêtements chauds, et revenait ici, à Gulmarg, à plus de trois mille mètres d'altitude.

Quand Leela avait appris qu'elle était condamnée, à l'hôpital d'Islamabad, un cancer du poumon qui continuait de tout ronger, elle avait rassemblé ses dernières forces pour se téléporter dans leur montagne. La terre de ses ancêtres. Elle était morte dans son lit. Puis Madhu l'avait enveloppée dans son linceul et incinérée, sur le petit tumulus près duquel il passait depuis ses journées.

Madhu ne croisait jamais personne. Qui aurait pu avoir envie de venir ici, dans ce coin perdu de l'Himalaya ? Bien entendu, beaucoup d'alpinistes aimaient se téléporter dans la montagne, mais il y avait bien d'autres sommets plus attirants que Gulmarg. Ce bout de montagne était coincé entre l'ancienne frontière du Pakistan et du Cachemire, l'une des plus meurtrières du monde d'avant, paraît-il, et dont le paysage était toujours pollué de bunkers et de barbelés, sans oublier les pylônes gris de cette station de ski, la seule de tout l'Himalaya, qu'ils avaient essayé de développer il y a une centaine d'années. Non, vraiment, pensait Madhu, personne ne pouvait avoir envie de se perdre dans cette montagne maudite. Il fixa l'étrange inconnu à cinquante mètres de lui, habillé d'une simple veste de cuir, sans même un bonnet pour protéger ses cheveux blonds.

Alors qu'est-ce que cet homme fichait là ?

— Vous cherchez ? demanda Madhu.

Le type était debout, les deux pieds dans la neige, devant la cabine du téléphérique.

— Il fonctionne encore ? répondit l'homme.

Madhu s'approcha. Il se tenait à quelques mètres du tumulus où reposaient les cendres de Leela. La sépulture était fleurie d'œillets d'Inde qu'il allait chercher chaque matin chez un petit vendeur à Moratuwa, au sud du Sri Lanka, c'est là qu'il trouvait les plus jolis.

— Je n'en sais rien, répondit Madhu, surpris. Je ne l'ai pas vu tourner depuis des années. Vous savez, c'est plus simple de se téléporter !

— Je voudrais aller en haut, expliqua l'homme, au Khyber Himalayan Resort.

Madhu souffla dans ses mains. Il faisait déjà sacrément froid, moins dix degrés. Un vent glacial secouait les cabines du téléphérique, et ce type ne portait ni gants ni écharpe.

— Vous ne pouvez pas, expliqua sobrement Madhu. C'est un espace privé, là-bas. Personne n'y va (il tourna ses yeux clairs vers la ligne de crêtes enneigées qui formaient une muraille rassurante tout autour de lui). Mais ça ne manque pas d'autres sommets dans le secteur pour vous amuser.

— Vous savez ce qu'il y a là-haut ? insista le type blond.

— Aucune idée. Ça ne me regarde pas. L'altitude où je vis me suffit. Je descends parfois plus bas, mais je ne monte jamais.

— Je comprends. Merci.

Madhu vit l'homme blond examiner une dernière fois les télécabines, le bureau vide où l'on achetait jadis ses billets, la salle des machines sous ses pieds, puis il se téléporta et disparut.

Bon débarras !

Madhu ne tolérait chez lui que les vautours de l'Himalaya, les yacks sauvages, les grands bharals, et de temps en temps une panthère des neiges, qu'il aimait observer de près, la main sur son TPC au cas où le fauve aurait eu envie de le dévorer. Madhu était rapide. Il avait gardé des réflexes de chasseur, comme ses ancêtres du Cachemire.

Il marcha jusqu'au tumulus, s'agenouilla devant les œillets d'Inde.

— Il est reparti, murmura-t-il, il est reparti. Nous sommes à nouveau seuls tous les deux, ma Leela.

Il ferma les yeux. Quand il les rouvrit, une ombre s'était matérialisée devant lui, une ombre qui se tenait debout, les deux pieds enfoncés dans la terre mouillée de neige du tumulus, écrasant sous d'épaisses chaussures les fragiles œillets.

Madhu n'eut que le temps de relever la tête pour voir qui pouvait afficher un tel mépris pour les morts, au point d'oser se téléporter sur leurs cendres. Le poignard de l'homme blond, infiniment plus rapide que les griffes d'une panthère, s'enfonça dans sa gorge. Madhu s'effondra, sans un mot, sans un cri, dans le silence infini de l'Himalaya.

Un flot de sang chaud coula le long de son cou, une fine rivière rouge inondant la neige immaculée, aussi rouge que les œillets de Leela sur lesquels il était couché.

20

Favela de Mangueira, Rio de Janeiro

— Je ne pensais pas qu'il existait encore des endroits tels que ça.

Lilio et Cléo se promenaient côte à côte dans la favela de Mangueira. Cléo détaillait, avec une curiosité mêlée de dégoût, les maisons construites les unes sur les autres, les bâtiments vides et crasseux, serrés et empilés sur la colline à la façon d'un gigantesque escalier de toits de tôle, sur lesquels un géant aurait marché pour tout écraser. Les immeubles tordus semblaient tenir debout par miracle. Dans les fossés stagnaient des rivières embourbées, mélange de terre, de verre et de fer, où des arbres et des ronces parvenaient étrangement à pousser entre les débris. L'odeur était insupportable, les rues désertes, comme si tous les habitants de ces taudis s'étaient téléportés, pour ne jamais revenir, abandonnant le quartier aux rats.

Ils en croisaient presque à chaque pas.

— Des Terriens ont vraiment vécu ici ? demanda Cléo.

— Des millions, répondit Lilio, des dizaines de millions. Ici comme dans toutes les autres mégapoles de la terre. On les appelait slums en Inde, bidonvilles en Europe, mais ils avaient tous la même fonction : accueillir les habitants dont on ne voulait pas ailleurs. Les parquer, les stocker, avec un maximum de postes de sécurité autour du quartier, des grilles et des barbelés, pour empêcher la violence de trop déborder dans le reste de la ville.

Ils avancèrent. Des traces d'une ancienne vie gisaient, carcasses de ferraille rouillées, draps et rideaux fantomatiques, fils électriques grouillant tels des serpents dénudés. Cléo tremblait à chaque fois qu'elle posait le pied sur le goudron gris, elle s'imaginait avoir été transportée sur une autre planète, ou plus encore, être revenue sur terre après la fin du monde.

— Heureusement, fit l'institutrice, plus personne n'habite ici.

— Presque plus personne, précisa mystérieusement Lilio.

Ils continuèrent de marcher, grimpant des escaliers étroits et raides. Lilio pointa du doigt des boutiques délabrées. Une minuscule épicerie peut-être, dont il ne restait plus que des étagères d'alu abattues, et un fatras de bois et de paille évoquant la forme de chaises et de tables éventrées.

— Les gens qui vivaient ici ne quittaient pas leur quartier. Ils naissaient, vivaient et mouraient ici.

— Pourquoi ? s'étonna Cléo. C'était interdit ? Ils n'avaient pas envie de sortir ?

Profitant du panorama qui s'ouvrait, Lilio embrassa du regard l'immense soucoupe blanche du stade Maracanã, puis plus loin le croissant parfait de la baie de Rio fermé par le Pain de Sucre.

— Pour que le monde tienne en équilibre, il faut des lieux que l'on montre, qui attirent, qui s'affichent, et d'autres que l'on cache. Les gens s'en accommodaient très bien, vous savez, chacun son quartier. Il suffit de ne pas mettre les pieds dans celui d'à côté. C'était ainsi, et... (il hésita). C'est bien pire aujourd'hui.

Cléo sursauta.

— Pourquoi dites-vous ça ? Aujourd'hui chacun va où il veut, non ?

— Justement ! Chacun saute d'un lieu à l'autre sans être obligé de traverser ceux qu'il n'a pas choisis. Les Terriens se téléportent sans se croiser. Le monde pour eux n'est plus qu'un ensemble de points reliés. Pour les jeunes branchés, il se résume aux plages où l'on fait la fête. Pour les accros du shopping, aux boutiques dans des galeries commerciales virtuelles. Pour ceux qui gagnent à peine cent PM[1] par mois, et ils sont bien plus nombreux qu'on ne le croit, aux pôles de distribution alimentaire, généralement situés dans d'anciennes usines ou des cités minières. Et pour les plus fortunés, à des hauts lieux inaccessibles, la tour Eiffel, la Cité interdite, la Burj Khalifa...

— Maracanã...

— Le grand mélange entre tous les Terriens, déclama Lilio en haussant la voix, c'est du baratin ! Depuis la téléportation humaine, en réalité, l'humanité ne s'est jamais autant concentrée sur quelques points de la planète, n'a jamais autant ignoré la plus grande majorité de la surface terrestre, celle où il n'y a rien à voir, rien à faire. Aujourd'hui, la Terre est devenue un bien de consommation comme les autres. Avant, les Terriens la protégeaient, entretenaient un lien viscéral avec elle, vital, organique.

— Sauf ici.

— Même ici !

Cléo voulut prendre un instant pour réfléchir. Elle s'arrêta devant un tas de gravats, sans doute les vestiges d'une maison de tôle effondrée il y a une éternité. Une ombre furtive passa au croisement des deux rues les plus proches. Ce n'était ni un rat, ni un chien errant, cette fois. Quelqu'un les espionnait !

Cléo tourna la tête vers Lilio, inquiète, avait-il remarqué quelque chose ?

---

1. PM : Peso-Mundo, Unité Monétaire Universelle.

Pas de danger ! Le journaliste avait sorti sa tableta et se concentrait sur l'écran, un sourire aux lèvres.

La situation en devenait hallucinante. Elle se promenait dans l'un des lieux les plus sordides de la planète, avec un inconnu, qui préférait parler à une machine plutôt qu'à elle.

— Bonne nouvelle ? ironisa Cléo.

— Oui, mon entretien avec le président Nemrod vient d'être publié. Déjà deux cent soixante-huit millions de vues. Et ça ne cesse de grimper... Vous vous promenez avec un journaliste célèbre, mademoiselle !

— Concentrez-vous plutôt sur ce qui se passe autour de nous. Ça bouge ! J'ai adoré cette balade dans ce charmant quartier. Très instructif, vraiment... Mais je crois qu'il serait raisonnable de nous téléporter ailleurs, maintenant.

Elle traqua encore du regard les ombres noires qui glissaient sur les murs autour d'elle.

— Ah, fit Lilio, j'ai aussi une mauvaise nouvelle.

Cléo lança un regard anxieux en direction du journaliste.

— On va devoir trouver une sortie dans ce labyrinthe à pied. Nos TPC sont bloqués !

— Quoi ?

— Je viens de vérifier, mais je m'en doutais un peu.

Cléo s'effondra sur un vieux tonneau rouillé.

— Pourquoi ?

— Réfléchissez, c'est simple. Si le stade Maracanã a été évacué, c'est que l'OMD soupçonnait un attentat. Nous sommes les deux seuls spectateurs à ne pas nous être enfuis, donc nous sommes soupçonnés... d'ailleurs plutôt moi que vous, je pense. Je suis plutôt catalogué dans les empêcheurs de se téléporter en rond. Une sorte de menace pour l'OMD et ses sacro-saints principes, une seule Terre, un seul peuple, vous connaissez le refrain...

Cléo se prit la tête entre les mains. Au-dessus d'eux, le ciel changeait de couleur et virait du bleu au gris, aussi rapidement que si l'on avait tiré un rideau céleste devant le soleil.

— Merci de m'avoir embarquée avec vous ! Et qui me prouve que vous n'êtes pas vraiment un terroriste ?

Ils se regardèrent longuement. Elle le trouvait toujours aussi séduisant, trop sûr de lui, mais tellement différent.

— Je fais juste mon boulot de journaliste, affirma Lilio. Libre ! N'en déplaise à l'OMD. Un boulot de journaliste d'investigation qui ne se contente pas du discours officiel, qui tend l'oreille aux autres opinions.

— Ossian ? Les théories du droit du sang ? Les terroristes liberstados ?

Le journaliste se hissa sur une marche au-dessus d'elle, prenant un ton grandiloquent.

— Oui. Mon boulot, c'est de mettre de la nuance dans tout ça. Les revendications politiques des Liberstados n'ont rien à voir avec les thèses extrémistes d'un Ossian. J'en ai rencontré quelques-uns, des Kurdes, des Tibétains, des Corses, des Basques... Des gentils sédentaires, des sympathiques idéalistes... Vous savez, on peut défendre des revendications nationalistes, une langue, une histoire, et même un territoire, la liberté dans l'Etat, sans être terroriste.

— Je... Je ne sais pas... Je suis institutrice. Je me contente de suivre le programme de l'Organisation Mondiale de l'Éducation. J'enseigne à mes enfants que les nationalismes ont toujours conduit à la guerre... et l'internationalisme, depuis 2058, à la paix.

Ils continuaient de grimper dans la favela, la pente devenait plus raide encore et l'équilibre des maisons, posées en dominos les unes contre les autres, miraculeux. Cléo se retournait souvent, persuadée qu'on les suivait. Comment allaient-ils sortir de là sans TPC ? Lilio semblait pourtant savoir où il allait. Il s'engagea dans un nouveau dédale d'escaliers, entre des cabanes aux murs tous pareillement effondrés.

— Je suis certain que vous êtes une merveilleuse institutrice. Et il est très utile d'apprendre à nos enfants la tolérance, le respect de la terre et de la paix. Mon travail de journaliste consiste simplement à chercher la vérité. À vrai dire, il y a trois sujets sur lesquels j'aimerais enquêter de plus près.

Il s'arrêta sur un palier entre deux séries de marches et leva les yeux au ciel. Cléo crut un instant que le journaliste avait besoin de souffler, elle le vit se frotter la paupière.

Une goutte, plein œil.

Une seconde s'écrasa sur le nez de Cléo. Lilio baissa les yeux et consulta l'heure sur son TPC.

— Merde, lâcha-t-il, ils déclenchent la pluie.

Ils se réfugièrent aussi vite qu'ils purent sous le toit de fer le plus proche. L'odeur de putréfaction, entre les briques empilées en désordre, était intolérable. Cléo avait du mal à retenir sa main droite, à garder son index plié, à ne pas succomber au réflexe inutile de toucher son poignet gauche... pour se téléporter.

Elle se contenta de regarder le cadran horaire intégré à son TPC. Elle savait que la pluie durerait une heure. Pas une minute de plus. Les scientifiques étaient parvenus à contrôler le climat il y a une vingtaine d'années, à stopper le réchauffement de la planète, dans un premier temps, puis à gérer l'incertitude de la météorologie. Il faisait désormais beau chaque jour de l'année dans les zones tempérées, à l'exception des périodes de pluie, généralement déclenchées par tranches d'une heure par l'Organisation Mondiale du Climat. Des débats interminables agitaient les habitants sur ces périodes d'averses : fallait-il les limiter à la nuit ? Au matin ? Une minorité de députés du Congrès Mondial voulaient même revenir à l'ancien mode aléatoire, mais les votes des Terriens sur l'Ekklesia restaient unanimement hostiles à un tel retour en arrière.

L'odeur sous le toit était intenable. Le bruit des gouttes sur les tôles, insupportable.

— On sort, proposa Cléo. On marche sous la pluie !

Lilio la regarda, surpris.

— Si vous préférez...

Ils sortirent, et marchèrent. Il était rare que des hommes ou des femmes restent sous la pluie sans se téléporter.

— Alors, vos trois sujets ? fit Cléo, indifférente aux gouttes qui la mitraillaient. Racontez-moi, monsieur le journaliste justicier qui fait trembler l'OMD.

La pluie ruisselait sur le nez d'aigle de Lilio. Le journaliste ne paraissait pas s'en soucier.

— La première, c'est PANGAÏA, cette mystérieuse base de données qui gère les déplacements de tous les individus dans le monde, qui calcule le Taux d'Occupation de chaque lieu sur terre, qui enregistre tout. Bien entendu un algorithme démentiel calcule tout ça en temps réel, mais qui le contrôle ? La face visible, c'est la liberté de chacun de se déplacer... Mais la face cachée ?

La pluie collait à l'arrière les cheveux noirs de Lilio, gorgeait d'eau la robe auriverde de Cléo, l'alourdissait, la transformant en une combinaison moulante plaquée contre sa poitrine, ses fesses et ses cuisses. Ils passèrent devant une plaque de fer tordue qui leur renvoya leur reflet. Cléo se trouva belle, trouva Lilio beau, à presque en oublier sa peur.

— Sacré programme, monsieur le justicier. Et le second sujet ?

— Les assignés.

— Les quoi ?

Ils s'élevaient toujours dans les ruelles de la favela, en direction du dernier immeuble construit au sommet de la colline. Une bâtisse de quatre étages à moitié éventrée.

La pluie redoublait, limitant la visibilité à une dizaine de mètres. S'ils étaient suivis, il était désormais impossible de repérer les fantômes se faufilant dans les ruelles alentour ou quelques marches plus bas.

— Les assignés, répéta Lilio. Savez-vous ce qu'on fait des criminels, dans notre monde parfait ?

— Eh bien, selon la gravité de leurs actes, ils se retrouvent enfermés dans leur espace privé, sous surveillance, avec des conditions de sortie et de visite très strictes. Ce qu'on appelle un espace *tabou*, interdiction d'y entrer ou d'en sortir. Bref, on les isole... autant pour les punir que pour nous protéger.

— Exact ! Sauf qu'une légende prétend que l'OMD aurait également retiré leur TPC à toute une série d'individus dangereux, qui ne seraient pas isolés chacun dans leur espace privé, mais au contraire regroupés tous ensemble, dans une de ces zones d'ombre de la terre, un désert peut-être, ou une île isolée, un endroit où nulle personne n'aurait le droit de se téléporter, et où les assignés vivraient ainsi, en marge du monde, ignorés de tous, potentiellement dangereux mais ne menaçant personne.

Cléo repoussa ses cheveux en arrière, laissant les gouttes rebondir sur son front. Elle adorait cette sensation de cascade glacée.

— C'est ridicule, vous le savez bien. Ça remettrait en cause tous les principes de la Constitution de 2058. Tout espace qui n'est pas privé, c'est-à-dire appartenant au maximum à dix personnes, appartient à tous. Et vos assignés vivraient comme une ancienne communauté ? Comme des Indiens ? Des hommes préhistoriques ? Et personne ne les aurait jamais repérés ?

— PANGAÏA fait ce qu'elle veut avec le Taux d'Occupation. Ainsi elle contrôle l'accès de n'importe quel lieu.

L'eau qui ruisselait sur Cléo formait une seconde peau. Elle se sentait incroyablement vivante, vibrante. Un désir sauvage naissait en elle. La chemise blanche de Lilio était trempée, transparente, zébrée des poils sombres de son torse. Elle aimait l'insoumission du journaliste, même si elle ne croyait pas à ses théories. Ils vivaient dans un monde de liberté totale, de démocratie totale, de transparence totale. Tel que jamais l'humanité n'en avait connu.

— J'ai compris, Lilio, se moqua l'institutrice. Après avoir obtenu un entretien exclusif avec le cerveau tout-puissant qui se cache derrière PANGAÏA et contrôle tous nos déplacements, vous partirez à la recherche de cette communauté d'assignés, sur cette terre où les individus qui parlent un peu trop fort se trouvent mystérieusement téléportés contre leur gré. Et votre troisième sujet ? Il existe des créatures légendaires ? Des licornes dans une montagne ? Des monstres aquatiques dans les profondeurs des lacs ?

Elle s'attendait à ce que Lilio éclate de rire. Ce fut tout le contraire.

— Venez !

Il prit soudain sa main et se mit à courir.

— Suivez-moi, ne vous retournez pas !

L'instant suivant, des hommes et des femmes apparurent sur les marches de l'escalier, au-dessus et au-dessous d'eux, leur barrant toute retraite. Sans la moindre hésitation, Lilio l'entraîna dans un immeuble délabré, qu'ils traversèrent pour ressortir dans une autre ruelle.

La pluie tombait en déluge, empêchant d'y voir à plus de trois mètres.

— Qui sont ces types ? Des fantômes ? Des assignés ?

— Des flics !

Lilio accéléra, tirant Cléo à lui en décrocher le bras, slalomant entre les carcasses de maisons. Régulièrement, des individus apparaissaient, se téléportant à quelques mètres d'eux. Le journaliste bifurquait alors, sans ralentir, se dissimulant pour qu'à aucun moment leurs poursuivants ne puissent anticiper leurs déplacements. La pluie les aidait. Les policiers ne les apercevaient qu'une poignée de secondes, quand ils sortaient à découvert dans une ruelle, pour aussitôt se cacher à nouveau.

Ils entrèrent tous les deux sous un baraquement uniquement protégé par un toit de tôle, et se glissèrent entre deux murs de briques branlants. Un trou de souris ! À peine de la place pour eux deux, mais ainsi cachés, il était impossible de les repérer. Ils restèrent là, se retenant de respirer. La poitrine de Cléo écrasait le torse trempé de Lilio, leurs visages humides se touchaient dans une incroyable et troublante proximité. Cléo se sentait traversée à la fois par une peur irrépressible, retenant toujours ce réflexe ridicule d'appuyer sur son TPC, et un désir intense, bestial, tel qu'elle n'en avait jamais connu.

— Pourquoi fuir les flics ? murmura Cléo, haletante.

— Je vous l'ai dit. Je dois mener mon enquête. Je n'ai pas confiance dans l'OMD, et pas de temps à perdre avec des policiers qui vont m'assigner pendant des semaines dans un espace privé.

Leurs yeux se croisèrent. Une décharge électrisa Cléo, souffle coupé, de la pointe de sa poitrine étouffée à son ventre trempé. Les lèvres du journaliste se rapprochèrent encore.

— Vous n'avez rien à voir avec toute cette affaire, Cléo. Le plus raisonnable est de vous rendre aux policiers. Ils n'ont rien à vous reprocher.

Dans la rue, sous la pluie, des agents apparurent une seconde, scrutèrent les alentours, puis disparurent pour se téléporter un peu plus loin.

Je suis folle, pensa Cléo.

— Je reste, fit Cléo.

Un grand sourire s'afficha sur le visage de Lilio. Cléo résista à l'envie de l'embrasser.

— Alors c'est parti, annonça le journaliste. Vous voyez le vieil immeuble, dix mètres devant nous ? Il faut l'atteindre.

— Pourquoi ?

Lilio ne répondit pas, il guettait les apparitions aléatoires des policiers. Il attendit de longues minutes que la voie lui paraisse dégagée, puis cria.

— Maintenant !

Main dans la main, sous la pluie battante, ils se mirent à courir. L'averse toujours aussi intense les protégeait. Leurs poursuivants étaient sans doute postés sur des points hauts, mais ne pouvaient pas si facilement les repérer.

Ils atteignirent la porte de l'immeuble.

— On monte, dernier étage.

Ils commencèrent à grimper les marches. Ils étaient désormais à l'abri du déluge, même si leurs cheveux, leurs habits, leurs mains ruisselaient toujours. Ils parvinrent aisément au quatrième étage. Les gouttes se faufilaient à nouveau à travers le toit de l'immeuble, au-dessus du dernier palier, à moitié défoncé.

— La porte rouge, devant nous, indiqua Lilio.

Ils coururent dans le couloir, mains liées, doigts entortillés pour ne pas se lâcher.

— Stop, hurla une voix au-dessus d'eux.

Une ombre venait de se téléporter sur le toit de l'immeuble. Cléo leva les yeux. Elle découvrit, accroupi sur les poutres pourries, un homme jeune, sportif, le regard perçant.

— Police ! Commandant Akinis. L'immeuble est cerné. Vous n'avez aucune chance.

Le regard du commandant troubla Cléo. Lilio continuait de lui tirer la main.

— Venez !

Elle ne bougea pas. Fuir ainsi n'avait aucun sens. TPC bloqués, sans possibilité de se téléporter, ils ne pouvaient pas échapper aux policiers. Qu'est-ce que Lilio espérait ?

Cléo hésita. Le commandant au-dessus d'elle lui tendait la main. Elle n'avait pas d'autre choix que de la saisir, elle devait lâcher celle de ce journaliste dont elle ignorait tout, sauf qu'il était recherché par le Bureau d'Investigation Criminelle, parce qu'il fréquentait les terroristes, de près.

Qu'est-ce qu'elle attendait ?

Était-elle folle ?

Oui !

Elle abandonna le regard implorant du commandant et se laissa entraîner par la main de Lilio. Elle eut seulement le temps d'apercevoir sur le toit un second policier, un géant noir portant d'étranges sandalettes, avant de franchir la porte rouge de l'appartement. Lilio la claqua derrière eux.

L'instant d'après, Cléo hurla.

Elle venait de comprendre. Elle venait de commettre la pire erreur de sa vie !

L'appartement n'était pas vide... Des hommes et des femmes les attendaient, assis sur des chaises, allongés dans des lits, appuyés contre les murs, au total plus d'une vingtaine de Terriens, tous entassés dans cet appartement de moins de trente mètres carrés.

Immobiles, silencieux, froids.

Tous morts.

Entretien exclusif
avec le président Galiléo Nemrod,
par Lilio de Castro,
pour l'Independiente Planet
Partie 2/3

Lilio de Castro (laissant apparaître un léger agacement) : Je comprends, président. Je vous rassure, je connais mon histoire. Mais le monde a évolué. Après la Seconde Guerre mondiale, les frontières se sont stabilisées, l'économie s'est mondialisée, plus aucun grand conflit mondial n'a explosé. Un équilibre a été trouvé. N'est-ce pas cet équilibre qu'il faut préserver ?

Galiléo Nemrod : Un équilibre, monsieur de Castro ? Le multilatéralisme, vous appelez cela un équilibre ? Oh, bien entendu, après 1945, il n'y a plus eu aucune guerre mondiale, plus de bombes atomiques qui explosent, plus d'armées marchant baïonnette au poing, mais les États-nations ont construit des frontières, des murs plus hauts et plus nombreux que jamais. Les grandes puissances se sont refermées sur elles-mêmes, les clés ont été confiées à des leaders désignés par leur peuple, défendant leur pays comme des pitbulls défendent une gamelle. Chacun s'est recroquevillé. Jamais le monde n'a été aussi égoïste. Des millions de migrants sont morts de ne pas pouvoir changer d'hémisphère, dans l'indifférence générale des nations barricadées. Jamais l'économie n'avait circulé aussi librement, l'argent, les images, la musique, ce que les gens mangeaient ou portaient sur le dos, et pourtant jamais la Terre n'avait été autant divisée, en deux cents morceaux, deux cents États ne jurant chacun que par son intérêt particulier.

Lilio de Castro : N'étaient-ils pas devenus des coquilles vides, président ? Vous venez de le dire, tout ce qui était important, l'éco-

nomie, l'argent, échappait aux États. Il ne restait plus aux pauvres
présidents-pitbulls que la course aux médailles olympiques, des
fleurs à déposer sur un monument le jour de la fête nationale et
de beaux discours sous les drapeaux ?

Galiléo Nemrod : Je crois que vous ne comprenez pas, monsieur
de Castro. Je vous parle d'un bouleversement dans la façon de penser. Un bouleversement dont vous n'avez pas idée. Je vais essayer
de vous donner un exemple. De 2000 à 2025, tous les rapports
scientifiques, absolument tous, ont annoncé un réchauffement
climatique sans équivalent dans l'histoire de l'humanité. Tous les
médias ont relayé ces rapports, chaque citoyen, chaque dirigeant
était au courant, il n'y avait aucune place pour le doute, ni sur la
cause de ce réchauffement, ni sur ses conséquences suicidaires :
des centaines de millions de morts dans les tsunamis, la fonte des
glaces, les maladies, tout était écrit, tout était prédit, personne ne
discutait, tout le monde s'accordait sur le drame qui se profilait...
Eh bien vous ne me croirez pas, monsieur de Castro : personne
n'a rien fait ! Personne n'a bougé. Pourquoi ? Parce qu'aucun des
dirigeants du monde d'avant ne pouvait prendre une décision qui
le rendait impopulaire dans le petit coin de planète dont il était
l'élu, parce que cela aurait été trahir le mandat qu'il avait reçu.
Autre chose, monsieur de Castro, à l'époque, les écarts de
richesse sur terre étaient sidérants, incroyables même. Pour ne
prendre qu'un exemple, l'espérance de vie dans un pays riche était
de plus de quatre-vingts ans, et de cinquante dans un pays pauvre.
Vous aviez droit à trente ans de vie de plus ou de moins selon
l'endroit où vous naissiez. Une sacrée loterie ! Vous croyez que les
perdants pouvaient l'accepter indéfiniment ? Sans se battre ? Sans
tout faire sauter ? Et que les gagnants ne feraient pas tout pour
conserver leurs privilèges ? Le monde tournait à la catastrophe,
au nom des nationalismes, au nom de cette certitude qu'avaient
les gens qu'une partie de la Terre leur appartenait, parce qu'ils y
étaient nés ou que leur nationalité figurait sur leur carte d'identité.

Si la première téléportation humaine n'avait pas été inventée, ce monde aurait explosé.

Lilio de Castro (en souriant) : Je vous comprends, président, cependant je pense que vous exagérez un peu. Je ne crois pas que les habitants au début du troisième millénaire avaient une aussi faible conscience de l'être humain, au point de ne raisonner qu'à l'échelle de leur État...

Galiléo Nemrod (souriant à son tour) : Si je vous disais qu'au début du XXIe siècle, un attentat commis dans un État, faisant, mettons, une dizaine de morts, terrorisait davantage une nation entière, unie par la même peur et la même douleur, que les millions d'enfants, de femmes, de familles du reste du monde morts de malnutrition, de misère sanitaire, de manque de logement, de pauvreté, tout simplement.

21

Favela de Mangueira, Rio de Janeiro

Le commandant Artem Akinis, le lieutenant Babou Diop, ainsi qu'une vingtaine d'agents du Bureau d'Investigation Criminelle, se serraient dans le minuscule appartement du quatrième étage.

Porte rouge défoncée.

Pièces vides.

— Ils n'ont pas pu sortir ! martelait Artem. Nous étions vingt, postés autour de la porte de cet appartement, et leurs TPC étaient bloqués. Impossible pour de Castro et cette femme de se téléporter !

— Apparemment non, commenta sobrement Babou.

Les policiers avaient mis moins de dix secondes pour analyser la situation, une fois la porte rouge de l'appartement refermée par Lilio de Castro. Le temps de prendre la décision de ne pas se téléporter à l'intérieur, c'était trop risqué si de Castro était armé, de faire sauter la porte et d'entrer, armes aux poings.

Rien.

Le journaliste et l'institutrice s'étaient envolés.

Seuls vingt-trois cadavres les attendaient.

Terredemerde, pensait Artem, qu'est-ce que cela signifiait ? Qui étaient ces morts ? D'où venaient-ils ? Ce journaliste

savait-il qu'ils se trouvaient là ? Comment avait-il pu se vola-
tiliser, avec cette institutrice, Cléophée ?

Le commandant repassait dans sa tête, au ralenti, les dernières secondes de la poursuite, pour arrêter l'image sur les
yeux de cette femme, paniquée, dépassée par les événements,
et qui pourtant avait suivi aveuglément de Castro. Cette
femme s'était retrouvée par hasard au milieu de cette histoire, il en était persuadé. Elle ne savait rien, ne comprenait
rien, s'était simplement laissé entraîner. Était-elle en danger ?
Plus que toute autre urgence, déjouer un nouvel attentat
potentiel, retrouver l'assassin des dix retraités allemands de
Tetamanu, ou identifier les vingt-trois cadavres de la favela
de Mangueira, Artem se sentait le devoir de la protéger.

Même si elle pouvait être désormais n'importe où sur
terre...

Babou, aidé de Nocera et Leduc, deux agents du BIC,
examinait les corps disposés partout dans la pièce, tels des
mannequins dans la remise d'un grand magasin. Les cadavres,
pour la plupart, étaient ceux d'hommes âgés d'au moins
une cinquantaine d'années. Aucun enfant, peu de femmes.
Aucune trace de coups ni d'autre violence. Tous paraissaient
être décédés apaisés, sans souffrance, attendant sereinement
la mort comme une douce délivrance.

Nocera photographiait les visages. Dans quelques secondes,
PANGAÏA leur livrerait l'identité et le curriculum vitae complet de ces individus. Les flashs zébraient d'éclairs blancs
la pièce sombre, effrayant les dizaines de rats qui rôdaient
autour des corps et détalaient en direction de l'escalier.

Indifférent à la fuite des rongeurs, Artem observait par la
fenêtre la pluie tomber en déluge sur la baie de Rio. Encore
quatorze minutes, calcula le commandant. Ensuite le ciel
serait à nouveau bleu, sans aucun nuage, pendant trois jours
non stop, sur le Brésil du moins. Babou s'était approché de
son chef.

— Tous ces braves gens ont l'air d'avoir succombé à la plus naturelle des morts. Dis-moi, Arty, quand les gens meurent, ils ne sont pas censés être téléportés dans des crématoriums ou des cimetières ? Avant, je veux bien, c'était plus compliqué. Les croque-morts, les corbillards, les curés qui attendaient leur tour. Les cadavres traînaient un bon moment sur leur lit de mort. Mais aujourd'hui, c'est direct dans la tombe, non ?

Da Silva, un agent spécialisé dans les disparitions inquiétantes, s'autorisa à prendre la parole.

— J'ai un oncle qui a fait un truc qui pourrait ressembler, il était madérien, il voulait à tout prix être enterré sur son île, tout le monde était au courant dans la famille. Quand, à l'hôpital, il a compris que tout était fini, il s'est téléporté là-bas, à Funchal. La famille l'a enterré en grand secret sous un chêne centenaire.

Artem se fit la réflexion que Da Silva, par ailleurs un excellent policier, était sacrément gonflé de lui raconter cette anecdote. Se faire enterrer où l'on voulait était contraire à la Constitution de 2058. Si on ne contrôlait pas les inhumations, on se retrouverait avec des cadavres à chaque panorama. Les superstitions issues des anciennes religions n'avaient pas complètement disparu, et à coup sûr, une bonne partie de la population humaine aurait aimé reposer dans un endroit jadis sacré, et plus encore, que leurs proches puissent venir se recueillir dans les plus beaux endroits de la planète... transformés en charniers !

La pluie s'infiltrait dans l'appartement, suintant le long des poutres pourries du toit, à se demander comment elles avaient pu résister aux averses hebdomadaires de l'Organisation Mondiale du Climat. Les îles de la baie de Rio disparaissaient une à une dans la brume, seul le Pain de Sucre ne s'était pas dissous sous les trombes d'eau.

— Pour résumer, analysa Babou, on serait en présence de cadavres clandestins ? De Terriens qui s'arrangent pour mourir en secret afin de ne pas être téléportés et enterrés par les bons soins de l'OMD. Sauf que ça n'explique pas ce qu'ils fichent ici, dans un endroit aussi glauque, et aussi nombreux.

— Vous avez remarqué ? fit une voix derrière eux.

Mi-Cha ! Elle s'était téléportée à deux mètres d'eux avec la discrétion d'une fée, Darn Cat dans les bras. Dès qu'elle les desserra, il sauta pour poursuivre les rats. Les agents observaient, stupéfaits, cette petite poupée en jupe et top moulant, grands yeux, frange et courbes paraissant avoir été dessinées par un génie du manga. Artem allait protester quand Mi-Cha leva la main.

— Je sais, je sais, je devrais être sur PANGAÏA à courir après ce tueur blond. D'ailleurs, en attendant qu'on trouve son nom, j'ai décidé de l'appeler *Khan*, vous vous souvenez, le méchant cryogénisé qui se téléporte dans *Star Trek*.

Visiblement, aucun policier n'avait jamais vu cette série de science-fiction démodée.

— Autre chose, se hâta d'enchaîner la jeune Coréenne. Le poignard que Khan portait à la ceinture, avec lequel il a égorgé l'Allemand sur son lit façon smiley, est un santoku, un couteau japonais qui sert à couper le poisson cru, une lame redoutable à triple tranchant qui...

Elle s'arrêta soudain de parler, le commandant la fixait, lui intimant, sans avoir besoin de prononcer le moindre mot, d'aller droit au but.

— Hum... Bon, sinon, toujours aucune trace de lui ! Par contre, je suis venue vous apporter une bonne nouvelle en direct (elle s'adressait cette fois aux vingt agents du BIC). Leduc vient de m'envoyer le portrait de vos défunts. Vous voulez rire ?

Artem la fusilla du regard. Vingt-trois cadavres, des rats, des terroristes en fuite... Non, pas vraiment !

— Ces gens ne sont pas morts ! cria Mi-Cha. D'après PANGAÏA, ils sont bien vivants.

— Attends, bafouilla Babou, tu nous expliques ?

Mi-Cha suivit des yeux Darn Cat, qui s'était figé en position de guet sous un meuble, avant de les relever et les poser tour à tour sur chaque policier.

— C'est simple, quand quelqu'un meurt, il est rayé des fichiers de PANGAÏA, ainsi que son TPC personnel, qui évidemment ne sert plus à rien. Mais toutes les personnes qui reposent dans cet appartement, pas bien en forme je vous l'accorde, n'ont pourtant pas été déclarées décédées sur PANGAÏA. Et mieux que ça, si je consulte leurs TPC, elles continuent bien tranquillement de se déplacer un peu partout sur terre !

Artem s'appuya contre le rebord de la fenêtre.

— Regardez, poursuivit Mi-Cha d'une voix de première de la classe, aucune trace de TPC à leur poignet !

Le commandant Akinis avait déjà entendu parler de ces rumeurs de trafic, même si jusqu'à présent, il n'en avait eu aucune preuve concrète.

— Continue, Mi-Cha, fit Babou. Je suis certain que tu ne nous as pas tout dit.

— Viens là, minou, celui-ci est trop gros pour toi (Darn Cat poursuivait un rat obèse qui se faufilait entre les quatre jambes de deux cadavres empilés). Eh bien messieurs, aussi puissante soit PANGAÏA, aussi performant soit son algorithme de gestion des déplacements, des espaces privés et des Taux d'Occupation, il y a aussi sur la planète un bon nombre de petits malins qui ne se débrouillent pas trop mal en informatique. Donc imaginez... On sait qu'il existe un TPC par Terrien, qui lui est personnel. Mais si la mort d'un type n'est pas signalée, et qu'un petit débrouillard récupère son TPC, le bidouille un peu pour qu'il puisse servir à quelqu'un d'autre, ni vu ni connu, il peut se téléporter sous une fausse identité !

— Sacrelune, fit Babou. Et selon toi, ici, ce serait…

— Une planque, triompha Mi-Cha. Un coin discret où tu prends rendez-vous avec un passeur, qui pour une jolie petite somme, je suppose, te permet de voyager incognito n'importe où dans le monde.

Artem se concentrait, tirant le fil de ce qu'ils venaient d'apprendre. Mi-Cha avait sans doute raison. Des trafiquants devaient acheter ces TPC à des Terriens en fin de vie, pour les revendre ensuite clandestinement. Un sacré nombre de nouvelles questions se posaient alors. Comment de Castro avait-il eu connaissance de cette planque ? Il ne croyait pas que ce journaliste, qui venait de s'entretenir personnellement avec le président Nemrod, puisse être lui-même un terroriste. Avait-il un lien avec le tueur blond, enfin *Khan*, Mi-Cha avait raison, c'était plus simple pour l'enquête de lui trouver un nom. Tout cet enchaînement d'événements avait-il un lien avec la Nouvelle Babel ? Les journaux ne parlaient que d'elle, en dehors du massacre de Tetamanu bien sûr. Et que venait faire cette femme, Cléophée Loiselle, dans toute cette histoire ?

La pluie cessa brusquement. À 22 heures précises. Le désormais habituel arc-en-ciel salua le retour du soleil, surplombant le mont du Corcovado pour s'accrocher en écharpe aux bras ouverts de la statue du Christ rédempteur.

— Par tous les cratères de Jupiter, jura Babou, moi qui pensais PANGAÏA inviolable. Un ordinateur plus puissant que toute l'intelligence de tous les humains réunis !

— On en apprend tous les jours, mon grand, s'amusa Mi-Cha en s'agenouillant devant le lit. Darny chéri, sors de là ! (Elle se mit à quatre pattes, agitant le triangle blanc de sa culotte sous le nez de la dizaine d'agents.) À ce propos, puisque ces braves gens ne sont pas pressés (elle poussa négligemment le pied botté d'un cadavre), qui peut m'expliquer ce que signifie *Pitchipoï* ?

22

Monastère Taung Kalat, mont Popa, Birmanie

Sept cent vingt-septième marche.

Galiléo Nemrod avait l'habitude de se téléporter à quelques mètres du sommet de l'impressionnant escalier du monastère Taung Kalat, et de gravir les cinquante dernières marches à pied. Le monastère était bâti en équilibre sur le mont Popa, une cheminée volcanique qui dominait la plaine birmane de plus de mille mètres. La dizaine de coupoles et d'ombrelles dorées du temple se repéraient à plusieurs kilomètres alentour, offrant l'illusion qu'aucun homme n'aurait pu bâtir un tel nid d'aigle, et qu'il avait été posé là par un architecte extraterrestre.

Galiléo Nemrod atteignit le monastère sans forcer l'allure, indifférent au vide vertigineux qui bordait l'escalier de pierre. Trois gardes se tenaient devant la porte principale, surveillant en permanence la jungle en contrebas et la plaine birmane qui s'étendait à l'infini.

Nemrod aimait s'imprégner de cette sensation de sécurité. L'ancien monastère du mont Popa constituait un refuge parfait ; son espace privé était le plus sécurisé de toute la planète, et nul ne pouvait s'en approcher sans être repéré à des kilomètres à la ronde. Il n'existait aucun autre accès terrestre que l'escalier à flanc de falaise. Seuls les singes, qui occupaient le site depuis des millénaires, perturbaient la sérénité du lieu. Pour la plupart des géladas, ces singes-lions cousins des babouins dont on prétendait qu'ils étaient déjà présents sur la Terre entière depuis la nuit des temps, avant que les continents ne se séparent. Régulièrement, les gardes les attrapaient, se téléportaient dans les forêts voisines pour y abandonner les primates, et revenaient seuls... mais les singes finissaient toujours par retrouver la route de l'ancien temple bouddhiste.

Les gardes se figèrent dans un salut martial pour laisser entrer le président.

— Bonjour Symès, bonjour Turlak. Repos, je vous en prie.

Peu de personnes sur terre, à l'exception d'une poignée de gardes assermentés, savaient que le siège de PANGAÏA était installé dans cette forteresse. Galiléo Nemrod traversa une série de pièces aux plafonds recouverts de bois et d'or. Des colonnes de marbre soutenaient des poutres peintes racontant l'épopée des Grands Nats, les esprits vénérés de Birmanie. Entre les salles, de longs couloirs n'étaient éclairés que par d'étroites fenêtres s'ouvrant sur le vide. Nemrod continuait de marcher, croisant avec indifférence les étranges statues des panthéons hindou et bouddhiste, dont les cultes s'étaient succédé dans le temple : éléphants, aigles, lions, cygnes ou femmes à six têtes et quatre bras. Qui aurait pu imaginer qu'au milieu des bouddhas dorés et des tridents de Shiva se trouvait le centre de calcul le plus puissant jamais conçu par l'homme ?

Le président de l'OMD franchit de nouvelles portes de bois massif avant de parvenir au cœur de PANGAÏA. Oui, il était difficile de se représenter que les quelques ordinateurs quantiques de dernière génération, stockés dans cette simple pièce d'une centaine de mètres carrés, au centre du temple, géraient tous les déplacements sur terre, autorisaient ou non chaque téléportation, au total des milliards de milliards d'informations chaque seconde, permettant de calculer en temps réel les Taux d'Occupation de chaque point de la planète, de protéger les espaces privés, d'enregistrer chaque mouvement de chaque TPC attribué à chaque être vivant.

Nemrod entra.

Personne, même les journalistes les mieux informés, ne connaissait le fonctionnement de PANGAÏA. La plupart des Terriens devaient se figurer qu'il s'agissait d'un gigantesque programme informatique, régi par des algorithmes extrêmement complexes, développés et contrôlés par des dizaines d'ingénieurs. C'était d'ailleurs globalement la vérité. C'est ainsi qu'était né ce programme. Des milliers d'informaticiens, pendant des années, avaient conçu PANGAÏA, un algorithme qui pouvait fonctionner sans intervention humaine, les calculs et les autorisations de déplacement ayant été intégralement automatisés, pour garantir la liberté maximale de tous, tout en respectant les principes de la Constitution de 2058. Petit à petit, le nombre d'ingénieurs au sein de PANGAÏA avait diminué, pour se limiter à moins d'une centaine, puis d'une dizaine. PANGAÏA avait continué d'évoluer sous forme d'intelligence artificielle vers toujours plus d'autonomie, et le nombre d'interventions externes s'était encore réduit, jusqu'à ne plus être maîtrisé dans sa globalité… que par un seul cerveau humain !

Bien entendu, beaucoup d'autres réparateurs, informaticiens, électroniciens, géographes, démographes, architectes, physiciens collaboraient ponctuellement au programme, mais à présent un seul esprit contrôlait l'ensemble de sa complexité.

Nemrod s'avança. La pièce ne ressemblait en rien à celle des vieux films de science-fiction. Elle était semblable aux autres salles du temple, vaste, vide, simplement décorée de colonnes couvertes de symboles bouddhiques et d'un alignement de statues, les trente-sept Nats birmans, représentés avec tant de réalisme qu'on aurait pu les croire vivants. Un seul ordinateur tournait, dans un coin, relié à un écran de la taille d'une grande télévision. Devant lui, Nemrod observa une silhouette, assise, de dos.

— Bonjour, lança le président de l'OMD. Bonjour, Pangaïa.

La silhouette face à l'écran n'esquissa pas le moindre geste. Ce fut le président qui s'avança une nouvelle fois. Quand il parvint un mètre derrière elle, elle tourna enfin la tête.

Uniquement la tête. Nemrod dominait de toute sa lourde carrure une femme d'une trentaine d'années, entièrement sanglée sur son fauteuil, le tronc attaché au dossier. Les jambes de l'informaticienne pendaient, tels des tentacules morts. Ses bras posés sur le bureau étaient maintenus par de fines tiges de fer, alors que chacun de ses dix doigts était relié par des fils à la mémoire centrale de l'ordinateur. Des doigts qui s'agitaient sans cesse dans le vide, semblant pianoter à toute vitesse sur un clavier invisible.

Le visage de la femme, vif et alerte, presque adolescent, contrastait avec son corps de pantin désarticulé. Il s'éclaira d'un large sourire quand elle découvrit Nemrod.

— Bonjour, Pangaïa, répéta Nemrod. Je t'ai apporté une surprise.

Il tenait une petite tortue de quartz rose dans sa main.

— Merci, répondit la femme. Merci, papa.

Nemrod avait tiré une chaise et s'était assis à côté de sa fille. Elle l'écoutait, répondait, sans cesser d'agiter les doigts ni que, sur l'écran devant elle, ne ralentisse le défilé de chiffres et de lignes de code.

Le président posa la tortue de quartz à côté des autres, plus d'une centaine, en argent, en onyx, en verre, en cristal, exposées sur une série d'étagères à droite de l'ordinateur, que Pangaïa pouvait ainsi admirer en tournant la tête, même si elle ne pouvait pas les toucher. Son père lui en rapportait du monde entier. C'était sa façon de voyager.

— Je viens d'avoir le commandant Akinis sur sa tableta, fit Galiléo. Il... Il pense, avec son équipe, avoir découvert la planque d'un passeur. Un type qui utiliserait des TPC clandestins, récupérés sur des morts non déclarés.

Pangaïa, sans ralentir la danse de ses doigts, répondit avec calme. La maturité de son phrasé, lent et posé, tranchait avec les tonalités parfumées d'une voix aux accents adolescents.

— Ce n'est pas très étonnant, papa. Chacun reçoit un TPC à sa naissance. Il est gratuit, personnel, c'est devenu un prolongement corporel de chaque Terrien et de chaque Terrienne. Voler un TPC à quelqu'un n'a pas plus d'intérêt que de lui voler son cœur ou ses yeux. Même moins, si l'on y réfléchit. Dans les rares cas de vols, les TPC sont signalés au Bureau d'Investigation Criminelle et sont immédiatement déconnectés, exactement comme jadis les cartes bancaires ou les téléphones portables (le défilé des chiffres sur l'écran ralentissait, imperceptiblement). Bien entendu, il est possible d'utiliser les TPC de Terriens dont on ignore la mort. Le moindre amateur s'y connaissant un peu en informatique en est capable. Mais je te rassure, ça ne doit concerner que quelques rares cas. Quel intérêt y a-t-il à acheter un TPC à un trafiquant, alors que tout le monde en a déjà un ?

Galiléo Nemrod repositionna une tortue de malachite dans l'alignement précis de ses voisines. Monking, le singe-lion préféré de Pangaïa parmi ceux qui revenaient sans cesse occuper le monastère Taung Kalat, avait dû s'amuser à la déplacer.

— Ça en présente un pour les criminels, fit gravement le président, ceux dont le TPC est surveillé, limité, bloqué...

Un large sourire illumina le visage de Pangaïa.

— Papa, le taux de criminalité n'a jamais été aussi bas de toute l'histoire de l'humanité. TPC clandestins ou pas, les espaces privés sont protégés, les gens se téléportent chez eux au moindre danger, la base de données PANGAÏA permet de localiser n'importe quel voleur, violeur, assassin, à partir du moment où il a été photographié ou filmé. Ce trafic de TPC clandestins ne concerne qu'une poignée de marginaux qui craignent d'être fichés, des fugueurs, des amants illégitimes qui veulent refaire leur vie. De quoi as-tu peur, papa ?

Le président avança sa chaise et posa sa main sur la jambe sans vie de sa fille.

— Tu as suivi l'actualité. Tu as vu, écouté, l'assassinat de ces dix Allemands. L'attentat déjoué au Maracanã... Tout ça deux jours avant la cérémonie du centenaire.

— Les Liberstados ? C'est à eux que tu penses ? Je croyais que ces nationalistes n'étaient que des pacifistes inoffensifs, nostalgiques du temps d'avant...

— Je ne sais pas, Pangaïa. Sur Tetamanu, le meurtrier a laissé le livre d'Ossian, *Droit du sang*, et a gravé un mot sur un tronc, *Pitchipoï*.

— Pitchipoï ?

Le président s'autorisa un sourire, à demi masqué par sa barbe. Aussi phénoménales soient les capacités du cerveau de sa fille, ça ne l'empêchait pas, à l'instar de la majorité des Terriens de sa génération, d'ignorer des détails essentiels de l'histoire.

— C'est un mot yiddish, une langue ancienne. Il pourrait signifier quelque chose comme *lieu de nulle part* : un lieu tabou, hors la loi...

Le timbre de la voix de Pangaïa prit celui, moqueur, d'une petite fille qui ne croit plus aux mensonges de ses parents.

— Ce genre de lieu n'existe plus, papa ! Pas depuis la téléportation. Pas depuis... PANGAÏA.

Nemrod serra la cuisse de sa fille. Doucement, même s'il ne pouvait lui faire mal.

— Ma chérie, je n'ai pas fini. Ce mot, *Pitchipoï,* a pris une autre signification pendant la Seconde Guerre mondiale. Il désignait, pour les Juifs persécutés, ceux qui attendaient d'être emmenés dans des wagons blindés, la destination inconnue vers laquelle ils seraient emportés. Quelque part, très loin, pour n'en jamais revenir. Dans ce sens, *Pitchipoï* a un synonyme très précis : déportation.

Pangaïa prit le temps de réfléchir, les lignes de code sur l'écran s'étaient remises à accélérer.

— Papa, personne sur terre ne peut être déplacé contre son gré ! Article 4 de la Constitution de 2058. Et personne ne le sera jamais, tant que je serai là. PANGAÏA, je te parle de cette base de données, pas de moi, est au service de la liberté ! Son algorithme permet seulement de limiter les déplacements de chacun pour respecter les espaces privés, de rendre les Taux d'Occupation acceptables afin que chacun puisse vivre en harmonie. Certains Terriens peuvent être partiellement privés de cette liberté de mouvement, mais nul ne peut être déplacé contre son gré !

Le président aimait croiser le regard de sa fille quand elle s'exaltait pour défendre ses convictions, un regard aussi puissant que la jambe de Pangaïa sous sa paume était fragile.

— Je sais, ma chérie, je sais tout cela, je connais l'idéal que nous défendons, c'est pour cela que je veux célébrer ce centenaire de la téléportation, construire cette Nouvelle Babel, pour que les gens n'oublient pas le privilège que représente cette liberté. Ni la responsabilité qu'elle implique. Mais... Mais n'est-ce pas faire courir un trop grand danger à l'humanité ?

Pangaïa posa sa tête sur l'épaule de son père. Le seul geste de tendresse qu'elle pouvait exprimer.

— Ton projet est formidable, papa ! Ce sera un des plus grands événements depuis... depuis, heu (elle sembla chercher une comparaison dans sa tête). Depuis les pyramides d'Égypte et l'invention des jeux Olympiques. Tu as vu comme moi, l'Ekklesia est favorable à ta commémoration. Les députés du Congrès t'ont traité de fou, mais les Terriens te suivent !

Sur l'ordinateur, commandé par les invisibles terminaisons nerveuses de Pangaïa, s'afficha un énorme 63 % clignotant, alors que des feux d'artifice envoyaient des chiffres 100 aux quatre coins de l'écran.

— Parce que les Terriens ignorent la menace, ma chérie. Parce qu'ils ignorent qu'il existe des TPC clandestins. S'ils l'apprenaient, plus aucun n'adhérerait au projet de la Nouvelle Babel.

Les chiffres 100 pleuvaient toujours. Jamais les doigts de Pangaïa ne s'étaient agités aussi vite.

— N'y renonce pas, papa ! C'est ton rêve ! Et il va devenir celui de tous les habitants de la Terre.

Galiléo s'approcha d'une fenêtre et observa la jungle quelques centaines de mètres plus bas. Il eut la sensation de s'être téléporté au sommet d'un phare, entouré d'un océan de palmiers dont la canopée s'agitait de calmes vagues. Il releva la tête vers les coupoles du temple. Des singes-lions s'amusaient à sauter entre les ombrelles sculptées superposées. Il reconnut Monking, moins joueur que les autres, assis en équilibre sur le toit sphérique, occupé à éplucher avec une concentration presque comique une banane trop mûre. Une voix mélancolique résonnait dans la tête du président.

Tu as raison, Pangaïa, la Nouvelle Babel est le rêve de tous les habitants de la Terre... Tu es la seule à qui ce rêve est interdit.

Pangaïa insistait, soucieuse de chasser les doutes de son père.

— Ne t'inquiète pas, papa, je vais croiser les milliards de données dont on dispose. Je vais repérer dans les fichiers de l'Organisation Mondiale de la Santé, parmi les patients déclarés gravement malades, ceux qui continuent pourtant de voyager dans le monde entier. Je vais lister, parmi les individus déclarés disparus par leurs proches auprès du Bureau d'Investigation Criminelle, ceux qui continuent pourtant de se déplacer en toute liberté. Je vais estimer le nombre de TPC clandestins en circulation, et te prouver qu'ils ne constituent aucun danger ! (Sa figure s'éclaira d'un sourire angélique, celui d'une poupée qui ignore que le mal puisse exister.) Papa, écoute-moi, PANGAÏA est la plus belle utopie jamais inventée !

Galiléo Nemrod se pencha vers sa fille et appuya sa main tremblante sur sa cuisse de coton.

Une poupée.

Une poupée de chiffon.

23

Khyber Himalayan Resort,
massif de l'Himalaya, Cachemire

Assise dans le canapé de cuir, Cléo ne voyait que la montagne autour d'elle. De la neige, partout et à perte de vue. La première couche recouvrait le sol, plusieurs mètres au moins, à en juger par l'épaisseur du mur blanc devant la baie vitrée. La seconde couche coiffait la cime des pins himalayens, dont les forêts s'étendaient au pied des pentes. La troisième s'était installée en résidence permanente sur les sommets de plus de six mille mètres, emprisonnant le paysage derrière une muraille infranchissable.

Lilio se tenait à côté d'elle, jouant avec un paquet de cigarettes posé devant lui et un cendrier de verre gravé *Khyber Himalayan Resort*. Tout, dans le salon de ce grand hôtel perdu quelque part dans l'Himalaya, apparaissait démesurément luxueux.

— C'était moins une, lança l'homme qui venait d'entrer.

En contraste total avec le décor de haute montagne qui les entourait, l'homme avançait torse nu, vêtu d'un simple sarouel fleuri, un collier de fleurs accroché au cou et un cocktail bleu lagon à la main.

— Tane Prao, fit-il en tendant la main à Cléo et Lilio. Nous n'avons pas eu le temps de nous présenter à Rio. Nous étions, comment dire, un peu pressés. Installez-vous. Vous voulez fumer ? Manger ? Boire quelque chose ?

Tane Prao s'avança jusqu'aux vitres, laissa son regard glisser sur les longues pentes enneigées, de face, de profil, comme s'il cherchait la meilleure lumière pour éclairer son impeccable musculature, puis se tourna vers Cléo.

— Je ne résiste pas au plaisir de vous faire découvrir la spécialité qui a fait ma légende, délicieuse invitée surprise.

Cléo ne parvenait pas à se détendre. Les images des cadavres dans l'appartement de la favela de Mangueira la hantaient. Ce type aux dents blanches y avait assassiné vingt-trois inconnus. Qu'est-ce qu'elle fichait ici ? Qu'est-ce que cet homme trafiquait avec Lilio ? Elle décida d'ailleurs de faire comme si leur hôte ne lui avait pas adressé la parole, et se tourna vers le journaliste.

— Vous connaissez cet homme ?

— Heu, bafouilla Lilio.

Son embarras paraissait amuser follement Tane Prao. Il fit quelques pas vers une pièce adjacente et revint en poussant un chariot chargé de bouteilles de champagne, de fruits frais et de plats sous des cloches argentées.

— Où sommes-nous ? insista Cléo.

— Au Khyber Himalayan Resort, expliqua avec fierté Tane Prao. La seule station de ski de tout l'Himalaya. Un très joli hôtel désaffecté depuis des années. Il y a longtemps que les Terriens n'ont plus besoin de télésièges ou de téléphériques pour skier. Ils se téléportent directement en haut de toutes les pistes enneigées du monde, sauf bien entendu celles où de vieux pylônes défigurent le paysage. Je suis tranquille. Qui pourrait venir ici ?

Cléo observa les cabines du téléphérique, immobiles, mollement secouées par le vent, à moins de cent mètres de l'hôtel.

— J'espère que ce palace vous plaît. Parmi tous ceux que je possède dans le monde, celui-ci est de loin le plus discret.

Lilio se tassait dans son canapé, muet et inquiet, comme cherchant à se faire oublier. Tane Prao ne lui jetait d'ailleurs aucun regard.

— Qui êtes-vous ? demanda abruptement Cléo.

— Un commerçant, répondit Tane Prao. Un simple commerçant. Si je vous disais dans quel domaine j'ai fait fortune, vous seriez terriblement déçue.

Il souleva la cloche d'argent d'un des plats.

— Je suis certain, Cléophée, que vous m'imaginez comme une sorte de trafiquant de vies humaines, une espèce de pirate insaisissable, mystérieux et cruel. Regardez.

Malgré elle, Cléo s'avança.

— Voilà sur quoi repose mon empire, dans ce plat !

Cléo baissa les yeux. Elle ne comprenait pas. Elle ne voyait, dans cette grande assiette creuse, qu'une salade mexicaine, composée de maïs, d'olives, de thon, de salade verte et de tomates. Les aliments se superposaient devant ses yeux aux images des corps empilés dans la favela de Rio, où Tane Prao les attendait, dans cet appartement, entouré de ces dizaines de morts ! Elle retint un haut-le-cœur avant d'exploser.

— Vous vous foutez de moi ?

— Pas le moins du monde. Demandez au très informé Lilio de Castro. Son journal, l'*Independiente Planet*, n'est-il pas le seul à dire la vérité ?

Lilio haussa les épaules, visiblement dépassé.

Tane Prao éclata d'un rire bref. Il attrapa une olive, trois grains de maïs et les avala.

— D'accord, je propose de faire un tour du propriétaire, celui que je réserve à mes commerciaux et mes clients principaux. Je vais connecter vos TPC au mien.

Cléo remarqua seulement à ce moment qu'elle portait toujours à son poignet le TPC enfilé dans l'appartement de Rio. Un TPC qui n'était pas le sien.

Tane Prao prit cinq bonnes secondes pour admirer son reflet dans la cloche d'argent, replacer son collier, décoiffer ses cheveux et ébouriffer les poils de son torse.

— Attention, fit-il en se concentrant enfin sur son TPC. Ça va secouer, prêts pour le grand-huit ?

Tout alla très vite, le voyage ne dura pas plus de deux minutes mais Lilio et Cléo parcoururent vraisemblablement plusieurs centaines de milliers de kilomètres. Ils s'arrêtèrent quelques secondes devant un champ de maïs au Mexique, où Tane récupéra trois épis, puis sautèrent jusqu'en Provence devant un verger d'oliviers où une vieille femme lui en offrit une poignée, puis croisèrent des pêcheurs de thon à Vyborg au bord de la Baltique, redescendirent visiter une plantation de poivrons en Algérie, pour se retrouver sous une serre en Argentine, près de Rosario, et en repartir avec un savant mesclun de salades vertes. À chaque fois Tane remplissait d'ingrédients une sorte de panier, avant de terminer dans une usine de Quezon City au beau milieu des Philippines, où des employés conditionnaient le tout dans des boîtes de plastique hermétiques.

— Mon empire, expliqua fièrement Tane Prao. J'ai bâti ma réputation avec ma fameuse salade mexicaine, uniquement des produits frais, les meilleurs, récupérés par une centaine d'employés, en moins d'une quinzaine de minutes dans dix-huit endroits différents du monde, et le tout pour moins de cinq Pesos-Mundo ! Il faudra aussi que je vous fasse goûter mes salades de fruits et mes cocktails (il saisit l'une des salades mexicaines qui défilaient sur le tapis de la chaîne de production). Vous imaginez, avant la téléportation, le temps, l'énergie, l'argent qu'il fallait dépenser pour rassembler tous ces produits dans une misérable petite salade ? Même si avec cette manie qu'ont les Terriens de vouloir habiter dans les endroits les plus isolés, sauvegarder de bonnes terres cultivables devient de plus en plus compliqué.

Il actionna le TPC à son poignet. La seconde d'après, tous se retrouvèrent à nouveau devant les baies vitrées enneigées du Khyber Himalayan Resort. Lilio dans son canapé. Cléo devant la cloche d'argent.

Elle en avait le tournis. Et une certitude.

Ce Tane Prao se foutait d'elle ! Ce type était peut-être un milliardaire qui avait fait fortune dans les salades composées mondialisées, mais tout ceci, aujourd'hui, n'était qu'une façade. Chaque mort de la favela de Mangueira le lui criait. Cléo ne pouvait oublier cet instant où Tane Prao, tranquillement installé parmi les cadavres dans l'appartement, alors que des dizaines de policiers bouclaient le quartier, leur avait fourni des TPC qui n'étaient pas les leurs.

Il était temps de tomber les masques !

Cléo jeta un regard noir à Lilio, toujours aussi peu concerné, et s'avança. Après tout, ce bellâtre aux dents blanches, qui visitait torse nu ses employés, son ridicule collier de fleurs autour du cou, semblait l'apprécier.

— J'ai une quest... commença Cléo.

Tane Prao la coupa. D'un geste du doigt, comme s'il tenait une télécommande invisible, il ouvrit l'une des portes du salon.

— Je vous ai fait préparer la suite exécutive. J'espère qu'elle sera à votre goût, señorita Cléophée. Si vous avez la moindre envie, appelez. Quelqu'un viendra. Ne cherchez pas à sortir, et encore moins à vous téléporter. Par précaution, votre nouveau TPC est désormais désactivé. Maintenant laissez-nous, je vous prie, le señor de Castro et moi avons du travail.

Cléo serra les poings. Elle ne comprenait plus rien. Elle quémanda du regard une explication à Lilio. Il se leva enfin du canapé et la rejoignit, lui prit doucement la main et se défendit d'une voix calme.

— Notre hôte a raison. Attendez dans la chambre. Nous n'en avons que pour une heure maximum. Rien de bien secret, vous savez, je dois simplement publier un entretien avec Tane Prao, pour l'*Independiente Planet*.

Un entretien ?

Avec un vendeur de salade ? Pour le quotidien le plus subversif de la planète ? Et il voulait qu'elle avale ça !

Cléo repoussa Lilio, claqua les talons et passa la porte ouverte de la suite exécutive, sans se retourner.

Elle resta un instant figée.

Tane Prao n'avait pas menti, au moins sur un point. La chambre était à son goût.

— Vous êtes où ?

C'était la voix de Lilio. Une bonne heure s'était écoulée. Cléo se retint de rire. Il est vrai que la suite était tellement vaste qu'on aurait pu s'y perdre : un vestibule interminable donnait accès à une demi-douzaine d'autres pièces. Dans la chambre à coucher, la moquette vert tendre, le plafond bleu ciel, le lit en bois exotique et les tapis en poil de yack offraient l'illusion de dormir à la belle étoile dans une prairie ouverte sur l'Himalaya. D'énormes bouquets composés de fleurs fraîchement coupées, provenant du monde entier, décoraient chaque pièce, orchidées, pensées, oiseaux de paradis, roses de porcelaine, passiflores…

— Ici, finit par répondre Cléo.

Le journaliste essaya de se repérer entre les différentes portes laquées et les couloirs lambrissés, avant de parvenir à découvrir enfin la salle de bains... Et son jacuzzi presque aussi large qu'une piscine.

Cléo barbotait, dans une mer de bain moussant, un cocktail de fruits posé sur le rebord de la faïence. Elle entendit les pas du journaliste et se redressa pour faire émerger son cou, ses épaules et la naissance de sa poitrine ruisselante.

Lilio se statufia.

— Pour une institutrice solitaire et timide, vous vous habituez vite au luxe.

— Pas le choix, répondit Cléo, plus de TPC, je suis prisonnière.

— Il y a pire comme prison !

Cléo ne commenta pas, puis demanda :

— Alors, elle était bonne la salade mexicaine ?

— Si l'on veut. Tane Prao est un homme fascinant. L'interview était passionnante, elle sera en ligne sur l'*Independiente Planet* dans moins d'une heure.

Cléo fit flotter vers elle un peu de mousse pour dissimuler un téton un peu trop apparent.

— Dites-m'en plus !

— Je suis épuisé, soupira Lilio en avançant d'un pas. Promis, un plongeon et je vous raconte tout. Vous me faites une petite place dans votre jacuzzi king size ?

Cléo roula des yeux gentiment furieux.

— Vous plaisantez ! Ce n'est pas parce qu'on a pris une douche ensemble, dans un palace de Rio, qu'on va clapoter nus tous les deux dans la même baignoire.

Lilio s'arrêta net.

— Et ne me prenez pas pour une gourde non plus, ajouta Cléo. Dites-moi plutôt pourquoi vous vous intéressez tant à ce Tane Prao, et pourquoi vous aviez rendez-vous avec lui dans cet appartement sordide de la favela ?

— ...

— C'est votre troisième sujet d'investigation ?

Lilio décida de continuer d'approcher, et osa s'asseoir sur le rebord de la baignoire, à quelques centimètres de Cléo. Elle ne protesta pas, se contentant de faire dériver avec élégance des icebergs de mousse parfumée au-dessus de son ventre et de sa poitrine.

— Gagné, señorita ! Je vais tout vous dire. Derrière sa couverture de magnat des salades mondiales, Tane Prao est un passeur. Il fournit des TPC clandestins à ceux qui en ont besoin. J'ai mis des mois à le localiser, à ce qu'il accepte de me rencontrer, puis qu'il accepte que mon article soit publié. Bien entendu, son nom n'apparaîtra jamais.

Cléo sortit une jambe du bain moussant. Façon danseuse aquatique.

— Pourquoi Tane Prao a-t-il accepté ? Mieux vaut que sa petite affaire reste secrète, non ?

— Non. Il a aussi besoin de publicité. La plupart des gens ignorent qu'une telle combine existe. Et comme tous les trafiquants, il est un peu mégalo, il croit à sa mission, défier les institutions, PANGAÏA, le Congrès, l'Ekklesia. C'est le point faible de tous les trafiquants !

— Et votre journal va publier ça ?

— Évidemment, notre rôle est d'informer, pas de juger. Ce trafic est une réalité !

Cléo leva plus haut encore sa jambe, la laissa un instant s'égoutter, puis d'un coup, la fit retomber dans l'eau, parvenant à ne dévoiler aucune partie intime de sa peau, sans manquer d'éclabousser le pantalon et la chemise du journaliste.

— Enfin Lilio... Vous avez vu ces cadavres à Rio ? Cet homme, Tane Prao, est un mafieux, une ordure, un type sans scrupules.

Lilio sourit, paraissant apprécier la douche au parfum d'amande et de karité.

— Informer toujours, répéta-t-il. Juger, jamais. Tane Prao n'est qu'un commerçant, il me l'a affirmé et réaffirmé pendant une heure avec une belle sincérité. Il achète des TPC à des individus qui sont d'accord pour les vendre, parce qu'ils vont mourir et n'en auront plus aucune utilité, et il les revend à d'autres individus qui en ont besoin, parce qu'ils veulent disparaître des écrans radar de PANGAÏA. Il y a mille raisons pour ça, et pas seulement criminelles. Des amoureux qui veulent être tranquilles, des solitaires qui veulent échapper à leur famille...

À leur mère, pensa Cléo.

Oui, elle pouvait comprendre ça.

Elle trembla. L'eau du jacuzzi était toujours aussi bouillante, en contraste avec les étendues de neige à l'extérieur des portes-fenêtres de la salle de bains. Ainsi, ce Tane Prao n'était qu'un commerçant clandestin ? Un type qui défiait l'autorité toute-puissante de PANGAÏA, comme les pirates autrefois ? Ça le rendait plus sympathique que méchant ?

Elle esquissa le geste de se lever. L'œil de Lilio pétilla, juste le temps que Cléo ne précise :

— Retournez-vous et attrapez-moi le peignoir derrière vous.

Surjouant la déception, le journaliste obéit, pivota sur lui-même et tendit le peignoir en aveugle. Cléo vérifia qu'aucun miroir ne la trahissait, puis sortit du bain et s'enroula avec délice dans le tissu épais et soyeux, aussi luxueux que le reste de cette suite exécutive. Le peignoir lui arrivait aux genoux, elle le ferma sur son cou.

— Vous pouvez vous retourner.

Cléo laissa des traces de pas mouillés dans la salle de bains.

— Quand votre article sur ce brave marchand de TPC clandestins va-t-il paraître ? Les ventes vont exploser ! À condition que ses clients le trouvent avant les policiers.

— C'est un risque à courir, plaisanta Lilio. À l'heure qu'il est, l'entretien doit déjà être publié. Tane a tenu à ce qu'il soit retranscrit dans son intégralité.

— Waouh, après l'entretien du président Nemrod ! Vous faites coup double. Vous allez devenir le journaliste le plus célèbre du monde...

— Et le plus recherché !

— Exact. Allez, je vous laisse la place dans le bain, vous l'avez bien mérité !

Elle s'éloigna de quelques mètres et se colla aux larges baies vitrées qui donnaient directement sur les pentes enneigées. Une idée folle la hantait, un rêve de petite fille, une expérience à oser. Alors qu'elle posait la main sur la poignée d'une des portes-fenêtres, elle vit, dans le reflet, Lilio faire valser tous ses habits. En un tournemain, il se retrouva nu. La boucle de son ceinturon claqua un peu trop fort sur le pavage de marbre.

S'il croyait qu'elle allait se retourner...

Elle en avait vu assez ! Assez pour apprécier les jolis poils frisés sur son torse brun, son mignon ventre rond, et les poils non moins frisés de la jungle de son entrecuisse.

Ce journaliste aimait jouer...

Mais elle tenait à son idée !

Elle ouvrit la baie vitrée et la laissa grande ouverte. Le froid s'engouffra. Cléo eut l'impression que son visage se craquelait, cryogénisé par le vent glacial. Plein Himalaya. Quatre mille mètres d'altitude. Elle était folle et pourtant, elle ne renonça pas. Elle avança pieds nus dans la neige. Le gel pénétrait en elle. Son sang charriait des glaçons.

Elle en rêvait, depuis toute petite, prendre un bain dans une eau bouillonnante, dans une mer chaude, dans un lac volcanique, et se téléporter dans un fjord, sur un glacier ou un sommet enneigé. Sentir sur son corps tous les bienfaits du contraste entre le très chaud et le très froid. Beaucoup d'ados de son âge, au lycée, aimaient pratiquer ce genre d'expérience. Cléo n'en avait jamais eu le courage, mais puisque ce journaliste avait décidé de s'amuser...

Elle savait que dans son dos, Lilio ne ratait rien du spectacle. Elle avança d'un pas supplémentaire. La neige rongeait sa peau jusqu'aux chevilles, elle ne tiendrait pas plus d'une minute. D'un geste lent et calculé, malgré la température polaire, elle dénoua la ceinture du peignoir, et d'un coup, le laissa tomber.

Dans le jacuzzi, Lilio faillit finir noyé !

Ses yeux s'arrêtèrent, incrédules, sur les courbes de la jeune femme sur fond de sommet himalayen, son long dos aussi blanc que les cimes, sa chute de reins, la finesse de sa taille, la rondeur de ses fesses.

Cléo avança pour sortir de l'ombre des murs de l'hôtel et profiter du fragile rayon de soleil, suffisant pour faire fondre la première couche de neige en une fine eau tiède. Elle s'agenouilla. Lilio trouva sa position plus sexy encore.

De ses mains ouvertes en pelle, Cléo creusa la neige devant elle, et entreprit d'en couvrir ses épaules, sa nuque, son ventre. Quelques secondes avant de s'enrouler à nouveau dans le peignoir et de sprinter au chaud. Son corps adora le contact des gouttes glaciales sur sa peau alanguie par une heure de jacuzzi.

Deux dernières pelletées de neige, une sur chacun de ses seins.

Une pour elle, une pour Lilio.

Cléo se mordit les lèvres pour ne pas crier.

Elle oublia d'un coup le froid, l'altitude, son désir, sa nudité.

Elle vit d'abord un bras dépasser de la neige qu'elle venait de dégager. Un bras d'enfant. Puis un second, puis un petit corps tout entier.

Hypnotisée, tétanisée, Cléo continua de fouiller la neige. Elle dégagea un visage, celui d'un enfant qui ne devait pas avoir plus de dix ans, l'âge de Kevin, de Dorothée, de Dylan, l'âge de chaque élève de sa classe.

La main gelée de l'enfant en tenait une autre, plus grande, plus féminine, celle d'un autre corps enfoncé plus profondément dans la neige.

Une famille ?

Cléo repensa aux cadavres de l'appartement de la favela de Mangueira, des cadavres d'adultes décédés de mort naturelle...

Alors elle hurla, à en déclencher la plus violente des avalanches sur toutes les pentes de l'Himalaya.

L'enfant devant elle n'était pas décédé de mort naturelle.

Il avait été égorgé.

24

Kijong-dong, Corée

— Qu'est-ce qu'on fiche dans ce village fantôme ?

Babou regardait les alentours, circonspect. Il n'avait jamais rien vu de semblable et pourtant, à l'âge de la téléportation, plus grand-chose sur cette terre ne l'étonnait. Il s'éloigna de Mi-Cha et d'Artem pour essayer de comprendre pourquoi, dans cet étrange village, les dizaines de maisons et d'immeubles étaient tous factices. Des façades sans fenêtres, des murs et des toits abritant des intérieurs vides, sans pièces, sans cuisine, sans douche. Un village inhabitable. Un décor de cinéma, mais d'une banalité telle qu'il offrait la certitude qu'aucun film n'y avait jamais été tourné.

— Ce village fantôme, c'est chez moi, fit Mi-Cha en laissant échapper Darn Cat. Et c'est chez toi aussi maintenant, mon minou.

À côté d'eux, le commandant Akinis était occupé à lire sa tableta.

— Il s'est passé quoi ? demanda Babou. Ils n'ont pas eu le temps de le finir ?

Mi-Cha guida Darn Cat dans une grande bâtisse dont la façade impressionnante dissimulait une pièce, une seule, presque sans meubles. Juste un tapis, deux chaises et un placard. Le chat paraissait perdu dans la maison plus vide qu'une cathédrale.

— Je suis née ici, expliqua la capitaine Kim, à Kijong-dong. À deux kilomètres, là-bas (elle désigna, par le trou dans le mur censé être une fenêtre, un point lointain dans la plaine), c'était la frontière entre les deux Corées. L'une des plus fermées au monde, il paraît. Elle avait disparu bien avant que je naisse. En Corée du Nord, on appelait Kijong-dong le village de la paix, et en Corée du Sud, on l'avait baptisé le village de la propagande, parce qu'il était le seul qu'on pouvait voir de la frontière, et qu'il avait été construit pour qu'on croie que des gens vivaient ici, sans chercher à s'échapper. Des militaires passaient même chaque soir pour allumer les lumières.

Darn Cat explorait les lieux. Il alla se frotter contre les jambes d'Artem, toujours occupé par sa lecture. Babou observa une nouvelle fois la plaine et les vestiges de l'ancienne zone démilitarisée entre les deux Corées, un no man's land effrayant encore hérissé de miradors, d'antennes, de batteries de canons désactivées et sans doute de mines enterrées.

— Et tu vis vraiment dans ce foutu décor ?

— Non, j'y vis pas. J'y dors, c'est tout. Je me téléporte ici, avec mon futon, et je repars dès que je suis réveillée. J'ai le monde entier pour manger, me laver, m'amuser. Mais je dors ici, chez moi, là où dormaient mes parents et où dormiront mes enfants... et Darny chéri.

Babou grimaça sans retenue devant ce paysage d'apocalypse, ultime témoignage d'un monde que désormais aucune frontière ne défigurait.

— En tous les cas, on avait dit un crochet de cinq minutes, le temps de déposer ton minou et...

— L'enfoiré, cria soudain Artem (sa voix résonna en écho dans la maison vide). Ce salopard se fout de notre gueule !

Il colla sa tableta sous le nez de Babou et Mi-Cha.

— Ça vient d'être publié dans l'*Independiente Planet*. Un entretien avec un homme qui prétend fournir à tous ceux qui en ont besoin des TPC permettant d'échapper à PANGAÏA... Regardez qui a signé l'article : Lilio de Castro !

Ils vérifièrent. L'article avait été mis en ligne moins de quinze minutes auparavant.

— Au moins, fit remarquer Babou, philosophe, on sait comment ce journaliste et cette instit nous ont échappé à Rio.

Artem repoussa du pied Darn Cat qui, faute de meubles à escalader, essayait de grimper sur lui. Mi-Cha se précipita pour lui montrer le petit panier de dentelles, orné de rubans roses, qu'elle avait acheté, une virée de trois minutes chrono sur la grand-place de Bruges.

— Tu seras bien, là, mon...

— Mi-Cha !

La voix du commandant avait tonné. Elle remplit l'espace creux et se cogna aux murs dans une solennité jupitérienne.

— Mi-Cha, répéta Artem. Babou. On va arrêter de faire joujou et on va faire un point d'étape. Rassurez-vous, ce sera rapide : on n'a rien. Rien ! À part le film d'un tueur blond qui n'existe pas. Appelons-le *Khan* si tu veux, Mi-Cha. On a évacué le Maracanã, en direct devant sept milliards de spectateurs, sans même savoir si ce n'était pas un canular. Le président Nemrod s'est fait interviewer par un journaliste devenu l'ennemi numéro un, dont tout indique qu'il est mêlé de près aux attentats et à des trafics sordides remettant en cause les fondements de l'Organisation Mondiale des Déplacements, et donc, en conséquence, la liberté de déplacement des Terriens. Sans oublier la préparation de la cérémonie du centenaire à laquelle notre président semble particulièrement tenir, ainsi que la majorité des habitants de la Terre si j'en crois l'Ekklesia. Alors Mi-Cha, on va laisser tranquille Darny Chéri, son panier rose et sa baballe. Babou, tu vas faire un effort pour nous dispenser de tes leçons de philosophie et de ta nostalgie. On est la risée du monde !

Alors comme disaient les flics au temps des sirènes et des gyrophares, on passe la seconde !

Si la capitaine Kim cessa immédiatement de s'intéresser à Darny, son panier et ses croquettes, Babou ne parut pas impressionné par le discours de son chef.

— Doucement, Artem, doucement. Chacun fonce un peu trop vite, un peu partout, dans tous les coins de la Terre. Alors mes méthodes anciennes, comme tu dis, elles ont aussi du bon.

Le commandant s'était relevé, ses mains trahissaient sa nervosité, mais il fit l'effort de laisser le lieutenant parler.

— Je prends un exemple, Artem. Ton ennemi numéro un, le journaliste. Je ne crois pas un instant qu'il soit mêlé aux attentats. D'accord, il se retrouve au mauvais moment au mauvais endroit, près de Tetamanu, à Maracanã, tu parlais de divination mais c'est peut-être simplement un bon journaliste qui a toujours une longueur d'avance. Y compris sur nous. Il a fait notre boulot en révélant ces trafics de TPC clandestins. Ce n'est pas parce qu'il emmerde PANGAÏA et le Congrès avec ses articles qu'il adhère aux thèses des terroristes. Le tueur, on le connaît, on l'a vu manipuler le livre d'Ossian, graver *Pitchipoï*, et assassiner dix retraités. C'est lui. *Khan.* C'est lui qu'il faut chercher.

Les doigts d'Artem avaient cessé de s'agiter. Une partie de sa nervosité était retombée. Le commandant avait écouté avec intérêt l'analyse de son adjoint.

Pas Mi-Cha !

Dès que le lieutenant Diop avait détourné l'attention du commandant, elle s'était concentrée sur sa tableta. Passionnée par ce qu'elle lisait.

— Mi-Cha, gronda à nouveau Artem, ça te dérangerait de t'intéresser un peu à la conversation ?

La jeune Coréenne releva ses grands yeux de poupée élargis au maquillage Puppy Eyes.

— Arty, je peux m'échapper cinq minutes ?

Le commandant Akinis fusilla du regard son adjointe, sidéré par son impertinence.

— Y a pas de toilettes ici, ironisa Babou pour faire baisser la tension, faut qu'elle aille faire pipi à Pékin !

— Rien à voir, gros bêta, réagit Mi-Cha. On vient juste de signaler une disparition inquiétante.

Elle tourna sa tableta vers les deux policiers, elle était effectivement connectée au site du Bureau d'Investigation Criminelle.

— Tu laisses Nocera ou Leduc s'en occuper, trancha Artem. On a d'autres priorités.

Mi-Cha supplia Artem du regard.

— S'il te plaît. C'est une belle histoire. Il s'appelle Ârvalan, il a quinze ans, il est vendeur de fleurs au Sri Lanka.

Artem paraissait de plus en plus excédé par le romantisme de son adjointe. S'était-il trompé sur son compte ? La petite surdouée de l'informatique, surfeuse de génie sur le big data de PANGAÏA, était-elle incapable de poursuivre une enquête sans faire preuve de sentimentalisme ? Il baissa avec mépris les yeux vers Darn Cat, qui avait déjà adopté son panier en dentelles, presque le seul élément de décor dans cette bâtisse de cent mètres carrés, haute comme un immeuble de trois étages.

— Et, poursuivit Mi-Cha qui ne semblait pas prêter attention à l'agacement de son chef, chaque matin, depuis des années, un homme vient acheter à Ârvalan un bouquet d'œillets d'Inde, pour fleurir la tombe de sa femme. Il n'est pas venu ce matin.

Tu m'emm..., allait exploser le commandant Akinis, avant que Mi-Cha, plus rapide, ne colle l'écran de sa tableta sous son nez.

— Ârvalan avait l'adresse de son petit vieux. Inquiet, il s'est téléporté. Il l'a trouvé mort, allongé sur la tombe de sa femme. Pas d'une crise cardiaque, pas de chagrin...

Elle hissa sa tableta plus près encore de ses yeux.

— Il l'a trouvé mort, égorgé. Une entaille fine et propre, en forme de smiley. La même entaille, exactement la même, j'ai fait tourner des logiciels de superposition d'images, que celle qui a coûté la vie à notre retraité allemand du bungalow *Hibiscus*. D'après le logiciel, il y a 97,8 % de chances que l'arme utilisée soit un santoku. Un travail de pro. Un travail qui ressemble à s'y méprendre à celui de Khan.

Mi-Cha battit des paupières en direction de son supérieur, une œillade de défi sexy, puis s'agenouilla vers Darny.

— Reste là. Maman revient très vite, mon chéri.

— C'est où ?

— Gulmarg, au Cachemire, dans l'Himalaya. Au pied d'un des plus hauts téléphériques du monde.

25

Khyber Himalayan Resort,
massif de l'Himalaya, Cachemire

Cléo s'était habillée. Lilio aussi. Genoux dans la neige, ils avaient dégagé à la hâte plusieurs corps, à peine trente mètres devant l'hôtel.

— Ils ont été assassinés, murmurait Cléo, à voix basse, comme si Tane Prao pouvait les entendre. Ils ont été assassinés. Ce monstre n'achète pas des TPC à des mourants consentants. Il assassine des gens, des hommes, des femmes, des enfants, pour leur voler.

Elle continuait de fouiller la neige avec ses mains gelées. Proche de l'hystérie. De nouveaux cadavres surgissaient dès qu'ils creusaient un nouveau puits. Une main. Une chaussure. Une touffe de cheveux.

— Combien y en a-t-il ? Combien ?

— Venez, fit doucement Lilio en la forçant à se relever. Venez, on doit partir. On doit fuir avant qu'il revienne.

Tane Prao avait expliqué au journaliste, après leur entretien, qu'il avait des affaires à régler, mais que son amie et lui pouvaient profiter de la suite exécutive, et de tout le Khyber Himalayan Resort, en attendant son retour. Qu'ils profitent. Qu'il profite. Il avait adressé un clin d'œil complice à Lilio, avant de se téléporter vers une destination inconnue.

Cléo se releva en titubant.

— Comment ? trépigna-t-elle. Nos TPC sont bloqués. Comment ?

— À pied !

Le Khyber Himalayan Resort paraissait totalement désert. Aucune pièce du palace démesuré, construit à flanc de montagne, n'était occupée. Les employés devaient passer faire le ménage, puis repartir. Les vallées perdues de l'Himalaya et leur température glaciale n'étaient pas le décor le plus accueillant. Cléo et Lilio errèrent de longues minutes dans les couloirs labyrinthiques. Cinq étages, des cuisines, une piscine, des dizaines de chambres, des ascenseurs transformés en bibliothèques, des escaliers, des salles de dîner, de petit déjeuner, des vestiaires, des remises. Petit à petit, Cléo reprenait ses esprits. Elle n'en restait pas moins sidérée de se retrouver ainsi, dans le repaire d'un homme à la tête d'une terrifiante organisation criminelle, poursuivie par la police, aux côtés d'un journaliste dont le monde entier lisait les articles. Comment sa sage et tranquille vie d'institutrice avait-elle pu à ce point basculer ?

Elle suivait docilement Lilio, étage après étage, salle après salle, sans comprendre la stratégie du journaliste.

Fuir ? D'accord...

À pied ?

N'était-ce pas une folie pire que de rester à attendre le retour de Tane Prao ? Ils se trouvaient à plus de quatre mille mètres d'altitude, sans doute à des dizaines de kilomètres de la première maison habitée. Tout se bousculait dans sa tête. Avaient-ils un autre choix que de pousser une des portes et de sortir affronter le froid ?

Lilio ne semblait pourtant pas pressé. Il examinait chaque pièce dans laquelle ils entraient avec une attention soutenue. Au lieu de se diriger vers les couloirs menant aux sorties, il s'engagea dans un autre escalier, traversa une nouvelle chambre...

— Qu'est-ce que vous cherchez ? finit par demander Cléo. Je croyais qu'on devait fuir au plus vite ?

— J'ai trouvé, répondit Lilio, triomphant, tout en ouvrant une porte qui semblait être celle du bureau de Tane Prao.

Ils pénétrèrent dans une vaste pièce lambrissée, aménagée avec goût par un mélange subtil de meubles taillés dans des essences de bois exotiques rares. La montagne s'ouvrait devant eux à travers une large baie vitrée, une descente de trois mille mètres de la ligne de crête jusqu'au canyon au bord duquel le Resort était bâti. Sur le mur opposé, des centaines de TPC étaient accrochés. Tous portaient un numéro, de 1 à 318 exactement. Dans la neige, face à eux, Cléo remarqua des petits bâtons plantés, à intervalles réguliers, qui eux aussi portaient des numéros.

— Chaque... Chaque numéro correspond à un Terrien qui...

L'institutrice ne put terminer sa phrase.

— Je crois, admit Lilio, que Tane Prao ne m'a pas tout dit dans son entretien. Je crois que les mourants volontaires pour céder leur TPC n'étaient pas assez nombreux pour répondre à la demande, et qu'il a vite été plus rentable pour lui d'assassiner discrètement toute une série de personnes, sûrement des familles isolées, des solitaires, des sédentaires, en s'arrangeant pour que PANGAÏA ne sache rien de leur disparition. Il dispose ainsi d'un stock suffisant de TPC clandestins pour ses clients. Il téléporte les corps et les enterre ici, sous la glace, en pleine montagne. Je... Je suis désolé, Cléo. Je pensais sincèrement que...

— Ne vous excusez pas. Il vous a manipulé, c'est tout. Maintenant, on fiche le camp !

— Deux secondes. Deux secondes, s'il vous plaît.

Cléo s'impatienta. Ils devaient s'en aller. Elle le sentait. Qu'est-ce que Lilio cherchait encore ?

— On doit récupérer des preuves avant de partir. Un maximum. Sinon Tane Prao fera tout disparaître. On doit ça à ces gens. À leurs proches. Il faut dénoncer ce trafic, il faut le stopper.

Le journaliste tourna comme une fourmi dans la pièce, fouilla dans les placards, les tiroirs, et finit par dénicher ce qu'il cherchait : un sac à dos ! Cléo était d'accord avec Lilio… et à la fois ne l'était pas. Pourquoi le journaliste prenait-il le risque de traîner ainsi ? Pour respecter la mémoire de ces inconnus assassinés, pour révéler au monde cette ignominie, ou pour retirer toute la gloire de ce scoop ?

— S'il vous plaît, Cléo, demanda Lilio. Aidez-moi. Entassez dans ce sac un maximum de TPC. Qui sait à quels crimes ils serviront sinon. Nous les remettrons à la police. Ils retrouveront l'identité de chaque personne assassinée.

Ou les trois, pensa Cléo, sans discuter les ordres du journaliste, impressionnée par sa détermination. Les trois à la fois. L'ambition de Lilio ne l'empêchait pas d'être un reporter exceptionnel et de faire preuve d'un courage exemplaire.

Alors qu'elle enfonçait les TPC dans le sac, les trois cent dix-huit pourraient y entrer en les tassant, elle vit Lilio s'installer au bureau de Tane Prao. Il ouvrit un tiroir, le laissa ouvert, et en sortit un livre en tremblant.

Droit du sang, d'Ossian.

— Merde ! lâcha le journaliste. En plus d'être une ordure qui fait fortune en assassinant des Terriens, Tane Prao serait un salopard d'extrémiste ?

Cléo continua d'entasser les TPC, sans répondre. Le journaliste ouvrit d'autres tiroirs, sortit des dossiers et les étala sur le bureau. Certaines feuilles s'envolaient. Lilio paraissait fiévreux, plus excité que jamais. Cléo le regarda, fascinée. Ainsi, c'était cela un journaliste, un homme qui ne lâche rien, prêt à risquer sa vie pour une information, une simple information à transmettre au reste de l'humanité. Une seule quête, la vérité…

— Putamundo ! jura Lilio.

Il se laissa tomber contre le dossier de la chaise.

— Quoi ? Qu'avez-vous vu ?

— Les assignés ! Vous vous souvenez, cette légende, ces Terriens aux idées subversives, des dissidents politiques si vous voulez, privés de TPC, mais auxquels on aurait laissé une terre assez vaste pour qu'ils puissent vivre en marge de la société.

— Oui, bien entendu, je me souviens, c'était l'une de vos trois chimères.

— Ils existent ! exulta le journaliste. Regardez cette liste ! (Lilio frappa du poing sur le bureau.) Vous entendez, Cléo, ils existent. Tane Prao est en contact avec eux. Ils sont quelques centaines, prisonniers d'un territoire tabou de près de trois millions de kilomètres carrés et...

— On doit s'en aller, tempéra Cléo. On doit quitter cet hôtel maintenant. Embarquons ces TPC !

— Dommage d'en avoir récupéré plusieurs centaines, fit le journaliste, et qu'aucun ne puisse nous servir. Ni ceux dans le sac, ni ceux fournis par Prao dans la favela, et encore moins ceux que nous avons au poignet et que la police a bloqués !

Cléo s'affola, haussa la voix.

— Nom du ciel, prenez vos foutus papiers, et filons.

— Vous avez raison !

Ils enfilèrent deux épais blousons de cuir qui pendaient dans un coin du bureau. Lilio plia un maximum de feuilles dans sa poche, hissa le sac sur son dos, ouvrit une porte-fenêtre, et tous les deux s'emmitouflèrent autant qu'ils le purent, avant de sortir affronter la montagne.

Le vent glacial les cueillit. Leurs pieds s'enfoncèrent, après moins de trois pas, dans trente centimètres de neige. Ils firent encore une dizaine de mètres, les jambes trempées dans la poudreuse, avant que Cléo ne s'arrête.

— Ça n'a aucun sens, si on ne peut pas se téléporter. On va se perdre. On va se tuer. On n'a aucune idée d'où aller.

— Il faut descendre, fit Lilio. En marchant plus vite. Nous devons trouver un abri avant la nuit.

Cléo ne bougea pas. Au-dessus d'elle, le ciel était intensément bleu, paraissant fondre en reflets azurés sur la neige éternelle des sommets, mais elle ne ressentait aucune impression de chaleur.

— Descendre où ? cria-t-elle, désespérée. On est à plus de quatre mille mètres ! Vous espérez trouver quoi, plus bas ? Il n'y a rien devant nous, même pas un chemin ! Nous sommes fichus. Nous allons finir comme tous ces cadavres, dans la neige, congelés, que Tane Prao nous rattrape ou pas.

Cléo tremblait, proche de l'hystérie. Lilio rebroussa chemin et la prit dans ses bras.

— Du calme, Cléo. Regardez, devant nous.

— Quoi devant nous ?

Cléo claquait des dents.

— Levez les yeux. Que voyez-vous ?

— Rien ! Il n'y a rien.

— Si, droit devant, entre les rochers.

Cléo écarquilla les yeux. Enfin elle vit. La forme grise d'un pylône. L'arrivée du téléphérique. Ça ne la rassura pourtant pas.

— Qu'est-ce que vous espérez ? s'énerva-t-elle. Ce truc ne fonctionne plus depuis l'Antiquité.

— Je sais, mais il descend dans la vallée, sûrement jusqu'à l'ancienne station de ski. Ce qui signifie qu'il doit y avoir quelques maisons, peut-être habitées. Ce téléphérique nous donne une direction. Il n'y a qu'à descendre en suivant les pylônes. C'est... C'est la seule solution.

— Et elle est loin, à votre avis, cette ancienne station de ski ?

— Aucune idée !

Lilio prit la main de Cléo et avec énergie ils recommencèrent à avancer dans la poudreuse. Ils se rendirent compte rapidement que marcher de front n'était pas la meilleure méthode. Lilio se positionna le premier, écrasant la neige, alors que Cléo se glissait dans ses pas.

Ils progressaient plus vite qu'ils ne l'auraient cru. La pente était douce et régulière. Cléo comptait les pylônes pour occuper ses pensées, chacun était numéroté, 431, 430, 429. Elle comptait également leur nombre de pas entre chaque colonne de métal rouillé. Une petite centaine, soit une cinquantaine de mètres. Si le pylône le plus bas portait le numéro 1, cela signifiait une marche d'au moins vingt kilomètres... Une folie ! Mais au rythme où ils allaient, il n'était pas interdit de penser qu'ils y parviendraient avant la nuit.

325, 324, 323.

Ils traversèrent une forêt de sapins, surveillée par les cabines immobiles du téléphérique, avant que la pente immaculée ne s'ouvre à nouveau. La neige était plus tassée, leurs pas s'y enfonçaient moins, plus gelée aussi, ils pouvaient descendre plus vite, tout en prenant garde à ne pas glisser.

287, 286, 285.

Le corps de Cléo se réchauffait, elle reprenait espoir. Si elle évitait de penser aux cadavres du Khyber Himalayan Resort, à ceux de la favela de Mangueira, à ce policier perché sur le toit qui lui avait tendu la main, à toute cette folie, elle devait reconnaître qu'elle n'avait jamais connu une aussi belle randonnée de toute sa vie. Les jambes brûlantes, les poumons cherchant de l'oxygène, le corps en transe, perdue dans cette nature immense. Tout ce qu'elle aimait ! Tout ce qu'elle recherchait, chez elle, dans son verger de cerisiers, partout où la lenteur remplaçait cette course à la vitesse et à la superficialité.

Lilio avait pris quelques mètres d'avance. Le journaliste était sans doute moins sensible qu'elle à l'éloge de la lenteur. Il marchait de plus en plus vite, au point que Cléo peinait à le suivre. Elle ne devait pas se laisser distancer. Une euphorie effrayante la gagnait. Elle levait de plus en plus souvent la tête, comptant les cabines, suivant des yeux le fil d'acier, son fil d'Ariane, comptant les pylônes.

248, 247, 246.

— Aïe !

Lilio s'était arrêté net. Cléo n'avait pas anticipé et l'avait percuté. La jeune femme allait protester, *ne vous arrêtez pas ainsi, prévenez !,* mais ses mots restèrent bloqués dans sa gorge. Le visage du journaliste, cadavérique, trahissait une intense panique.

— On... On ne pourra pas aller plus loin.

Il prit la main de Cléo et s'avança, très lentement, à peine cinq pas.

Devant eux, le fil d'acier poursuivait sa route, mais il n'y avait plus de montagne. Seulement un précipice, de plusieurs centaines de mètres, que les cabines surplombaient. Un canyon infranchissable qui, d'ailleurs, avait sans doute justifié la construction du téléphérique.

Cléo évalua la profondeur du gouffre. On distinguait à peine une minuscule rivière gelée, au fond. Il était inimaginable d'espérer descendre les parois, à pic, des rochers à vif. Le constat était implacable : la piste des pylônes se terminait par un cul-de-sac.

Perdus.

Aucun moyen de continuer. Quant à imaginer rebrousser chemin, remonter jusqu'au Khyber Himalayan Resort, où Tane Prao et toute sa clique de tueurs les attendaient...

Cléo s'écroula dans la neige, laissant couler ses larmes. Perdue. Perdue.

Lilio levait les yeux vers le fil d'acier tendu entre les deux pylônes dressés de chaque côté du précipice. Deux cabines se balançaient au-dessus du vide.

— Regardez ! Les échelles, le long des pylônes. On peut y grimper. On s'accroche au câble et ensuite, on avance en funambule et on... On redescend de l'autre côté.

Cléo frotta ses paupières, noyées de perles gelées.

— Vous êtes taré ? Nous suspendre au-dessus d'un gouffre de trois cents mètres ? Avec rien que nos mains frigorifiées pour nous accrocher ?

Une nouvelle fois le calme de Lilio la sidéra.

— On peut y arriver ! On bricolera un baudrier avec nos ceintures. On progressera centimètre par centimètre.

Cléo fixa du regard le mince fil d'acier. L'obstination de Lilio à ne pas renoncer, à lui faire croire qu'il restait un espoir, était admirable, mais son idée était totalement irréaliste.

— C'est notre seule chance, insista le journaliste.

— Même pas, fit une voix au-dessus d'eux.

Lilio et Cléo levèrent les yeux, surpris.

Tane Prao, confortablement assis dans l'une des cabines du téléphérique, braquait un fusil Zastava sur eux.

— J'adore me téléporter ici, ironisa le trafiquant. Laisser le vent me bercer dans la balançoire la plus folle du monde.

Il pointa ostensiblement le canon de son fusil en direction de Lilio.

— Monsieur de Castro, nous avions un accord. Je vous ai fait confiance, je vous ai offert mon hospitalité. J'étais pleinement satisfait de vos services, votre article dans l'*Independiente Planet* a fait de moi une véritable légende. Je suis devenu le pirate le plus célèbre de toute la galaxie. Alors pourquoi avez-vous tout gâché ?

Cléo vit avec horreur le doigt de Tane Prao se crisper sur la détente.

Il tuerait Lilio le premier. Ensuite ce serait son tour. Ce tueur ne laisserait aucune trace derrière lui. Une dernière fois, elle appuya sur son TPC, qui refusa obstinément de s'activer.

— Ah, monsieur de Castro, conclut Tane Prao. Je comprends... la curiosité... Je suis désolé, ce sont les risques du métier.

Le trafiquant pointa sans plus hésiter le canon du fusil sur le cœur du journaliste, et pressa la détente. La détonation explosa, puis se perdit dans l'immensité de l'Himalaya.

26

Gulmarg, massif de l'Himalaya, Cachemire

Le lieutenant Babou Diop penchait ses cent vingt kilos et son mètre quatre-vingt-dix sur le corps allongé de Madhu Singh Rao. Le sang avait coulé sous lui, colorant la neige avant de geler. Le tumulus de glace prenait une teinte écarlate, comme nourrissant d'une sève rouge la tige des œillets d'Inde plantés à son sommet.

— Après que les légistes l'auront autopsié, déclara Babou avec solennité, il faudra le ramener ici et l'incinérer.

Mi-Cha le regarda, sans comprendre.

— C'est la tradition hindouiste, expliqua-t-il, ce sont les cendres de sa femme qui reposent ici.

Artem, d'un bref signe de la tête, assura qu'il y veillerait personnellement, mais il y avait d'autres urgences. Valéryah Everianov et son équipe seraient sur place dans quelques minutes, elle venait de lui confirmer. Elle avait été retenue par une tentative de suicide à Rangoon, une noyade au large de Tegucigalpa et deux ados qui s'étaient retrouvés accrochés aux branches d'un séquoia haut de quarante mètres, dans le parc de Yosemite, où ils s'étaient téléportés par erreur.

À son tour, Mi-Cha se pencha sur le corps. Elle le retourna avec précaution pour observer la profonde entaille dans la gorge du vieil Indien.

— C'est signé Khan, aucun doute (elle frissonna et réprima un hoquet de dégoût). Heureusement que je n'ai pas emmené Darny, je suis sûre qu'il l'aurait senti. Ce monstre a traumatisé mon petit chéri.

Babou regarda sa collègue avec étonnement, trouvant étrange qu'on puisse avoir plus de compassion pour la santé mentale d'un chat que pour la vie d'un être humain. Mi-Cha se frotta les mains.

— Brr... Sans oublier ce froid. Mon minou aurait eu ses papattes toutes gelées. D'ailleurs on est où ?

Le commandant Akinis se chargea de répondre.

— Gulmarg. Sur l'ancienne frontière entre le Cachemire et le Pakistan, ce qui explique les restes d'installations militaires.

— Au moins je ne suis pas dépaysée, se contenta de commenter Mi-Cha.

Un long fil barbelé à moitié enfoui dans la neige, enroulé sur lui-même et percé tous les dix mètres, délimitait la longue piste blanche qui descendait devant eux.

— Et plus précisément, précisa Babou, nous sommes au pied d'un des plus hauts téléphériques du monde, qui grimpait de deux mille à quatre mille mètres. L'équipement phare de la seule station de ski de tout l'Himalaya.

Mi-Cha détailla les cabines, le câble d'acier, les pylônes, aussi surprise qu'une marmotte découvrant une clé à molette.

— Et ça sert toujours, une telle antiquité ?

Babou avança vers les cabines, les secoua pour faire tomber la neige collée aux vitres, puis il se retourna en souriant.

— Pour t'expliquer, ma grande... Avant, le ski consistait à attendre des heures en bas de la station pour grimper dans des engins aux noms étranges, téléphériques, œufs, tire-fesses, qui très lentement emmenaient les skieurs le plus haut possible, pour qu'ils puissent dévaler, dix fois plus vite, la descente, se retrouver en bas, et recommencer.

Mi-Cha aimait le ski ! Elle adorait se téléporter en haut de l'Alpamayo, du mont Fuji, du Denali ou de l'Aiguille du Midi, même s'il fallait souvent réserver sa place des mois à l'avance, et ensuite s'abandonner à des heures de glisse non stop. Elle n'arrivait pas à concevoir quel plaisir on pouvait prendre à descendre si on mettait dix fois plus de temps à remonter.

— Les gens d'avant étaient vraiment cinglés ! (Elle détailla les cabines reliées au câble d'acier.) Cela dit, ce truc ferait un excellent spot de TPX.

Artem observait tour à tour la terrasse du chalet de Madhu Singh Rao, le rideau de fer délabré, les bunkers enterrés sous la neige, puis l'écrasante sérénité des sommets himalayens au-dessus de lui.

— De quoi ? toussa Babou.

Mi-Cha chaussa ses lunettes de soleil, puis frappa sur le carreau d'une des télécabines pour en tester la solidité.

— Faudrait te tenir un peu au courant, papy ! Pour quand t'auras des petits-enfants. Le TPX, la TéléPortation eXtrême si tu préfères, est le kiff préféré des jeunes. Tu te téléportes dans un lieu super dangereux, genre la Langue du Troll en Norvège, la route de la mort en Bolivie, sur un des derniers sommets vierges jamais escaladés par l'homme... ou pourquoi pas dans une des cabines de ce truc si on le remettait en route, et le but est de tenir le plus longtemps possible avant d'avoir trop la trouille et de déclencher ton TPC. Tu peux trouver tout un tas de records pour chaque spot sur les tabletas.

— Si un jour, commenta Babou, mes petits-enfants pratiquent ce genre de conneries, j'écrabouille leur TPC et je fais d'eux des sédentaires pour la vie entière.

La jeune Coréenne éclata de rire.

— Y a bien pire, papy ! J'ai des copains qui s'amusent à se téléporter en groupe, au pôle Sud, par moins cinquante degrés, ou à plus de soixante près d'un cratère de volcan en fusion, genre Hawaï ou Danakil. Le dernier à quitter l'enfer sur terre a gagné !

Le commandant Akinis s'était approché d'eux sans que la capitaine ne l'entende. Le lieutenant Diop, lui, continuait de s'activer dans le local technique du téléphérique.

— Mi-Cha, c'est strictement interdit, réglementé par l'Organisation Mondiale des Déplacements, et pratiqué uniquement par des professionnels ou des licenciés. C'est à cause de ce genre de jeux stupides que Valéryah est débordée, et n'est toujours pas là.

Mi-Cha baissa les yeux timidement, trop pour que sa contrition soit réellement sincère. Comme la plupart des jeunes adultes de son âge, elle était persuadée que rien ne pouvait lui arriver tant qu'elle avait un TPC accroché au poignet.

Ils marquèrent un court silence. Mi-Cha et Artem observèrent à nouveau le corps de Madhu allongé sur le mausolée rougi de sa femme. Pourquoi Khan avait-il assassiné ce vieil ermite ? Ce tueur possédait en permanence une longueur d'avance sur eux, il pouvait avoir disparu n'importe où...

— Je retire ce que j'ai dit tout à l'heure, Mi-Cha, fit Babou dans son dos.

Le commandant et son adjointe se retournèrent.

— Ce téléphérique fonctionne encore, continua le policier sénégalais. Il a été mis en route, il y a à peine quelques heures. Regardez.

Il appuya sur un bouton. Les turbines motrices se mirent lentement en branle, avant que Babou ne les arrête.

— Si vous levez les yeux, expliqua-t-il, vous remarquerez que les cabines sont recouvertes de neige, mais qu'il n'y en a pas sur les câbles. La seule explication possible, c'est qu'elle a été enlevée par le frottement du fil d'acier contre les pylônes, et donc qu'ils ont été activés. Récemment. La neige est fraîche de ce matin.

Mi-Cha roula des yeux stupéfaits, laissant sa tableta pendre au bout de sa main. Elle peinait à croire qu'on puisse parvenir à une telle conclusion simplement en observant des traces de neige sur un vieil appareil rouillé. Elle scruta les sommets, là où disparaissaient les câbles d'acier.

— Il... Il y a quoi là-haut ?

Artem avait déjà réagi. Il répondit d'une voix rapide.

— Un espace privé, un des plus vastes du monde, autour d'un palace ultraprotégé, le Khyber Himalayan Resort. Il appartient à un industriel milliardaire.

— Khan a utilisé ces cabines, enchaîna Babou. Pour monter ! Il utilise la même méthode que pour Tetamanu. Pour entrer dans un espace sécurisé inaccessible, il se téléporte aux limites de l'espace privé, puis termine sa route grâce à un moyen de transport traditionnel. Un voilier... Ce téléphérique.

— Babou, ordonna Artem, tu me remets en marche cet engin, je monte avec. Pendant ce temps, tous les deux, vous vous posez au plus près de ce Khyber Himalayan Resort.

27

Téléphérique de Gulmarg,
massif de l'Himalaya, Cachemire

Tane Prao resta un instant debout, dans la télécabine ouverte, au-dessus du gouffre de trois cents mètres. Les yeux écarquillés. Sans comprendre ce qui lui arrivait. Sa main gauche, celle qui ne tenait plus le fusil Zastava, toucha sa poitrine, puis s'éleva à la hauteur de son regard. Elle était rouge. Tane Prao ouvrit une bouche muette d'horreur, et en un ultime réflexe, passa sa main ensanglantée sur son visage.

La dernière image que Cléo et Lilio gardèrent du trafiquant fut son expression de terreur, marquée par cinq lignes de sang. Il essaya de conserver son équilibre en s'adossant à la paroi de verre de la cabine, de rassembler ses dernières forces, de redresser son Zastava et de le pointer à nouveau vers Cléo et Lilio mais, inexplicablement, la télécabine se mit à avancer, d'un mètre, dans un brutal bond de cabri. Tane Prao, surpris, sans énergie, laissa tomber le fusil dans le vide.

Une seconde détonation résonna dans le silence blanc de l'Himalaya, creusant un second trou dans la poitrine du trafiquant, quelques centimètres sous le premier.

Tane Prao s'effondra au fond de la cabine. Tué sur le coup.

— Il était moins une, non ?

Cléo et Lilio se retournèrent, stupéfiés.

Dix mètres au-dessus d'eux se tenait un homme armé d'un Dragunov, bien mieux équipé qu'eux pour affronter le froid, un blouson Annapurna, des gants de cuir, une cagoule néoprène.

— Vous... bredouilla Lilio. Vous êtes un... policier ?

— Merci, se contenta d'ajouter Cléo.

Elle grelottait. Ce n'était plus le moment de tergiverser, de continuer de jouer aux fuyards magnifiques. Il était temps de se livrer aux flics, de s'expliquer. Que tout se calme. Qu'elle reprenne sa vie paisible.

Leur sauveur cagoulé descendit avec précaution les mètres de neige gelés qui les séparaient. Il était équipé de solides chaussures de montagne à crampons. Cléo et Lilio se tenaient toujours au bord du précipice. Le journaliste conservait, sur son dos, le sac contenant les centaines de TPC clandestins volés à Tane Prao.

— Vos TPC sont bloqués ? demanda le policier en observant leurs poignets.

— Oui, soupira Cléo. Je me rends. J'ai trop froid. Je veux bien finir ma vie dans une prison si elle est chauffée.

Lilio n'avait pas l'air si d'accord, mais s'abstint de tout commentaire.

— C'est bon, je vais vous aider.

Le sniper cagoulé planta la crosse de son fusil dans la neige, puis frappa la glace pour creuser des marches grossières et descendre jusqu'à eux. D'un geste rapide, il retira sa cagoule.

— Donnez-moi la main.

Cléo la tendit, rassurée, tout en tenant celle de Lilio. Elle était pressée de quitter cette plateforme vertigineuse. Des flocons de neige dansèrent dans les cheveux blonds de l'homme qui venait de les sauver.

Tout alla alors trop vite pour que Cléo comprenne. Au lieu de saisir la main qu'elle lui ouvrait, l'homme la repoussa, violemment, fonçant sur eux tel un taureau qui charge. Cléo et Lilio, surpris, n'eurent pas le temps d'esquisser le moindre geste pour rétablir leur équilibre. Ils sentirent le sol glacé se dérober sous leurs pieds. Leur tronc, leur tête, leurs jambes partirent en arrière, aspirés par le vide.

Cléo hurla. Elle ne pouvait y croire. Ses mains se refermèrent sur des courants d'air, alors que déjà, elle tombait. Lilio volait à ses côtés, le temps d'une seconde irréelle.

Le temps de voir leur assassin, indifférent, se retourner. Avant que leurs deux corps ne chutent comme des pierres, prenant mètre après mètre davantage de vitesse. Avant qu'ils n'aillent inexorablement se fracasser, quelques centaines de mètres plus bas, sur une muraille de rochers acérés.

Entretien exclusif
avec le président Galiléo Nemrod,
par Lilio de Castro,
*pour l'*Independiente Planet
Partie 3/3

Galiléo Nemrod : Si je vous disais qu'au début du XXIᵉ siècle, un de ces attentats commis dans un Etat, faisant, mettons, une dizaine de morts, terrorisait davantage une nation entière, unie par la même peur et la même douleur, que les millions d'enfants, de femmes, de familles du reste du monde morts de malnutrition, de misère sanitaire, de manque de logement, de pauvreté, tout simplement.

Lilio de Castro (hochant la tête pour montrer à quel point il était peu convaincu) : J'admets, président, je veux bien qu'avant la Constitution de 2058, les hommes aient pu se sentir australiens, russes, japonais, turcs, plutôt que terriens, mais cela restait un folklore sympathique. Les médias, Internet, la télévision, la radio, le cinéma, ouvraient déjà des fenêtres sur le monde. Comment un Italien intelligent aurait-il pu préférer défendre un connard de son pays plutôt qu'une jolie Tunisienne ?

Galiléo Nemrod (haussant le ton) : Et pourtant monsieur de Castro, et pourtant je vous l'assure, il préférait le connard de son pays ! Voilà donc pourquoi notre responsabilité est énorme. La téléportation humaine et la nouvelle Constitution votée par le Congrès Mondial en 2058 ont permis d'abolir toutes sortes d'États, de régions, de gouvernements métropolitains et grâce à cela, uniquement grâce à cela, ont permis de prendre des décisions vitales pour sauver l'environnement planétaire, pour réduire les inégalités, tout en garantissant comme jamais les libertés. Oui, **monsieur** de Castro, cette Constitution a permis d'atteindre cette utopie qu'avaient théorisée tant de philosophes, sans qu'ils osent imaginer qu'un jour la téléportation existerait. Un monde pour tous !

Certains diront que ce n'est après tout que le sens de l'histoire, qu'avant la téléportation humaine, d'autres moyens de communication, puis de télécommunication, ont été inventés, et ont progressivement réduit la planète à un village : les trois-mâts, les avions, le téléphone, la radio, Internet... Peut-être, peut-être mais mon devoir est de ne pas oublier qu'on n'efface pas en cinquante ans trois millénaires de nationalisme et de populisme, et que la bête immonde, comme l'appelaient nos ancêtres, n'attend qu'une étincelle pour renaître.

*Lilio de Castro : La bête immonde ? Comme vous y allez, président. Vous savez, les lecteurs de l'*Independiente Planet *ne demandent généralement que de pouvoir se réunir, quelques dizaines, quelques centaines de volontaires, pour gérer ensemble un coin de forêt, une vallée, parler une langue ancienne, partager une histoire commune. Juste pour se sentir un peu moins seuls et perdus sur la planète en se raccrochant à un petit morceau de terre, à sa nature, ses monuments, ses spécialités alimentaires, en le protégeant, en l'entretenant...*

Galiléo Nemrod : Que vos lecteurs prennent une balance, monsieur de Castro, qu'ils pèsent d'un côté ce qu'ils ont perdu. Et de l'autre ce que l'humanité y a gagné.

28

Canyon de la Jhelum, Cachemire

— Vite, Mi-Cha. Plus vite !

La jeune Coréenne ne répondit pas à Babou. Ses doigts pianotaient sur sa tableta à une vitesse supersonique.

— Mi-Ch...

Ils s'étaient téléportés entre le Khyber Himalayan Resort et le canyon de la Jhelum, au point limite de l'espace privé du milliardaire, qui leur permettait de bénéficier de la vue la plus large sur l'ensemble de l'ancienne station de ski. Équipés de lunettes à longue vue, ils avaient repéré ce type armé d'un Dragunov, qui se baladait dans l'espace du palace... et venait d'abattre un autre homme armé, dans l'une des télécabines.

Puis tout s'était enchaîné. Le randonneur avait ôté sa cagoule. C'était Khan ! Avant de balancer la fille et le journaliste dans le vide.

Le hurlement de terreur de la jeune femme, amplifié par l'acoustique du canyon, rendait folle Mi-Cha.

Plus vite, bordel... Plus vite.

Un hurlement avant le silence absolu. Mortifère.

— C'est fini, souffla Mi-Cha en se laissant tomber en arrière, les deux fesses dans la neige.

Babou se pencha. Observa le plus loin possible au fond du gouffre.

Plus aucun bruit, plus aucun signe de vie.

— C'est fini, je te dis, répéta Mi-Cha, le cœur battant. Ils sont vivants. J'ai débloqué leur TPC avant qu'ils ne s'écrasent. Juste avant.

29

Téléphérique de Gulmarg,
massif de l'Himalaya, Cachemire

Jamais le commandant Akinis n'avait ressenti une telle sensation de lenteur. La cabine du téléphérique, accrochée au filin d'acier, avançait à peine plus vite qu'un homme faisant son jogging. Artem avait beau se tenir debout, la secouer, pester, le câble se déroulait à une allure désespérément régulière. Par pur réflexe, sa main gauche s'accrochait toutes les trois secondes à son poignet droit, posée sur son TPC, inutile à partir du moment où il était entré dans l'espace privé du palace de Tane Prao. Mi-Cha avait essayé de le débloquer, avec l'aide de tous les informaticiens du Bureau d'Investigation Criminelle mobilisés en urgence absolue. Sans aucun résultat. Tane Prao devait lui aussi avoir à son service une équipe de hackers surdoués. Il leur faudrait des heures pour trouver le moyen de déverrouiller le bouclier informatique et avoir la possibilité de se téléporter au sein de cet espace privé de six cents hectares. En pleine montagne. Impossible d'y pénétrer autrement que par ce téléphérique antique...

Ou à pied !

Comme ce tueur blond, Khan, qui progressait dans la poudreuse une centaine de mètres au-dessous de lui, aussi vite qu'il le pouvait, moins tout de même que ce téléphérique.

Dans quelques minutes, Artem l'aurait rattrapé. Il serait à portée de tir, mais le commandant voulait le prendre vivant.

— Mi-Cha, Babou, hurla-t-il dans sa tableta, je vais bientôt avoir notre homme en point de mire.

Khan avait beau ne pas renoncer, continuer d'avancer vers le Khyber Himalayan Resort dont on apercevait la façade de bois et la pointe du toit, moins d'un kilomètre plus haut, il était coincé. Tout autant que les policiers, il lui était impossible de se téléporter. Sa seule chance, pour s'enfuir, aurait été de tenter de redescendre vers le bas du téléphérique, jusqu'à la limite de l'espace privé de Tane Prao, mais plus d'une dizaine de policiers du Bureau d'Investigation Criminelle l'y attendaient. Certains commençant déjà eux aussi l'ascension à pied.

Pris au piège ! pensa le commandant. Tant qu'ils rabattraient Khan vers les sommets, il n'aurait aucune chance de s'échapper, la limite supérieure de l'espace privé s'étendait à plus de trois kilomètres au-dessus du palace, à proximité de la ligne de crête.

Restait à le capturer, dans un filet, sans trop l'abîmer.

— J'ai une idée, Arty, cria Mi-Cha, on va le prendre en tenaille !

Avant que son supérieur ne puisse répondre, elle avait raccroché. Babou et elle étaient toujours postés sur leur promontoire, en surplomb de la vallée de la Jhelum, mais des pitons rocheux leur masquaient tout contrôle visuel sur le commandant, sur Khan et la ligne du téléphérique.

— Babou, reste en contact, ordonna sa coéquipière en collant sa tableta dans les mains du lieutenant. Attends-moi juste une seconde.

Elle disparut.

Artem gagnait du terrain sur le tueur, pylône après pylône, avançant en pure ligne droite alors que Khan devait contourner rochers, cèdres dorés, pins pleureurs et murs de neige. Visiblement, il espérait pouvoir rejoindre le Khyber Himalayan Resort avant d'être pris. Pourquoi ? Qu'espérait-il ? S'y cacher ? Cinquante hommes du BIC viendraient l'en déloger.

Quel était le plan de Khan ? Comment espérait-il leur filer entre les doigts ?

Il venait d'assassiner Tane Prao, il y avait donc peu de chances qu'il dispose du code d'accès lui permettant de se téléporter pour entrer ou sortir de cet espace privé. D'ailleurs, s'il en avait disposé, pourquoi serait-il monté lui aussi en téléphérique ? Pourquoi aurait-il attendu, en planque dans la montagne, pendant des heures, le bon moment pour liquider le trafiquant ? Pourquoi ne se serait-il pas déjà téléporté ?

Une explosion de verre, juste au-dessus de la tête d'Artem, fit brusquement voler en éclats ses pensées. Khan s'était allongé derrière un petit monticule de neige, fusil Dragunov pointé vers le téléphérique, et visait la cabine.

Merde !

Artem répliqua autant qu'il put, en rafale, soulevant la poudreuse tout autour du tireur couché. Le temps que le nuage de neige se disperse, Artem analysa la situation à la vitesse de l'éclair : ainsi suspendu, sans aucun endroit pour se mettre à couvert dans la cabine, il fournissait une cible idéale au tireur. Le tueur allait pouvoir tranquillement se positionner et viser. Dès qu'Artem cesserait de mitrailler à l'aveugle, Khan l'abattrait, froidement.

Mi-Cha réapparut devant Babou, elle ne s'était pas absentée plus de dix secondes. Elle portait sous le bras un cylindre de bois. Elle s'adressa au lieutenant sans prendre le temps de respirer.

— C'est tout ce que j'ai trouvé ! Ma natte de bambou. Le truc sur lequel je dors tous les soirs quand j'en ai marre de trimballer mon futon. Viens, suis-moi !

L'œil de Babou pétilla.

— Faire la sieste avec toi ?

— Idiot, dépêche-toi !

D'un geste rapide, pointant son doigt, elle indiqua au lieutenant la direction où se téléporter.

Perché au-dessus du sol, Astra 1800 au poing, Artem tirait toujours en rafale sur le monticule de neige derrière lequel Khan s'était dissimulé une poignée de secondes plus tôt.

Sauf que le tueur avait pu bouger... Ramper ailleurs sous le nuage de neige, surgir n'importe où, face à lui, en dessous, ou se poster dans son dos.

La télécabine avançait toujours, lentement. La tôle fragile n'arrêterait pas les balles d'un Dragunov. Artem n'avait pas le choix, il ne pouvait rester perché sur un fil à se faire dégommer comme un pigeon d'argile.

Il mitrailla d'une nouvelle salve la dune de neige, dressant un éphémère rempart de poudre blanche.

Maintenant !

Le commandant sauta sans réfléchir. Il n'avait pas eu le temps de calculer la hauteur qui le séparait du sol. Dix mètres ? Vingt mètres ? Seulement de vérifier que sous la cabine ne s'élevaient ni arbres ni rochers. Il entendit plusieurs balles siffler près de son oreille, sans ressentir la moindre douleur. Il n'était pas touché...

Aaah !

Le choc lui coupa la respiration. Les centimètres de neige poudreuse avaient amorti sa chute, sans atténuer l'impact. Il eut l'impression que tous les os de sa cage thoracique se brisaient d'un coup... mais il était vivant !

Il se laissa rouler, dans le sens de la pente, pour ne surtout pas fournir au tueur une cible statique.

Même si les balles ne sifflaient plus.

Et qu'il avait perdu Khan de vue.

Il ralentit, s'agrippant aux épines d'un buisson squelettique, et leva les yeux vers les hautes façades de bois clair du Khyber Himalayan Resort. Il grimaça, souffla. Plus personne ne tirait dans sa direction, ça renforçait son intuition : le tueur avait continué de grimper et se dirigeait vers le palace.

— On est à trois kilomètres au-dessus du Resort, expliqua Mi-Cha. On ne peut pas se téléporter plus près de la limite de l'espace privé de ce salopard de Tane Prao.

Elle déroula à leurs pieds sa natte de bambou, et évalua la longueur de la piste enneigée devant eux. Un bon kilomètre en pente raide...

— Et ? bredouilla Babou, qui avait peur de comprendre.

— Et on va se le faire à l'ancienne, papy !

Elle positionna la natte de bambou dans le sens de la descente, s'assit dessus, releva l'avant du tapis de bois.

— Monte derrière moi !

— Non Mi-Cha, protesta Babou, pas ça !

— Monte derrière moi, je te dis. Je croyais que tu adorais les vieux moyens de transport périmés ?

Le lieutenant Diop ne discuta pas davantage. Dès qu'il posa les fesses sur les lattes de bambou, le tapis glissa.

— Noooon...

Lentement d'abord, sur quelques mètres, avant qu'il ne prenne de plus en plus de vitesse. Babou passa ses bras autour de la taille de Mi-Cha, dont les mains s'accrochaient aux bords relevés de la natte. Elle décollait de sa luge improvisée à chaque bosse, mais Babou anticipait et la récupérait, assurant par son poids la stabilité de l'équipage. Ils apercevaient déjà le palace, ses grandes baies vitrées, au bout d'une très longue et large piste blanche, tapissée de sapins qu'ils espéraient parvenir à éviter.

Artem rampa plusieurs mètres, Astra 1800 pointé vers l'amont.

Toujours aucune trace de Khan.

Il se recroquevilla, entama la montée, accroupi, guettant le moindre bruit, dirigeant sans cesse son pistolet dans toutes les directions, traquant le moindre détail.

Sur sa gauche, il distinguait des traces de pas dans la neige. Deux lignes d'abord, quatre pieds, deux épais et deux moins larges, qui descendaient et se perdaient dans la forêt sous le Resort. *Forcément ceux de Cléophée Loiselle et de Lilio de Castro*, analysa le commandant. Il repéra un peu plus loin une troisième série de pas, presque parallèle aux précédentes, mais qui, elle, montait vers le Khyber Himalayan Resort.

Il avait vu juste ! Le tueur tentait de rejoindre l'hôtel. Khan ne l'avait pas poursuivi après son saut de la télécabine, n'avait pas tenté de l'abattre, il avait au contraire profité de sa chute pour s'éloigner.

Artem accéléra. Tant qu'il suivait les traces de Khan, ça ne pouvait pas être un piège. Si le tueur avait pris de l'avance, il n'avait pas eu le temps d'organiser un guet-apens. La montée était raide, mais Artem était habitué à produire ces efforts intenses, chaque matin, sur des pentes autrement plus difficiles.

Le commandant n'était déjà plus qu'à une centaine de mètres du palace. Devant lui, la porte-fenêtre d'une des baies vitrées, donnant sur un vaste bureau, était ouverte. Khan se tenait à l'intérieur, penché au-dessus d'un meuble, comme s'il se désintéressait totalement de son poursuivant.

Artem avança, sur ses gardes, pointant son Astra 1800, sidéré par l'attitude du tueur.

Khan croyait-il l'avoir définitivement distancé après sa chute ? L'avoir mortellement touché ? Ou ce qu'il cherchait dans ce bureau était-il plus important que d'être pris à revers ?

Artem fit un pas supplémentaire. Il avait repéré un bloc de pierres derrière lequel il pourrait s'abriter. Ensuite, il pourrait braquer Khan, lui ordonner de se retourner, de ne pas bouger, de ne surtout pas saisir une arme ou de toucher son poignet, même s'il ne pouvait se téléporter.

Un dernier pas. Khan se retourna soudain, comme s'il avait senti le policier s'approcher dans son dos. Il serrait dans sa main droite un automatique à long canon et vida le chargeur sur le commandant.

Artem plongea juste à temps.

Pas assez vite, pas assez loin pour atteindre le bloc de pierres. Trop brusquement pourtant et, dans sa chute, son Astra lui échappa. Il se retrouva allongé, désarmé, et vit Khan pointer à nouveau son arme, plus lentement cette fois. Le tueur se trouvait à moins de vingt mètres du policier.

Il ne pouvait pas le rater.

Game over, pensa Artem Akinis, levant les yeux vers les sommets de la montagne pour en admirer une dernière fois l'infinie majesté.

Le bolide surgit derrière trois sapins.

Une bombe de plus de cent cinquante kilos, lancée à près de quatre-vingts kilomètres/heure, rebondissant sur la neige plus que glissant dessus, inarrêtable.

Elle explosa la seconde suivante, dans un effroyable nuage de neige. Le tapis de bambou vola jusqu'aux baies vitrées, provoquant une cascade de verre brisé. Les occupants avaient roulé sur le côté, et un instant plus tard se redressèrent, surgissant du brouillard blanc, revolver au poing.

Babou et Mi-Cha côte à côte. Un géant et une fée. Jambes écartées. Regard aiguisé.

Artem se releva d'un bond, ramassa son Astra.

— Couvrez-moi !

Il sprinta vers le Resort, écrasant les débris de glace et les éclats de verre sous ses pieds.

Khan avait-il été touché ? Blessé ?

Personne dans le bureau.

Babou et Mi-Cha s'approchèrent derrière le commandant, leurs armes toujours en joue.

Personne ! La pièce où se trouvait Khan, la seconde avant que Babou et Mi-Cha ne surgissent, était vide.

Khan avait disparu. Évaporé.

Il ne restait plus dans le bureau que des piles de papiers renversées, dont quelques-uns continuaient de voltiger comme des oiseaux blancs fatigués.

Plus de cinquante policiers fouillaient le Khyber Himalayan Resort, jusque dans ses infimes recoins, sans relever la moindre trace de Khan. Une autre équipe, après s'être munie de pelles, de combinaisons isothermes et de housses mortuaires stérilisées, exhumait méthodiquement les cadavres anonymes enterrés sous la neige. Après plusieurs heures de recherche, leur intuition, depuis qu'ils avaient découvert le bureau vide, était devenue une certitude : Khan s'était téléporté.

Comment y était-il parvenu, alors que même les informaticiens du Bureau d'Investigation Criminelle n'avaient pas réussi à forcer cet espace privé ? Avait-il agi seul ? Pourquoi n'avait-il pas activé son TPC avant ? Les questions se bousculaient dans la tête du commandant Akinis.

Quand il perdit tout espoir de découvrir un nouvel indice, il fit sortir tous les policiers du bureau de Tane Prao, pour rester seul avec ses adjoints. Il avait besoin de faire le point. Il avait besoin de fouiller à nouveau cette pièce, dans le calme, uniquement avec Babou et Mi-Cha.

— J'ai vérifié sur PANGAÏA, pestait la capitaine, tableta à la main. Seul Tane Prao avait l'autorisation de se téléporter dans son espace privé. Personne d'autre ! Ni petite amie, ni famille, ni collaborateur, personne.

— Alors ?

Mi-Cha observa son reflet dans l'une des rares fenêtres non brisées de la baie vitrée. Elle grimaça devant son legging Diamantina taché, son pull Mackinley froissé et sa tignasse noire, encore mouillée de neige, qui tombait en baguettes sur ses yeux. Généralement, après les arrestations mouvementées, Mi-Cha demandait l'autorisation à son supérieur de s'absenter une ou deux minutes, le temps de faire un saut chez elle, de changer de tenue et au passage se refaire une beauté. Impossible ici ! Elle ferma un instant les yeux, imaginant disparaître et réapparaître dans un monde où personne ne la verrait aussi mal habillée et si peu maquillée, puis les rouvrit et se reconcentra.

— Pour faire court, résuma la jeune Coréenne, soit Khan est un génie informatique, capable de transgresser toutes les règles connues de la téléportation quantique, soit il bénéficie de la part de PANGAÏA d'une autorisation de déplacement exceptionnelle (elle marqua un silence), plus exceptionnelle encore que celle accordée aux meilleurs enquêteurs du Bureau d'Investigation Criminelle.

Artem prit quelques secondes pour réfléchir. Babou, à côté d'eux, classait avec méthode les centaines de feuilles éparpillées dans toute la pièce, envolées des tiroirs de Tane Prao après que Khan avait tout ouvert, tout fouillé, puis s'était désintégré.

— Mi-Cha, tu sous-entends quoi exactement ?

— Rien, répondit rapidement Mi-Cha, tout en essayant de coincer une de ses mèches raides et rebelles derrière son oreille. Rien sinon que Galiléo Nemrod, qui aime raconter que sa base PANGAÏA est infaillible, ne va pas être content.

Cette fois, ce fut Artem qui grimaça. L'hypothèse d'un rendez-vous avec le président Nemrod ne l'enchantait pas. Il détestait rendre des comptes, rédiger des rapports, passer des heures en réunion. Par le passé, on lui avait souvent proposé des promotions, dans l'une des directions du Département Sécurité de l'Organisation Mondiale des Déplacements : Cellule des Disparitions Inquiétantes, Direction des Téléportations Financières et Commerciales, Centre d'Accueil International des Mineurs Isolés, Bureau de Contrôle de la Diffusion des Drogues et Addictions... Il avait toujours refusé. Il était un flic de terrain et d'action, pas un agent d'administration. Comment, à l'époque de la téléportation, pouvait-on avoir envie de s'enfermer devant un écran à compiler des dossiers ?

— Regardez ça, fit Babou derrière eux.

Le lieutenant sénégalais avait fait du vide sur le bureau de Tane Prao. Il commença par y poser un livre, celui d'Ossïan, le fameux *Droit du sang*, puis étala plusieurs feuilles.

Artem saisit la première. Il découvrit une liste de noms, et en face de chacun, des informations sommaires : une nationalité, une langue, un statut, une date... Il parcourut les sept premières lignes.

Salahdine Ziriab, Kurde irakien, langue kurde, militant, le 04/03/2095

Élisapie Oonark, Inuit-Aléoute, langue eskimo, femme politique, le 12/06/2095

Moussa Ag Ossad, Touareg, langue tamasheq, commerçant nomade, le 25/11/2095

Fabio Idrissi, Corse, langue corse, berger-poète, le 25/11/2095

Alou Kadïev, Tchétchène, langue tchétchène, homme politique, le 03/01/2096

Chenoa Galvirino, Mapuche, langue mapudungun, médecin, le 16/08/2096

Abul Mann, Rohingya, langue bengalie, imam-théologien, le 25/11/2096

— Qu'est-ce que ça signifie ? s'interrogea Mi-Cha, attrapant elle aussi une feuille. Qui sont ces hommes ?

— Il y a des femmes aussi, précisa Babou. Ce sont des prisonniers. Des prisonniers politiques.

La capitaine bondit, ses cheveux raides parurent se dresser sur sa tête.

— Des prisonniers politiques ? Attends... Tu veux dire qu'il s'agit de Terriens qui vivent en dehors de PANGAÏA, sur des territoires tabous ? (Elle se pencha à nouveau pour lire les noms.) Des... des assignés ?

Babou confirma d'un signe de tête.

— Des assignés, comme tu dis. Avant, on disait déportés.

Artem n'ajouta rien. Il se concentrait sur la liste, et de temps en temps, levait les yeux en direction du mur opposé.

— Déportés où ? insista Mi-Cha.

Babou attrapa une autre feuille, plus large que les autres, représentant un planisphère. Presque au centre du continent eurasien, un grand cercle rouge était tracé.

— Au Kazakhstan, on dirait. Un ancien État de trois mille kilomètres de longueur, davantage que de Brest à Moscou ! L'une des régions les moins denses de la planète, moins de cinq habitants au kilomètre carré, officiellement. Ils sont là-bas, quelques centaines, en... comment dire... en semi-liberté.

Artem délaissa enfin la liste des assignés pour se tourner vers la carte dépliée par son adjoint.

— Ils vont aller là-bas, se contenta d'affirmer le commandant.

— Qui ?

— Khan, bien entendu. C'est eux qu'il cherchait, j'en suis persuadé. Lilio de Castro ira aussi, avec sa copine, si elle accepte encore de le suivre. J'ignore quel est le but du tueur, mais je suis certain que ce journaliste va vouloir rencontrer ces assignés.

— Chapeau, monsieur de Castro ! intervint Mi-Cha en battant des mains. Notre journaliste insaisissable vise le grand chelem ! Après l'interview du président Galiléo, les dernières confessions d'un trafiquant de TPC, il décroche l'entretien exclusif avec les assignés !

— Sauf si on les trouve avant, nuança Babou. Ma petite reine de PANGAÏA, à toi de jouer. Selon toi, où peuvent-ils être allés ?

Mi-Cha avait réussi à dénicher un élastique sur le bureau de Tane Prao, et essayait de redresser sa frange en un palmier improvisé.

— Aucune idée ! Ils ne nous ont même pas envoyé un petit mot pour nous remercier de leur avoir évité de s'écrabouiller comme des lemmings. Si tu veux les détails, mon commandant, ils se sont d'abord téléportés à leur domicile, selon la procédure d'urgence quand on débloque un TPC. Cléophée Loiselle n'est même pas passée faire une bise à sa pauvre maman, elle a aussitôt utilisé un TPC clandestin, sans doute un souvenir emporté de chez ce trafiquant, pour filer ailleurs. Si tu veux mon avis, elle a rejoint illico son beau journaliste. Ils semblent filer le parfait amour, ces deux-là !

Artem paraissait peu apprécier l'ironie de son adjointe et lui adressa un regard noir. Surprise, la jeune Coréenne en laissa échapper son élastique qui faillit éborgner Babou. Le commandant se pencha sur le cercle rouge tracé au centre de la terre.

— On peut les coincer, affirma Artem. Ils vont essayer d'y entrer. Ils vont tout faire pour rejoindre la terre des assignés.

— Plus de dix mille kilomètres de frontière, tout de même, fit Babou. Ce n'est pas exactement une tête d'épingle punaisée sur un planisphère.

Le lieutenant sénégalais, en une série de gestes précis, replia la carte, rassembla les feuilles, ramassa l'élastique de Mi-Cha et rangea le tout sur le bureau. Il posa une main amicale sur l'épaule de son chef.

— Et toi mon grand, tu vas avoir une longue conversation avec notre président.

30

Île de Tristan da Cunha, océan Atlantique

Les architectes s'affairaient. Ils étaient plus d'une trentaine, encadrant des centaines d'ouvriers. Le plus démentiel des chantiers ! Vue de l'océan, l'image était impressionnante : une fourmilière transparente émergeant au milieu de l'eau. Le bâtiment de verre s'élevait à plus de neuf cents mètres de hauteur au-dessus de l'île de Tristan da Cunha. Il ne ressemblait en rien à ces tours élancées des grandes villes, hautes de plus d'un kilomètre, mais plutôt à un immense cube. À travers les parois vitrées, on découvrait un empilement de plateformes, reliées par un dédale d'escaliers, s'encastrant parfaitement dans les reliefs de l'île volcanique.

Galiléo Nemrod et Artem Akinis se tenaient au point le plus élevé de Tristan da Cunha, surplombant le cratère noir du Queen Mary's Peak. Les murs de verre entouraient de toutes parts le volcan, tel un foyer de cendres prisonnier d'un insert démesuré.

— Une fois achevée, précisa Galiléo Nemrod, la Nouvelle Babel sera haute d'un peu moins d'un kilomètre, avec une assise au sol prenant appui sur la majeure partie de l'île. Le plus vaste bâtiment jamais construit par l'homme, plus de vingt milliards de mètres cubes au total... Connaissez-vous la légende de Babel, commandant Akinis ?

Artem secoua la tête, tout en fixant l'herbe incroyablement verte de la petite île montagneuse. On aurait dit qu'un morceau de Suisse s'était téléporté au milieu de l'Atlantique.

— C'est l'un des premiers récits de la Bible, expliqua le président, il se déroule peu après celui du déluge. Toutes les grandes religions monothéistes y font référence, d'une façon ou d'une autre. En ce temps-là, les hommes dans le monde parlaient tous la même langue, ne formaient qu'un seul et même peuple, et comme symbole de leur union, ils décidèrent de construire une tour, la plus haute possible, dont le sommet toucherait le ciel. C'était un projet démesuré, une utopie, mais puisque tous les hommes et toutes les femmes sur terre s'associaient autour du même dessein, aucun rêve n'était impossible à réaliser.

« La Bible raconte que Dieu, vexé que les hommes puissent le défier, se contenta de brouiller leur langue. En se réveillant, un matin, les hommes furent incapables de se comprendre. On croit souvent que Dieu, dans sa colère, a détruit la tour de Babel. On se trompe, ce sont les hommes, empêchés de communiquer entre eux, qui ont abandonné leur projet et se sont dispersés. Chaque peuple, recroquevillé autour de sa langue, s'est approprié un coin de la Terre. (Le président surveillait les ouvriers qui travaillaient sur le chantier. Le soleil dessinait sur la peau de leurs dos et de leurs torses nus d'infinies nuances cuivrées.) Mais maintenant que tous les hommes parlent à nouveau d'une seule voix, rien n'interdit de terminer la tour de Babel.

Artem ne répondit rien. Il se contentait lui aussi d'observer, à travers les parois de verre, les ouvriers qui s'activaient partout sur l'île. Les plus éloignés, aux étages supérieurs, ressemblaient à des insectes coincés sous les lamelles d'un microscope. Mi-Cha s'était intéressée de près à cette cérémonie du centenaire, baptisée Nouvelle Babel. Elle avait fait tourner dans le big data de PANGAÏA le nom de tous

212

les ouvriers, architectes, hommes et femmes participant de près ou de loin à ce projet, et étant autorisés à se téléporter sur Tristan da Cunha.

Parmi les milliers d'employés, un seul nom était ressorti : Élias Quiberville. Un architecte, ami d'enfance de Cléophée Loiselle. Il était assis à côté d'elle dans le Maracanã, quand le stade avait été évacué. Ce n'était pourtant sûrement qu'une coïncidence, Élias Quiberville n'avait jamais commis le moindre acte délictueux de toute sa vie, pas une seule infraction, rien qui permette de le soupçonner d'être complice d'un attentat terroriste, ou d'être proche des Liberstados.

Le président évalua encore longuement l'élégance de l'architecture de verre livrée à l'incessant vent d'ouest et aux vagues de l'Atlantique, avant de poursuivre doctement son récit.

— On associe souvent Babel à la folie des hommes. À leur mégalomanie. En fait, c'est tout l'inverse. La tour de Babel est une métaphore. *Qu'elle touche le ciel*, dit la Bible, mais cela ne signifie pas qu'elle devait être la plus haute possible. Babel est une espérance, *qu'elle touche le ciel* signifie simplement *que l'humanité vive à jamais en paix*. Que la solidarité entre tous les Terriens puisse se tisser avec la même empathie, le même lien d'amour que celui qui unit les hommes et femmes d'une même famille, d'un même village, d'une même nation. Telle est l'utopie de Babel, commandant Akinis, et peu importe si elle peut sembler ridicule formulée ainsi : un monde sans guerre, un monde où nous serions tous frères.

Ils marchèrent le long de la caldeira du volcan. Lentement. Le président prenait son temps. Artem, à l'inverse, déroulait dans sa tête la liste des urgences qui l'attendaient pour que l'enquête avance. Il avait toute confiance en Babou et Mi-Cha, et il ne laissa paraître aucune impatience. Il savait que la parole de Galiléo Nemrod était capitale. C'est l'utopie du président de l'OMD que voulaient ébranler ceux qui se tenaient derrière cette affaire, du massacre de Tetamanu aux TPC clandestins, et désormais les assignés...

Nemrod pointa son doigt vers l'un des angles du prodigieux bocal de verre.

— Constatez, commandant, il n'y a aucune arrogance dans cette Nouvelle Babel, bien au contraire. Elle sera haute de moins d'un kilomètre, bien moins que les tours qu'on construisait dans les années 2000, dans chaque mégalopole rêvant d'être plus puissante que sa voisine, comme jadis les clochers des cathédrales ou les beffrois des capitales. Elle était là, l'arrogance ! Elle s'appelait concurrence, course infinie à la croissance. La Nouvelle Babel sera au contraire le symbole de l'humilité des hommes, face à la Terre, face au monde, face à l'univers (Nemrod salua un groupe de tailleurs de verre qui posaient une vitre en équilibre au bord d'un précipice). Nous avons besoin de symboles, commandant, de symboles forts ! N'oubliez jamais que pendant des siècles, les États ont construit des imaginaires nationaux, à grands coups de discours patriotiques, d'hymnes, de drapeaux, de service militaire et d'instituteurs dévoués à l'apprentissage des grandes dates de l'histoire, des cartes et des frontières. La méthode a fait ses preuves, elle est efficace ! Pour préserver l'avenir de l'humanité, pas besoin d'en inventer une autre, il faut simplement appliquer ces symboles à l'échelle de la planète entière.

« Savez-vous que Saint-Exupéry, dans *Le Petit Prince*, écrivait que les hommes se croyaient bien plus importants qu'ils ne l'étaient, alors qu'ils occupent en réalité très peu de place sur la Terre, et que bien serrée, on pourrait entasser l'humanité sur n'importe quel petit îlot du Pacifique ? Croyez-le ou non, il disait la vérité ! Des experts ont calculé tout cela avec précision : à raison d'une personne par mètre carré, on fait facilement tenir dix milliards d'individus dans une boîte rectangulaire de cinq cents étages et de cinq kilomètres de côté, et qui, comme le disait Saint-Exupéry, pourrait tenir sur un îlot perdu au milieu de l'océan. Ici...

— Tristan da Cunha, fit Artem.

— Oui. Nous avons beaucoup hésité, entre l'île de Pâques, Manhattan, Sainte-Hélène, mais Tristan da Cunha, l'île la plus isolée du monde, à près de trois mille kilomètres de toute terre habitée, représentait un symbole parfait. C'est ce qu'a pensé le Congrès, tout comme la majorité des Terriens. Tristan da Cunha a été choisie par 39 % de l'Ekklesia. À la minute où nous parlons, 63 % soutiennent le projet de la Nouvelle Babel.

Le commandant suivit des yeux les ouvriers tristanais qui assemblaient l'extraordinaire cité de verre. Aussi extraordinaire qu'éphémère. Elle servirait le temps d'une cérémonie unique, lors du centenaire.

— Ils étaient 74 %, glissa Artem, avant l'annonce des risques d'attentat.

— Peu importe, répliqua Nemrod. La Nouvelle Babel est basée sur le volontariat. On ne forcera personne à se rendre à la cérémonie. La liberté de déplacement est le principe fondamental de la Constitution de 2058, je ne vais pas vous l'apprendre. Même si seulement 60 % des Terriens participaient, cela représenterait six milliards d'êtres humains. Pas mal, non, commandant ? Cela ferait déjà une belle photo !

Artem n'était pas aussi optimiste que le président.

— Et si le risque d'attentat venait à s'ébruiter ? Si l'on apprenait qu'un tueur se balade avec *Droit du sang* dans la poche et le laisse en souvenir aux victimes qu'il a égorgées, ou que le trafic de TPC clandestins est bien plus important que ce que l'on croyait, sans parler des assignés... Le tout relayé dans l'*Independiente Planet* par Lilio de Castro. Cela pourrait dissuader les bonnes volontés.

— Exact, commandant. Et c'est là que vous et votre équipe intervenez. Venez, venez avec moi.

Monastère Taung Kalat, mont Popa, Birmanie

L'immensité de l'océan laissa place, en moins d'une seconde, à une mer végétale, agitée mollement par l'air sec de la mousson d'hiver. Le commandant Akinis évalua, d'un regard professionnel, le discret mais efficace dispositif de sécurité qui protégeait le monastère Taung Kalat du mont Popa : une position de promontoire rocheux impossible à attaquer par surprise, des dizaines de militaires de la Garde Internationale postés dans la jungle alentour, un espace privé strictement réglementé. Dès qu'ils se téléportèrent, marche 727, cinq gardes armés les entourèrent.

— Il est avec moi, prévint Nemrod. Commandant Akinis, il dirige le Bureau d'Investigation Criminelle.

Ça ne parut pas impressionner les vigiles. Le Bureau d'Investigation Criminelle et la Garde Internationale étaient deux corps séparés, l'une dépendant de l'Organisation Mondiale des Déplacements, l'autre de l'Organisation Militaire Mondiale, même si l'une et l'autre dépendaient directement du président et du Congrès Mondial.

Ils gravirent l'escalier jusqu'au monastère, franchirent différentes portes et postes de contrôle, surveillés par les statues d'éléphants à quatre bras et les bouddhas sculptés. Il fallut encore passer trois nouvelles portes... Artem avait deviné où le président Nemrod l'invitait : dans le cerveau de PANGAÏA, au cœur du dispositif régissant les déplacements de l'ensemble de la planète, ce centre informatique sur lequel fantasmaient les ingénieurs, enquêteurs, esprits curieux du monde entier, Mi-Cha en premier. La grande majorité du reste des Terriens, à l'inverse, s'en fichaient, du moment que leur TPC fonctionnait et qu'ils pouvaient se téléporter à peu près où ils voulaient, sans que personne ne puisse le faire chez eux.

Artem entra.

La pièce n'était pas si vaste. Les ordinateurs pas si imposants.

Dès qu'il avança, une silhouette féminine, derrière son écran, se retourna. Il n'eut pas le temps de se poser la moindre question, le président se chargeait déjà des présentations.

— Commandant Akinis, voici ma fille, Pangaïa. Ne soyez pas surpris, quand il a fallu baptiser le nouveau programme informatique qui gérait nos mouvements, en 2071, je lui ai tout simplement donné le prénom de ma fille unique, qui n'avait pas six ans à l'époque.

Ne soyez pas surpris...

Tout, au contraire, stupéfiait le commandant. Il s'attendait à découvrir une armée d'informaticiens en blouses blanches, affairés telles des abeilles dans la ruche PANGAÏA, et il se retrouvait dans un temple birman face à une femme d'une trentaine d'années, au visage d'adolescente, incapable de commander ses bras et ses jambes. Gêné, il détourna le regard en direction de la collection de tortues de pierre, tout aussi incongrue, qui ornait les étagères les plus proches du terminal informatique.

— Pangaïa n'est pas seulement ma fille unique, précisa Nemrod. Elle est aussi le plus grand génie vivant actuellement sur terre.

Galiléo n'ajouta rien. Il hésitait. Jusqu'où devait-il pousser les révélations ? Qu'avait besoin de connaître le commandant Akinis pour poursuivre son enquête ? Le cerveau du président fonctionnait à toute vitesse. L'histoire de Pangaïa défila, il se revit, trente ans plus tôt. Il n'était pas encore président de l'OMD, juste l'un des ingénieurs chargés de l'amélioration des conditions de téléportation. Les accidents étaient fréquents à l'époque, le processus de désintégration-réagrégation manquait de fiabilité, les effets secondaires étaient parfois tragiques. Cependant, les recherches sur la téléportation quantique progressaient à une vitesse extraordinaire, un peu comme l'informatique et les nanotechnologies à la fin du dernier millénaire. Galiléo Nemrod était chargé, pour l'OMD, de rechercher en permanence des cerveaux nouveaux. Les tests mondiaux d'Aptitude Intellectuelle permettaient de repérer les éléments les plus doués.

L'un d'entre eux apparut un matin, sur un bilan de réussite scolaire élémentaire. Une fillette de cinq ans, née à Coimbatore, en Inde du Sud, surdouée parmi les surdouées. Un phénomène mondial de précocité.

À l'instant où Galiléo la rencontra, il tomba sous son charme. Qui aurait pu croire que sous le crâne d'une enfant aussi mignonne et souriante se cachait une intelligence supérieure, un génie d'exception ? Cette fillette elle-même l'ignorait, même si à moins de six ans, elle maîtrisait déjà les bases de la physique quantique et inventait des procédés rudimentaires de téléportation. Pour s'amuser. Pour jouer avec sa poupée, en la transportant de la cuisine à son berceau sans prendre la peine de la pousser dans son landau.

Galiléo était veuf, Cornelia ne lui avait laissé aucun enfant, le cancer lui avait rongé l'utérus, avant que la tumeur ne gangrène son foie, ses seins, sa thyroïde, son cerveau. Il n'avait pas hésité quand il avait croisé Pangaïa pour la première fois.

— Pangaïa est ma fille adoptive, précisa Nemrod. Je l'ai sauvée d'un orphelinat sordide de Podanur, dans la banlieue sud-est de Coimbatore.

Galiléo parvenait, difficilement, à retenir ses larmes, mais il ne put empêcher ses yeux de suivre la collection de tortues exposée sur les étagères. Artem Akinis, en policier discipliné, attendait que le président reprenne la parole. Pangaïa, tournée vers son écran, se concentrait sur les nombres qui défilaient à une vitesse supersonique, donnant l'impression de lire une langue inconnue, codée puis déchiffrée.

Les tortues. Le plus beau et le plus douloureux souvenir de la vie de Galiléo.

Pangaïa n'était pas seulement intelligente, elle était aussi une petite fille vive, joyeuse, joueuse, qui adorait son papa. Son papa très occupé par ses fonctions à l'OMD. Leur jeu favori était de se téléporter tous les deux jusqu'au point Nemo, ce point légendaire considéré comme le plus éloigné de toute terre émergée, au beau milieu du Pacifique. Ils s'y retrouvaient en emportant deux bouées : un simple matelas pneumatique pour Galiléo et une tortue gonflable pour Pangaïa. Ils restaient ainsi de longues heures, bercés par les vagues, avec l'illusion d'être seuls dans l'univers, à discuter, de tout, de science principalement, et de la téléportation quantique en particulier.

Le cerveau de Pangaïa était toujours en activité. À neuf ans, elle maîtrisait déjà davantage les fondements de la physique quantique que son papa, pourtant titulaire d'une thèse sur le principe d'indétermination. Sans doute parce que Pangaïa était l'un de ces cerveaux d'exception, comme la Terre en porte un par siècle. Peut-être aussi parce qu'elle voulait épater son papa, et surtout parce que Galiléo lui en demandait toujours plus : de nouvelles expériences, de nouveaux progrès, Pangaïa devait se surpasser, l'humanité attendait ! Des milliers de gens continuaient de se tuer sur les routes, en voiture, en moto, de se noyer en bateau. La téléportation humaine n'était pas complètement stabilisée, et encore moins démocratisée.

Cette fois, Nemrod laissa ses larmes couler. Tant pis si ce policier s'en apercevait. Les carapaces des tortues se brouillèrent devant ses yeux embués. Jamais Galiléo n'était retourné au point Nemo, depuis ce 13 septembre 2075.

Les dernières semaines précédant ses dix ans, Pangaïa avait fait des progrès inouïs, elle avançait aussi vite que des équipes entières d'ingénieurs travaillant pour l'OMD. Son père était si fier. Elle voulait sans cesse l'impressionner. Elle travaillait sur la miniaturisation des TPC, c'était essentiel pour que les gens puissent les porter comme une montre à leur poignet et maîtriser à tout instant leurs déplacements. Elle avait conçu un prototype, qui ressemblait à s'y méprendre à celui utilisé par les milliards de Terriens aujourd'hui, elle voulait en faire la surprise à son papa, elle lui avait dit en serrant sa tortue gonflable entre ses bras, au cœur des bureaux de l'OMD, sur la First Avenue de Manhattan, *on se retrouve là-bas, papa, au point Nemo, le premier arrivé a gagné !*

Avant qu'il ait pu répondre, Pangaïa avait disparu.

Galiléo arriva le premier au point Nemo, sur son ridicule matelas pneumatique perdu au milieu du Pacifique. Aucune trace de Pangaïa.

Il avait gagné ?

Il avait tout perdu.

Pangaïa se réintégra une seconde plus tard, à côté de lui, allongée sur sa tortue, inanimée, inondée du sang qui coulait de son nez et des veines violacées explosées sous ses tempes. Le processus de désintégration-réagrégation n'avait pas parfaitement fonctionné, une infime erreur de calcul, mais qui engendrerait des conséquences irréparables.

Les plus grands médecins de la planète amerrirent dans les secondes qui suivirent au point Nemo. Pangaïa n'était pas consciente. Leur diagnostic fut rapide : les capacités cérébrales de Pangaïa n'étaient pas touchées, mais toutes les terminaisons nerveuses de ses membres étaient grillées, c'est le terme précis qu'employa le neurologue. Pangaïa resterait à jamais handicapée, et surtout, les médecins étaient formels, plus jamais elle ne pourrait se téléporter. La moindre désintégration-réagrégation lui serait fatale. Le cerveau de

Pangaïa était comme un puzzle en équilibre, reconstitué par miracle, mais que le moindre mouvement éparpillerait définitivement.

Il fallut dix jours pour rejoindre en bateau l'île Pitcairn, la première terre émergée, à deux mille six cents kilomètres du point Nemo, puis vingt jours supplémentaires pour rejoindre Fuzhou, sur la côte est de la Chine. Les dernières ambulances qui roulaient se relayèrent pour traverser l'Asie, jusqu'en Birmanie. Il fallut huit hommes pour la porter du pied au sommet du mont Popa, sept cent soixante-dix-sept marches, dont Pangaïa ne sortirait plus jamais. Galiléo avait tenu la main de sa fille pendant tout le voyage. Il avait eu le temps de se repasser le film de toutes ces dernières années.

Tout était de sa faute !

À cause de lui, Pangaïa deviendrait l'une des seules Terriennes à ne plus jamais pouvoir se déplacer, pas même se lever de son siège. À cause de son ambition ! Elle était trop jeune, elle n'était pas consciente des risques qu'elle prenait. Galiléo aurait dû la protéger. À l'inverse, il l'avait utilisée, poussée jusqu'aux limites de ses capacités. Il en avait fait une machine...

Galiléo observa sa fille, les fils branchés au bout de ses doigts, reliés à la mémoire de l'ordinateur central de PANGAÏA.

Une machine...

Puis les années étaient passées, et il s'était posé une autre question. Atroce.

Et si Pangaïa n'avait pas été victime de cet accident, il y a vingt-deux ans ? Et si elle n'avait pas été condamnée à rester attachée devant un écran ? Et si son intelligence exceptionnelle n'avait pas été à ce point concentrée sur un seul objectif, la téléportation quantique ?

Les progrès de l'humanité auraient-ils été aussi rapides ? L'intelligence de Pangaïa ne se serait-elle pas perdue, comme celle des autres adolescentes de son âge ? Ne se serait-elle pas dispersée, diluée, occupée à se déplacer partout sur la planète, à zapper, à surfer égoïstement sur chaque beauté du monde, à profiter... mais pas à se sacrifier.

Et si l'accident de Pangaïa avait été la plus grande chance de l'humanité ?

Depuis des années, cette question le hantait.

Galiléo essuya ses yeux d'un revers de manche en se tournant vers sa fille et le commandant Akinis. Ce policier obéissant n'avait pas eu le temps de remarquer quoi que ce soit, la traversée de ses souvenirs n'avait duré que quelques secondes. Le cerveau, au fond, permettait de voyager dans le temps aussi rapidement qu'un TPC dans l'espace, et de plus en plus vite, de plus en plus loin, au fur et à mesure qu'on vieillissait.

Le président fouilla dans sa poche et en sortit une petite tortue de jais qu'il posa sur le bureau de sa fille. Pangaïa se retourna, tout sourire.

— Merci, papa.

Elle pivota son cou, seulement son cou et son visage, vers Artem.

— Et en ce qui concerne mon supposé génie, je vous assure, commandant, mon père exagère beaucoup !

Ils restèrent silencieux de longues secondes, avant que Galiléo Nemrod ne reprenne la parole.

— Je vous dois des explications, commandant Akinis.

Artem ne répondit rien, respectant une réserve professionnelle devant son supérieur.

— Tout d'abord, à propos de la liste de noms retrouvée chez Tane Prao, ceux que certains journalistes ont surnommés les *assignés*, et que nous appelons plus prosaïquement des prisonniers en liberté partielle et surveillée : ils sont sous le contrôle de l'autorité de l'Organisation Militaire Mondiale

(Nemrod planta son regard, sans ciller, dans celui du commandant), le Congrès n'a pas cru bon de devoir tenir informés les services du Bureau d'Investigation Criminelle. Le dossier a été classé secret défense.

Le commandant Akinis ne tiqua pas. Il n'était pas de son ressort de discuter les décisions du Congrès Mondial.

— Mais, poursuivit Nemrod après une hésitation, aujourd'hui, il me semble important que vous soyez au courant.

— Comptez sur ma discrétion et celle de mon équipe, assura Artem d'une voix neutre.

— Je n'en doute pas.

Nemrod, sans cesser de caresser la carapace de quelques tortues d'ambre et de nacre, adressa un sourire à sa fille, puis se lança.

— Ces hommes et ces femmes en liberté partielle se sont vu interdire toute téléportation humaine par un tribunal militaire, en raison de la menace qu'ils faisaient peser sur l'ordre mondial. Cette dangerosité peut être d'un niveau variable. Elle va de l'incitation à la haine et au terrorisme, comme ce qui est reproché au plus fameux d'entre eux, Ossian, à la contestation des principes fondateurs de la Constitution de 2058, par voie de dégradation de l'espace public, de manifestations, voire de propagande active. En résumé, la frange la plus extrémiste des nationalistes, régionalistes, indépendantistes, aujourd'hui regroupés sous le nom de Liberstados.

Artem s'efforçait de ne rien laisser paraître, enregistrant les informations avec un maximum de concentration.

— En clair, précisa Nemrod, visiblement soucieux de se justifier auprès du commandant du BIC, il s'agit d'individus qui refusent notre façon de vivre, ouverte et mondialisée, continuent de revendiquer leur langue, leur terre, leurs frontières, et qui seraient vraisemblablement prêts à se battre pour les défendre si on leur en laissait l'opportunité. Je vous assure, Akinis, ils ne sont pas maltraités, leur prison est vaste de trois millions de kilomètres carrés, ils y vivent en totale liberté, tant qu'ils ne cherchent pas à communiquer avec l'extérieur et à propager leur idéologie séparatiste. La paix du monde est à ce prix, commandant, croyez-le, la paix du monde est à ce prix.

Artem ne commenta pas davantage le plaidoyer du président.

— Qu'attendez-vous de moi ?

— Une première chose, commandant. Ce journaliste, Lilio de Castro, accompagné ou non de cette femme, Cléophée Loiselle, ne doit pas atteindre la terre des assignés. Qu'il puisse révéler leur existence, avec preuves, entretiens et photos à l'appui, provoquerait un cataclysme médiatique et politique. Surtout avec la popularité que l'*Independiente Planet* a acquise. Comprenez bien, l'opinion fonctionne par cycles. Chaque fois que dans son histoire, l'humanité a franchi une étape fondamentale, qu'il s'agisse de la démocratie, de la paix ou de la liberté de déplacement, l'opinion en oublie le coût, les avantages, pour n'en plus voir que les limites et les défauts. Appelez cela comme vous voulez, désenchantement ou caprice d'enfant gâté, peu importe, mais l'opinion mondiale est aujourd'hui ouverte aux doutes et aux questionnements.

« Les générations actuelles ne se souviennent plus de ce qu'était le monde d'avant, le monde balafré par les frontières et les égoïsmes nationalistes. Elles sont prêtes, en partie au moins, à se laisser séduire par le discours néoterritorial. C'est si facile, depuis que le monde existe, de transformer cette quête d'identité, que chacun éprouve de façon si naturelle, en une dialectique qui consiste à protéger les siens et haïr ses voisins.

Artem ne cilla pas, mais ne put s'empêcher de penser que Nemrod, en accordant un entretien à Lilio de Castro, avait contribué comme jamais à la popularité de l'*Independiente Planet*, et offert au journaliste une sacrée publicité, doublée d'une incontestable légitimité. Il se contenta de répondre sobrement.

— On le retrouvera, président. Lui et la femme. Nous disposons déjà d'une piste.

— Bien... Il est tout aussi important, nous sommes d'accord, de capturer ce tueur que vous avez baptisé Khan. Pensez-vous qu'il s'agisse d'un psychopathe isolé, ou que...

Le président ne termina pas sa phrase. Artem le tira de l'embarras.

— Rien ne permet de penser qu'il n'agit pas seul. Même si... (Artem hésita une seconde). Même si on ne comprend pas comment il a pu se téléporter à proximité de Tetamanu, puis du Khyber Himalayan Resort, sans laisser aucune trace sur PANGAÏA (il évita, en prononçant ce mot, de regarder la fille absorbée par son écran). La capitaine Kim, mon adjointe spécialisée dans les serveurs informatiques, a tout vérifié, sans rien trouver. Et pour tout vous avouer, président, nous comprenons encore moins comment Khan est parvenu à nous échapper en se téléportant du bureau de Tane Prao.

Nemrod allait répondre, fronçant les sourcils, mais sa fille prit la parole avant lui.

— J'ai vérifié moi aussi, dans... dans PANGAÏA. Le programme, je veux dire, pas moi !

Elle fixa un instant son père, mi-espiègle, mi-fâchée, comme pour lui reprocher d'avoir donné son prénom à la base de données la plus célèbre au monde.

— Et, enchaîna Pangaïa, rien ! Aucune trace de votre tueur, même en remontant aux racines du programme. Un algorithme a analysé un à un chaque mouvement à des centaines de kilomètres de Tetamanu et de Gulmarg, chacun des déplacements, et rien, aucun ne correspond à votre tueur... Khan est un fantôme !

— Et s'il utilisait un TPC clandestin ? suggéra Artem.

Les paupières de Pangaïa battirent, l'équivalent sans doute d'un haussement d'épaules.

— Évidemment, commandant, c'est sûrement le cas. Mais aucun TPC ne peut fonctionner sans le nom d'un individu associé. Nous avons vérifié les identités de tous les Terriens qui ont laissé une trace à proximité. Toutes ! Aucune ne correspond à Khan.

Artem prit un temps de réflexion, cette fille l'impressionnait.

— Et, demanda le commandant, s'adressant désormais moins au président qu'à sa fille, comment comptez-vous vous y prendre avec les TPC clandestins ?

Une inquiétude assombrit le visage de Pangaïa.

— J'ai déjà bloqué tous ceux des personnes décédées retrouvées dans la favela de Rio, ainsi que ceux des victimes enterrées sous la neige autour du Khyber Himalayan Resort. Par contre il est impossible de savoir combien d'autres Terriens ont été assassinés par les hommes de Tane Prao, tant que nous n'avons pas retrouvé leurs corps. Quelques dizaines ? Quelques centaines ? Quelques milliers ?

Le président Nemrod paraissait gêné par la franchise de sa fille. Artem, au contraire, l'appréciait. Son regard se perdit dans le décor étrange qui les entourait, et s'arrêta sur la crinière orange d'un singe-lion qui, accroché au bras de la statue d'une déesse hindoue assise sur une fleur de lotus, les observait avec méfiance de ses deux yeux verts globuleux. Pangaïa parlait sans filtre ni arrière-pensée politique. Jusqu'où le commandant pouvait-il la solliciter ? Une question le taraudait, qu'il peinait à formuler. Elle dépassait de loin sa compétence et pouvait passer pour de l'impertinence. Après une longue hésitation, il parvint à se lancer.

— Excusez-moi, président, et, heu, Pangaïa, dans... dans le contexte actuel... Ce tueur, les assignés, ces TPC clandestins dans la nature, d'un point de vue, disons, strictement sécuritaire, ne croyez-vous pas qu'il vaudrait mieux renoncer à la cérémonie du centenaire ? La Nouvelle Babel... On pourrait simplem...

Cette fois encore, avant même que le président n'ouvre la bouche, Pangaïa s'exprima. Les mots se bousculaient dans sa bouche, presque aussi rapides que les lignes de code qui clignotaient sur son écran.

— Non, commandant ! Avez-vous entendu mon père ? Les Terriens ont besoin de symboles. De symboles forts. S'ils ne se sentent plus appartenir à un seul monde, à un seul peuple, ils inventeront d'autres communautés. Et tout sera fichu ! Tout sera à recommencer ! Ecoutez-moi bien, Artem Akinis, je suis bloquée sur cette chaise depuis plus de vingt ans, j'ai passé ma vie à construire un monde ouvert, à en détruire une à une les barrières, je l'ai payé cher. Renoncer aux cérémonies du centenaire, à la Nouvelle Babel, ce serait céder à ces hommes, quels qu'ils soient. Ce serait céder à la peur. Ce serait renier le fondement même de ce que l'humanité a gagné.

La sincérité de Pangaïa toucha Artem. Elle avait raison, au fond. Lui, comme les autres, oubliait combien cette liberté de se déplacer avait été difficile à obtenir. Pour qu'il puisse faire son jogging du matin en Tasmanie, en Islande ou sur la cordillère des Andes, combien de savants, de pionniers de la physique quantique, de philosophes des utopies mondiales avaient dû batailler, se sacrifier parfois, pour triompher des vieilles certitudes ?

Le président Nemrod esquissa un sourire satisfait, puis baissa les yeux vers son poignet, signe que l'entretien était terminé.

— Ce sera tout, commandant. Deux choses donc, retrouvez ce tueur, et surtout ce journaliste.

— Nous ferons tout ce qu'il est possible de faire, affirma Artem.

Il hésita, toucha à son tour une tortue de jade pour se donner du courage, puis osa une ultime bravade.

— J'ai une dernière question, président. Le lieutenant Diop vient de me transmettre un nouvel élément. On a retrouvé une inscription sur l'un des pins pleureurs, près du Khyber Himalayan Resort, récente, les lettres dans l'écorce étaient collantes. Tout porte donc à croire que c'est Khan qui l'a gravée.

— Quelle inscription ?

— La même qu'à Tetamanu, sur le cocotier. *Pitchipoï.*

PARTIE III
MONDES PERDUS

Il n'existe pas de limites à la libre circulation des individus [...]
Article 3, Constitution mondiale du 29 mai 2058

31

Musée de la Locomotion, Amsterdam

— Où sommes-nous ?

Lilio observait par les hublots du hangar l'étonnante ville qui s'étendait autour d'eux : des maisons hautes et étroites, aux couleurs de pain d'épices et aux toits de carnaval, toutes blotties les unes contre les autres, montant la garde en grelottant au pied de l'eau froide d'un canal qui se multipliait en dédale.

— À Amsterdam, répondit Cléo. Au musée de la Locomotion. J'y viens régulièrement avec mes élèves. Personne n'aura l'idée de nous chercher ici.

Cléo éteignit sa tableta. Elle venait de laisser un message à sa mère. Puis, calmement, elle ouvrit la fenêtre et d'un geste de lanceuse de frisbee fit voler la tableta au-dessus des rues pavées. L'appareil extraplat tourna un moment en toupie dans le ciel gris, suivant une courbe parfaite, avant de terminer son vol plané dans le canal de Singel.

— Ainsi, fit Cléo en refermant la fenêtre, aucun policier ne pourra nous localiser !

Lilio ne commenta pas, se contenta d'afficher un sourire gêné. Il s'éloigna dans la salle principale, suivant les petites pattes roses de Yuki la souris peintes sur le sol. Il s'arrêta devant une voiture rouge. *Ferrari 430 Scuderia 2007,* indiquait un panneau.

— Merci, lâcha enfin le journaliste quand Cléo le rejoignit. Merci d'être revenue. Pour... Pour un dernier adieu. Vous comprenez, Cléo, je dois continuer. Je dois retrouver ces assignés, je dois les rencontrer, recueillir leur témoignage, le jeter à la figure du monde. J'en... J'en ai la responsabilité. Une démocratie ne peut pas se construire sur un tel secret.

Lilio portait déjà la main à son poignet, index posé sur son TPC clandestin volé à un Terrien dont il ne savait rien, sinon que les hommes de Tane Prao l'avaient assassiné pour le récupérer.

— Je peux vous demander un dernier service, Cléo ? Vous savez, même au fond d'un canal, la police localisera votre tableta. Elle vous retrouvera, mais ils n'ont rien à vous reprocher, ne vous en faites pas. Pourrez-vous juste les retenir ? Leur mentir, un peu, pour me laisser le temps de m'enfuir.

Ses yeux se posèrent sur une Ford Gran Torino 1972. Il ressentit une profonde émotion, mêlée de déception. Lilio, tout comme Cléo sans doute, depuis son enfance, avait regardé en boucle des vieux films policiers et leurs fantastiques poursuites de voitures. Sauf qu'on ne produisait plus une seule goutte d'essence sur terre et qu'aucun véhicule, même le plus luxueux, n'était en état de rouler, à moins de le pousser. Lilio se tourna vers l'institutrice pour cueillir un ultime baiser.

— On se reverra, Cléo. Rien de plus simple aujourd'hui. On se...

Cléo se redressa, brusquement, passant en un instant de douce et attentive à sévère et inflexible, exactement de la même façon qu'elle grondait ses élèves. Elle tendit un doigt nerveux en direction du front du journaliste.

— Écoutez-moi bien, monsieur de Castro, je vais vous raconter quelque chose. Quand j'étais ado, je traînais avec une bande de copains dont le jeu favori était de sauter des falaises les plus spectaculaires de la terre, du haut des Flaming Cliffs, de Kilt Rock, d'Étretat ou des Douze Apôtres, et de se téléporter juste avant de s'écraser. Ils adoraient ça et moi, comme une gourde, je les regardais, je restais sur le rebord à lire un bouquin, sans rien oser. Timide et coincée. Parce que je détestais ce genre de jeux imbéciles et dangereux, et que je les déteste toujours autant. Tout comme je déteste le foot, me téléporter dans des villes sordides, ou dépenser une fortune pour dormir dans un palace avec jacuzzi. Alors voyez-vous, monsieur de Castro, j'ai dépassé mes limites depuis que je vous ai rencontré. Je les ai même explosées ! Et j'aurais fait tout ça pour rien ? À la limite, pour un baiser sur les lèvres du journaliste le plus célèbre au monde, et hop, je rentre chez moi raconter à ma maman cet exploit ?

Lilio s'appuya contre la carlingue d'un petit avion bimoteur Latécoère.

— Cléo, êtes-vous consciente de ce qui nous attend ? Les assignés sont à peine quelques centaines, perdus dans un pays plus vaste que l'ancienne Europe. Une fois entrés là-bas, il sera impossible de se téléporter. Ce sera plus compliqué de les trouver que de croiser une caravane de Bédouins dans le Sahara.

Cléo sourit.

— Et si on empruntait un jet privé ? Un hélicoptère ? Ou simplement un train. Il doit bien y avoir une gare au Kazakhstan ?

Le journaliste, sans relever l'ironie de la jeune femme, se planta devant elle pour que leurs regards deviennent miroir.

— Ce sera dangereux. Ce type blond qui nous a poussés dans le précipice va sûrement chercher à nous retrouver. Ces assignés représentent eux aussi une menace difficile à évaluer, ils ont été jugés par un tribunal militaire, qui...

Cléo se dégagea.

— J'ai une idée ! Que diriez-vous d'un carrosse tiré par...
heu, quels animaux trouve-t-on là-bas ? Tiré par quatre cha-
meaux ? Quatre buffles, quatre licornes, quatre...

Elle s'arrêta devant un panneau d'informations. Yuki la
souris expliquait les premières grandes découvertes, accrochée au mât central de la maquette de trois caravelles.
L'institutrice continua d'argumenter.

— Vous savez, Lilio, j'ai si souvent pesté contre ce monde
où tout va trop vite, où les enfants ne pensent qu'à se téléporter ailleurs dès qu'ils sont quelque part, ce monde qui
n'est pas le mien, comme si j'étais née quelques siècles trop
tard. Il n'y a pas de hasard, Lilio, je veux découvrir ça. Un
coin de terre où l'on ne peut pas se déplacer à la vitesse de
la pensée.

Le journaliste soupira, mais Cléo lut une lueur d'admiration dans son regard ; d'admiration et de résignation.

Elle avait gagné !

Elle fit un pas en avant pour observer chaque détail des
reproductions des trois voiliers. Lilio avança derrière elle,
Cléo sentit la chaleur de son torse contre son dos.

— Il faudra se téléporter près de la frontière du Kazakhstan,
expliqua-t-il, en réussissant à ne pas éveiller les soupçons.
Toutes les entrées seront surveillées, et ce coin d'Asie centrale est loin d'être le plus fréquenté. Ils vérifieront tous les
déplacements...

— Comment fera-t-on ?

Lilio murmura à son oreille. Cléo percevait la force de son
désir au creux de ses reins.

— On se téléportera à Samarcande, c'est l'endroit le plus
connu dans les environs, une ville de conte des Mille et
Une Nuits. Des dizaines de milliers de touristes s'y rendent
chaque jour, on pourra y passer incognito avec nos TPC
clandestins. Mais la frontière du Kazakhstan se situe à un
peu plus de cent kilomètres. Si l'on se sert de nos TPC en

dehors de Samarcande, on se fera immédiatement repérer. Il faudra s'y rendre à pied. Ça signifie au moins deux jours de marche, dans la steppe, rien que pour entrer dans le territoire des assignés. Ensuite, il nous restera un désert de trois mille kilomètres de long à explorer, sans aucune téléportation possible (il se pencha et déposa un baiser dans son cou). Vous êtes toujours certaine de vouloir m'accompagner ?

Cléo savoura la chaleur de ses lèvres, puis une nouvelle fois se dégagea. Elle avança dans l'une des allées du musée, à petits pas roses de souris.

— À pied dans la steppe ? Certainement pas ! Pourquoi ne pas emprunter cette Ferrari ? Ou ce camping-car ?

— Même si on trouvait par miracle de l'essence, commenta sérieusement le journaliste, je crains que ces reliques pèsent plus de cinquante kilos et qu'on ne puisse pas les emporter avec nous.

Cléo s'arrêta.

— Alors, ça !

Ses yeux brillaient. Elle continua.

— Ils pèsent à peine vingt kilos. On peut les embarquer, on avancera dix fois plus vite !

Lilio, stupéfait, regardait la vitrine devant laquelle l'institutrice s'était arrêtée.

Devant eux étaient exposés deux vélos, *modèle hollandais,* précisait Yuki la souris, *année 1996.*

— Vous... balbutia le journaliste, vous savez faire de ce truc-là ?

— On apprendra !

32

Kijong-dong, Corée

Mi-Cha consulta la montre Seiko à son poignet. Elle aimait porter de temps en temps ce bijou vintage, la couleur rose du bracelet contrastait avec sa peau blanche, et se coordonnait parfaitement avec ses sous-vêtements Lucky Chouette, les seuls habits qu'elle portait.

Midi vingt.

Il ne lui restait plus que dix minutes.

Waouh ! Mission impossible !

Comment s'habiller, se coiffer, se maquiller en moins d'un quart d'heure ? Enfin plutôt terminer de se coiffer, de se maquiller et de s'habiller en moins de quinze minutes, puisqu'elle avait commencé à se préparer il y a près de deux heures.

La jeune Coréenne jeta un bref regard par la fenêtre en direction des miradors gris de l'ancienne frontière entre les deux Corées, puis s'attarda sur le miroir... Et résista à l'envie de se téléporter en Laponie.

Brr... quelle tête de zombie !

Son miroir connecté affichait un indice de beauté inférieur de 8 % à sa valeur habituelle, ce qui parmi les millions de femmes acceptant de se confronter chaque matin à une évaluation de leur potentiel de séduction, la positionnait à peine dans le quart supérieur de la moyenne mondiale.

La jeune policière avait pourtant passé une heure à Milan avec Palmira, sa maquilleuse préférée. Une surdouée ! Une des dernières esthéticiennes au monde capables de garantir à leurs clientes, pour une dizaine de Pesos-Mundo, une véritable peau de porcelaine. Mi-Cha avait lu des études qui démontraient que depuis la téléportation humaine, les couleurs de peau des Terriens avaient toutes davantage tendance à se ressembler, les peaux foncées le devenaient de moins en moins mais surtout, les peaux très claires étaient de plus en plus rares.

Mi-Cha voulait rester de celles-là, le comble de la féminité d'après les critères de beauté coréens, même si le reste de l'humanité préférait désormais les peaux semblablement bronzées.

Une princesse ! Blanche comme Neige, même si jamais son miroir ne lui avait soufflé qu'elle était la plus belle.

Darn Cat la regardait.

— Et toi ? T'en penses quoi ? Est-ce que tous les chats du monde vont finir eux aussi par se ressembler ? Tu t'en fous ? Tu t'en fous de mon rendez-vous, dans onze minutes, avec le beau commandant Artem Akinis ? Tu crois que tous ces efforts valent le coup ? Tu crois qu'il va me regarder ? Tu crois qu'un homme tel que lui peut s'intéresser à une fille telle que moi ? Tu crois qu'il pourrait me considérer autrement que comme une petite gamine surdouée ? On raconte, au Bureau d'Investigation, qu'il a connu un gros chagrin d'amour, qu'il a beaucoup souffert à cause d'une femme. Qu'est-ce que t'en penses ? Tu crois que le beau commandant se laisserait consoler ?

Darn Cat miaula en se frottant contre sa jambe nue.

— Ouais, t'en as rien à faire de mes histoires de cœur.

Mi-Cha versa une poignée de croquettes dans l'écuelle.

Le chat se précipita sur sa gamelle.

— Pff, tu vas devenir un affreux chat obèse ! Pareil que tous les hommes sur la planète !

Elle ouvrit son miniréfrigérateur et en sortit une bouteille de jus de méshil, qu'elle but directement au goulot avant de la ranger. *0,06 calorie*, afficha le cadran lumineux du frigo.

— Mais pas moi, mon gros minou ! Quand il ne restera plus qu'un seul mec canon sur terre, il sera pour moi !

Elle tapota du bout des doigts son ventre plat. Darn Cat avait déjà fini son repas et s'était assis devant son écuelle vide, observant chaque geste de sa maîtresse, patient et confiant. La capitaine s'avança pour saisir la multitélécommande accrochée au mur. Elle visa Darn Cat et cliqua. Aussitôt, une image géante s'afficha sur le grand mur blanc.

Elle ! Filmée à travers la microcaméra implantée dans le nerf optique de Darny Chéri ! Plus pratique que ce vilain miroir, pensa-t-elle. Son chat ne la lâchait pas des yeux, la caméra suivait chaque mouvement du regard du félin, et projetait en trois mètres sur trois les mains de Mi-Cha dès qu'elle les bougeait, ses jambes, ses lèvres, sa frange. Lui au moins, s'amusa Mi-Cha, ne mate pas que mes fesses ! Elle se surprit à sourire à son Darny chéri.

— Pas mal, la fille, non ? Mais désolée, mon minou, faut que je trouve quelque chose pour m'habiller.

Mi-Cha cliqua à nouveau sur la télécommande. L'écran géant au mur se divisa en quarante-neuf microécrans, tous représentant une de ses boutiques préférées, quelque part dans le monde. Les robes, les jupes, les pantalons défilaient. Un seul clic et le modèle choisi s'affichait en 3D. Avec le prix. Un second clic et le modèle se retrouvait instantanément dans sa penderie.

Quartier des pêcheurs, Saint-Louis, Sénégal

Babou observa la pendule au-dessus de l'évier de la cuisine. *Midi vingt.*

Il lui restait dix minutes avant de rejoindre Artem et Mi-Cha, pour finir les sardines de son thiéboudiène. Il soupira. Il serait bien resté là, dans le quartier des pêcheurs de Saint-Louis, à traîner une heure supplémentaire à table, puis à aider tranquillement Astou à débarrasser, à laisser filer ainsi tout l'après-midi, à aller pêcher sur le pont Faidherbe peut-être, avec Filo ou Jof, puis à jouer aux cartes sur la plage avec quelques amis.

Plus il vieillissait et plus il appréciait ces repas en famille qui s'étiraient.

Pas Filo, ni Jof, et encore moins Adama.

Ses trois enfants, six, quinze et vingt ans, avaient vidé leur assiette, et décrété qu'en attendant que leur père termine la sienne, ils pouvaient sortir de table. Ils seraient de retour sur leur chaise pour le dessert, promis !

— Vous restez là, clarifia Astou en débarrassant les plats. Il n'y a rien de plus impoli que de se téléporter pendant un repas !

— Enfin maman, gémit Adama, le plus grand des trois. Tous les copains font ça. J'ai un truc à dire à Jenny pour heu, l'exo de maths. Ça prendra dix secondes.

— Et moi, insista Filo, la plus petite, je peux aller faire un câlin à Mei. Elle va éteindre la lumière de sa chambre. Le soleil est déjà couché chez elle et...

— Mains sur la table, ordonna gentiment Astou. Le premier qui touche à son TPC en sera privé pendant une semaine.

Babou adorait le ton calme et ferme dont sa femme usait pour élever leurs enfants. Ils partageaient les mêmes valeurs. Leur apprendre à utiliser avec parcimonie toutes ces nouvelles technologies, quitte à passer pour des parents sévères, ou pire, ringards.

Midi vingt-cinq.

Babou se leva pour enfiler sa veste de policier alors qu'Astou se hâtait de servir les beignets coco.

— Et papa, commenta avec perfidie Jof, lui il a le droit de se téléporter avant la fin du repas.

— Papa travaille, le défendit Astou.

Elle se tourna pour envelopper une dizaine de beignets dans du papier sulfurisé.

— Tiens, tu partageras avec Artem et Mi-Cha.

Le temps qu'elle tourne le dos, Adama avait disparu. Il réapparut deux secondes plus tard, tout sourire, penché sur son assiette, avant même que sa mère n'ait pu repérer son absence.

Filo, assise face à lui, pouffait de rire.

Une marque de rouge à lèvres, qu'il ne portait pas l'instant précédent, était miraculeusement apparue entre sa joue et le coin de sa bouche.

Babou hésita à intervenir. Il devait partir. Il se contenta de sourire.

Il maudissait cette invention qui l'obligeait à laisser en plan sa famille. *Ne te plains pas*, lui répondait souvent Astou, *quand les enfants seront grands et partiront étudier, travailler et se marier à l'autre bout du monde, tu seras bien content que la téléportation existe. Imagine comment vivaient les parents avant.*

Astou avait raison, comme toujours.

Même s'il n'avait aucune envie que Filo et Jof deviennent grands. Il supportait déjà difficilement que son petit Adama, qu'il avait l'impression d'avoir porté hier, ou avant-hier, sur ses épaules, soit devenu un gaillard d'un mètre quatre-vingts, poilu, aussi musclé que la statue d'un chef de guerre malinké, sculpté dans une roche aimantée attirant des filles aussi fines que des fils de fer dans le monde entier. Tiens, ça aurait été ça, la véritable invention de génie. Que les enfants ne deviennent jamais grands.

Il ne prit pas le temps de les serrer dans ses bras, ni de poser un baiser sur la bouche d'Astou avant de se téléporter. Il savait qu'au travail, il trouverait bien une minute avant qu'ils ne se couchent pour revenir les embrasser.

Mont Zeus, île de Naxos, archipel des Cyclades

Midi vingt.

Artem serait à l'heure, même sans se téléporter. Il lui restait moins de deux cents mètres avant d'atteindre le sommet du mont Zeus. C'était à son tour de fixer le lieu de rendez-vous avec ses adjoints, et il avait choisi un endroit calme, isolé. Un de ceux qu'il préférait.

Il y revenait régulièrement, se téléportait dans le centre de Filoti, le village de Naxos au pied de la montagne, puis s'offrait le bonheur de l'ascension à pied.

Une petite grimpette. Tout juste six cents mètres. Mais du toit des Cyclades, la vue était l'une des plus extraordinaires de toute la Méditerranée. Artem avait beau avoir couru sur des spots réputés sur chaque continent, chaque île, chaque volcan de la planète, presque chaque matin un sommet différent, c'est ici qu'il ressentait les émotions les plus fortes, sur cette terre où il était né, à Kéros, une minuscule île cachée à l'ombre du mont Zeus.

Il avait souvent eu le sentiment de n'être qu'un caillou roulant, c'est ce que lui avait tant reproché Maryann.

Le monde aujourd'hui est tout petit pour ceux qui s'aiment d'un si grand amour, vantaient les sites de rencontres en vogue.

Il était aussi tellement facile de s'y perdre.

Maryann s'était lassée de vivre avec un hologramme, un homme qu'elle croyait serrer dans ses bras alors qu'elle n'enlaçait qu'un écran de fumée, un amant capable lors d'une nuit d'amour, entre deux érections, de se téléporter sur une scène de crime à Singapour ou à Kuala Lumpur.

Maryann avait eu raison de se sauver, évidemment.

Artem observa le chemin gris et poussiéreux qui serpentait dans le paysage désertique.

Un caillou roulant...

Même si ce caillou venait d'ici, possédait le cœur dur de ces pierres sèches, les muscles noueux de ces oliviers, la force de ces châtaigniers accrochés aux falaises.

Encore cinquante mètres. Il apercevait le sommet.

Babou et Mi-Cha étaient déjà arrivés. Mi-Cha portait une robe cache-cœur, nouée serré à la taille, rouge vif à fleurs de lotus mauves, qui tranchait avec le décor lunaire de la montagne grecque. *La téléportation autorise ce genre de téléscopage farfelu*, pensa Artem, *comme se retrouver au pôle Nord en tongs et en short*.

Ses deux adjoints l'observèrent, surpris de le voir gravir les derniers mètres.

— Nemrod a bloqué ton TPC ? demanda en souriant Mi-Cha.

— Dépêche-toi, Arty, ajouta simplement Babou en lui adressant un sourire complice. Le soleil va bientôt se coucher.

Devant eux la Méditerranée s'étendait à trois cent soixante degrés, si calme et silencieuse que la dizaine d'îles entourant le mont semblaient venir d'émerger, telles des créatures aqua-

tiques timides n'apparaissant en surface qu'à la nuit tombée :
Paros et Antiparos face à eux, Amorgos, Iraklia et Donoussa
dans leur dos, les silhouettes sombres de Mykonos, Délos et
Santorin se détachant un peu plus loin dans le ciel indigo.

— C'est l'heure des confidences, fit Artem dès qu'il eut
rejoint ses deux adjoints. Des confidences que vous risquez
de ne pas apprécier.

33

Place du Régistan, Samarcande

Cléo ouvrait de grands yeux et admirait la stupéfiante place du Régistan de Samarcande. Les rosaces du sol pavé paraissaient tracées à la craie blanche et rose, pour mieux sublimer les trois médersas qui se faisaient face, dans une débauche de mosaïques étincelantes, de dômes turquoise et de minarets aux allures de tours de palais féeriques.

— C'est... c'est magnifique ! Pourquoi ne suis-je jamais venue ici avant ?

Lilio appuya légèrement sa main dans le creux des reins de la jeune femme, pour la presser d'avancer, non sans laisser lui aussi son regard papillonner sur les porches monumentaux des trois anciennes universités coraniques et les centaines de touristes qui arpentaient la place, cou tordu, bouche bée et lunettes-caméra sur le nez, enregistrant leurs plus beaux souvenirs en instantané.

— Le berceau des cultures, précisa le journaliste. L'une des plus anciennes villes du monde, le point de rencontre entre l'Orient et l'Occident, le carrefour de toutes les grandes religions, bien avant qu'on invente la téléportation ! Allez, on ne traîne pas.

Cléo poussa le vélo qu'elle tenait par le guidon, sans accélérer le pas.

— Pourquoi se presser ? On s'est téléportés ici avec un TPC anonyme. On est noyés dans la foule des touristes. Prenons le temps d'admirer, personne ne peut nous repérer !

— Personne ?

Lilio, d'un mouvement de menton, désigna les badauds qui délaissaient les façades multicolores des trois médersas pour observer avec étonnement les deux vélos que le journaliste et la jeune femme faisaient rouler à côté d'eux. Un garçon de dix ans tirait la manche de son père en pointant son doigt vers les étranges appareils à deux roues qu'ils promenaient.

— Ils n'ont jamais vu de vélos ? murmura Cléo.

Elle poussa plus vite sa bicyclette.

— Faut croire que non.

— Mais que font les instits ! ironisa Cléo. Les enfants de ma classe ont tous déjà...

— Venez ! coupa Lilio.

Il avait repéré une rue plus calme, derrière la médersa Cher-Dor.

— Le cœur historique de Samarcande n'est pas très étendu, continua le journaliste. Les touristes se contentent d'admirer la place de Régistan et de visiter la tombe de Tamerlan. Le reste de la ville est aussi désert que les favelas de Rio.

— Ça promet !

Ils dirigèrent leurs vélos dans la ruelle étroite, puis dans un dédale d'autres rues. Malgré les affirmations de Lilio, ils croisèrent à de multiples reprises des promeneurs tout aussi égarés qu'eux, qui ouvraient deux grands yeux ébahis en manquant de se faire écraser les pieds par les pneus des quatre roues.

— On ferait peut-être mieux de les enfourcher tout de suite et de quitter ce foutu labyrinthe ? suggéra Cléo.

— Vous plaisantez ? C'est exactement ce qu'il faut faire si vous voulez être transformée en bête de foire et voir notre photo apparaître sur tous les réseaux sociaux. Pratiquement personne n'a jamais vu un être humain perché sur un truc comme ça !

Cléo haussa les épaules.

— Mouais… Dites surtout que vous avez peur d'être ridicule ! En pédalant, on serait déjà loin depuis longtemps.

— Taisez-vous et poussez ! Regardez, voilà une sortie.

Devant eux, la route s'étirait entre quelques derniers bâtiments hauts de plusieurs étages, avant de longer des maisons de terre ocre qui paraissaient abandonnées depuis des centaines d'années. La voie se prolongeait ensuite plein nord, droite, bordée d'herbe et d'arbres, en direction des silhouettes de montagnes désertiques qui fermaient l'horizon.

— Enfin ! s'écria Cléo. Combien de kilomètres jusqu'au Kazakhstan ?

— Une centaine, précisa Lilio. Vers le nord. Ensuite nous suivrons la vallée de l'Amou-Daria. Je vous préviens, ça sera assez éprouvant et…

— Une promenade de santé ! plaisanta Cléo, enjouée.

Elle vérifia qu'aucun touriste ne les observait.

Personne. Ils étaient seuls à arpenter cette banlieue délabrée, noyée par le soleil, dans cette ville d'Asie centrale où plus personne n'habitait.

Alors, devant les yeux stupéfaits du journaliste, elle leva la jambe, grimpa sur la selle de son vélo et commença à pédaler.

34

Mont Zeus, île de Naxos, archipel des Cyclades

— Les petits enculés, ne put se retenir de commenter Babou.

Ils s'étaient assis tous les trois au sommet du mont Zeus. Seuls. La nuit tombait doucement. Les îles petit à petit disparaissaient comme de grands cétacés engloutis par l'obscurité. Artem avait rapporté à ses deux adjoints l'intégralité de sa conversation avec le président Nemrod, décrit sa fille surdouée et handicapée, enchaînée à son ordinateur, Pangaïa, véritable cerveau de la base de données, et surtout confirmé la réalité de cette vieille légende : les assignés existaient, contrôlés en grand secret par l'Organisation Militaire Mondiale.

— Et ce Nemrod qui nous vend la démocratie la plus aboutie de toute l'histoire de l'humanité, continuait Babou sans décolérer. Une seule Terre, un seul Congrès, et dix milliards de citoyens pour le contrôler en temps réel sur l'Ekklesia. Tu parles, le jeu est truqué !

— C'est une question de sécurité, tenta de modérer le commandant.

Ça ne calma pas le géant sénégalais. Il grignota un des beignets coco d'Astou. Artem en avait déjà avalé trois et Mi-Cha la moitié d'un.

— L'Organisation Militaire Mondiale aurait dû être dissoute depuis longtemps. Depuis qu'il n'y a plus de frontières à défendre ni d'ennemis à combattre. Dire que ces stupides soldats de la Garde Internationale étaient au courant pour ces assignés, et pas nous ! Merde, on est tout de même chargés de la sécurité de cette planète. Si jamais ça se sait… Si jamais…

— Maintenant, tempéra une nouvelle fois Artem, nous sommes au courant. Et personne d'autre que nous, et les agents du BIC, ne doit l'être…

— Tu vois, Babou, s'amusa Mi-Cha. Tu viens de rejoindre le cercle très très fermé des petits enculés !

Le lieutenant Diop frappa dans une pierre devant lui qui dévala sur plusieurs dizaines de mètres, dans un nuage de poussière.

— Moi, poursuivit la jeune Coréenne, que les militaires nous fassent des petites cachotteries pour ne pas paniquer les braves citoyens que nous sommes, ça ne me choque pas plus que ça. Sinon, la courbe de l'Ekklesia ressemblerait à l'électrocardiogramme d'un type qui fait un infarctus toutes les cinq heures. Par contre, ce qui me sidère, c'est que PANGAÏA ne soit pas seulement une créature composée de microprocesseurs, de fils électriques et de cartes mémoire, mais aussi la fifille du président Galiléo Nemrod. Elle est comment, Artem ? Jolie ? Sexy ? Gentille ?

— Tu te feras une opinion par toi-même.

Mi-Cha se figea, surprise.

Artem goba un dernier beignet, puis cala ses fesses sur une pierre plate.

— On est face à trop de pistes différentes. Trop de chemins à suivre. On va devoir se séparer. Toi, Mi-Cha, tu vas enquêter sur PANGAÏA. Nemrod est d'accord, tu seras le premier agent du Bureau d'Investigation Criminelle autorisé à entrer au mont Popa. Je lui ai assuré que tu étais la plus douée de mon service ! Tu auras le privilège d'avoir toutes les conversations que tu veux avec la fameuse Pangaïa. Officiellement, vous devrez essayer de comprendre comment

Khan peut passer à travers les mailles du réseau, et procéder à l'identification des TPC clandestins pour évaluer leur nombre.

— Deux cerveaux aussi puissants réunis devant le même ordi, commenta Babou, j'espère qu'il n'y aura pas de courts-circuits.

— Et officieusement ? demanda Mi-Cha sans relever.

— Protéger Pangaïa ! La fille de Nemrod, je veux dire, pas la base de données. Le mont Popa est surveillé jour et nuit par les soldats de la Garde Internationale de l'OMM, mais tant qu'on n'a pas réussi à identifier Khan et qu'on ne sait pas ce qu'il cherche, il peut frapper n'importe où, n'importe quand. C'est ce que j'ai vendu à Nemrod. Tu resteras jour et nuit auprès de sa fille. Dernière précision, je te déconseille d'emmener Darn Cat là-bas...

— Pangaïa est allergique ?

— Disons qu'elle préfère les tortues... et les singes.

Mi-Cha grimaça.

— Toi, fit Artem en se tournant vers Babou, tu t'occupes de ce code, *Pitchipoï*. Tu as carte blanche. Je veux savoir pourquoi Khan s'amuse à graver ce mot partout où il passe. Il nous adresse un message qu'on est incapables de déchiffrer.

Le Sénégalais hocha lentement la tête.

— OK. J'ai... J'ai ma petite idée.

— Développe ? fit Mi-Cha.

— Trop tôt, répondit Babou. Faut que je vérifie avant. Peut-être même que je ferai d'une pierre deux coups, et que pendant que tu discutes de singes et de minous avec la fille de Nemrod, je vais trouver avant toi comment Khan se transforme en fantôme sur PANGAÏA...

Au lieu de se vexer, Mi-Cha parut intriguée.

— Pour de vrai ? T'as une piste ?

— Possible...

Le lieutenant Diop n'en dirait pas davantage pour l'instant, Artem le savait. Il aimait travailler en solo, aller au bout de ses propres hypothèses, c'est ainsi qu'il était le plus efficace, sans suivre les méthodes conventionnelles et encore moins en ayant recours à la technologie la plus avancée. C'est exactement ce sur quoi le commandant Akinis misait. Le génie informatique de Mi-Cha et les intuitions de Babou.

— Et toi ? s'inquiéta Babou auprès de son commandant.

— Je prends vingt hommes de confiance avec moi et on tente de retrouver Cléophée Loiselle et Lilio de Castro. On a juste trois millions de kilomètres carrés à surveiller... Tout le Kazakhstan. On a autant de chance de tomber sur eux que sur les assignés...

— Avec l'aide de l'OMM, je suppose ? demanda Mi-Cha.

— Ouais, fit Artem, on devra cette fois composer avec nos collègues militaires.

Ces petits enculés, ajouta le commandant dans sa tête. Malgré ce qu'il avait laissé paraître, il n'avait pas du tout digéré qu'on puisse lui dissimuler, ainsi qu'à tout son service, l'existence des assignés. L'heure de la revanche de ses hommes sur les soldats de la Garde Internationale sonnait. Il était chargé par le président Nemrod de retrouver Lilio de Castro et Cléophée Loiselle, et la seule piste dont il disposait l'amenait jusqu'au territoire des assignés : les deux fuyards, sans aucun doute, allaient chercher à y entrer. C'est à ce moment-là que le journaliste et l'institutrice se feraient repérer, tous les points d'entrée étaient surveillés.

Devant eux, le ciel avait pris feu. Les dix îles n'étaient plus que des blocs de charbon noirs se consumant dans le brasier irradiant la Méditerranée. Avant de se séparer de ses deux adjoints, Artem traîna quelques secondes pour admirer le spectacle. Il y avait longtemps qu'il ne s'était pas assis pour regarder un coucher de soleil. Depuis... depuis que Maryann l'avait quitté... Depuis un peu plus longtemps d'ailleurs, sinon elle ne l'aurait pas quitté.

Les mots de son ex-femme résonnaient dans sa tête, *rien qu'une promenade sur une plage, Arty, au clair de lune, même si tes journées sont si remplies, rien qu'un bain de minuit à Hawaï, rien qu'un baiser d'une seconde sur le Rialto, il ne te laisse même pas ce temps-là, rien qu'une seconde, ton boulot ?*

Artem aurait voulu dire à Maryann qu'il avait compris. Qu'il regrettait. Que si c'était à refaire... Mais il avait la lucidité de reconnaître que si c'était à refaire... Il le referait ! Que rien ne comptait plus que son enquête, que de coincer cet assassin, Khan, qui pouvait recommencer à tuer, aujourd'hui, demain, qu'il n'avait pas le temps de rêver devant un coucher de soleil, qu'il avait des vies à sauver.

L'instant qui suivit, au moment où le soleil bascula derrière l'horizon pour aller éclairer l'autre moitié de la Terre, ce fut l'image de cette femme, Cléophée, cette femme qu'il devait sauver, qui apparut devant ses yeux.

35

Route du Kazakhstan, Samarcande

— Qu'est-ce que vous fichez ?

Cléo avait freiné, puis arrêté son vélo sur le côté de la route, sous un pommier décharné. Elle avait parcouru une bonne centaine de mètres, en quelques secondes, sans tomber.

— Allez, insista-t-elle à l'adresse de Lilio, ce n'est tout de même pas compliqué !

Le journaliste n'était toujours pas parvenu à démarrer. Il avait simplement assis ses fesses sur la selle, posé le pied droit sur une pédale, mais ne semblait pas comprendre comment on pouvait lever un second pied sans tomber.

— Appuyez sur les pédales, expliqua Cléo. Ça avance tout seul ensuite !

Le journaliste hésitait. Il regarda successivement son vélo, Cléo, avec méfiance, et demanda :

— C'est vraiment la première fois que vous grimpez sur ce truc de fou ? Et vous y êtes arrivée du premier coup ?

— Évidemment ! Il suffit de se lancer... C'est à la portée d'un enfant de quatre ans !

Lilio tenta de soulever son second pied, mais le vélo tangua et il le reposa aussitôt.

— Vous vous foutez de moi ?

Cléo éclata de rire.

— Et moi qui vous prenais pour un aventurier ! Le reporter le plus célèbre de la Terre entière, celui qui va révéler au monde l'existence des assignés... est incapable de grimper sur un vélo !

Elle chevaucha à nouveau sa bicyclette, avança de quelques mètres au ralenti, pédales bloquées, et dans un équilibre parfait, sans mettre pied à terre, interpella le journaliste.

— En selle ! Si on ne traîne pas, on peut avaler les cent kilomètres jusqu'au Kazakhstan en moins de six heures et trouver un endroit pour y dormir avant la nuit.

Lilio, vexé, décida de se lancer. Il poussa sur le guidon avec détermination et réussit enfin à poser ses deux pieds sur les deux pédales, à appuyer, elles tournaient...

Il moulina trois mètres, agitant le guidon dans tous les sens, réussit encore à conserver son équilibre dix secondes sous les encouragements amusés de Cléo, avant de filer tout droit vers le fossé. Lilio eut juste le réflexe de freiner, avant de passer par-dessus le vélo et de s'écraser, tête la première, dans le parterre d'herbes, d'orties et de ronces.

Il se releva en grognant, tandis que Cléo éclatait de rire.

— Pas mal pour un premier essai. Allez, on recommence !

Lilio hésita à donner un violent coup de pied dans le vélo tombé dans l'herbe. Il frotta ses bras écorchés, puis vaillamment redressa sa bicyclette et la repositionna sur la route.

Il ordonna le silence et se relança. Il parvint cette fois à parcourir une bonne trentaine de mètres avant de terminer sa course dans un buisson d'épineux planté sur le bord de la chaussée.

Cléo, en trois coups de pédales, l'avait rejoint.

Elle n'afficha aucune compassion pour le journaliste allongé sur le bord de la route, pantalon et chemise déchirés.

— Faites un peu attention... Vous allez finir par voiler la roue. C'est fragile, ces pièces de collection.

— Moi aussi je suis fragile, figurez-vous !

Il se redressa néanmoins, persévérant, et releva le vélo, sans doute motivé par sa progression de trente mètres entre ses deux premiers essais. Cléo l'encouragea en l'applaudissant. Lilio la regarda, agacé, s'éloigner sur la route, puis se rapprocher après un impeccable demi-tour.

— Ne venez pas me faire croire, ronchonna le journaliste, que vous êtes une surdouée qui possède un sens inné de l'équilibre.

— Jaloux !

Lilio ne renonça pas. Il multiplia les essais sur la route déserte, tomba encore une dizaine de fois, mais en limitant la gravité des accidents : il commençait à anticiper, savoir ralentir, freiner dès qu'il prenait trop de vitesse.

Au bout d'une heure, s'ils n'avaient pas avancé de plus d'un kilomètre, Lilio était désormais capable de rester sur sa selle et de pédaler sans tomber.

Ils parcoururent ainsi un second kilomètre entier, sans s'arrêter.

— Bravo, monsieur le grand reporter, le félicita Cléo. Une heure pour apprendre à trouver son équilibre, c'est plutôt une bonne moyenne... même si la plupart des enfants de ma classe y parviennent en quelques minutes.

— Vous apprenez à vos élèves à faire du vélo ?

— Ils adorent ! Ça figure au programme de l'histoire des déplacements défini par l'Organisation Mondiale de l'Éducation. Plutôt que les visites aux musées, mes élèves préfèrent généralement les interventions des animateurs qui leur apprennent comment on se déplaçait avant. Vélos, rollers, skates, trottinettes... Et évidemment, ces animateurs prévenants se font un devoir d'initier à ces vieux moyens de transport non seulement les enfants, mais aussi leur charmante maîtresse.

Cléo se mit en danseuse, agitant ses jolies fesses sous le nez de Lilio. Elle resta un instant à l'arrêt, en équilibre sur son vélo, puis démarra soudain.

— Allez ouste, c'est parti, on ne s'arrête plus, on doit être au Kazakhstan avant la nuit.

Après une quarantaine de kilomètres, les rôles s'étaient inversés. Ils avaient quitté depuis longtemps les vergers bordant les rives de l'Amou-Daria, pour s'enfoncer dans une longue route poussiéreuse qui traversait un interminable désert de cailloux.

Cléo commençait à fatiguer, alors que Lilio pédalait avec entrain. Il n'effectuait que de brefs arrêts pour boire et vérifier leur position sur sa tableta. Ils progressaient à près de quinze kilomètres par heure sur la route goudronnée, quasiment plate. Lilio avait calculé qu'ils franchiraient l'ancienne frontière kazakhe, s'ils gardaient le même rythme, dans à peine quatre heures.

— Et ensuite ? avait demandé Cléo lors d'une courte pause, reprenant son souffle.

— Ensuite on trouve un endroit pour passer la nuit, on mange, on dort, et on continue. Le Kazakhstan, je vous le rappelle, c'est trois mille kilomètres de longueur. À raison de cent kilomètres par jour, on peut le traverser en un mois.

— À moins qu'on trouve les assignés avant !

— Quelques centaines de types à pied éparpillés sur trois millions de kilomètres carrés, faut pas rêver.

— Peut-être qu'ils se promènent eux aussi à vélo ?

— Je ne crois pas, il n'y a que vous pour avoir des idées aussi cinglées. Allez, en selle, faut pas traîner.

Cette fois, c'est Lilio qui s'était dressé sur ses pédales, en danseuse, ses fesses moulées dans son pantalon de toile beige, son dos trempé sous le sac à dos où il transportait, comme les plus précieux des trésors, les centaines de TPC volés à Tane Prao.

Cette fois, ce fut Cléo qui soupira.

Qu'est-ce qu'elle fichait là ?

— Je n'en peux plus !

Ils avaient parcouru plus de quatre-vingt-dix kilomètres, mais les derniers, avant d'entrer au Kazakhstan, s'avéraient particulièrement pénibles. La route, toujours aussi plate, traversait un étrange désert blanc.

— On dirait que l'air est salé, gémissait Cléo. J'ai la gorge en feu, ma peau brûle, mes yeux me piquent, j'ai l'impression d'être un vieux bout de ferraille oxydé. Comment, à des milliers de kilomètres à l'intérieur des terres, l'air peut-il être aussi iodé ?

Sans cesser de pédaler, mais à bout de forces, Cléo jeta un regard las sur les vastes étendues planes alentour. Les montagnes, qui fermaient l'horizon devant eux, paraissaient reculer au fur et à mesure qu'ils roulaient.

— On traverse l'Aralkum, expliqua Lilio, l'un des déserts les plus récents du monde. Et l'un des plus dangereux ! À l'endroit exact où l'on pédale s'élevait il y a moins d'un siècle une mer intérieure, la mer d'Aral, la quatrième du monde en superficie. En moins de vingt ans, la mer a disparu, asséchée suite au détournement des fleuves qui l'alimentaient, pour produire intensivement du coton tout autour. L'une des plus grandes catastrophes écologiques du siècle dernier ! On a pu sauver la partie nord de la mer, la petite mer d'Aral, mais pas la principale, au sud, celle sur laquelle on roule.

Cléo observa encore les terres craquelées qui les entouraient à perte de vue. Elle peinait à croire qu'une des plus grandes mers du monde ait pu s'étendre ici. Une nouvelle fois, l'inconséquence des hommes, avant qu'on invente la téléportation humaine et que des solutions environnementales globales soient adoptées pour sauver la planète, la sidérait. Qu'est-ce que ces fameux assignés, si jamais elle les trouvait, auraient à répondre contre ce simple argument : sans une terre fédérée par un seul gouvernement, comment protéger l'environnement ?

— Récent, je comprends, demanda Cléo, peinant de plus en plus à tourner ses pédales, mais pourquoi dangereux ?

— L'Aralkum est aujourd'hui entièrement soumis à l'influence des vents. Des tempêtes de poussière qui se déclenchent sans prévenir, des nuages de sel et de sable pollués par les engrais et les pesticides massivement utilisés il y a cent ans. On en a retrouvé des traces jusque dans le sang des manchots en Antarctique !

— Charmant, se contenta de commenter Cléo, économisant son souffle.

— J'ai tout de même une bonne nouvelle (Lilio, de plus en plus habile sur son vélo, ne tenait plus son guidon que d'une main). Selon ma tableta, nous sommes entrés au Kazakhstan. Nous sommes donc officiellement en territoire assigné.

— Concrètement, ça change quoi ? Les frontières ont été abolies depuis la Constitution de 2058, vous savez !

— Ça change au moins que l'on peut se reposer, dès que l'on aura trouvé un endroit pour passer la nuit.

— Ici ?

Cléo scruta, désespérée, les infinies étendues de pierres salées et de terres polluées. Rien, à des kilomètres à la ronde, ne semblait pouvoir fournir le moindre abri. Et il était

désormais impossible d'utiliser leurs TPC. Toute téléportation, une fois au Kazakhstan, dans l'immense territoire-prison
des assignés, était interdite, pour y entrer comme pour en
sortir. La seule solution raisonnable aurait été de rebrousser
chemin jusqu'en Ouzbékistan. Tout ce chemin pour rien ?

— Oui, confirma Lilio. Ici ! Regardez.

Cette fois, il freina et descendit de son vélo. Cléo en fit
de même. Le journaliste lui montra une photo insolite sur
sa tableta.

Un bateau rouillé, posé en plein désert.

— On en trouve quelques dizaines, échoués sur cette mer
de sable. Ce sont d'anciens bateaux de pêche, mais qui nous
fourniront un refuge. D'après les coordonnées géographiques,
cette photo a été prise à moins de dix kilomètres d'ici.

Cette perspective activa chez Cléo un regain d'énergie.

— Qu'est-ce qu'on attend, alors ? Pédalons !

Enfourchant sa bicyclette, elle examina le ciel avec inquiétude. Il s'était obscurci. Le vent se levait. Pour l'instant, il
soufflait de côté, mais il pouvait tourner, et de toutes les
façons, de face ou de dos, il charrierait cette poudre toxique
qui leur empoisonnerait la bouche, le nez, les poumons...

S'ils n'atteignaient pas à temps l'arche rouillée de la mer
d'Aral.

Le vent soufflait de plus en plus fort. Si ça n'était pas
encore la tempête, les bourrasques étaient suffisamment puissantes, acides, corrosives, pour les empêcher de respirer. Cléo
et Lilio avaient enroulé des écharpes autour de leur visage,
formant des turbans d'où ne dépassaient que leurs yeux,
mais les particules de poussières polluées s'infiltraient tout

de même, incendiant leur palais et leurs narines à chaque respiration.

— Plus que deux kilomètres, s'encourageait Lilio.

— On n'y arrivera jamais !

Cléo était prête à abandonner. À lâcher ce vélo de malheur. À tenter malgré tout d'appuyer sur son TPC. On ne sait jamais. Peut-être que quelqu'un, sur PANGAÏA ou n'importe où ailleurs dans l'univers, entendrait son appel. À quoi rimait de se laisser mourir en plein désert ? Seul un semblant d'orgueil la faisait encore tenir.

Pourquoi ? Qu'espérait-elle ?

Et même s'ils atteignaient ce bateau, quel espoir leur restait-il ? Ils n'avaient quasiment plus rien à boire. Ils avaleraient deux Capsulas, ces pastilles énergisantes infâmes qui avaient pour unique mérite de remplacer un repas entier. Ils s'endormiraient. Et ensuite ? Ils recommenceraient à pédaler, assoiffés, sans autre objectif que de tourner en rond dans ce désert sans vie.

Au petit bonheur ? Au grand malheur ?

— Je vais craquer, lâcha Cléo. Je n'y arrive plus, j'arrête.

— Il est là devant nous, s'époumona Lilio.

Effectivement, derrière les brumes brûlantes, apparaissait une forme sombre couchée sur les vagues de sable.

Un vieux chalutier.

À plus d'un kilomètre.

Cléo ne renonça pas, pas avant d'atteindre le chalutier rouillé.

Les dernières centaines de mètres lui parurent plus longues que tous ceux qu'elle avait parcourus pendant toute sa vie. Elle fermait presque entièrement les yeux pour affronter les particules de poussière qui dansaient devant elle, plissant ses paupières en meurtrières. Lilio s'était positionné devant elle, tentant comme il pouvait de l'abriter du vent.

Ils y étaient !

Cléo laissa tomber son vélo. Lilio aussi.

Ouvrit les yeux.

Au sel du sable se mêla le sel de ses larmes.

Tout était fichu !

De toutes parts, la coque du chalutier était trouée. Les années avaient fini par éroder la coque : le bateau ne fournirait aucun abri contre la tempête de poussière. Ils ne pourraient pas dormir ici. Ils ne pourraient même pas tenir cinq minutes de plus.

Cléo, désespérée, attrapa le regard triste du journaliste.

— Au moins, on aura essayé, fit-elle d'une voix désolée.

Elle appuya sur le TPC à son poignet.

Rien ne se passa.

Qu'avait-elle espéré ? La couleur avait été annoncée. Ce foutu désert était un piège où personne ne pouvait se téléporter.

Qu'avait-elle cru ?

Elle avait été prévenue.

Elle allait mourir là.

Cléo hurla.

— Attendez, cria Lilio, presque aussi fort qu'elle. Attendez juste deux minutes

— Il se passe quoi dans deux minutes ? Vous avez rendez-vous avec les assignés ? Ils apportent des tentes, des combinaisons de survie, des parapluies ?

— Ils devraient... On en aura peut-être besoin.

— Besoin de quoi ?

— De parapluies !

Le désert les entourait, seulement le désert à perte de vue.

— Vous êtes malade !

La poussière incendiait les yeux de Cléo. Rien ne semblait pouvoir arrêter les bourrasques, le ciel était désormais noir, comme charriant des nuées d'insectes armés de milliers de dards.

— Malade peut-être, confirma Lilio, mais prévoyant. J'ai consulté les bulletins de l'Organisation Mondiale du Climat avant de partir, tout est écrit à la page météo de l'*Independiente Planet*. Un excellent journal ! Fiable. Bien informé.

— Accélérez, pesta Cléo en crachant le sable qui entrait dans sa bouche à chaque mot prononcé.

— L'OMC déclenchera la pluie sur toute la région, de l'Aralkum à Astana, pendant cinq heures, dans exactement une minute.

Cléo leva les yeux au ciel. Elle compta les secondes dans sa tête, incrédule.

1 à 30.

Le sable continuait de la mitrailler.

30 à 60.

Ne pas renoncer.

Une première goutte tomba,

Puis une autre,

Puis beaucoup d'autres, puis une pluie entière, violente et soudaine, chassant la poussière, éteignant la tempête, alourdissant les grains de sable pour les coller en gadoue à la terre.

Après avoir ouvert les yeux, Cléo ouvrit la bouche.

Elle déroula son turban et but la pluie, à pleines gorgées, plein ciel. Lilio en faisait de même.

Ils étaient trempés, ils étaient vivants, ils étaient sauvés.

Sans réfléchir, Cléo se jeta dans les bras de Lilio.

— Vous êtes un génie, monsieur le grand reporter... Je... Je vous...

Et sans davantage réfléchir elle l'embrassa.

Ils restèrent ainsi bouches collées, corps serrés, sous l'averse ardente.

Cléo tremblait, de peur, de froid, de joie.

Elle ne voulait pas lâcher cet homme. Elle avait besoin de gestes tendres. De réconfort. Tout autant que de quelque chose de fort.

De l'alcool. Ou de l'amour.

L'ondée tombait toujours avec la même intensité. Chaude. Elle tomberait ainsi pendant cinq heures, on pouvait faire confiance à l'OMC.

Les mains de Cléo s'accrochaient au dos de Lilio, à sa chemise trempée de sueur, de sable et de pluie. Elle aida le journaliste à la faire passer au-dessus de sa tête, alors qu'à son tour il déboutonnait son corsage, bouton après bouton.

L'averse bienfaisante lavait leurs corps nus. Leurs deux pantalons finirent gisant dans la boue, comme une peau de bête à quatre jambes, noyée.

Ils s'embrassèrent encore, alors que Lilio dégrafait le soutien-gorge de Cléo. Ses seins jaillirent. Lilio les embrassa, lapant l'eau douce perlant à ses tétons. Sa langue s'enhardit, suivit les gouttes qui coulaient, du cou au ventre de Cléo. Il voulait toutes les avaler. Il s'agenouilla et baissa dans le même mouvement la culotte de la jeune femme, continua de la boire, en pénitent, longtemps, avant que Cléo ne l'invite à se relever, et qu'à son tour elle s'accroupisse, fasse glisser son caleçon détrempé, et se relève pour coller son corps à celui du journaliste.

Ils restèrent ainsi, fouettés par la pluie, fouettés par le désir.

— On va devoir attendre cinq heures avant que nos habits sèchent, chuchota Lilio à l'oreille de Cléo, l'OMC ne se trompe jamais, comment va-t-on pouvoir s'occuper ?

Cléo ne cessait d'embrasser tout ce qui passait à portée de lèvres, un lobe, une narine, une paupière.

— Commencer par se coucher ? suggéra-t-elle.

— Vous avez raison, ce sera plus discret. Peut-être que les assignés nous regardent.

Cléo le laissa s'allonger le premier avant de se coucher sur lui.

— Personne ne nous regarde, monsieur le grand reporter. Nous sommes dans le désert. Dans le seul et unique véritable désert sur terre. La seule zone de tout l'univers où personne n'a le droit de se téléporter pour venir nous mater.

Et sous l'averse qui redoublait de puissance, Cléo se redressa, invitant le journaliste à saisir ses seins trempés à pleines mains, alors qu'elle s'asseyait fiévreusement sur son désir dressé.

36

Désert de l'Aralkum, Kazakhstan

— Alors, commandant, ils sont là ?

— Euh... Oui oui, ils sont là.

Artem avait réglé ses lunettes longue-vue sur la distance maximale, mille cinq cents mètres.

— Et... On fait quoi commandant ?

Akinis, d'un signe de main agacé, fit signe à Nocera, l'un des vingt hommes du commando du Bureau d'Investigation Criminelle, de se taire.

Concentré.

— Ils... Ils font quoi, chef ? insista l'agent Parenty, accroupi lui aussi derrière le bloc de rochers.

Artem soupira ostensiblement, même s'il comprenait l'impatience de ses hommes. Parenty se recroquevilla à l'abri du rocher. Le commandant scrutait l'objectif depuis plusieurs minutes, entouré des autres membres du commando, tous dissimulés derrière le piton rocheux qui les protégeait à peine de la pluie battante. Sans rien leur dire.

Qu'aurait-il pu leur dire, d'ailleurs ?

Que Lilio de Castro et Cléophée Loiselle se tenaient là, à portée de lunette, près du bateau rouillé. Qu'ils n'avaient eu aucun mal à les repérer, en interceptant le message de Cléophée à sa mère d'abord, envoyé du musée de la Locomotion à Amsterdam, puis par les vidéos postées sur les réseaux sociaux, montrant deux étranges touristes poussant des vélos. Les traqueurs informatiques du BIC avaient immédiatement identifié de Castro et Loiselle, mais s'étaient téléportés quelques minutes trop tard à Samarcande. Le journaliste et l'institutrice avaient déjà disparu. Plus aucune trace d'eux jusqu'à ce que le signal d'un TPC apparaisse, provenant de Sebastian Miranda, un vieil ermite chilien censé habiter dans une cabane de la cordillère de Patagonie, et qui pourtant tentait de se téléporter du Kazakhstan, quelque part au cœur de l'Aralkum, une zone strictement rendue *taboue*, c'est-à-dire interdite à toute téléportation !

Aucun doute, c'était eux ! Qu'ils aient tenté d'activer leur TPC en zone taboue témoignait d'un amateurisme déconcertant. L'agent Leduc avait mis moins de trois minutes à retrouver le cadavre de Miranda, sans aucun TPC au poignet, enterré dans le potager derrière sa maison de bois avec vue sur le lago del Desierto, pendant qu'Artem demandait d'urgence à PANGAÏA l'autorisation de se téléporter sur la zone taboue, avec vingt hommes. Ils s'étaient postés à proximité suffisante pour les avoir en point de mire, sans être repérés.

Qu'est-ce qu'Artem aurait pu dire d'autre à ses hommes ? Que les deux fugitifs faisaient l'amour sous la pluie artificielle de l'Organisation Mondiale du Climat ? Que cette femme y prenait un plaisir sauvage ? Qu'Artem ressentait une impression étrange à les observer ainsi, comme si... comme si cette femme était en danger.

Non pas que ce journaliste représente la moindre menace, Artem était persuadé que de Castro n'avait rien à voir avec les attentats, qu'il n'était qu'un reporter à la recherche de sujets sensationnels. Mais le commandant ne parvenait pas à repousser une intuition tenace : ce journaliste prenait des risques inconsidérés, dont ni lui, ni Cléophée Loiselle n'avaient conscience. Lorsque leur vie serait réellement en péril, ce Lilio de Castro serait incapable de protéger cette femme, cette femme qui se donnait à lui, cette femme qui lui faisait confiance, cette femme qui le suivait les yeux fermés, ou grands ouverts, et offrait sa jouissance au désert. Cette femme qui le troublait, depuis qu'il lui avait tendu la main dans la favela de Mangueira, cette femme si différente de Maryann, cette femme dont il devait cesser de fixer le balancement des seins, le mouvement du bassin, le va-et-vient des reins...

— Chef, on intervient ? insista cette fois l'agent Bizet. On en a un peu marre de se faire saucer. On se téléporte en cercle autour d'eux, un saut de puce et hop, on les coffre et on rentre chez nous au sec !

— Non, on attend, répondit distraitement Artem.

Un mouvement de grogne parcourut l'ensemble du commando. Patienter n'était pas le point fort de cette troupe d'élite habituée à se déplacer aux quatre coins du monde pour des interventions express. Aucun des hommes ne savait ce que les deux fugitifs tramaient. Le commandant Akinis avait exigé d'être le seul à utiliser les lunettes longue-vue. L'absence d'informations, l'attente, l'averse qui les noyait, tout se cumulait pour les déconcerter. Qu'est-ce que le commandant attendait ?

Dans les lunettes, Artem observa la jeune femme laisser retomber son corps sur celui du journaliste, épuisée. La pluie rebondissait en fines gouttelettes sur sa peau. Il devinait la suite. Ils avaleraient deux Capsulas, recueilleraient un peu d'eau de pluie. Referaient l'amour plusieurs fois dans la nuit.

— On attend quoi ? s'énerva Nocera.

Artem laissa enfin pendre ses lunettes à son cou.

— On attend demain matin !

La grogne redoubla dans les rangs. Avaient-ils bien entendu ? Demain matin ?

Le commandant lissa ses longs cheveux trempés contre sa nuque.

— Ecoutez, les gars, ce type et sa copine sont venus jusqu'ici à vélo ! Impossible pour eux de se téléporter, toute la zone est bouclée par PANGAÏA. Nous sommes les seuls à pouvoir nous téléporter sur tout le Kazakhstan. Alors on est patients et on attend. Ils ne peuvent pas s'envoler.

— On attend quoi ? répéta Parenty, une tête brûlée réputée pour aimer les commandos Kangourou.

Artem souffla. Même s'il ne révélait pas tout à ses hommes, son plan était clair dans sa tête.

— Vous êtes dans la confidence, les gars ! Je ne vous fais pas un dessin. Ces enfoirés de l'Organisation Militaire Mondiale ont planqué des assignés liberstados sur ce territoire. Ils nous mettent au courant seulement maintenant, parce qu'ils n'ont pas le choix. Ce journaliste est censé les rencontrer. Donc on attend, comme dans un bon vieux safari, on attend que les gazelles viennent boire au point d'eau. Les assignés vont s'approcher. Ça ne vous dit pas d'en voir un pour de vrai ?

Les hommes commençaient à comprendre. Le commandant voulait faire d'une pierre deux coups. Coincer les fugitifs, et attraper dans le même filet les dissidents. Sauf que tous étaient conscients de l'étendue du Kazakhstan, et que rien ne prouvait que les assignés, surtout s'ils se baladaient à pied, aient repéré le journaliste et la femme.

— On attend jusqu'au lever du jour, confirma Artem. On passe la nuit ici, bien cachés, et on les garde à l'œil. Si rien n'a bougé d'ici là, on les cueille.

Avec mauvaise grâce, les membres du commando déplièrent les bâches de camouflage dont ils détestaient se servir. Au moins, se cacher dessous les protégerait de la pluie. D'ailleurs, tous connaissaient l'heure exacte à laquelle elle cesserait de tomber. Dans précisément une heure et six minutes.

— Ceux qui veulent rentrer chez eux saluer leur famille peuvent le faire, toléra Artem. Mais interdiction de quitter la zone plus de cinq minutes, et je veux un minimum de quinze hommes sur place en permanence. Organisez les rotations comme vous voulez.

Les hommes apprécièrent. Rien de plus stupide que de rester planté à planquer, alors qu'en trente secondes, on peut aller embrasser sa femme ou ses enfants avant qu'ils dorment. Artem profita de l'agitation du commando, et de son éphémère regain d'entrain, pour ajuster les lunettes devant ses yeux.

Lilio et Cléophée s'étaient assis, adossés à la coque du bateau rouillé. Le journaliste avait étalé une grande bâche, sortie de son sac à dos, et tous les deux se tenaient dessous, nus et impudiques, amoureux et joyeux, en tentant de recueillir un peu d'eau de pluie entre leurs doigts.

Ils passeraient la nuit ainsi.

Artem fut à nouveau saisi par ce sentiment troublant. Cette femme, cette institutrice, n'avait rien à faire ici, dans cette histoire qui mettait en jeu les plus grands secrets de l'humanité. Elle était trop jeune, trop innocente, trop fragile. Ce journaliste n'était qu'un salaud de l'avoir entraînée dans cette folie. Il comprenait pourtant pourquoi. Tout comme il commençait à mieux identifier le sentiment qui le troublait.

Il observa une dernière fois la jeune institutrice rire aux éclats, embrasser le journaliste, poser sa tête contre son épaule en fermant les yeux, en les entrouvrant pour profiter des derniers rayons du soleil au-dessus des monts Mougodjar.

De la jalousie.

37

Marché d'Akodésséwa, Lomé, Togo

Cela faisait des années que le lieutenant Babou Diop n'était pas revenu à Akodésséwa. Il s'était téléporté en centre-ville de Lomé, puis avait longé l'Atlantique par la plage, jusqu'au marché des féticheurs. Depuis la téléportation humaine, le quartier d'Akodésséwa avait gagné en réputation chaque année et désormais des visiteurs du monde entier s'y agglutinaient.

La foire battait son plein. Babou ne reconnaissait rien. L'ancien marché vaudou africain, où chacun venait chercher, au millénaire dernier, des ingrédients étranges discrètement recommandés par des sorciers, avait été remplacé par une braderie où une foule hétéroclite se pressait. La disparition des grandes religions avait eu pour conséquence de renforcer le poids des superstitions, et les objets supposés magiques, gris-gris, potions, animaux empaillés, amulettes, os et crânes, se mélangeaient à ceux issus de rites religieux dont la grande majorité des Terriens avaient oublié l'originelle signification. Les flacons d'eau bénite étaient exposés aux mêmes étals que les fioles de sang de crapaud. Des croix, des bouddhas, des mains de Fatma, des menorahs étaient alignés au milieu de reproductions de sabres laser, de baguettes magiques ou de cornes de licorne. Chacun marchandait, discutait, s'étonnait.

La densité du lieu devait dépasser les dix mille habitants au kilomètre carré... Un record mondial !

D'après la légende, c'est ici, dans l'ancien Togo, qu'Ossian, après sa démission fracassante du Congrès Mondial, s'était exilé pour rédiger son fameux *Droit du sang*.

Babou s'éloigna et s'installa à la terrasse du Mandingue, un petit bar en bord de plage. Il commanda deux Sodabi, le vin de palme local. Au moment précis où le serveur les apporta, s'étonnant de ne découvrir qu'un seul client attablé, Chérif al Jabr apparut. Il attrapa le verre avant que le serveur ne le pose sur la table, et trinqua avec le lieutenant Diop.

— Babou, vieux frère. Des années que tu m'as abandonné !

— J'attends la retraite, vieille crapule. Pour arrêter de me désintégrer un peu partout sur cette foutue planète, ne plus bouger de chez moi et y inviter tous ceux que j'aime.

— Tu as toujours été le plus sage de nous deux, l'ami. Vas-y, raconte. Pourquoi t'es-tu subitement souvenu de ton vieux camarade ?

Babou, avant de raconter à Chérif les événements récents, leur enquête, leurs interrogations, de Khan à *Pitchipoï* en passant par les exemplaires de *Droit du sang* retrouvés sur chaque scène de crime, prit le temps de demander des nouvelles de son ami. Ils s'étaient rencontrés à l'École Internationale d'Administration, promotion Obama, il y a plus de trente ans. Chérif avait choisi la voie scientifique et intégré le cercle des tout premiers ingénieurs travaillant sur la base de données PANGAÏA, aux balbutiements de la téléportation humaine, alors que Babou était entré au Bureau d'Investigation Criminelle.

— Tu vois, vieux frère, expliqua Chérif, j'ai passé ma vie à travailler avec des ordinateurs pour seule compagnie. Je peux te le dire maintenant que j'ai pris de la distance avec tout ça, ce sont les enfants les plus ingrats qui soient. On leur donne tout, on leur apprend tout, on les fabrique à notre image, et ils finissent toujours par nous dépasser. Et même nous remplacer. Nous étions plus d'une centaine d'ingénieurs au lancement de PANGAÏA, à écrire jour et nuit des lignes de code. Une fois les algorithmes bouclés, la base de données s'est débrouillée comme une grande ! Plus besoin de personne pour la nourrir ou la border, je ne sais pas s'ils sont encore dix ingénieurs derrière aujourd'hui.

Une seule, pensa Babou. *Une seule*. Mais il se retint de le confier à son ami et se contenta de porter ses lèvres à son verre de Sodabi.

— J'ai pris du recul, continua de monologuer Chérif. Terminé, les chiffres. Je m'occupe d'histoire, de philosophie, d'art... Histoire de me tenir à distance de ce monstre que nous avons créé. Ce monstre dont plus personne ne peut se passer. Même moi. Tu imagines, aujourd'hui, s'intéresser à l'art et l'histoire et ne pas pouvoir voyager ?

Ils discutèrent encore de longues minutes, vidant plusieurs verres, avant que Babou n'entre dans le vif du sujet.

— Tu as connu Ossian, quand tu travaillais pour l'OMD ?

Chérif sourit.

— Ouais, je l'ai bien connu... même si je n'ai jamais partagé de Sodabi avec lui. Il était élu au Congrès à l'époque, sans doute son membre le plus important avec Galiléo Nemrod. Ils étaient les deux jeunes cavaliers les plus prometteurs sur l'échiquier politique mondial. Les deux conseillers privilégiés du président Colombus Juan-Roy. Ils défendaient chacun leur ligne au sein du PDM[1]. Nemrod et sa fameuse *Utopie universelle*, qui aboutira à la Constitution de 2058, une Terre, un peuple, une langue, je ne te développe pas tous les articles, tu connais le refrain...

---

1. Parti Démocratique Mondial.

« Ossian, au contraire, misait sur le respect de chaque peuple, chaque langue, chaque religion, la diversité dans l'unité comme il le théorisait, la dialogique, l'approche systémique, le tout qui est plus que la somme des parties, donc chaque nation doit conserver son autonomie, enfin je ne te fais pas de dessin, tu connais tout autant que moi ce couplet-là.

« Tout le monde pensait qu'il y aurait une compétition féroce entre les deux jeunes leaders politiques, et peut-être même une alternance entre les deux grands courants de pensée, comme entre la gauche et la droite à la fin du dernier millénaire, si tu veux… Et puis non. Il n'y a pas eu de match. Galiléo Nemrod est parvenu à rassembler l'immense majorité des Terriens derrière son utopie. Les premiers sondages de l'Ekklesia lui ont rapidement donné une confortable avance, tout le monde avait envie d'y croire, dans l'euphorie de la téléportation humaine. Personne n'en voyait les dangers, Ossian passait pour un oiseau de mauvais augure hostile au progrès et à la liberté de se déplacer.

« Pour ne pas disparaître de la scène politique, il a dû ratisser sur les extrêmes, s'allier avec des groupuscules qui ne cherchaient qu'à défendre leurs privilèges séculaires, des religieux intégristes, des sectes racistes, des terroristes nationalistes, un rassemblement hétéroclite au sein duquel tous se détestaient parce que leurs intérêts divergeaient. Ils essayaient juste de sauver les meubles alors que leur pouvoir spirituel ou intellectuel filait à la poubelle.

« Le président Juan-Roy a choisi sans ambiguïté Nemrod comme poulain. Les premières élections ont été triomphales pour Galiléo. Puis il y a eu PANGAÏA, la Constitution de 2058, la généralisation de la démocratie directe par l'Ekklesia. Une révolution qui apportait une paix telle que jamais le monde n'en avait connu. Ossian est resté le seul opposant, mais il ne représentait plus qu'à peine 5 % des votes. On ne rame pas contre le sens de l'Histoire... Alors progressivement il a durci son discours. Il a tapé plus fort. Il voulait apparaître comme le seul qui parlait vrai, osait, décomplexé face à la pensée unique.

« Personne, ou presque, ne le suivait. Ses derniers soutiens l'ont lâché quand il a commencé à parler de l'apport des grandes guerres dans l'histoire de l'humanité, de la conquête territoriale comme un besoin vital des races, et des races supérieures aliénant celles inférieures comme un moteur indispensable du développement de l'espèce humaine. Bref, il a pété les plombs, jusqu'à être exclu du Congrès Mondial.

« C'est là qu'il a disparu de la circulation. On suppose, même si rien ne le prouve, qu'il est venu se réfugier ici, au milieu des derniers évêques, ayatollahs et chefs de clan qui continuaient de brader leur baratin d'avant. Il a profité de sa retraite pour écrire son fameux *Droit du sang*, immédiatement interdit pour le danger qu'il représentait. Ça a eu pour effet de définitivement ranger Ossian dans le camp des hors-la-loi, mais aussi de redonner un coup de fouet à ses idées, reprises en version modérée par quelques partisans, les Liberstados, qui surfaient sur les premiers désenchantements de la Constitution de 2058.

Babou avait tout écouté sereinement. Il n'avait pas appris grand-chose : comme tout Terrien, il était au courant de cette partie de l'histoire récente du monde, mais l'exposé de son ami avait le mérite de synthétiser la complexité de ces intrigues politiques.

— D'accord pour la version officielle, Chérif. Tu l'as un peu connu, toi, Ossian. Il était comment, humainement je veux dire ?

— Tu veux le vrai fond de ma pensée ?

— Je préférerais...

— Un fou. Un fou dangereux. Autant Galiléo Nemrod était un militant visionnaire et stratège, un génie politique,

avec tout ce que cela compte de machiavélisme et d'oppor-
tunisme, autant j'ai toujours considéré Ossian comme une
bombe dégoupillée. Un génie lui aussi, un leader suprême-
ment intelligent, mais dans la lignée des Napoléon, des Staline
et des Hitler, pour te donner une idée... Il aurait eu ce genre
de destin, j'en suis persuadé, s'il avait pu accéder au pouvoir.
Raté ! C'est fini aujourd'hui, le temps des empires et des
dictatures. Ossian est né un siècle trop tard.

— Ou trop tôt, commenta Babou. Même si son livre est
officiellement interdit, de plus en plus de gens le lisent bien
cachés dans leur espace privé. Quelqu'un sait où il s'est
retiré ?

Chérif secoua négativement la tête. Babou marqua un
silence, puis interrogea à nouveau son ami du regard.

— Autre question, camarade, toi qui t'intéresses à l'histoire. Un seul mot, *Pitchipoï*, cela représente quoi pour toi ?

— *Pitchipoï* ? (Chérif al Jabr ne put dissimuler un rictus,
comme si un fantôme l'avait frôlé.) Où as-tu entendu parler
de ça ?

Babou expliqua. Les mots gravés dans le tronc du cocotier
de Tetamanu, dans le pin devant le palace de Tane Prao.
Chérif essuya une goutte de sueur sur son front.

— Pitchipoï, d'un point de vue historique, c'est le nom
donné par les Juifs, pendant la Seconde Guerre mondiale, à
la terre inconnue où les trains blindés les emportaient.

— Ça, je sais, s'agaça Babou, mais...

L'ex-ingénieur lui fit signe, d'un geste de la main, de le
laisser finir.

— Mais à mon sens, ce mot peut avoir une autre signification, surtout à l'ère de la téléportation humaine. C'est
d'ailleurs une des dérives potentielles qu'évoque Ossian dans
Droit du sang.

— Vas-y, détaille.

— À ton avis, comment fonctionne toute dictature ?
Comment survit tout système totalitaire ? Il désigne des
ennemis, si possible des ennemis de l'intérieur, des boucs
émissaires si tu préfères, il leur fait porter la responsabilité
de toutes les frustrations de la population, puis il les élimine,
pour aboutir à une race pure débarrassée de ses opposants
supposés.

— Je vois, on purge, on nettoie, mais quel rapport entre
Ossian, Pitchipoï et la téléportation humaine ?

— C'est tout simple, mon vieux, simple et sacrément flip-
pant. Selon toi, quelle a été, depuis toujours, la méthode de
nettoyage la plus efficace ?

Babou resta un instant le verre en l'air, avant de proposer
une réponse.

— L'épuration ethnique ?

— Exact, fit Chérif, et en conséquence, d'un point de vue
logistique, la déportation ! C'est selon moi ce que signifie
Pitchipoï. La déportation ! Emmener quelqu'un là où il ne
veut pas aller.

— Attends, souffla Babou en reposant trop violemment
son verre de Sodabi, je ne comprends pas. C'est interdit !
La Constitution de 2058 garantit la liberté de déplacement.
Article 4. Nul ne peut être déplacé contre son gré. On peut
bloquer l'accès à certains lieux, ou le limiter, mais pas téléporter quelqu'un contre sa volonté...

Chérif sourit en portant une nouvelle fois le verre de
Sodabi à ses lèvres.

— Bien sûr, c'est interdit ! Mais c'est une possibilité dont
pourrait disposer un gouvernement mondial, une possibilité
que prophétisait Ossian.

Babou hésita à évoquer les assignés. Chérif connaissait-il
leur existence ? Ces assignés n'avaient cependant rien à voir
avec une déportation massive. Ils n'étaient que quelques centaines, libres de leurs déplacements, dans un espace très vaste.

— Imagine, continua Chérif en reposant son verre, imagine ce qui se serait passé si Hitler avait disposé d'une telle puissance de déportation. Plus besoin de rafles, plus de Vel' d'Hiv', plus de ghettos, il aurait juste eu à appuyer sur un bouton et tous les indésirables, Juifs, homosexuels, Gitans, handicapés, disparaissaient du jour au lendemain, des familles entières téléportées hors de leurs quartiers, sans possibilité pour leurs voisins de les cacher. Imagine si Staline avait disposé d'un tel outil. Un seul mot de trop, un seul soupçon, une seule dénonciation et hop, une seule ligne de code suffit pour envoyer le dissident en Sibérie... Voilà, vieux frère, ce que signifie selon moi *Pitchipoï*. *Pitchipoï*, ce sont les wagons blindés où l'on entassait les hommes, les femmes et les enfants vers des camps. Ce sont ces wagons blindés, mais sans besoin de trouver des conducteurs de train, des chefs de gare, des gendarmes, des gardes-chiourmes, des bourreaux pour faire le sale boulot. Voilà cette arme que dénonçait Ossian. Et s'il avait eu le pouvoir, nul doute qu'il l'aurait utilisée.

Babou observa devant l'entrée du marché des féticheurs le mouvement perpétuel des touristes qui apparaissaient et disparaissaient. Absolument personne ne s'étonnait que des dizaines d'inconnus chaque seconde, des familles entières, s'évaporent en un éclair.

— Et c'est... c'est techniquement possible, une telle déportation massive ?

— Je ne sais pas... À l'époque, quand j'étais ingénieur sur le programme PANGAÏA, ça ne l'était pas, mais je ne suis plus aux affaires depuis longtemps. Du strict point de vue de la physique quantique, ça ne me semble pas très compliqué. La véritable limite, comme pour toutes les innovations, d'ailleurs, se situe sur le plan éthique, pas technique !

Babou frissonna. Ils se levèrent et s'engagèrent tous les deux dans les allées du grand marché. Les stands lui semblèrent soudain plus effrayants qu'amusants ; les crânes, les animaux empaillés, les aiguilles, les peaux de serpent séchées, les vierges aux yeux clos, les boules de cristal... Les touristes se pressaient devant les étals, tout en écoutant les boniments des vendeurs, la plupart déguisés en sorciers, prêtres vaudous, guerriers siths, moines tibétains, pythies grecques. *La science est impuissante*, pensa Babou, *elle peut bien expliquer les uns après les autres tous les mystères depuis la création de l'univers, elle n'en réduira pas pour autant le besoin profondément humain de magie et d'irrationnel.*

Le lieutenant sénégalais poussa son vieil ami vers la plage. Presque déserte. La foule se concentrait uniquement sur la place centrale d'Akodésséwa.

— Message reçu, conclut Babou. Alors raccrochons-nous à ça, et parlons technique. Nous avons un autre problème, on l'a baptisé Khan.

Le lieutenant résuma brièvement les apparitions et disparitions inexplicables de l'assassin, sans qu'il ait laissé de traces sur aucune des bases de données. Chérif al Jabr plissait le front, signe d'une intense réflexion.

— C'est une équation impossible, lâcha-t-il, si on se place du point de vue de PANGAÏA. Aucun déplacement n'échappe à l'algorithme, chacun correspond à un nom, et tous sont enregistrés. (Il s'arrêta devant un stand qui proposait des dizaines d'essences, camphre, santal, myrrhe, oliban...) Quand on est face à un tel tour de magie, l'ami, il faut toujours prendre le problème à l'envers, et isoler le seul moment où le magicien a pu escamoter le lapin.

Babou se contenta de hocher la tête, soucieux de ne pas déconcentrer l'ex-ingénieur. L'encens en bâtonnets se consumait en un fin nuage de fumée grise qui empestait.

— Deux choses sont certaines, raisonna Chérif. Ton fantôme se téléporte. Ses mouvements n'apparaissent pas dans PANGAÏA. Une seule solution alors, il les a effacés !

— C'est possible ? s'étouffa Babou.

— Tout est possible avec l'informatique. Mais seulement de deux façons. La première, c'est de trafiquer le noyau central, sauf que seul le cerveau de PANGAÏA y a accès, pas même les ingénieurs système, pas même Nemrod.

Pangaïa, pensa Babou, la fameuse Pangaïa que devait rencontrer Mi-Cha.

— La seconde, poursuivit Cherif, c'est de tout effacer en local. C'est la solution la plus vraisemblable : se déplacer, puis effacer ses traces derrière soi, comme un voleur balaye les empreintes qu'il a laissées dans la poussière.

— Je croyais que chaque déplacement était enregistré et que...

Cherif, à la façon d'un sorcier cherchant à impressionner son public, souffla doucement sur le nuage gris.

— Je t'explique. Les gens ont du mal à se le représenter, mais tout système de télécommunication repose sur deux supports distincts. Un support virtuel d'abord, c'est-à-dire un échange invisible de données : du son dans les téléphones de jadis, de l'image dans les vieilles télévisions, de la matière depuis la téléportation quantique... Et pour parvenir à ce résultat, on aura toujours besoin d'un second support, matériel celui-là. Des fils, des câbles, des tuyaux, des antennes. Bref, de l'énergie et des relais pour la diffuser. La téléportation ne fonctionne pas autrement, et ces câbles peuvent être coupés par accident, les fils peuvent être arrachés par une tempête, les antennes peuvent tomber... En résumé, ce réseau matériel demande de l'entretien, même si la plupart des réparations ont été automatisées.

Babou avait du mal à suivre.

— Concrètement, Chérif, ça signifie quoi ?

— Ça signifie qu'il existe dans le monde une poignée de réparateurs agréés, une ou deux centaines je dirais, dont le boulot consiste à entretenir en permanence le système matériel de téléportation, ou à le réparer. C'est un travail technique, qui demande une connaissance spécifique. Je ne vois qu'un de ces agents d'entretien pour être capable d'effacer manuellement un déplacement.

Babou n'avait pas attendu la fin de l'explication de son ami. Une intuition lui soufflait que Chérif avait trouvé la solution du tour de magie. En quelques clics sur sa tableta, il avait commandé au BIC la liste complète des réparateurs de TPC, depuis la mise en place du système PANGAÏA, et l'avait croisée avec le Fichier Mondial des Casiers Judiciaires. Ça ne prendrait qu'une poignée de secondes.

À peine !

Babou eut juste le temps de s'asseoir avant que la réponse tombe sur sa tableta : une liste de sept agents d'entretien ayant été condamnés par la justice, tous pour des délits mineurs, à l'exception d'un seul.

Viktor Kapp.

Le 29 avril 2063, une antenne relais de téléportation, postée sur l'Ayers Rock en Australie, s'était révélée défectueuse. Trois cent soixante et onze morts. De simples touristes qui avaient tenté de se téléporter près du mont, et dont les corps désintégrés n'avaient jamais pu se réintégrer. Leurs particules s'étaient transformées en poussière dispersée par le vent du Territoire du Nord sur cent kilomètres à la ronde.

Un fait divers que tout le monde avait oublié, les accidents de téléportation étaient fréquents, très fréquents, les premières années, avant de devenir rarissimes aujourd'hui.

Lors du procès, Viktor Kapp avait nié toute responsabilité, plaidé l'accident, mais l'enquête technique avait conclu à un sabotage délibéré, et l'enquête psychologique à des troubles mentaux terrifiants. Viktor Kapp avait été condamné à perpétuité, en résidence surveillée dans son espace privé.

— Une piste ? demanda Chérif, intrigué par l'excitation du lieutenant.

Babou ne répondit pas, il consultait la photo de Kapp sur le Fichier Central des Identités.

Il lâcha un juron sonore.

— Merde !

La photo ne correspondait pas ! Viktor Kapp était un type brun, yeux noirs, visage rond et poupin, rien à voir avec Khan, blond, fin et anguleux. Babou avait pourtant été persuadé, pendant quelques secondes, d'avoir tiré le bon fil...

Chérif s'éloigna du stand d'encens et de ses parfums entêtants. Ils se retrouvèrent devant un vendeur d'os historiques certifiés authentiques, à l'année, la longitude et la latitude près. Les plus chers portaient une étiquette garantissant l'origine du champ de bataille célèbre où ils avaient été découverts.

— Qu'est-ce qui ne va pas, l'ami ? s'inquiéta Cherif.

— Ce n'est pas lui ! Je tenais un coupable idéal, Viktor Kapp, un agent de réparation cinglé, sauf que ce n'est pas lui. Notre tueur est blond, aux yeux bleus.

— Montre.

Babou fit glisser l'écran devant les yeux de l'ingénieur en retraite.

— Ce n'est pas lui, répéta Chérif.

Babou le fixa, étonné.

— Ce n'est pas lui, répéta encore Chérif al Jabr. J'ai travaillé avec Viktor Kapp, à l'époque. Je te confirme, c'était un surdoué en électronique, tout autant qu'un type incontrôlable. Un maniaque qui te fichait la trouille rien qu'à te planter son regard dans le dos. Mais ce n'est pas lui sur la photo...

Intrigué, Babou fit apparaître sur sa tableta, en quelques nouveaux clics, les captures d'écran du film de Darn Cat lors du massacre de Tetamanu.

— Le voici, Viktor Kapp, explosa Chérif. Ce salopard. C'est bien lui !

— Par tous les volcans de Titan ! souffla Babou. Ça veut dire que ce gars possède des appuis assez puissants pour changer sa photo dans le Fichier Central des Identités. Qu'il se balade dans la nature alors qu'il est supposé être emprisonné dans son espace privé ! Où se trouve-t-il, d'ailleurs, son espace privé ?

Babou s'apprêtait à pianoter sur sa tableta. Chérif retint son bras.

— Pas la peine de chercher, vieux frère, je sais. C'est un type et une affaire qu'on n'oublie pas, crois-moi. Il est censé depuis trente-quatre ans ne pas sortir de Kolmanskop, un village fantôme, au milieu du désert du Namib.

38

Désert de l'Aralkum, Kazakhstan

— On fonce, ordonna Artem.

Les membres du commando n'attendaient que cela depuis des heures. Toute la nuit.

Bouger !

Enfin, bouger était un bien grand mot. Il s'agissait simplement, pour les vingt policiers du Bureau d'Investigation Criminelle, de se téléporter à moins de deux kilomètres, d'entourer cet étrange bateau rouillé échoué au milieu d'un désert de sel, et de resserrer le filet pour embarquer ces deux fugitifs, qui ne disposaient pour tout moyen de s'échapper que de deux vélos.

Artem avait surveillé Lilio et Cléophée du crépuscule à l'aube, sans quasiment fermer l'œil. Le journaliste et l'institutrice s'étaient endormis dès l'averse passée, dès leurs Capsulas avalées. Ils n'avaient pas refait l'amour, mais Cléophée s'était collée à son journaliste jusqu'au lever du soleil, telle une petite fille apeurée.

Si les assignés avaient dû venir à la rencontre du journaliste, analysait le commandant, ils l'auraient déjà fait, sous couvert de l'obscurité.

Artem avait pourtant hésité à lancer l'assaut, une fois le jour levé. Ne valait-il pas mieux rester à observer Cléophée Loiselle mouiller son visage dans une flaque d'eau abandonnée par l'averse, puis les regarder enfourcher à nouveau leurs vélos, les suivre à distance par petits bonds discrets ? Attendre que le contact s'opère avec les assignés.

Sauf qu'il n'y avait aucune certitude que le contact s'opère, ni ce matin, ni demain, ni dans une semaine.

Sauf qu'après tout, il n'avait rien à reprocher aux assignés. C'était l'affaire des militaires, pas la sienne.

Sauf que l'urgence était d'interroger ce journaliste. Lilio de Castro était la dernière personne à avoir parlé à Tane Prao, avant qu'il soit abattu par Khan. Tout était lié. Interroger cette femme aussi, même s'il était persuadé qu'elle n'était au courant de rien. L'interroger séparément de son journaliste au regard de vautour. Seule...

— Alors on y va, chef ?

Dans sa lunette, Cléophée aspergeait d'eau le torse nu de De Castro, avant, faute de serviette, de l'essuyer peau contre peau.

Artem les avait surveillés toute la nuit. Ça n'avait pas réduit sa jalousie.

— Oui, Nocera, on y va.

Le commandant donna la consigne de se téléporter en cercle autour des deux fugitifs, en respectant une distance d'une dizaine de mètres avec eux. Ils n'étaient certainement pas armés, mais Artem ne voulait prendre aucun risque. Une fois ainsi encerclés, Artem pourrait parlementer, les convaincre de les suivre sans violence.

Tout se déroula comme prévu.

Les vingt hommes formèrent une ronde parfaite, infranchissable.

Artem s'avança d'un mètre pour rassurer Cléophée et Lilio de Castro qui, à peine réveillés, affichaient une mine stupéfaite en voyant apparaître autant de policiers dans cet espace désert et silencieux depuis plusieurs heures.

— Veuillez nous suivre sans résister. Nous désirons seulement vous interroger.

Cléo et Lilio ne comprenaient toujours pas comment les agents du BIC avaient pu les retrouver, et n'osaient imaginer qu'ils aient pu effectuer tout ce parcours à vélo pour rien. Pire, ils commençaient à réaliser que les membres de ce commando les avaient espionnés depuis la veille... Y compris pendant leurs actes les plus intimes.

Cléo rougissait.

Artem n'avait pas vu un visage de femme aussi émouvant depuis, depuis...

Peut-être est-ce ce détail qui lui fit perdre quelques secondes de concentration. Ce n'est pas certain, aucun des autres membres du commando ne réagit plus vite que lui.

Ce fut sans doute l'effet de surprise. De totale surprise. Les policiers du Bureau d'Investigation Criminelle étaient habitués à interpeller des individus se téléportant à la moindre menace. Le BIC commençait toujours par désactiver sur PANGAÏA le TPC des suspects. Les accusés étaient alors comme déjà ficelés, ligotés, menottés. Pas un policier ne pouvait imaginer qu'on puisse s'échapper autrement qu'en se téléportant.

Il y eut d'abord un nuage de fumée, un peu de poussière, pas trop, l'averse avait été suffisamment intense hier. Puis résonna un étrange bruit qu'aucun homme du commando n'identifia. Un martèlement, quelqu'un frappait le sol, de plus en plus vite, jusqu'à le faire trembler. Bêtement, les policiers, et Artem en faisait partie, il dut l'avouer, baissèrent les yeux, comme si un animal étrange, une taupe géante, construisait sa galerie sous leurs pieds.

Ils relevèrent les yeux trop tard.

Une trentaine de cavaliers surgissaient de derrière les montagnes les plus proches, lancés au galop. Silencieux à l'exception du fracas des sabots. Sans même ralentir, ils cassèrent le cercle. Les policiers se jetèrent à terre.

L'un des cavaliers saisit Lilio, un autre Cléo, et tous sortirent du cercle moins de trois secondes après y être entrés, puis tracèrent tout droit sur le sol craquelé de la mer asséchée.

La plupart des policiers, à terre, peinaient à croire ce qu'ils venaient de voir. Seuls les plus anciens avaient déjà vu quelque chose de ressemblant, dans de très vieux westerns en noir et blanc. Cette fois, Artem avait réagi le premier.

— On se téléporte. On les suit. On ne les laisse pas filer.

Les plus rapides, Nocera, Parenty, Bizet, accompagnés du commandant, parvinrent à se positionner une première fois une dizaine de mètres devant la cavalerie lancée au galop. Mais comment les arrêter ? Ils se téléportèrent à nouveau dès que les chevaux furent sur eux, quelques secondes avant de se faire écraser.

— On ne les lâche pas, criait Artem. On les suit. Ils vont ralentir, ils vont s'épuiser.

Les cavaliers obliquèrent d'un coup plein nord, suivant le lit d'une rivière à sec.

— On anticipe, ordonnait Artem. On ne les laisse pas prendre de l'avance.

Et lui-même se téléportait, de cent mètres en cent mètres, tel un animal capable d'effectuer des bonds prodigieux.

Les cavaliers entraient dans une vallée plus encaissée. Quelques kilomètres plus loin, le relief devenait plus escarpé, avant de se transformer en un inextricable chaos de rochers. Sans ralentir, la trentaine de chevaux se scinda en plusieurs groupes, chacun choisissant un chemin de traverse différent.

— On se répartit sur chaque point haut, commanda Artem. On ne les perd pas de vue.

La poursuite était pourtant perdue d'avance.

Le commandant l'avait compris.

L'attaque à cheval des assignés avait été soigneusement préparée. Ils connaissaient le terrain par cœur. Chaque canyon, chaque tunnel, chaque grotte.

Artem dut choisir en un éclair quels cavaliers poursuivre. Décida au hasard. Se posta sur un des rochers les plus élevés mais, déjà, les huit chevaux qu'il avait en point de mire disparaissaient sous une arche de pierre. Le temps de s'y téléporter, il n'apercevait que des croupes lointaines. Il tenta de reprendre de l'avance, de se téléporter devant eux, mais ils avaient à nouveau changé de direction et filaient à couvert dans un étroit canyon sans aucune possibilité d'atterrir, à moins de se faire piétiner par trente-deux sabots.

Artem et ses hommes suivirent encore, par sauts désespérés, les derniers cavaliers isolés, qui paraissaient d'ailleurs moins des traînards que des leurres ayant permis au reste de la troupe de s'échapper. Puis les cavaliers solitaires les perdirent à leur tour dans le chaos montagneux dont ils maîtrisaient chaque raccourci.

— Merde ! jura Artem en ordonnant à ses hommes de se regrouper près du bateau rouillé, le camp de base de Lilio et Cléo où reposaient leurs vélos.

— Merde ! répéta-t-il devant ses vingt hommes, tout en balançant un coup de pied rageur dans la bicyclette la plus proche.

La roue se mit à tourner dans le vide, accompagnée d'un grincement plus strident qu'un ricanement d'hyène. Artem coinça le pneu sous sa semelle.

— Nocera, Leduc et Bizet, vous ratissez le coin, pendant un mois s'il le faut, et à la moindre trace de sabot, au moindre crottin de cheval, vous sonnez l'alarme et on déplace cent hommes pour les retrouver.

Et il ponctua ses pensées d'un troisième *merde*. Il allait devoir faire son rapport à Nemrod et au Congrès, leur raconter qu'une horde de cavaliers, comme surgie du Moyen Âge, avait emporté les deux fugitifs les plus recherchés de la planète, au nez de la fine fleur de la police mondiale disposant de la technologie la plus sophistiquée. Et surtout...

Une inquiétude continuait de tourner dans sa tête, telle cette roue de bicyclette.

... qu'allaient devenir ces deux fugitifs, enlevés par ces assignés dont il ne savait rien ? S'ils avaient été condamnés à résidence dans le plus grand secret, c'est qu'ils représentaient un colossal danger. Pour Lilio de Castro, et plus encore pour Cléophée.

39

Monastère Taung Kalat, mont Popa, Birmanie

— Pan... Pangaïa ?

Mi-Cha s'approcha timidement, serrant Darn Cat dans ses bras. Elle observa l'étrange décor, les poutres peintes, les colonnes de marbre, les moulins à prières alignés contre le mur, les statues humaines, presque vivantes. Elle peinait à croire que le centre névralgique de l'algorithme régissant l'ensemble des déplacements de la planète ait pu être installé dans un lieu aussi insolite, au sein d'un temple birman, et davantage encore que ce programme informatique ainsi que l'ensemble des banques de données associées puissent être coordonnés par une seule Terrienne.

PaNgAïA.

Bien entendu, elle réalisait que la jeune femme dans son fauteuil, reliée à l'ordinateur par un jeu complexe de fils électriques, était une entité différente du logiciel dans lequel Mi-Cha se plongeait à chaque enquête, y nageant pendant des heures comme dans une mer familière. Le fait que l'informaticienne et le programme portent le même nom ne signifiait en rien qu'ils soient le prolongement l'un de l'autre. Mi-Cha devait pourtant lutter contre ce sentiment étrange, cette impression que la base de données possédait une existence propre, autonome, dotée d'une personnalité ; qu'elle n'était pas une simple somme de caractères alphanumériques, mais une concentration de neurones appartenant à un cerveau, un seul.

Celui de Pangaïa.

C'était stupide ! Cette fille, Pangaïa, n'était qu'une des ingénieurs travaillant sur la base, beaucoup d'autres s'activaient sur le programme, partout dans le monde, certes à des niveaux inférieurs ou locaux ; et avant elle, des équipes entières de savants en avaient écrit tous les codes. La fille dans son fauteuil à roulettes n'était qu'une gestionnaire...

Pangaïa fit pivoter son cou et son visage vers la policière coréenne, sans qu'aucune autre partie de son corps ne bouge.

— Mi-Cha ?

Monking, le singe-lion, dormait sur les genoux de l'informaticienne.

Elles ne prononcèrent aucune autre parole pendant de longues secondes, s'évaluant du regard. Toutes les deux comprenaient, sans échanger le moindre mot, qu'une inexplicable complicité se tissait entre elles.

Mi-Cha brisa enfin le silence.

— Quand je repense, plaisanta-t-elle, à toutes les fois où j'ai posé des questions à PANGAÏA. Si j'avais su que je m'adressais à une fille et non à un robot...

Les yeux de Pangaïa pétillèrent.

— Quand je repense, répondit-elle, à toutes les fois où je t'ai répondu. Si j'avais su que je m'adressais à une fille et non un flic...

Mi-Cha s'avança.

— Je suis flic tout de même, tu sais.

— Je sais, et tu es censée me protéger (elle observa Mi-Cha de la tête aux pieds, du décolleté de son cache-cœur à chaque lotus mauve imprimé sur sa robe). Il paraît que tu es plus impitoyable qu'un cobra ! (Elle fixa le nœud rose autour du cou de Darn Cat, blotti dans les bras de la policière.) Tu caches bien ton jeu.

— Tu te défends pas mal toi aussi. (Monking, réveillé par leur conversation, était grimpé sur l'épaule de Pangaïa et lui ébouriffait les cheveux.) Il paraît que t'as le cerveau le plus froid et rapide de toute la galaxie.

Pangaïa cligna un œil vers Mi-Cha.

— On leur fait croire à peu près ce qu'on veut, non ?

Elles éclatèrent toutes les deux d'un petit rire nerveux.

— Fais-moi un thé, demanda encore Pangaïa. Puis prends une chaise et assieds-toi. Nous avons du travail !

La jeune Coréenne s'approcha. Décidément, elle adorait la simplicité et la franchise de cette fille rivée à sa machine. Pangaïa était un peu plus vieille qu'elle, mais elles étaient de la même génération. Telles deux copines de lycée. Mi-Cha était l'extravertie au grand cœur et Pangaïa l'excentrique solitaire que tous, sauf elle, laissent de côté. Mi-Cha se tenait à moins d'un mètre de Pangaïa. Monking, toujours juché sur sa maîtresse, changea d'épaule, méfiant, alors que Darn Cat, poils dressés, semblait avoir doublé de volume.

— Toi aussi, demanda Mi-Cha, tu te confies plutôt aux animaux ?

— Moi aussi ! (Pangaïa semblait regretter de ne pas pouvoir caresser Darny.) On peut leur faire confiance, ils n'ont pas d'arrière-pensées, pas d'ambition, pas d'états d'âme philosophiques. Ils sont comme nos ordinateurs, au fond. Avec des poils plus doux.

Mi-Cha éclata franchement de rire. Elle ne résista pas à l'envie d'offrir un geste de tendresse à cette fille clouée sur son siège. L'embrasser ? Au moins la toucher. Immédiatement, le chat sauta de ses bras, dos hérissé, queue gonflée, alors que Monking se réfugiait sur l'étagère, sans renverser aucune tortue, toutes dents et griffes sorties.

Si Mi-Cha et Pangaïa s'étaient tout de suite reconnues, et appréciées, ce n'était pas le cas de leurs animaux de compagnie !

Mi-Cha prépara le thé, un Long Jing, elle n'en avait jamais bu. Le servit. Pangaïa l'aspirait directement avec une paille d'acier. Elles continuèrent de discuter, comme pour rattraper le temps perdu après une longue séparation.

— D'où viennent-elles, toutes ces tortues ? finit par demander Mi-Cha, en levant les yeux vers les étagères où Monking était toujours perché.

— D'un peu partout dans le monde. Galápagos, Seychelles, Afrique du Sud, Martinique...

— Non, je veux dire, qui te les a offertes ?

— Papa.

Mi-Cha sursauta. Elle trouvait étrange que Galiléo Nemrod, le président barbu qu'elle connaissait depuis qu'elle était née, à travers un écran de télé du moins, puisse être appelé papa. Papy à la limite, le papy de toute l'humanité.

— C'est... demanda-t-elle après une courte hésitation. C'est lui qui s'occupe de toi ? Je veux dire, pour...

Pangaïa s'empressa de libérer Mi-Cha de son embarras.

— Pour tout ce qui ne fait pas de moi un robot ? Manger, dormir, aller aux toilettes, ce genre de choses ? Oui, c'est lui. Le plus souvent.

— Tu ne peux pas du tout te déplacer ?

— Non... et... de moins en moins.

La policière coréenne observa Pangaïa, harnachée à son fauteuil, les doigts prolongés de fils de cuivre.

— Ça veut dire quoi, de moins en moins ?

— Ça veut dire... Ça veut dire passe-moi les médicaments, derrière toi.

Mi-Cha aperçut une boîte de cachets bleus, posée entre deux tortues.

— D'habitude, expliqua Pangaïa, c'est Monking qui me les apporte, mais puisque tu es là...

Le singe-lion était parti se réfugier sur la plus haute étagère et surveillait Mi-Cha et Darn Cat, apparemment furieux de s'être fait voler sa place de majordome. Le bras de Pangaïa trembla quand les doigts de la capitaine frôlèrent sa peau.

— Mes forces s'épuisent, confia l'informaticienne. Ça s'accélère depuis quelques mois. Mon cerveau n'a jamais aussi bien fonctionné, mais c'est comme si petit à petit, les dernières terminaisons nerveuses que je contrôlais refusaient de m'obéir. Orteils, doigts... Une mutinerie ! Et je sens qu'ils embarquent avec eux le reste de l'équipage. (Elle hésita.) Surtout... Surtout, Mi-Cha, si tu le croises, s'il passe au mont Popa, tu n'en parles pas à papa !

Mi-Cha promit, bouleversée par Pangaïa.

Qui était cette fille ? La femme la plus puissante sur terre, régnant sur la toile gigantesque de tous les déplacements de la planète, et tout autant la plus fragile, à bout de forces, confiant sa survie à un babouin et refusant par pudeur d'avouer son calvaire à son père.

Elles discutèrent encore un long moment. Chat et singe s'étaient installés à une distance raisonnable l'un de l'autre, chacun ayant trouvé refuge en haut d'une des statues du panthéon birman. Endormi dans le creux des bras de Shiva pour Darn Cat, accroché à la pointe de la couronne conique de Thagyamin pour Monking.

— On devrait se mettre au travail, non ? finit par proposer Pangaïa. (Elle suçota une nouvelle gorgée de thé.) Nous sommes censées réunir nos deux cerveaux géniaux pour trouver ce fameux fantôme, celui que vous avez baptisé Khan, qui nargue mon inviolable base de données, et qui d'après papa cherche peut-être même à s'introduire dans ce monastère pour abréger ma lente déchéance... Sauf si tu l'en empêches, ma bodyguard !

À nouveau, l'informaticienne adressa un clin d'œil à Mi-Cha.

— Je crains de te décevoir, Pangaïa.

Un voile gris, de surprise et de dépit, troubla les yeux de la jeune handicapée.

— Je viens de recevoir un long message de mon collègue sur ma tableta, Babou Diop, un type en or, du genre appartenant à un filon aujourd'hui épuisé, je te le présenterai. Il a été plus rapide que nos deux cerveaux réunis ! Visiblement, il a identifié Khan !

Pangaïa resta la bouche ouverte, comme si ses lèvres cherchaient la paille de fer sans la trouver.

— Il s'appellerait Viktor Kapp, précisa Mi-Cha. Un ancien technicien d'entretien. Il va essayer de le coincer. Il nous sonne s'il a besoin de nous. Il a aussi avancé sur cette fameuse inscription, *Pitchipoï* (elle baissa les yeux pour relire le message de Babou, pestant pour la forme. Plus personne n'envoyait de messages aussi longs. Aujourd'hui, les gens se déplaçaient directement pour s'expliquer !). Il m'a chargée de te poser une question sur l'article 4 de la Constitution... Une question qui, à vrai dire, me hante aussi.

— Vas-y.

C'est ce moment précis que choisit Monking pour escalader le quatrième bras de Shiva, s'y laisser pendre comme à une liane pour tenter de planter ses griffes, ou ses dents, dans les poils blancs de Darny Chéri, qui bondit se réfugier dans les bras de Mi-Cha, sans manquer de renverser, dans sa fuite désespérée, une dizaine de tortues et le mug de Long Jing.

40

Grottes du Syr-Daria, Kazakhstan

La grotte était éclairée par près de mille chandelles. Elle paraissait aussi vaste qu'une cathédrale, les trois cents assignés s'y tenaient, assis sur des coussins de mousse et de feuilles tressées. La roche calcaire avait été creusée par des millénaires d'érosion, formant une succession de gradins naturels qui donnaient à la caverne des allures d'amphithéâtre. Au fond de l'aven, dans la partie la plus éclairée, une vaste estrade de bois avait été installée. Aucun autre meuble. Ni perchoir, ni micro. L'acoustique de la grotte amplifiait chaque chuchotement qui rebondissait en écho d'une paroi à l'autre. Pour que l'assemblée ne soit pas transformée en cacophonie, chacun respectait le silence et laissait parler l'orateur.

L'oratrice, d'ailleurs.

— C'est notre déléguée, souffla le plus discrètement possible un homme barbu, assis au premier rang de l'amphithéâtre entre Lilio et Cléo.

Des *chut* surgirent de chaque côté.

La déléguée allait parler. Elle s'avançait vers l'estrade, les cheveux recouverts d'un voile.

— Je déclare ouverte la dix-septième Assemblée Internationale des Peuples Libres. Moi, Asima Majdalawi, représentante du peuple palestinien, prête le serment de défendre toute ma vie durant l'héritage et les usages transmis par mes ancêtres, par mes parents, par mes frères et tous les hommes et femmes de ma terre, de les transmettre à mes enfants, d'en défendre la mémoire et d'entretenir l'espoir qu'ils puissent un jour y être à nouveau pratiqués librement.

— Ça va durer un peu longtemps, souffla le barbu assis entre Lilio et Cléo.

À quelques rangées d'eux, un homme chauve, vêtu d'une tunique orange, s'était levé, cœur sur la main.

— Moi, Torma Wangdi, représentant le peuple tibétain, prête serment de défendre toute ma vie durant l'héritage et les usages transmis par mes ancêtres, par mes parents, par mes frères et tous les hommes et femmes de ma terre...

Son serment était en tout point identique à celui de la présidente palestinienne. Une nouvelle femme, à la peau couleur de brique, se leva dans le coin gauche de la grotte.

— Moi, Élisapie Oonark, représentant le peuple inuit, je prête serment de défendre...

À sa suite défilèrent un représentant ossète, un aborigène, un hutu, un karen, un abkhaze, un copte, un saami... Le voisin barbu de Lilio et Cléo leur souriait de ses dents jaunes.

— C'est le moment où je peux vous parler. Ça va durer encore un bout de temps. On a recensé plus de six cents peuples dans le monde... Je vous rassure, il n'y en a que cent trente et un représentés dans notre assemblée. Moi je suis corse. Fabio Idrissi. Nous sommes cinq assignés. C'est mon frère, Angelo, qui prononcera le serment aujourd'hui.

Des assignés installés sur les coussins ou les gradins les plus proches grognèrent pour le principe, mais la plupart semblaient rêvasser en attendant la fin du rituel.

— Vous voyez, poursuivit le barbu, on arrive tous à cohabiter sans se taper dessus !

Un représentant kurde prêtait serment en bafouillant.

Les yeux de Lilio se perdirent dans chaque coin de la grotte, puis vers la seule ouverture, une étroite fissure sur leur droite.

— Ne craignez rien, précisa Fabio. On ne court aucun danger. On laisse toujours des guetteurs à l'extérieur pendant les assemblées. Vous savez, aucune force impériale n'a jamais pu éradiquer la résistance des peuples opprimés. Même la plus puissante de toutes, les États-Unis dans les années 2000, avec leurs drones et leurs satellites, n'a jamais pu déloger les rebelles des montagnes de l'Irak, de l'Afghanistan ou du Pakistan.

Un représentant ouzbek déclamait sa tirade la main sur le cœur. Cléo avait déjà compté une bonne centaine de délégués, et notait que tous prononçaient leur serment de plus en plus rapidement.

— On accélère un peu, précisa le Corse en riant. On a un ordre du jour chargé. À cause de vous !

Un représentant tchétchène jura, puis un québécois, puis un mapuche, et enfin un sahraoui.

— C'est fini ? demanda Cléo.

À cet instant précis, tout le monde se leva. Lilio et Cléo furent entraînés par le mouvement, alors que tous les assignés prononçaient d'une même voix, telle une prière :

> *Une seule Terre à partager,*
> *Un seul monde à bâtir,*
> *Les océans en sont le ciment,*
> *Les peuples en sont les briques.*

L'Assemblée Internationale des Peuples Libres pouvait enfin commencer. Asima Majdalawi, la déléguée, évoqua longuement une liste de thèmes guère passionnants aux yeux de Cléo et Lilio. Les divers sujets à traiter ne portaient pas sur la politique, mais sur des questions pratiques d'organisation de la vie au Kazakhstan, de gestion des ressources et d'intendance : les récoltes, le bétail, l'entretien des habitations, la surveillance des chevaux. Les débats s'éternisaient sur des points de détail. Les semences à utiliser ou à conserver, la délimitation exacte des propriétés, la répartition des tâches collectives. La plupart des assignés s'exprimaient d'abord dans leur langue d'origine, puis ensuite seulement traduisaient leurs propos en espagnol, la seule langue que tout le monde semblait comprendre, ce qui ralentissait encore davantage le rythme des échanges.

Au bout de presque trois heures de discussions, la déléguée poussa un long soupir de soulagement, et déclara que les questions habituelles de l'ordre du jour étaient épuisées. Elle tourna alors ostensiblement les yeux vers Lilio et Cléo. La force du regard de la représentante palestinienne, sa dignité, mêlée de curiosité, impressionnaient.

— Passons donc sans plus attendre à la question centrale de notre assemblée exceptionnelle. Monsieur Lilio de Castro, mademoiselle Cléophée Loiselle, nous supposons que si vous avez voulu nous rencontrer, si vous avez pris le risque de pénétrer sur notre territoire, c'est que ce que vous aviez à nous dire est important. Suffisamment pour que nous vous donnions la parole. Mais avant cela, je tiens à vous fournir quelques précisions. Ne m'interrompez pas, s'il vous plaît.

Le représentant corse assis près du journaliste et de l'institutrice arborait désormais un masque solennel, semblant prêt à les assommer s'ils coupaient la parole de leur déléguée.

— Nous savons, expliqua Asima Majdalawi, nous devinons plutôt, que fort peu d'êtres humains sur cette Terre sont au courant de notre existence. Les rares échos de l'extérieur ne nous parviennent que lorsque de nouveaux assignés sont envoyés ici. Ils nous confirment que pour la majorité des Terriens, nous, les assignés, sommes une légende, une rumeur. Un mythe pour les plus crédules. Nous n'ignorons pas non plus que pour les rares autorités, judiciaires, militaires ou politiques, au courant de notre existence, nous représentons une grave menace. Nous sommes à leurs yeux des terroristes, des criminels. Des ennemis sanguinaires. La peine de mort ayant été mondialement abolie, il leur était moralement impossible de nous exécuter. Alors ils nous ont bannis...

« Mais où bannir des humains sur une planète sans frontières ? Ce n'est pas le moindre de leurs paradoxes, monsieur de Castro, mademoiselle Loiselle. Pour nous exiler, ils ont dû enfreindre leur principe premier : recréer une frontière, protégée par des militaires, et nous laisser quelques kilomètres carrés pour vivre notre utopie (la Palestinienne sourit tout en resserrant autour de son cou le nœud de son foulard). Peut-être ont-ils imaginé qu'on se dévorerait entre nous ? Ils sont tellement obsédés par l'idée que les nationalistes ne peuvent cohabiter sans s'entretuer. Vous pouvez le constater, ce n'est pas exactement le cas !

Partout dans l'amphithéâtre, les assignés, sans prononcer aucun mot, se sourirent en signe d'une profonde amitié.

— Les guerres entre les peuples, continua la déléguée, ne sont que de courtes parenthèses entre de longues phases d'échanges, de commerce, d'enrichissement culturel et intellectuel mutuels. Un monde sans peuples est une ineptie, monsieur de Castro, mademoiselle Loiselle, c'est un monde orphelin, c'est un monde égoïste, c'est un monde condamné. Tous les monuments, tous les arts, tous les savoirs sur lesquels repose le monde actuel n'auraient pas existé si les peuples, puis les nations, puis les États n'avaient pas existé. Mais que construit le monde uni d'aujourd'hui ? Quel patrimoine bâtit-il pour les générations futures ? Sans peuples, il est condamné à vivre sur les ruines de cultures déjà moissonnées, sans rien replanter. La Terre deviendra stérile. La Terre est déjà stérile. Nous ne sommes pas des terroristes, monsieur de Castro, mademoiselle Loiselle, nous sommes de simples prisonniers politiques qui réclamons le droit de vivre sur la terre de nos ancêtres. En paix. En paix, vous m'entendez !

Asima Majdalawi en avait terminé. Lentement, Lilio se leva. Il se dirigea vers la tribune, pour que l'ensemble des assignés le voie.

— Ce n'est pas vous qui êtes dangereux ! déclara d'emblée Lilio. Et pour être franc avec vous, je ne crois pas que le Congrès Mondial, le président Galiléo Nemrod, ou même les militaires de l'Organisation Militaire Mondiale, vous considèrent réellement comme des terroristes capables de faire couler le sang, ou de vous faire sauter, une ceinture d'explosifs autour de la taille, pour défendre vos idées. Tout cela appartient au passé. Ce n'est pas vous qui êtes dangereux, c'est ce que vous représentez !

Jamais la grotte n'avait paru aussi silencieuse. Tous les assignés écoutaient religieusement le journaliste. Cléo elle-même était impressionnée.

— L'Ekklesia a identifié son pire ennemi, le même partout dans le monde dès que fut mise en place la démocratie, après une courte phase d'euphorie : le désenchantement. L'envie de nouvelles utopies. Vous représentez une de ces nouvelles utopies. Vous représentez un recours, un espoir, vous le représentez pour vous, et vous pourriez le représenter pour des milliards d'habitants qui se sentent trop seuls, trop peu aimés, trop peu aidés, trop peu connus, trop peu reconnus, trop peu soutenus. Votre discours, vos convictions sont pour l'Organisation Mondiale des Déplacements un poison, un poison qui pourrait facilement se propager dans toutes les mers et sur tous les rivages de la Terre, jusqu'à fissurer les principes de la Constitution de 2058. Une seule Terre, un seul peuple, une seule langue...

Des sifflets et des cris hostiles s'élevèrent avant même que le journaliste ait terminé de réciter la devise de l'OMD.

— Mais, poursuivit Lilio, comme si ces protestations l'encourageaient, vous avez tort sur un point. Une Terre unie, réunie, est tout aussi capable que tous les peuples et civilisations de jadis de laisser un patrimoine à ses enfants.

Dans les gradins, les huées se firent plus insistantes. Lilio haussa la voix, en tribun affrontant les tribus.

— Qu'est-ce qui empêche un gouvernement mondial de construire de nouvelles cathédrales ? De nouvelles tours ? De nouveaux châteaux ?

— Au nom du fric, cria une voix anonyme dans la grotte. Du béton sans âme, des pierres sans histoire, des palais sans passé. Rien que du commerce, aucune spiritualité !

Cléo avait l'impression que tout pouvait dégénérer d'un instant à l'autre. Lilio ne céda pourtant aucun terrain.

— L'OMD va fêter le centenaire de la téléportation quantique. Demain ! Sur l'île de Tristan da Cunha. Leur idée est d'y téléporter, pour quelques minutes, l'humanité tout entière, dans un immense bâtiment, le plus grand jamais construit, bâti pour cette occasion unique. La Nouvelle Babel !

Les protestations dans la grotte cessèrent immédiatement. Visiblement, aucun des assignés ne disposait d'informations aussi précises sur ce projet.

— N'est-ce pas la même chose ? triomphait le journaliste. Un lieu sacré, monumental, une cérémonie symbolique, un rituel, un idéal. Ce projet du président Nemrod ne ressemble-t-il pas à ceux qui donnaient un sens à vos peuples, vos nations, vos territoires ?

Il marqua un silence, un peu trop long, qui laissa le temps à Asima Majdalawi de poser une question.

300

— Et vous ? Qu'en pensez-vous ? Qu'êtes-vous venu faire ici ? Qu'êtes-vous venu nous dire ?

Lilio sourit.

— Vous dire ?... peu. Vous écouter ?... beaucoup. Je ne suis qu'un journaliste. Mon rôle, mon seul rôle, est d'informer. Je suis venu vous rencontrer, vous entendre, et si vous me le permettez, je suis venu révéler votre existence au monde entier.

— Le Congrès Mondial ne vous laissera pas faire, fit Asima Majdalawi, méfiante.

— On essaiera de m'en empêcher, bien entendu. Mais jusqu'à présent, ils n'y sont pas arrivés.

Cléo n'aima pas le sourire de contentement qui se dessinait sur les lèvres de Lilio. Un rictus aussi prétentieux qu'inutile : le regard désabusé de la déléguée prouvait qu'elle n'était guère impressionnée.

— Je crois que vous surestimez vos pouvoirs, monsieur de Castro. Vous publierez un article sur les assignés ? Formidable ! Et ensuite ? Cent autres journalistes rédigeront des articles énonçant une vérité contraire. Vous croyez peut-être que nous n'y avons jamais pensé ? Marcher jusqu'au-delà des frontières, échapper aux militaires et transmettre des messages à l'opinion. Défendre notre honneur... Certains d'entre nous ont essayé, et ce ne fut qu'une pierre jetée dans l'eau. Quelques remous, devenus rumeurs, auxquels personne n'a cru ou prêté attention. Les Terriens sont noyés d'informations. Chaque heure, une nouvelle question est posée sur l'Ekklesia, susceptible de faire tourner la Terre à l'envers. Pour frapper l'opinion, il faudrait des actions beaucoup, beaucoup plus spectaculaires. Nous n'ignorons pas lesquelles, mais nous avons renoncé à toute forme de terrorisme criminel.

Des applaudissements enthousiastes retentirent dans la grotte. Cléo ne put s'empêcher d'admirer la noblesse des convictions des assignés, fidèles à leurs principes, à leurs certitudes, mais s'interdisant toute violence pour les imposer. L'esprit chevaleresque des causes perdues d'avance ?

— J'ai une proposition, cria soudain Lilio, assez fort pour couvrir le bruit des applaudissements.

Le brouhaha cessa aussitôt.

— Je vous offre un moyen de faire connaître au monde vos revendications, affirma le journaliste, grâce à une action spectaculaire et pacifique. En échange, vous m'assurez de l'exclusivité du reportage sur cette action.

Il marqua un silence, pour laisser à l'auditoire le temps d'évaluer les conséquences du pavé qu'il venait de jeter ; le temps surtout d'ôter le sac sur son dos, de l'ouvrir, et d'exhiber, bras levé, une pleine poignée de TPC.

Un murmure parcourut l'assemblée.

Tous évidemment reconnaissaient cet objet. Cet objet tant détesté. Cet objet dont eux seuls, sur terre, étaient privés.

Cléo n'arrivait pas, elle non plus, à détacher ses yeux du bouquet de TPC que le journaliste agitait, tel un camelot bradant sa pacotille. Son cœur s'affolait. Enfin, elle comprenait. Lilio n'avait rien laissé au hasard. Son plan avait été programmé, dès qu'il avait découvert ces TPC clandestins dans le repaire de Tane Prao, puis l'existence des assignés. Un plan... complètement insensé !

— J'ai dans ce sac plusieurs centaines de TPC, certifia Lilio. Clandestins et anonymes. Grâce à eux, dès que vous aurez franchi la frontière du Kazakhstan, à cheval, à vélo ou à pied, vous pourrez vous téléporter où vous le voudrez. Personne n'aura le temps de vous en empêcher !

Il défia du regard Asima Majdalawi, puis dévisagea un à un les membres de l'Assemblée Internationale des Peuples Libres assis au premier rang de l'amphithéâtre de pierre.

— Vous pourrez vous téléporter sur l'esplanade du temple de Jérusalem, dit-il, le long de la Ligne verte de Chypre, du mur des sables marocain, au sommet de la citadelle d'Erbil ou au fronton du Potala de Lhassa.

Lilio paraissait avoir retenu avec précision, lors du rituel des serments, de quel peuple chaque homme ou chaque femme installé dans les gradins était le représentant. Cléo devait s'avouer impressionnée... Tout autant que consternée.

— Avant même que l'OMD ne puisse réagir, poursuivait le journaliste, vous pourrez planter le drapeau de votre nation dans n'importe quel lieu de mémoire, vous pourrez y déclamer n'importe quel message dans votre langue. Y chanter, y prier, y danser, y rester, vous y enchaîner. Et je serai là, partout à la fois, pour tout photographier, tout filmer, et tout diffuser en direct sur l'*Independiente Planet*.

L'assemblée se taisait, stupéfaite. Certains assignés, bouleversés par l'émotion, retenaient difficilement leurs larmes. Ce journaliste pouvait-il dire la vérité ? Était-il imaginable qu'une simple pression de doigt sur un de ces TPC les téléporte vers leur terre natale, cette terre promise qu'ils avaient cru ne plus jamais fouler ?

— Gagnant-gagnant, continuait de négocier Lilio, conscient de l'ascendant qu'il avait pris sur l'assemblée des assignés. Je vous offre une tribune exceptionnelle pour délivrer vos messages, contre l'assurance que vous n'entreprendrez aucune action violente, que pas la moindre goutte de sang ne coulera. En échange de cette promesse, le monde entier vous entendra. J'en serai le média, le seul média.

Lilio s'arrêta. Il n'y eut aucune question, seulement un intense brouhaha. Tout le monde parlait à la fois, à voix basse, à ses voisins, dans toutes les langues.

Asima Majdalawi déclara d'une voix forte, couvrant imparfaitement le bruit de fond, qu'elle suspendait la séance pour laisser le temps à chacun de réfléchir, de discuter, et que les débats reprendraient dans trente minutes. Alors, l'Assemblée

Internationale des Peuples Libres devrait voter sur la proposition de Lilio de Castro.

Voter ? pensa Cléo.

Elle observait les visages rayonnants des assignés. Ils ne s'interrogeaient pas sur la proposition de Lilio, ne se demandaient pas s'ils devaient l'accepter ou non : tous discutaient déjà du monument qu'ils choisiraient pour leur téléportation commando, de l'action choc qu'ils entreprendraient, des mots qu'ils utiliseraient, de la tenue qu'ils porteraient. Un miracle, ce journaliste leur apportait un miracle !

Jamais Lilio n'avait été autant aimé.

Jamais Cléo ne l'avait autant détesté.

— Attendez !

Personne, pas même Asima Majdalawi, Lilio ou Cléo, dans l'euphorie générale, n'avait fait attention au vieil homme qui s'était approché de la tribune.

— Chers collègues, attendez. J'ai une autre proposition. Madame la déléguée, puis-je l'exposer ?

Asima regarda longuement l'assigné qui s'avançait vers le centre de la tribune. Il irradiait de lui une autorité naturelle, une force de conviction soulignée par son regard clair.

— Je vous en prie, vous avez le droit à la parole, comme chacun d'entre nous. Nous vous écoutons, Ossian.

Ossian s'appuya sur sa canne. Il semblait reprendre son souffle. La force de sa voix, aussi soudaine que puissante, électrisa l'auditoire.

— Naïfs que vous êtes !

Le silence se fit à nouveau dans la caverne, plus impressionnant que jamais.

— Vous pensez changer le monde avec des banderoles ?
Accrochées au fronton du Kremlin ou du Palais du Peuple
de Pékin. Rédigées dans des langues que plus personne ne
comprend. Vous croyez changer le monde avec des chants,
avec des slogans, en plantant des drapeaux qui ne sont plus
rien d'autre que des logos colorés, en prenant d'assaut des
mausolées, des églises, des cimetières, des palais royaux qui
ne sont plus rien d'autre que des destinations touristiques,
profanés chaque jour par des milliers de visiteurs ignares.

« Vous croyez changer le monde ainsi ? Vous ne ferez rien
d'autre que flatter votre orgueil et votre misérable nostalgie, et le nouveau monde triomphera, plus puissant encore
qu'avant, car votre action n'aura été que folklore, spectacle
de majorettes, pitoyable et désespérée danse de sauvages.
Le monde s'amusera, rira et, pire, applaudira. Et rien ne
changera !

« Naïfs que vous êtes, n'avez-vous rien appris de nos
ancêtres ? N'avez-vous pas compris l'histoire des siècles ?
Il n'y a qu'une seule façon pour un peuple, une nation, une
religion, de se faire entendre, de se faire respecter, de résister, sinon il disparaît. La peur ! La peur qu'il inspire. Il n'y
a qu'une seule façon d'obliger l'autre, celui qui ne pense pas
comme vous, à négocier : la force !

« Admettons-le, ils nous ont écrasés. L'OMD, le Congrès
Mondial et Nemrod ont gagné. Un triomphe ! Ils détiennent
tous les pouvoirs. Ils sont les lions, les tigres, les éléphants,
nous ne sommes que des moustiques.

Ossian laissa filer un long silence. Les visages des assignés
ne dévoilaient aucune émotion. Aucune réaction. Ils attendaient...

— Alors piquons-les ! cria Ossian.

Il espérait sans doute qu'une salve d'applaudissements et
de cris de guerre se soulève en écho à ses propos, mais il n'entendit qu'une dizaine de partisans l'encourageant timidement.

— Depuis la nuit des temps et l'aube des nations, continua pourtant Ossian dans le même élan, ce ne sont pas les
pacifistes qui ont fait les révolutions, ce sont les combattants !
Appelez-les comme vous le voulez, guérilleros, moudjahi-
dine, résistants, ou terroristes si vous en avez le courage,
mais c'est la seule façon de lutter. Frapper frapper frapper.
Frapper les ennemis, au cœur, puis disparaître. Voilà ce que
je vous propose, frères et sœurs apatrides, saisissons-nous
de ces TPC, sans rien demander, sans rien promettre à ce
journaliste, dispersons-nous et frappons ce monde partout où
nous le pourrons. Seules la mort et la terreur feront changer
l'opinion.

Ossian se tut enfin. Quelques dizaines d'assignés l'accla-
mèrent, debout dans les gradins. Cléo tremblait de la tête aux
pieds. Cet homme, Ossian, était fou. Le projet de Lilio était
délirant ! Il avait joué avec le feu, un feu d'une puissance
colossale, en livrant ces TPC clandestins aux assignés. Il avait
mis en branle une machine infernale.

Ossian appuya sa main droite sur le pommeau de sa canne,
et tendit la gauche, en direction de Lilio, debout à dix mètres
de lui. Son geste ne souffrait d'aucune ambiguïté. Le journaliste devait lui remettre les TPC clandestins, sans aucune
contrepartie. Lilio soutint le regard du vieil homme, mais
ne bougea pas.

Ossian le défia d'un rictus méprisant.

— Ne soyez pas ridicule, monsieur de Castro. Nous
n'avons pas besoin de votre autorisation pour nous saisir des
armes que vous nous avez si gentiment apportées. Nous ne
vous devons rien. Nous ne serons pas des acteurs de la pièce
que vous voulez nous faire jouer, pour votre seule gloire.
Libre à vous de nous suivre, de filmer, de photographier.
Vous ne serez pas déçu, il y aura du spectacle, vous verrez.
Des larmes. Du sang. Du sensationnel.

Cléo se retenait de hurler. D'ordonner à Lilio de fuir, de balancer ce sac rempli de TPC où il le pourrait, au fond d'un précipice, dans un feu de cheminée. Elle imaginait le carnage insensé que pourraient provoquer plus de trois cents terroristes, prêts à tuer, se téléportant à la même seconde dans les endroits de la planète aux plus forts Taux d'Occupation. Effondrée d'avoir pu être complice d'un tel massacre, les yeux embués de larmes, elle ne vit pas Asima Majdalawi se rapprocher à nouveau du centre de la tribune et se positionner entre Ossian et Lilio.

— Ossian ! Monsieur de Castro est notre hôte. Il est venu de son plein gré nous proposer son aide, et ses conditions. En conséquence, nous devons le traiter avec...

Sans la laisser finir, Ossian écarta la déléguée d'un vif mouvement de canne, avec la même désinvolture que s'il avait repoussé un rideau, puis fit un pas vers Lilio.

— Nous ne sommes pas des pions à sacrifier sur votre échiquier, monsieur de Castro. Nous savons parfaitement que notre cause vous indiffère. Que seule vous intéresse votre carrière. Pouvez-vous me jurer, devant cette assemblée, que vous êtes de notre camp ?

Lilio avança lui aussi, défiant Ossian. L'idéologue au dos voûté et le journaliste étaient sensiblement de la même taille.

— C'est exact, Ossian, je ne suis pas de votre camp. Ni de celui de Nemrod ou du Congrès Mondial. Je ne suis d'aucun camp et, vous avez raison, j'ai de l'ambition. Comme n'importe quel journaliste, comme n'importe quel artiste, comme n'importe quel homme politique (il plongea son regard dans celui d'Ossian en prononçant ce dernier mot). Mon ambition est d'informer le monde, pas de le juger. Comme n'importe quel reporter de guerre. Ou de paix, si j'ai cette chance. Ce n'est pas à moi de juger, c'est à l'opinion, et elle doit être éclairée. Je dois l'éclairer, simplement l'éclairer.

Ossian éclata de rire, sans cesser de tendre la main au journaliste.

— On verra. On verra si vous resterez neutre, quand coulera le sang. Comme chacun, comme chacune en temps de guerre, il vous faudra choisir votre camp.

Il s'avança, bras en avant pour saisir le sac que le journaliste refusait de lui remettre. Asima Majdalawi le bloqua, d'une main ferme posée sur sa canne. Elle était plus grande que les deux hommes en tribune. Plus droite aussi. Elle fit signe à Lilio de retourner s'asseoir au premier rang, à côté de Cléo, et à Ossian de rejoindre sa place.

— Bien, annonça-t-elle d'une voix calme, comme si le prêche d'Ossian n'avait pas plus d'importance que le quart d'heure passé par l'assemblée à discuter sur la répartition des graines d'avoine avant les plantations de printemps. Chacun a pu s'exprimer. La séance est donc suspendue pour trente minutes. Chacun peut discuter librement. Nous passerons au vote ensuite, à main levée.

Il régnait, dans la grotte des assignés, un silence de cathédrale.

Asima Majdalawi se posta au centre de la tribune pour prendre la parole. Elle posa sa question, sans préambule ni autre formule d'introduction.

— Que ceux qui sont pour que nous utilisions les TPC apportés par Lilio de Castro, afin de nous téléporter dès que nous serons hors des frontières du Kazakhstan, lèvent la main.

Cléo n'eut pas à compter. Presque la totalité des bras, moins une dizaine, s'étaient dressés.

— Bien, conclut Asima sans montrer la moindre émotion. Nous devons donc trancher entre deux options : l'action pacifique proposée par Lilio de Castro, et l'action que je qualifierai de radicale, proposée par Ossian. Que ceux qui sont pour la première option lèvent la main.

Deux tiers des membres de l'assemblée, sans hésiter, tendirent le bras.

— Parfait, fit Asima, la première option est adoptée.

La présidente se garda une nouvelle fois d'exprimer son opinion, mais après quelques secondes de retenue, un tonnerre de cris et d'applaudissements résonna dans la grotte. Si le tiers des membres de l'assemblée qui soutenaient l'option d'Ossian s'exprimèrent, protestèrent, il fut impossible de les entendre, noyés dans l'enthousiasme général de la majorité.

Lilio gravit les dix marches de l'escalier taillé dans la falaise pour atteindre l'anfractuosité, signalée par une torche accrochée à la roche : leur chambre ! Un trou de moins de deux mètres sur trois. La plupart des assignés dormaient dans des habitats troglodytes semblables, le long de la paroi abrupte dominant la vallée.

Lilio avait traîné. Il était resté à discuter avec Asima Majdalawi, Salahdine Ziriab, l'assigné kurde, et Chenoa Galvirino, la militante mapuche, alors que Cléo était allée directement se coucher.

S'allonger du moins. Elle ne dormait pas !

Elle se redressa dès que le journaliste entra, tête baissée pour ne pas se cogner au plafond de calcaire.

— Vous n'êtes qu'un apprenti sorcier, Lilio de Castro !
Vous êtes inconscient ! Vous êtes rongé par l'ambition. Vous
êtes...

Cléo avait craché une première salve d'insultes, sans respirer. Le temps qu'elle reprenne son souffle, Lilio s'était assis
au bout de la couverture qui leur servait de lit. Son calme
et son sourire contrastaient avec la colère de l'institutrice.

— Parce que vous trouvez normal, Cléo, que l'OMD
enferme des citoyens sur cette terre ? Dans le plus grand
secret, sans que les Terriens n'en décident dans l'Ekklesia.
Des citoyens exilés, pas pour un crime ou un vol... Pour
leurs opinions ! Parce que vous ne trouvez pas que leurs
idées méritent d'être écoutées ? Vous ne trouvez pas que les
gens ont le droit de savoir ? Vous ne trouvez pas que planter
des drapeaux ou coller des affiches, sur les plus grands sites
du monde, dans toutes les langues, sera un symbole sublime,
inoubliable ? Vous ne trouvez pas qu'il y a de la dignité, de
la noblesse dans la cause des assignés ?

— Leur cause, vous vous en foutez ! Ce malade d'Ossian a
raison. Vous défendez uniquement votre propre petite gloire
personnelle !

Lilio rampa sur la couverture, pour prendre l'institutrice
dans ses bras, mais elle se recula, jusqu'au fond de la grotte,
jusqu'à ce que son dos s'écrase contre la paroi humide. Elle
frissonna.

— Réveillez-vous, fit Lilio en haussant le ton. Êtes-vous
consciente du danger que représente un gouvernement unique
sur cette Terre ? Une seule assemblée, un seul gouvernement,
un seul président, pour diriger dix milliards de citoyens.
Sans contre-pouvoir, sans presse libre, sans personne pour
tout mettre sur la table, le monde deviendra totalitaire. Je
n'ai pas le choix, les Terriens doivent savoir. Je ne fais que
mon boulot, Cléo, j'essaie de le faire du mieux que je peux.
Accordez-moi au moins ce courage.

Cléo tremblait toujours. Lilio continua de ramper pour se rapprocher, elle se recroquevilla, genoux repliés contre sa poitrine.

— Du courage ? Et s'il y a des dérapages ? Et si vos illuminés téléportés ne se contentent pas d'agiter des drapeaux en haut de la tour Eiffel ou de Big Ben ? Je veux bien que la majorité de ces gens ne soient pas dangereux, qu'ils soient sincères et pacifistes, et admettre que c'est un scandale qu'ils soient ainsi enfermés, mais reconnaissez que parmi eux il y a aussi sans doute de vrais extrémistes. Un tiers d'entre eux ont soutenu Ossian. Que vont-ils faire une fois le TPC à leur poignet ? Qu'allez-vous faire s'ils tirent dans le tas, s'ils se font sauter dans la foule ? Vous vous contenterez de photographier ? De filmer ? Parce que vous serez le premier sur le coup ?

— Cléo...

Lilio chercha, sans succès, à attraper la main de l'institutrice.

— Cléo, répéta Lilio, ce n'est pas moi qui ai enfermé ces hommes et ces femmes. Ce n'est pas moi qui en ai fait des fauves en cage. Ils se seraient échappés, un jour ou l'autre. Au moins pour eux les choses sont claires, leur assemblée des peuples libres a voté, ils se connaissent, ils sauront qui contrôler. Demain, n'oubliez pas, c'est le centenaire de la téléportation. La cérémonie appartient à tous les Terriens ! Galiléo Nemrod a imaginé sa Nouvelle Babel, dix milliards d'êtres humains rassemblés sur le caillou le plus isolé du monde. Vous ne trouvez pas ça aussi fou, aussi dangereux, que quelques centaines d'idéalistes en pèlerinage sur leurs terres promises ?

Cléo ferma les yeux, ostensiblement. Elle avait l'impression que la lueur des torches brûlait encore derrière ses paupières.

— Je n'en sais rien, Lilio. Je n'en sais rien. Je suis fatiguée. Je veux dormir, maintenant. Et je veux me réveiller ailleurs.

Tout est trop compliqué ici. Tout est trop froid. Tout est trop noir. Tout est trop sale aussi. Regardez.

Le sol de leur grotte était jonché de détritus et de tessons de verre.

— Je crois que je ne suis pas taillée pour toutes ces aventures (elle lâcha enfin un sourire et écarta avec dégoût, du bout des doigts, un papier gras). Vous voyez, je n'arrive même pas à vivre dans un monde où les déchets ne disparaissent pas par magie. Laissez-moi, Lilio, laissez-moi.

Le journaliste s'avança pourtant, accroupi, jusqu'à l'institutrice prostrée contre le mur froid de la chambre de pierre. Il posa un bref baiser sur ses lèvres, puis il sortit.

Il descendit les marches de l'escalier pour marcher le long de la vallée. Le lit de la rivière était éclairé de torches plantées tous les cent mètres.

Et de milliers d'étoiles.

Le journaliste réfléchissait aux dernières paroles de Cléo.

Et s'il y a des dérapages ? Et s'ils tirent dans le tas ? Et s'ils se font sauter au milieu de la foule ?

Il voulait chasser ces images de carnage, sans y parvenir. Le risque existait, il ne pouvait le nier. Ce qu'il était en train de faire consistait, ni plus ni moins, à ouvrir en grand les portes d'une prison.

Dans son dos, un bruit de pas le déconcentra.

Un bruit de pas étrange, irrégulier.

Deux pieds qui glissaient, et un troisième qui cognait.

Une canne !

Ossian.

Le vieil idéologue se tenait derrière lui.

— Monsieur de Castro, je peux vous parler ? En privé.

41

Kolmanskop, désert du Namib, Namibie

Le lieutenant Babou Diop se téléporta dans la première maison.

Le village de Kolmanskop en comptait une petite trentaine, toutes vides, espacées d'une vingtaine de mètres les unes des autres, la plupart sans portes ni fenêtres.

Un village fantôme.

Babou n'avait voulu prendre aucun risque. Après avoir quitté Chérif al Jabr, il avait envoyé un long rapport à Artem et Mi-Cha, puis récupéré le maximum de renseignements sur Kolmanskop, cette prison à ciel ouvert où Khan, en réalité Viktor Kapp, était censé être maintenu en résidence privée à perpétuité.

Le village de Kolmanskop, au cœur du désert du Namib, avait connu son heure de gloire il y a un peu moins de deux siècles, quand des colons allemands avaient découvert des diamants sous le sable. Le filon s'était ensuite tari, et la ville prospère, avec ses villas, son casino, son hôpital, avait été abandonnée au désert, aux lézards, aux springboks, aux éléphants et aux hyènes. Avant l'invention de la téléportation, le village était devenu un lieu de visite touristique insolite en Namibie, au sud-est de Kaokoland, la côte des Squelettes, baptisée ainsi en raison de ses courants marins impitoyables, et d'un vent éparpillant les poussières des cadavres de baleines, de requins ou de marins. Un des lieux les plus inhospitaliers sur la Terre ! Même si aujourd'hui, le sable du Namib, l'un des plus purs qu'on puisse trouver, entre fines particules d'os séchés et de diamants broyés, était téléporté dans le monde entier.

Babou ne repéra aucune trace de vie dans la première maison. Il devait être impossible pour quiconque de s'y cacher : une partie des murs avait été arrachée, laissant s'accumuler dans les pièces vides des vagues de sable qui ensevelissaient les restes de meubles, de baignoires, de chaises.

Babou progressait doucement, Llama XL au poing. Viktor Kapp ne se trouvait sans doute plus dans le village, mais le lieutenant restait sur ses gardes. Par mesure de sécurité, il avait enregistré sur son TPC la géolocalisation précise des vingt-huit bâtiments qui tenaient encore debout à Kolmanskop. Il pouvait se téléporter de l'un à l'autre d'un simple clic. Double assurance, une équipe de dix policiers du Bureau d'Investigation Criminelle était prête à surgir dans le village fantôme au moindre appel d'urgence du lieutenant.

Deuxième bâtiment.

Le plus grand. De l'ancien hôpital, il ne restait plus qu'une vaste pièce aux fenêtres béantes, donnant toutes sur des dunes semblables à celles sur lesquelles Babou progressait. À découvrir ces maisons noyées par une mer de sable, on aurait pu croire qu'elles avaient été téléportées ici, au cœur du désert, quatre murs et un toit posés sans plancher.

Trois nouvelles maisons. Babou les visitait par bonds successifs, braquant son pistolet chaque fois qu'il se réintégrait. Méfiant. Outre le tueur, il pouvait tomber sur une vipère, un scorpion ou n'importe quel prédateur.

Rien non plus ici. Pas même un lézard. Toute vie avait fui.

Encore quatre maisons. Puis cinq autres. Il ne trouva celle où Viktor Kapp avait été emprisonné qu'à la dix-septième :

une étrange prison sans porte ni fenêtre. La seule garantie, pour les juges de la Cour Internationale de Justice, que Kapp ne pourrait pas s'enfuir, reposait sur la désactivation de son TPC, et son exil au cœur d'un des déserts les plus dangereux du monde. On lui téléportait de l'eau et de la nourriture une fois par semaine. Viktor Kapp vivrait, vieillirait, mourrait ici.

Comment était-il parvenu à s'échapper ?

Il avait quitté Kolmanskop depuis plusieurs jours, peut-être plusieurs semaines. Babou détaillait avec dégoût le matelas sale posé tel un radeau sur le sol mouvant, les cadavres de bouteilles de plastique dispersés, les boîtes de conserve vides éparpillées, comme si Kapp, au fil des années, s'était contenté d'ensevelir ses déchets sous ses pieds, plutôt que de les détruire ou de les brûler. Babou poursuivit l'inspection de la prison. Un réchaud à gaz, des bassines rouillées avec lesquelles Kapp devait vraisemblablement se laver, allant récupérer l'eau à l'ancien puisard du village où toutes les bêtes du désert venaient s'abreuver, une table inclinée, instable dans le sable, quelques feuilles coincées sous une lourde pierre.

Babou saisit les papiers, les fourra dans sa poche, il les lirait plus tard.

Son intuition devenait certitude.

Viktor Kapp ne vivait plus ici.

Babou devait pourtant s'en assurer.

Il visita une à une les dernières maisons. S'attarda dans le casino, le plus grand des bâtiments après l'hôpital, parcourut une ancienne piste de bowling aux quilles toujours intactes, s'accouda à un bar en acajou qui émergeait d'une dune telle une figure de proue. Le contraste était saisissant entre le luxe des portes sculptées, les fresques aux murs, les moulures aux plafonds, et l'impression de désolation.

Un village fantôme, tout le confirmait. Était-il encore hanté ? À chaque nouveau bâtiment visité, Babou éprouvait une sensation de danger. Ce n'était sans doute dû qu'à l'ambiance glauque de Kolmanskop, mais il s'obligeait, seul dans le silence, à une extrême vigilance.

Vingt-sixième et vingt-septième maison. Les dernières. De simples villas dont il ne restait qu'un balcon effondré, une armoire et une baignoire. Babou avait fait le tour de tous les murs debout dans le village. Sans rien découvrir. Kapp s'était envolé. Sans laisser la moindre trace. Comment, désormais, le retrouver ?

Le lieutenant s'arrêta un moment pour réfléchir, observant les dunes qui ondulaient à l'infini. Kolmanskop lui aussi retournerait à la poussière et ne serait plus, dans quelques centaines d'années, qu'un tas de sable supplémentaire. Il fixa une dernière fois, avec mélancolie, les murs à moitié ensevelis, puis par réflexe, ou par acquit de conscience, par intuition peut-être, décida de se téléporter à nouveau dans certaines maisons ensablées, au hasard. Un ultime tour rapide, juste un coup d'œil avant de faire son rapport.

Il effectua un premier bond, vers la douzième maison. L'une des plus petites, l'une des seules à posséder encore des portes et des fenêtres closes, mais presque plus de plafond.

Babou se figea dès qu'il se réintégra.

Devant lui, dans le sable recouvrant le sol, il découvrait... des traces de pas.

Une intense décharge électrique sembla instantanément décupler la vigilance du lieutenant. Il releva la crosse de son Llama.

Des traces de pas.

Un instant, il espéra s'être effrayé de ses propres empreintes, laissées lors de son premier passage, mais il devait se rendre à l'évidence.

Ces traces de pas, fines, peu enfoncées, n'étaient pas les siennes.

Un autre homme s'était téléporté dans cette maison, quelques secondes après lui ! Un homme qui se cachait dans ce village désert et jouait au chat et à la souris.

Viktor Kapp. Qui d'autre ?

Babou se plaqua contre un des murs, celui depuis lequel on distinguait l'ensemble du bâtiment, et appuya sur son TPC. Dans une seconde, dix hommes du BIC boucleraient le village. Il faudrait cinq secondes de plus pour bloquer toute téléportation sur la zone, cela laisserait sans doute le temps à Viktor Kapp de s'échapper, mais Babou n'allait pas s'offrir un duel au soleil avec le tueur. Les visages d'Astou, de Filo, de Jof et d'Adama défilèrent à la vitesse de l'éclair devant ses yeux. Il pensait de plus en plus souvent à eux quand les missions devenaient dangereuses. Signe que c'était le moment pour lui de raccrocher.

Des gouttes de sueur perlaient sur son front.

Personne ! Personne n'avait répondu à son appel. Aucun renfort ne s'était téléporté.

Bordel, qu'est-ce qui se passait ?

Ne pas rester ici, réagit aussitôt le lieutenant. Babou cliqua sur son TPC pour se téléporter à quelques mètres du village.

Rien ne se produisit ! Pas le moindre mouvement.

— Par toutes les lunes de Neptune, jura le lieutenant.

Kapp l'avait coincé !

Immédiatement, le lieutenant retrouva de vieux réflexes, ceux des flics avant qu'existe la téléportation quantique : pistolet sans cesse en mouvement, pointé sur tous les angles de tir possibles, yeux et oreilles aux aguets, mouvements souples de chat.

Kapp ne l'aurait pas !

Babou réfléchissait à toute vitesse. Il commençait à connaître le mode opératoire du tueur, un technicien d'entretien particulièrement compétent en électronique. Si son

TPC ne fonctionnait plus, c'est donc que Kapp l'avait bloqué. Manuellement. Dans l'antenne la plus proche, peut-être à une centaine de kilomètres. Si Kapp était aussi doué que Chérif lui avait expliqué, personne ne s'apercevrait d'un tel sabotage.

Kapp l'avait repéré. Kapp lui avait tendu un piège.

Pour l'abattre lui aussi ? Comme ces Allemands de Tetamanu ? Comme Tane Prao ?

Babou, tous sens aiguisés, avait compris que Kapp pouvait surgir n'importe quand, de n'importe où, devant lui, dans son dos, sur le toit...

Tout en gardant son Llama pointé, Babou essaya de faire bouger la porte, les fenêtres. Impossible !

Coincées...

Coincé !

Kapp l'avait volontairement amené dans cette maison, raisonna le policier, l'une des seules qui ne soient pas ouvertes sur le désert. Pour qu'il ne puisse pas s'échapper ? *Mauvais calcul, mon vieux*, pensa le lieutenant. Dans cet espace comprimé, il disposait d'un avantage. Si Kapp se matérialisait devant lui, il tirerait le premier, que Kapp soit armé de son pistolet ou de son santoku. Trente ans à travailler au BIC, Babou ne se laisserait pas surprendre, même s'il sentait ses jambes trembler et une sueur poisseuse couler le long de ses bras. À moins que ce salaud ne veuille le laisser croupir dans cette prison ? C'était sûrement cela, analysa le lieutenant. Tout concordait. Kapp l'avait bloqué ici pour pouvoir tout nettoyer, et se tirer. Il repensa brièvement aux feuilles qu'il avait pliées dans sa poche.

Avait-il pris le tueur de vitesse ?

Il continua de braquer son Llama XL dans toutes les directions, en surveillant particulièrement le toit et ses poutres délabrées. Aucun homme n'aurait pu s'y tenir debout sans que tout s'écroule sous lui. Le lieutenant manipula encore son TPC.

Sans succès.

Combien de temps Kapp allait-il le retenir ici ? Peut-être ce tueur avait-il déjà filé à l'autre bout de la Terre. Babou s'efforçait de calmer les battements de son cœur, de prendre des appuis stables sur ses jambes. Si Kapp l'avait emprisonné dans cette maison sans issue, avant de s'enfuir, alors il ne craignait rien. Il avait signalé sa mission à Artem, à Mi-Cha, et à tout le Bureau d'Investigation Criminelle. Dans quelques minutes, sans nouvelles de lui, ils s'inquiéteraient, se pointeraient. Trop tard pour coincer cette ordure, mais...

Une poignée de grains de sable tombèrent sur le visage du lieutenant. Une fine pluie, qui s'arrêta presque aussitôt.

Babou pointa son pistolet au-dessus de lui. Il n'apercevait personne entre les poutres ouvertes sur le ciel. Il ne parvenait plus cette fois à contrôler l'affolement de son cœur, ni les gouttes de sueur qui trempaient la crosse du Llama. Seules ses jambes tenaient encore.

Il attendit quelques secondes supplémentaires, tous sens à l'affût, avant qu'une voix surgisse dans le silence du désert. Elle ne provenait pas du toit, mais de l'autre côté du mur, dans la rue.

— Vous vous êtes approché trop près de la vérité, lieutenant.

Kapp !

Babou pressa huit doigts contre la crosse de son arme, les deux index croisés sur la détente.

Gagner du temps, pensa-t-il.

— Je crains que vous ne restiez un moment ici, lieutenant. Quand on ne bloque qu'un seul TPC, sur un périmètre de moins d'un kilomètre, dans le transformateur électronique d'une toute petite antenne d'un désert, il faut un sacré moment avant que PANGAÏA s'aperçoive de cette anomalie.

Gagner du temps ! continuait de marteler Babou dans sa tête. Dans quelques minutes, la cavalerie se téléporterait.

— Rassurez-vous, vos amis viendront vous sortir de là.

Merde, pesta Babou. Kapp n'était pas idiot, il ne se laisserait pas piéger. Il allait se tirer. Nom du ciel, il était si près de l'avoir coincé !

— Mais vous devrez attendre un peu, vous vous doutez que j'ai sécurisé la zone, en interdisant toute téléportation humaine, à l'exception bien entendu de la mienne. Là encore, tout redeviendra normal avant que quelqu'un s'aperçoive de la panne. Pas grand monde n'utilise la téléportation dans ce coin de désert, je peux en témoigner, depuis des années. Vous ne dites rien, lieutenant ?

Non, Babou, collé au mur, arme braquée, ne disait rien. Pour obliger Kapp à parler, encore et encore. Le Bureau d'Investigation Criminelle était au taquet. La manipulation électronique de Kapp, malgré ce qu'il prétendait, pouvait avoir été repérée, par Mi-Cha ou n'importe quel autre génie du service informatique. Kapp était trop sûr de lui.

— Tant pis, je vais poursuivre seul mon petit exposé, lieutenant Diop. Comme je vous le disais, j'ai interrompu toute possibilité de téléportation humaine autour de ce charmant village où j'ai passé trente années de ma vie. J'avoue que l'idée qu'un autre que moi puisse y être emprisonné me séduit assez. Mais je ne suis pas un monstre, lieutenant, je ne vais pas ennuyer de braves Terriens qui n'ont rien à voir avec notre histoire, et je n'ai pas arrêté sur cette zone les téléportations industrielles.

Une alerte venait de se déclencher dans le cerveau de Babou. *Une téléportation industrielle ?* Il ne comprenait plus. Où ce salaud voulait-il en venir ?

— Ce serait une petite catastrophe économique de bloquer tout ce trafic, on téléporte du sable du désert du Namib dans le monde entier. Le monde s'agrandit, on construit, c'est la vie...

Les jambes de Babou n'avaient jamais autant tremblé. Il n'aimait pas le tournant que prenait la conversation, et encore moins la voix sadique du tueur. Son Llama XL, humide entre ses doigts, lui parut soudain une arme dérisoire.

— Je vous dis au revoir, lieutenant. Je crois que vous avez déjà compris. Si n'importe quel crétin de technicien est capable de téléporter des milliers de tonnes de sable du Namib à des dizaines de milliers de kilomètres, pour construire une plage à Bora-Bora ou à Sumatra, vous vous doutez que je suis capable d'en déplacer une tonne ou deux, sur dix ou vingt mètres.

— Non ! hurla Babou.

Au-dessus de lui, le ciel s'obscurcit, un instant, puis le plafond s'ouvrit. Les poutres se déchirèrent sous le déluge de sable qui se déversa. Des millions de grains basculèrent, plus puissants, plus lourds qu'un torrent en crue.

L'avalanche ne dura que quelques secondes, quelques secondes pendant lesquelles les mains de Babou crurent toucher une dernière fois la peau dorée d'Astou, avant que le sable ne les abrase ; ses oreilles entendre les rires de Jof et Adama, avant que le sable ne les obstrue ; sa bouche embrasser le front chaud de Filo avant que le sable ne l'emplisse ; son cœur battre une dernière fois pour tous ceux qu'il aimait, avant que le sable ne l'écrase.

42

Falaises du Syr-Daria, Kazakhstan

— Je vous écoute.

— Plus loin, un peu plus loin, marchons.

Ossian avança lentement sur ses deux jambes fatiguées, aidé de sa canne, longeant la rivière qui serpentait dans la montagne entre les deux falaises. Chaque pierre était un obstacle sur lequel il pouvait rouler à tout moment. Il avançait pourtant, déterminé. Lilio lui emboîta le pas. En silence. Attendant que l'idéologue se lance.

Les dernières paroles de Cléo tournaient en boucle dans sa tête : *et si quelques-uns des assignés dérapent, tirent dans le tas, se font sauter au milieu de la foule.* Dans son plan parfaitement agencé, bizarrement, il n'avait pas anticipé cette terrifiante possibilité... Il était maintenant trop tard pour reculer. Il avait dévoilé son trésor aux assignés : ces centaines de TPC, entassés dans son sac. Même s'il refusait de leur confier, rien ne les empêcherait de se servir.

Quelle autre issue lui restait-il ? Les détruire ? Lilio baissa les yeux vers l'eau glacée qui courait entre les rochers. Il lui aurait suffi de balancer son sac dans le torrent, et tout aurait été terminé. Il ne fit rien et continua de suivre Ossian.

La lueur de la lune éclairait les dernières habitations troglodytes. Lorsqu'ils furent suffisamment éloignés, le vieil idéologue s'arrêta et prit enfin la parole.

— Je voulais d'abord vous remercier, monsieur de Castro. Vous avez été le seul journaliste, parmi tous ceux qui possèdent un peu d'influence, à publier un compte rendu de *Droit du sang*.

Lilio se souvenait. C'était une critique sans complaisance. Comme toujours, il avait préféré informer les lecteurs de l'*Independiente Planet* plutôt que de faire comme si ce livre n'existait pas. L'essai politique d'Ossian avait beau être officiellement interdit, des versions pirates circulaient un peu partout. Dans son compte rendu, Lilio avait essayé d'attirer l'attention sur ce qu'il avait cru lire entre les lignes : un appel à ce que d'autres avaient qualifié, bien avant Ossian, de choc des civilisations. L'idée que les progrès de l'humanité ne pouvaient s'opérer que par une émulation mortifère entre les empires, entre les grandes religions, entre les aires d'influence linguistique : guerres, colonisations, génocides. C'était selon Ossian le seul moteur du monde, une civilisation remplaçait l'autre. Quand un empire déclinait, un autre, plus neuf, plus créatif, le remplaçait. Mais au-delà de cette théorie sordide, justifiant les pires massacres qu'avait connus l'humanité, Lilio s'était attaché à démontrer à quel point l'idéologie d'Ossian lui semblait inspirée par une profonde névrose, une folie morbide, par la paranoïa maladive d'un génie en mal de reconnaissance. Il avait consacré un long paragraphe à la carrière politique avortée d'Ossian, sa rivalité avec Galiléo Nemrod, la chute progressive de sa cote de popularité dans l'Ekklesia, jusqu'à ne plus représenter que lui-même. Et s'il avait fini par être exilé avec les autres prisonniers politiques, la plupart des nationalistes sincères se méfiaient eux aussi de lui, il l'avait clairement ressenti.

— Ce n'était pas un compte rendu très élogieux, tempéra Lilio.

La lune était tombée dans le torrent et, entraînée par le courant, rebondissait de pierre en pierre.

— Bien au contraire, monsieur de Castro. Votre prose était tellement injurieuse qu'un nombre incalculable de lecteurs ont voulu se procurer ce livre. Je ne vous remercierai jamais assez.

Lilio n'aimait pas la façon dont Ossian maniait l'ironie. Il n'aimait pas se promener ainsi avec lui, en pleine nuit.

— Venez-en aux faits, Ossian. Qu'avez-vous à me dire ? J'ai peu dormi les nuits dernières. La journée de demain sera longue, entre les manifestations des assignés et la cérémonie du centenaire. Je dois me reposer...

Ossian s'arrêta, laissa tremper le bout de sa canne dans la rivière, en déviant légèrement le flux.

— Justement, monsieur de Castro. Parlez-moi de cette cérémonie du centenaire. Cette Nouvelle Babel. Ce bon vieux Galiléo a toujours eu des idées étonnantes. Les informations fiables sont rares à nous parvenir jusqu'ici.

Voilà où Ossian voulait en venir... la Nouvelle Babel.

Lilio répondit avec le plus de fermeté possible.

— J'ai déjà tout dit à l'assemblée. Tout ce que je sais. C'est-à-dire rien de plus que ce qu'en connaît chaque habitant sur cette planète.

Ossian toussa. L'idéologue paraissait fatigué, voûté, mais ce n'était peut-être qu'une feinte, pour inspirer une forme de pitié. Il avait l'âge de Nemrod : un président en parfaite santé.

— Savez-vous, monsieur de Castro, qu'avant de me lancer dans la politique au sein du Congrès Mondial, j'étais ingénieur, comme Galiléo Nemrod, comme tous ceux de notre génération. Le pouvoir appartenait aux savants ! Est-ce aujourd'hui véritablement différent ? C'est de détails techniques que j'aimerais vous parler. Le principe de la Nouvelle Babel, que l'humanité entière s'entasse sur un caillou de l'Atlantique, pourquoi pas, si ce bon vieux Galiléo y croit. Mais cela suppose une intendance assez considérable, des capacités d'accueil à anticiper, une énergie sans précédent à déployer, des règles précises de sécurité...

— Je ne sais rien de plus, coupa Lilio. Désolé !

Ossian enfonça plus profondément sa canne dans la rivière. Il semblait tracer dans l'eau des signes cabalistiques que lui seul comprenait. Il fut traversé d'un bref rire qui se transforma en une lente toux qu'il peina à contrôler.

— Que c'est flatteur, monsieur de Castro. Vous vous méfiez. Vous vous méfiez de moi ! C'est trop d'honneur, vraiment. Un vieillard impotent, isolé, mis en minorité par ses propres partisans. Un tribun qu'on laisse radoter. Ne soyez pas inquiet.

Lilio ne répondit rien. Ossian avait trop d'estime de lui-même pour que cet acte de contrition soit sincère. D'ailleurs, l'idéologue continua.

— Vous l'êtes, pourtant, n'est-ce pas, monsieur de Castro ? Inquiet, et pas à cause de moi ! Vous allez armer des Terriens que les forces de l'ordre de notre bonne vieille planète ont pris tant de soin à neutraliser. Vous vous demandez si vous n'avez pas commis la pire sottise de votre jeune vie. Alors écoutez-moi, Lilio, cette petite promenade nocturne va au moins servir à vous rassurer : plus personne aujourd'hui n'est capable de mourir pour la patrie, et encore moins de se faire exploser pour une cause qu'il juge plus importante que sa vie. Ce serait aussi ridicule que de demander à des jeunes gens de prendre un fusil pour éviter qu'on modifie les frontières de leur pays. Ce genre de sacrifice est fini. Galiléo Nemrod a gagné, tout ce qui n'appartient pas à quelqu'un appartient à tous les Terriens. Quelle formule implacable ! Qu'y a-t-il encore à défendre, aujourd'hui, à part sa propre peau ? Une Terre, un peuple, une langue, et dix milliards d'abrutis ! Oh, les êtres humains n'étaient pas moins abrutis avant, mais quelque chose les dépassait, et tout à la fois les rassemblait, une spiritualité, un destin commun, un passé. Nous sommes devenus des fourmis, monsieur de Castro, des insectes qui s'agitent, naissent, vivent, meurent, pour rien.

Lilio s'impatienta. Il avait parlé de sa fatigue pour se débarrasser de ce vieux fou, mais pas seulement, il était réellement épuisé.

— J'ai lu votre livre, Ossian. Je connais votre théorie. Vous avez raison. Je suis rassuré, les assignés ne représentent aucun danger. Je vais me couch...

— La Terre n'est plus qu'une termitière, continuait Ossian comme s'il ne l'avait pas écouté. Chaque Terrien se fiche de ce que le monde a été avant lui, et de ce qu'il sera après. Seul compte l'immédiateté. L'immédiateté et l'ubiquité. Le temps et l'espace ont été abolis, savez-vous ce que cela signifie ? La fin de l'histoire, tout simplement. La Terre entière s'est moquée du déclin de mes idées dans l'Ekklesia, tout le monde pense que j'ai échoué, mais comment aurais-je pu lutter contre la lente agonie de l'humanité ?

Il leva les yeux vers la lune, si ronde et lumineuse dans la nuit kazakhe qu'on pouvait distinguer les taches sombres de ses cratères.

— Je crois, ajouta-t-il, qu'il est temps d'abréger ses souffrances...

Lilio leva également les yeux, sans comprendre.

— Après tout, ce ne sera qu'une étoile qui s'éteint, il y en a d'autres.

Le journaliste fixait toujours la voûte céleste, perturbé par la prophétie d'Ossian.

La douleur fracassa sa raison.

Il comprit, une fraction de seconde trop tard, que la canne d'Ossian venait de s'abattre sur son crâne. Il tenta de recoller ses pensées éparpillées, pour au moins que son cerveau puisse ordonner un geste, un mouvement de défense, une tentative de fuite. La canne le frappa une seconde fois.

Il s'écroula.

Ossian écouta de longues secondes le silence de la nuit, pour être certain que personne n'ait rien entendu. Il tira, autant qu'il le put, le corps inanimé du journaliste, le plus à l'écart possible de la rivière. Il ne voulait pas que cet idiot se noie. Il pourrait encore avoir besoin de lui.

Il se pencha, ouvrit le sac qui pendait au dos de De Castro, fouilla et, au hasard, choisit un TPC. Il se contenta de le glisser dans sa poche, sans l'accrocher à son poignet. Il était conscient qu'il lui faudrait des heures et des heures de marche pour rejoindre sa nouvelle destination. Comment l'appeler ? La Nouvelle Sodome ? Dans son état de fatigue, il n'était pas certain d'y parvenir. Mais quitter le Kazakhstan, puis utiliser ce TPC sitôt la frontière passée, aurait été le moyen le plus sûr de se faire repérer. Les ingénieurs de PANGAÏA devaient traquer tout mouvement inhabituel dans les alentours. Ce TPC clandestin ne lui servirait que quand tout serait terminé.

Cette nuit, il irait à pied. Il y arriverait. Peut-être même avant que le soleil soit levé.

Nemrod avait commis une erreur. Sa seule erreur. L'exiler, lui, Ossian, aussi près.

À moins de cinquante kilomètres de la Nouvelle Sodome.

PARTIE IV
MONDES NOUVEAUX

Nul ne peut être déplacé contre son gré.

Article 4, Constitution mondiale du 29 mai 2058

43

Désert d'Aralkum, Kazakhstan

— Mi-Cha, tu as des nouvelles de Babou ?
— Aucune.
— Merde !

Le commandant Artem Akinis prit un instant de réflexion et fit signe à ses hommes d'avancer sans lui. Le commando fouillait systématiquement chaque vallée, flanc ou sommet des monts Mougodjar, au nord du désert d'Aralkum. Les chances de retrouver les fugitifs étaient infimes mais ils n'avaient pas d'autres solutions que d'explorer l'immense territoire en se téléportant tous les cent mètres, selon un quadrillage précis, à la recherche de n'importe quel indice, avec la prudence d'une armée de libération en territoire occupé, bénéficiant toutefois de l'avantage de pouvoir disparaître au moindre coup fourré.

Artem observa l'infinie étendue rase et sèche de la steppe qu'ils venaient de quitter. Les canyons désertiques s'ouvraient devant eux comme autant de chemins possibles dans une montagne labyrinthique. Puis il reprit la conversation téléphonique avec son adjointe. Il avait préféré ne pas se rendre au siège de PANGAÏA et laisser seules Mi-Cha et la fille de Nemrod. Étrangement, il sentait qu'il devait respecter leur complicité. Il poursuivit d'un ton inquiet.

— Ça fait presque une heure qu'il s'est téléporté à Kolmanskop ! Sans nous passer le moindre appel. Mi-Cha, tu le localises dans PANGAÏA. Je n'aime pas du tout ça.

La jeune Coréenne hésita à prononcer des mots rassurants. Babou était un flic solitaire, solitaire et expérimenté, il ne fallait pas paniquer...

Sauf qu'elle pensait tout le contraire.

Elle était tout aussi inquiète qu'Artem, inquiète comme jamais.

— Je m'y mets. Tout de suite. Avec Pangaïa. Ne... Ne t'en fais pas.

Artem raccrocha.

Mi-Cha se tourna vers Pangaïa, dissimulant difficilement sa nervosité.

— Babou, prononça-t-elle en tremblant. Lieutenant Babou Diop. Localise-le, je t'en prie.

Pangaïa agita ses doigts à la vitesse de l'éclair. Des chiffres défilèrent sur l'écran. Monking, surpris par cette subite agitation, sauta de l'épaule de l'ingénieure et se retrouva à terre à quelques centimètres de Darn Cat qui siffla, dos hérissé, figé en position de karatéka.

Les deux filles ne prêtèrent aucune attention aux deux animaux.

— Je l'ai, fit Pangaïa. Babou Diop. TPC 2048-1-29974. Coordonnées 26° 42′ 00″ sud, 15° 13′ 59″ est. Kolmanskop, désert du Namib.

Mi-Cha poussa un soupir de soulagement. Babou était toujours en train de fouiller ce foutu village fantôme. Pourquoi ce vieil ermite n'avait-il pas appelé ? Elle avait beau souvent se chamailler avec ce dinosaure incapable d'admettre que le monde avait changé, en mieux, il représentait pour elle une figure presque paternelle. Babou et Artem. Les deux hommes de sa vie. L'un aurait pu être son père. L'autre son...

— Il y a un problème ! cria Pangaïa à côté d'elle.

— Quoi ?

— Il ne bouge pas !

— Comment ça, il ne bouge pas ?

— Les données des TPC sont ultraprécises. Je peux localiser un Terrien au millimètre près si je veux. Quelqu'un qui porte un TPC bouge forcément, respire au moins, même s'il ne fait rien, même s'il dort. Le géoréférencement d'un TPC est capable de m'indiquer le moindre battement de cœur.

Un souffle glacé s'empara de Mi-Cha, comme si quelqu'un avait ouvert une porte donnant sur l'Antarctique.

— Il... bafouilla Mi-Cha, il a peut-être posé quelque part son TPC. Il déteste ces trucs-là. Il...

Des larmes perlaient aux coins des yeux de la jeune policière, Pangaïa les regarda briller, souffrant tant de ne pas pouvoir les essuyer. Elle se contenta d'offrir à Mi-Cha un regard d'une douceur infinie.

— Je vais le ramener, murmura Pangaïa.

Les larmes creusaient les quatre couches de fond de teint blanc de Mi-Cha.

— Tu... Tu vas quoi ?

— Le ramener. Ici.

— Son... son TPC ?

— Non. Lui. S'il porte toujours son TPC au poignet.

Mi-Cha renifla.

— Tu... tu ne peux pas. C'est... c'est impossible... On ne peut pas téléporter quelqu'un s'il ne l'a pas décidé. C'est... c'est interdit...

— C'est interdit, c'est vrai, répondit calmement Pangaïa. Mais ce n'est pas impossible.

— Parce que tu penses... que Babou est mort ?

Les larmes redoublèrent sur les joues de Mi-Cha.

— Non, s'empressa de préciser Pangaïa. Je peux déplacer un être vivant aussi.

Mi-Cha repensait à la Constitution de 2058. L'article 4. *Nul ne peut être déplacé contre son gré.*

— Tu... Tu pourrais déplacer quelqu'un là où il n'a pas envie d'aller... Si tu voulais ?

— Pas seulement quelqu'un, avoua Pangaïa (il y avait presque une lueur de fierté dans le fond de ses yeux). Je peux déplacer l'humanité entière, dix milliards d'habitants, d'une seule ligne de code, si je veux.

Mi-Cha ne répondit pas. Elle se contenta de fixer sur l'écran les coordonnées géographiques du TPC de Babou.

26° 42′ 00″ sud. 15° 13′ 59″ est.

Toujours les mêmes.

Pas un chiffre, pas même un millionième de millimètre, n'avait changé. Elle crispa sa main sur le bras de Pangaïa.

— Ramène-le, supplia-t-elle. Ramène-le.

Monastère Taung Kalat, mont Popa, Birmanie

Le corps de Babou reposait au pied des statues de Thagyamin et de Mahagiri. Le téléporter jusqu'au temple Taung Kalat du mont Popa n'avait pris qu'une seconde. Des grains emportés avec lui du désert du Namib continuaient de s'écouler lentement, de son visage, d'entre ses doigts, d'entre ses jambes.

Babou ne saignait pas. Il perdait du sable, comme s'il n'était constitué que de poussières, et que son corps entier allait s'écouler en une flaque de terre claire que le vent ou un coup de balai suffirait à disperser.

Artem était penché au-dessus de lui. Il s'était immédiatement téléporté du Kazakhstan. D'un revers de sa main, avec délicatesse, il essuyait le visage de Babou, pour que plus aucun grain de sable ne vienne blanchir son visage noir.

Pour qu'il soit beau, le plus beau possible, un roc, ce roc qu'il avait toujours été, tout l'inverse de ces dunes qui grossissaient sous ses pieds. Pour qu'il soit toujours le même colosse indestructible quand Artem irait accompagner son corps à Saint-Louis ; quand il devrait annoncer la foudroyante nouvelle à Astou, à Adama, à Jof et Filo. Babou, son vieux frère, le plus sage d'entre eux, s'était téléporté au-delà de l'univers. Kapp payerait, il se le jurait.

Mi-Cha se tenait debout derrière lui. Darn Cat, les poils maculés de mascara, était blotti contre son visage, supportant docilement les ongles que sa maîtresse enfonçait dans sa chair.

Pangaïa n'avait pu que tourner son siège. Elle observait les trois policiers. L'une debout, l'un accroupi, le dernier allongé. Mort. Étouffé.

Son seul pouvoir dans cette histoire, sa seule utilité, avait consisté à déplacer un cadavre. Un travail de croque-mort !

— Aidez-moi, Pangaïa, demanda doucement Artem. Aidez-moi. Je dois aller à Saint-Louis. Je dois parler à sa femme. Puis je vous demanderai d'envoyer le corps là-bas, chez lui, sur son lit.

Pangaïa hocha la tête. Elle pouvait faire ça. Puisque aucune autre personne, même la veuve d'un policier mort en service, ne pouvait pénétrer au siège de PANGAÏA.

Artem hésitait sur les mots qu'il prononcerait devant Astou. Que dire ? Qu'il le vengerait. Que Babou était mort en héros. Qu'elle pouvait être fière. Que ses enfants devaient comprendre l'importance de la dernière mission de leur père ? Conneries, tout ça !

Ce qui faisait le plus enrager Artem était que Babou était mort pour rien. Viktor Kapp s'était envolé. Aucune trace du tueur. Comment un flic aussi doué que Babou pouvait-il être tombé sans avoir déniché le moindre indice, sans le moindre fait d'armes qui rende héroïque son sacrifice ?

Le commandant n'arrivait pas à y croire. Il se redressa soudain et s'adressa à Mi-Cha.

— Tu l'as fouillé ?

Mi-Cha secoua négativement la tête. Sa question était stupide, d'ailleurs, Artem s'était téléporté dans la seconde où le corps de Babou avait été ramené de Kolmanskop. Avec précaution, paraissant demander pardon à son vieux compagnon, Artem se pencha et glissa ses doigts dans les poches de la veste du policier étendu. Rien. Puis dans celles de son pantalon. Toujours rien. Il fit glisser d'un quart le corps sur le côté, pour vérifier les poches arrière.

Des feuilles de papier dépassaient.

Une chaleur enveloppa le cœur du commandant. Il eut envie de serrer Babou dans ses bras, comme s'il était encore un peu vivant, comme s'il venait de leur jouer un dernier tour.

Il déplia les feuilles. Mi-Cha s'était penchée à ses côtés, Pangaïa les regardait de loin, sans pouvoir déchiffrer les papiers qu'ils dépliaient.

Trois feuilles colorées, dessinées, annotées à la main, sans doute par Viktor Kapp.

— Tu as déjà vu ça ? demanda Mi-Cha.

Elle scrutait en plissant les yeux les à-plats de bleu et de vert, les courbes ocre, les lignes rouges.

— Ce sont des cartes, répondit Artem. Des cartes anciennes.

Mi-Cha se mordit la lèvre. Bien entendu, elle était stupide de ne pas y avoir pensé, elle en avait déjà vu, petite, dans des musées.

La première, presque intégralement bleue, représentait l'atoll de Tetamanu. Khan avait tracé un parcours précis dans la mer, le plus droit possible mais évitant les différents récifs, fréquents dans le lagon.

La seconde, blanche et rayée de courbes bleues, représentait les glaciers du Cachemire. Le téléphérique de Gulmarg y était indiqué par un simple trait noir. Kapp l'avait entouré d'un cercle rouge, puis avait dessiné précisément la marche à suivre pour atteindre le Khyber Himalayan Resort, un petit carré noir sur la feuille.

Artem déplia la troisième carte.

Elle faillit lui glisser des mains.

Elle était entièrement verte, seuls quelques cercles sombres émergeaient. Des montagnes, des pics, dans la jungle. L'un d'eux était entouré. En rouge lui aussi.

Mont Popa.

Le nom le plus proche était souligné.

Monastère Taung Kalat.

Ici !

Galiléo Nemrod tenait la carte de la jungle birmane entre ses mains. Incrédule. Il passait et repassait son doigt sur le cercle rouge, tracé au feutre, entourant le mont Popa tout en marmonnant des mots incompréhensibles dans sa barbe.

Artem l'avait prévenu aussitôt après avoir déplié la troisième carte.

— Nous avons un problème, président...

Galiléo Nemrod réfléchissait, sa main se crispait sur la feuille de papier, semblant hésiter à la broyer puis la jeter dans le téléportateur de déchets. Depuis qu'il était arrivé, quelques minutes à peine, il n'avait pas jeté un regard au corps allongé de Babou. À son échelle, celle de la défense des dix milliards de Terriens, un mort comptait pour rien.

C'est ce que pensait Artem, avant qu'il ne réalise qu'il se trompait.

Galiléo Nemrod s'approcha de Pangaïa, posa une main sur son épaule.

Un mort, un seul, pouvait compter aux yeux du président... s'il s'agissait de sa fille !

Nemrod avait évidemment conscience de ce que cette carte signifiait : Viktor Kapp projetait de venir ici, sur le mont Popa, sa troisième destination après l'atoll de Tetamanu et le Khyber Himalayan Resort. De quoi Nemrod avait-il le plus peur ?

Qu'un terroriste pirate le cœur informatique de la base de données PANGAÏA ? Ou qu'il s'en prenne à sa fille ?

Le président se baissa un peu pour que Pangaïa puisse, en faisant pivoter son siège, blottir son visage contre son torse. Monking, jaloux, n'osa pas s'en prendre au vieil homme, mais partit précipitamment se percher à l'autre bout de la pièce sur la couronne dorée de la statue de Thagyamin. Darn Cat, perché en équilibre au creux des bras de Mintara, plissa les yeux, indifférent.

Nemrod prit enfin le temps d'analyser la situation, laissa traîner pour la première fois son regard sur le corps allongé de Babou, le sable dispersé, les statues des Grands Nats birmans, le singe et le chat, la capitaine Mi-Cha, pour terminer par Artem. Son regard n'avait plus rien à voir avec celui du grand-père rassurant qu'il offrait à chaque interview télévisée aux citoyens du monde entier. Il était celui, dur et cassant, d'un dirigeant intransigeant.

— Décidément, commandant Akinis, vous... vous et vos hommes avez toujours un lieu de retard. Cela devient préoccupant. Vous teniez ce journaliste dissident, Lilio de Castro, qui emportait avec lui rien de moins que plusieurs centaines de TPC clandestins, pour les porter à une poignée de terroristes parmi les plus dangereux sur cette planète, et vous le laissez s'échapper... À cheval ! À cheval, commandant Akinis ! Si la situation n'était pas aussi dramatique, elle en serait risible. Tout comme vous avez laissé filer ce tueur, appelons-le Kapp, ou Khan si vous voulez, sur les pentes de l'Himalaya, devant le repaire de ce Tane Prao, alors que vous disposiez d'un commando de plus de trente hommes pour l'appréhender. Si vous l'aviez arrêté, commandant, si vous l'aviez neutralisé, votre collègue serait encore vivant. Et nous ne serions pas en train de nous demander si le cerveau de cette planète, garantissant à chacun la liberté de se déplacer, peut être touché.

Artem baissait la tête docilement. Les reproches n'étaient pas infondés. Il aurait pu sauver Babou. Il...

— Président, lança soudain Mi-Cha.

Son visage, habituellement poudré et maquillé, était strié de larmes noires qui la faisaient davantage ressembler à une guerrière aborigène qu'à une fashion victim coréenne.

— Président, répéta Mi-Cha, le lieutenant Babou Diop est tombé, en mission, pour vous apporter cette carte. Il a identifié le tueur. Seul. Il a établi avec précision son mode opératoire. Il a découvert sa prochaine cible. Il est mort en martyr et personne n'a jamais fait autant que lui pour protéger l'humanité. Il a donné sa vie, et vous savez très bien que le commandant Akinis, tout comme ses hommes, tout comme moi, sommes prêts à donner la nôtre.

Nemrod dévisagea la capitaine coréenne avec admiration. Il se redressa, sans remarquer que derrière lui, Pangaïa souriait de l'audace de sa nouvelle amie. Le président adopta une posture solennelle.

— Il y aura un temps pour les honneurs, capitaine Kim, je l'espère (il lissa longuement sa barbe avant de continuer).

Mais on ne remet les médailles qu'après la guerre. Je vais être tout à fait clair. Commandant Akinis, en ce moment même, des centaines de dissidents politiques se promènent dans le Kazakhstan avec un TPC impossible à identifier au poignet, et préparent sans doute une attaque terroriste sans précédent. Vous avez tous les pouvoirs, en coordination avec l'Organisation Militaire Mondiale, pour les arrêter (le président avança d'un pas, pour se positionner exactement entre Mi-Cha et Pangaïa). Capitaine Kim, ma fille semble avoir toute confiance en vous. C'est rare et précieux. La sécurité autour du mont Popa sera bien entendu renfor- cée, la zone sera interdite à toute téléportation sur des dizaines de kilomètres, chaque antenne sera protégée et des milliers d'hommes surveilleront le site. Aucun homme, même cc Viktor Kapp, ne pourra s'introduire au cœur de PANGAÏA. Néanmoins, vous resterez dans cette pièce, pour assurer la sécurité de ma fille, au cas où malgré toutes nos précautions, ce tueur parviendrait tout de même à se glisser jusqu'ici.

Personne ne répondit. Qu'y avait-il à répondre ? Les ordres de Galiléo Nemrod étaient cohérents, logiques, précis. Il se rapprocha de sa fille.

— Il nous reste moins de vingt-quatre heures, conclut le président. Vingt-quatre heures avant la Nouvelle Babel, c'est-à-dire avant que la quasi-totalité de l'humanité se tasse sur une petite île de l'Atlantique. Aujourd'hui, encore 61 % des Terriens qui s'expriment sur l'Ekklesia sont favorables à cette commémoration, mais ils ignorent tout de la menace qui pèse sur eux. Il est bien évident que si, pendant les vingt-quatre heures qui viennent, ni Viktor Kapp, ni ces terroristes assignés n'étaient arrêtés, je devrais en informer l'opinion mondiale, et qu'en conséquence, la Nouvelle Babel serait immédiatement stoppée.

Cohérent, logique, précis, pensa Artem... avant que Pangaïa, les yeux levés vers son père, ne prenne la parole pour la première fois.

— N'annule pas. Je contrôlerai tout. S'il te plaît, n'annule pas !

Nemrod broya la carte de Kapp entre ses doigts, alors que son autre main caressait l'épaule de sa fille.

— Ce n'est pas moi qui déciderai d'annuler ou non cette cérémonie. Ni toi. Nous devrons simplement révéler la vérité à l'Ekklesia. Ensuite ce sera à chacun, chaque Terrien, de décider de son destin.

Nemrod était reparti siéger au Congrès Mondial, tout en supervisant les travaux de la Nouvelle Babel sur Tristan da Cunha, inaugurer un hôpital à Madagascar, saluer les pompiers de Toronto qui venaient de sauver une forêt dans l'Ontario, bref aider le monde à tourner rond.

Artem et Mi-Cha se recueillirent quelques instants, debout devant le corps de Babou, avant que le commandant ne serre longuement son adjointe contre lui.

Elle aurait aimé que cette accolade dure une éternité... Trois secondes, en réalité.

Artem devait se téléporter à Saint-Louis. Avec le corps de Babou. En dépit de l'urgence sur tous les fronts, il avait choisi de consacrer le temps qu'il faudrait à Astou et ses enfants. Au Kazakhstan, Nocera et tous ses hommes ratissaient toujours le terrain. Ils le tiendraient au courant s'ils découvraient une piste.

— Je dois y aller, fit Artem. Fais attention à toi, je ne veux pas te perdre.

Il disparut. Les bras de Mi-Cha n'enlaçaient plus que le vide. Un fantôme. Un fantasme. La téléportation était la plus cruelle de toutes les inventions. Darn Cat, comme s'il avait compris, sauta dans ses bras.

Pangaïa et Mi-Cha se retrouvaient à nouveau seules, dans l'ancien temple birman reconverti en siège informatique.

— Il va venir, fit Pangaïa d'une voix douce. Papa peut bien poster mille hommes pour me protéger, Viktor Kapp va réussir à entrer ici. Tu ne crois pas ?

— Si...

Inexplicablement, Mi-Cha pensait la même chose. Ce type était insaisissable. Un fantôme, lui aussi. Aucune barrière de sécurité ne lui résisterait.

— Je ne pourrai pas me défendre, continua Pangaïa. Toi seule pourras me protéger.

Les doigts de l'informaticienne s'agitaient, non pas de leur mouvement habituel et perpétuel, mais en désordre, saisis d'un tremblement. D'ailleurs, son corps entier semblait secoué de spasmes, qu'elle avait vraisemblablement retenus devant son père, et qu'elle ne parvenait plus à maîtriser.

— Je... Je n'ai que toi, répéta Pangaïa.

Le regard de la capitaine soutint de longues secondes celui de la jeune femme rivée à son siège, un regard brûlant, implorant, puis glissa sur la boîte de cachets bleus, dissimulée derrière deux tortues.

— Je te protégerai, affirma Mi-Cha en caressant doucement son épaule. Ne crains rien.

Elle jeta un coup d'œil panoramique sur la pièce, Monking, Darn Cat, les trente-sept Nats birmans. Malgré toute son assurance, Mi-Cha savait que si Kapp parvenait à pénétrer jusqu'ici, elle n'aurait aucune chance. Ce tueur avait toujours eu un coup d'avance. Il avait piégé Babou, un flic bien plus expérimenté qu'elle. Elle devait trouver une idée. Ruser.

L'attendre sur son terrain, celui de la téléportation, c'était s'offrir à lui mains et pieds liés.

Le regard de la capitaine coréenne s'attarda sur les visages de porcelaine des statues royales birmanes.

Elle ignorait par quel prodige Kapp pourrait s'introduire jusqu'ici, alors que la zone était taboue et que des centaines de gardes surveillaient l'entrée, mais elle devait anticiper la possibilité qu'il y parvienne. Et imaginer un moyen de dérégler son plan si parfaitement agencé. Le surprendre !

Les statues birmanes... Leurs habits de princes et de princesses, leur regard fixe, leurs traits dessinés au pinceau... Une idée, folle, venait de germer.

Le terrain de jeu de Khan était celui de l'hypermobilité.

Insaisissable, partout et nulle part à la fois.

Jamais il ne se douterait qu'on puisse l'attendre sur le terrain inverse.

Celui de l'immobilité !

44

Siège de l'Organisation Mondiale des Déplacements,
île de Manhattan, New York

Au sein de l'Organisation Mondiale des Déplacements, le Service de Vérification Géographique des Reliefs, Cours d'Eaux, Littoraux et Rivages Lacustres, sous-division du Service Cartographique, était composé d'un directeur et de deux chargés de mission, accompagnés de façon éphémère par quelques stagiaires. Un tout petit service, en comparaison de celui de l'urbanisme composé de plus de soixante-dix salariés.

Le travail du SVGRCELRL consistait à observer les évolutions terrestres, maritimes et fluviales susceptibles d'engendrer des modifications géographiques dans la base de données PANGAÏA. En d'autres termes, si une crue provoquait quelque part sur terre le changement du tracé d'une rivière, il était capital de le signaler sur PANGAÏA et d'actualiser la base de données, afin d'éviter que les Terriens souhaitant se téléporter sur les berges du fleuve ne se retrouvent les pieds dans l'eau. Même chose si un glissement de terrain emportait le flanc d'une colline et en diminuait l'altitude : toute téléportation humaine nécessitait une mesure précise et permanente des reliefs, afin que les Terriens ne se réintègrent pas dans les nuages.

Heureusement, ce type de modification était rare. La géographie, dans sa dimension physique, était une discipline plutôt stable, et la plupart des changements, tels la fonte des glaciers, le recul des falaises, les érosions fluviales, étaient modélisés, vérifiés par images satellitaires, et automatiquement intégrés.

La mission du directeur Wang et de ses deux adjoints, Taylor et Dembélé, consistait essentiellement en un travail de programmation informatique (le domaine de Dembélé), plus rarement de vérifications sur le terrain (la spécialité de Taylor), voire de gestion de crise grave en cas d'éruption volcanique, de tsunami ou autre catastrophe (la compétence de Wang), mais dans ce cas le dossier leur était généralement retiré pour être transmis au Service de Gestion des Crises Humanitaires, Sociales et Naturelles, en coordination évidemment avec l'Organisation Mondiale des Déplacements, et le Congrès Mondial.

Pour tout dire, le SVGRCELRL ronronnait et les trois fonctionnaires, la majeure partie de la journée, s'ennuyaient ferme à attendre que les méandres s'élargissent, que les versants des vallées glissent et que les montagnes rapetissent.

Ou parfois grandissent...

— Ça ce n'est pas banal, fit d'une voix traînante Wang derrière son ordinateur. Une montagne qui pousse de six cent quatre-vingt-deux mètres d'un coup !

L'information avait été intégrée automatiquement sur PANGAÏA, vraisemblablement à partir d'une image satellite. Ça ne sembla pourtant pas affoler Wang. Il souffla sur son thé vert et en but trois gorgées.

— Tu es sûr que tu ne t'es pas trompé ? s'inquiéta Taylor tout en avalant trois pilules censées le faire passer en douceur du sommeil au réveil, soigner une lancinante dépression et une douleur persistante sous son gros orteil gauche.

345

C'est lui qui était en théorie chargé des vérifications de terrain, mais la moindre téléportation l'épuisait. Une fois sur place, on ne savait jamais quelle météo vous attendait. La dernière fois qu'il s'était déplacé dans les Kerguelen pour une fonte de glaciers, il avait attrapé une angine qui l'avait tenu au lit pendant quinze jours. Depuis, il se méfiait...

— Quelqu'un l'a signalé ? s'interrogea à son tour Dembélé, tout en picorant les gâteaux que sa mère aimait lui préparer avant qu'il parte au bureau le matin. S'il y a un danger pour la population, faut refiler le dossier au Service Gestion des Crises Humanitaires. Je veux pas me mettre mal avec les collègues, et encore moins leur voler leur boulot. Six cent quatre-vingt-deux mètres, tu dis ? Une éruption de cette taille, ça doit faire du grabuge... Où est-ce qu'il a poussé, ton champignon géant ?

Wang s'autorisa trois autres lentes gorgées de thé.

— 20° 55′ 13″ nord, 95° 15′ 14″ est. C'est plutôt calme d'habitude là-bas.

— Attends, fit Taylor sous l'effet d'un soudain coup de fouet, sans doute dû à l'absorption de sa pilule magique, j'y vais !

— T'y vas ? s'étonna Dembélé en crachant des miettes de son cookie, visiblement au bord de la panique après une décision aussi énergique.

— Je vais voir ce qui se passe sur mon ordi, précisa Taylor. Attendez, je zoome sur la zone.

Wang et Dembélé soufflèrent de soulagement.

— Bah rien, constata Taylor. Il se passe rien. Je vois rien d'autre que de la forêt et des micro-volcans.

Wang consultait lui aussi sa base de données géographiques.

— T'as raison, c'est une zone sismique, mais rien n'a bougé depuis des années. Y a là-bas des tas de pitons de basalte qui sortent de la jungle. Faut croire qu'il y en a un de plus qui a poussé cette nuit...

Il vida sa tasse de thé.

— S'il y avait quelqu'un dessus, commenta Dembélé, dessous ou à côté, les collègues des Urgences Civiles nous l'auraient déjà signalé. On va prendre le temps de tout vérifier. Faut pas tourner plus vite que la Terre.

C'était le mantra du SVGRCELRL, ils avaient enseigné leur philosophie à des générations de stagiaires : *ne pas tourner plus vite que la Terre*. En dehors de quelques colères spectaculaires, la Terre était une vieille dame qui évoluait très, très lentement. Presque aucun changement ne pouvait se percevoir à l'échelle d'une vie humaine. Les membres du SVGRCELRL n'étaient pas des aventuriers, mais des archivistes méticuleux, dont l'utilité du travail ne se mesurerait que dans plusieurs millénaires, quand des générations de fonctionnaires tout aussi précautionneux qu'eux se seraient succédé dans le même bureau.

— Tout de même, s'étonna Wang, peut-être parce qu'il avait fini son thé et qu'il était le chef de ce service, six cent quatre-vingt-deux mètres en une nuit, ça n'arrive pas tous les jours ! 20° 55' 13" nord, 95° 15' 14" est, décris-moi précisément le coin.

Taylor soupira pour la forme.

Il zooma encore sur son écran et activa la modélisation numérique de terrain en 3D.

— C'est parti. Vroummmm... Je survole la zone... Je vois... Ces foutus pitons de basalte raides comme des phares surveillant une mer de palmiers... Je m'approche... Vrouummm... Oh, il y a du monde, on dirait... Attendez, je demande à la machine, bonjour machine, 20° 55' 13" nord, 95° 15' 14" est, ça te parle ? Merci machine... J'ai trois pages de dépliants touristiques si tu veux, Wang, on est pile sur le mont Popa un ancien monastère bouddhique à ce qu'il paraît... Sur mes images, rien n'a bougé.

Dembélé attrapa un nouveau biscuit.

— C'est un miracle, alors ! Sont trop forts, ces boud-
dhistes. C'est sûrement un de leurs dieux qui a fait pousser
la montagne pendant la nuit pour pouvoir poser les fesses
dessus.

Wang sourit. C'était plus vraisemblablement une erreur du
satellite. Un nuage de basse altitude que le radar avait mal
interprété. Ça arrivait. C'était toute une paperasse ensuite
pour le corriger. Rien que d'y penser, ça le fatiguait.

— OK, trancha-t-il en reposant sa tasse de thé vide. Pause
syndicale. On se retrouve ici dans une heure pour décider
de ce qu'on fait.

45

Monastère Taung Kalat, mont Popa, Birmanie

Quelques heures auparavant, à 12 heures très exactement en Temps Universel (mais il faisait nuit noire au cœur de la jungle birmane), aux coordonnées géographiques 20° 55″ 13″ nord, 95° 15′ 14″ est, à deux mille deux cents mètres d'altitude, soit six cent quatre-vingt-deux mètres au-dessus du mont Popa, Viktor Kapp, l'homme le plus recherché sur terre, se téléporta dans les airs.

Il était théoriquement impossible de se téléporter dans les airs. Toute téléportation humaine ne comportait que deux coordonnées géographiques, la latitude et la longitude ; PANGAÏA se chargeait de calculer, en fonction d'elles, l'altitude d'atterrissage et les obstacles à éviter, selon un principe proche des antiques GPS ou voitures autoguidées.

La base de données altimétrique de PANGAÏA était sans doute la plus facile à trafiquer, localement en tous les cas. Qui aurait pu avoir envie de modifier la hauteur des montagnes ou le tracé des vallées ? Ainsi, si la base de données indiquait, pendant quelques minutes, qu'aux coordonnées 20° 55′ 13″ nord, 95° 15′ 14″ est n'existait pas un mont de mille cinq cent dix-huit mètres, mais de deux mille deux cents mètres, le TPC vous déposait tout naturellement... en plein ciel ! Au-dessus de la zone que l'Organisation Mondiale des Déplacements avait rendue taboue.

Pile en surplomb du monastère Taung Kalat.

Une manœuvre d'une simplicité enfantine, pensait Kapp alors que son parachute descendait en silence dans le ciel noir, invisible pour les centaines de soldats postés dans la jungle, sur les pitons alentour, ou dans l'escalier aux sept cent soixante-dix-sept marches.

Kapp s'était entraîné. Il avait eu le temps, dans son désert, d'étudier tous ces moyens de locomotion oubliés, ainsi que les anciens plans du monastère.

Il n'y avait pas le moindre vent. Pas le moindre bruit, à part les cris des singes sous la canopée. Kapp n'aurait aucun mal à atterrir en silence sur le dôme du temple, à rouler en boule son parachute, à grimper sur l'ombrelle sculptée au sommet du temple et à se faufiler par la lucarne que seuls les oiseaux pouvaient atteindre de l'extérieur. Une fois entré sous la charpente, une trappe lui permettrait de pénétrer directement dans le cœur de PANGAÏA.

Il répéta dans sa tête, tout en savourant les derniers mètres de sa lente descente, et cette grisante sensation de légèreté, *Dans le cœur de Pangaïa*.

Il ne pensait pas à la base de données cette fois.

46

Vallée du Syr-Daria, Kazakhstan

Ils franchiraient la frontière par les montagnes, un peu au nord de Tachkent, quelque part entre les ruines des villages de Qaqpaq et de Köktöbe. Il serait impossible de les localiser dans ce dédale de vallées et de montagnes basses, abritées par les hauts sommets des monts Karataou dont on distinguait au loin les glaciers.

Le long convoi de trois cents assignés ressemblait à ces images anciennes de pionniers migrant vers des terres inexplorées. Des cavaliers escortaient la caravane, d'autres chevaux tiraient des chariots bâchés, couleur terre, couleur pierre. La procession muette progressait lentement sur les sentiers cailloux, évitant la plaine du Syr-Daria.

Tant que leurs TPC n'étaient pas activés, le risque qu'ils soient repérés, dans ce territoire déchiqueté, était infime. Mais par précaution, des guetteurs s'étaient positionnés sur l'ensemble des points hauts alentour, pour guetter toute téléportation d'espions envoyés par l'OMD. Plusieurs fois, ils avaient demandé au convoi de s'arrêter. Ou d'accélérer.

Ils atteindraient la frontière dans moins de cinq heures.

Tous les prisonniers assignés au Kazakhstan avaient accepté de suivre la décision de l'Assemblée Internationale des Peuples Libres : entreprendre ensemble le voyage hors du Kazakhstan et utiliser leur TPC clandestin sitôt la frontière passée.

Tous sauf un. Dans le convoi, seul manquait Ossian.

Personne, depuis la nuit dernière, n'avait eu de nouvelles de lui, même ses derniers partisans, le Touareg Moussa Ag Ossad, le Rohingya Abul Mann, le Pomak Bogdan Pirlov. L'idéologue s'était enfoncé dans l'obscurité après avoir assommé Lilio de Castro, équipé d'un seul TPC. Une double certitude rassurait cependant Asima Majdalawi et les autres assignés : Ossian ne pourrait jamais atteindre seul la frontière, et s'il restait au Kazakhstan, il ne pourrait jamais utiliser son TPC. Il était condamné à y rester assigné.

Pourquoi ? À quoi jouait-il ? Lui qui rêvait de renverser la Constitution de 2058, pourquoi restait-il en dehors de ce mouvement historique, tel un ermite qui se retire alors que le miracle pour lequel il a tant prié peut enfin se réaliser ?

Peu importait, la déléguée et la plupart des autres assignés, au fond, n'étaient pas mécontents qu'Ossian se soit lui-même exclu de l'opération. Ils avaient passé la nuit à programmer des dizaines de manifestations aux quatre coins du monde, au cœur des sites et sur le parvis des monuments les plus emblématiques de leurs peuples ; à rassembler des tissus, affiches, peinture, instruments de musique et les embarquer dans les chariots ; à répéter des gestes, des chants et des chorégraphies.

Une vague de performances, toutes plus spectaculaires les unes que les autres, qui frapperaient l'opinion. Plus aucun citoyen de la planète ne pourrait ignorer leur existence, ni leurs revendications. Plus aucun élu au Congrès Mondial ne pourrait prétendre qu'ils représentaient un danger. Plus aucun juge ne pourrait les condamner sans un procès public.

L'opinion se retournerait en leur faveur. L'opinion, c'était l'Ekklesia, et l'Ekklesia, c'était le pouvoir, le pouvoir du peuple. Les solidarités de jadis, nationales, régionales, se reconstitueraient naturellement. Elles étaient seulement enfouies, mais nul ne pouvait vivre sans. Nul ne peut couper ses racines et continuer de marcher.

Oui, pensait Asima Majdalawi, en tête du convoi, tirant sur les rênes de son karabaïr alezan, c'était une chance réelle pour leur cause qu'Ossian ne soit pas là.

Et que ce journaliste, Lilio de Castro, soit là ! Il leur avait garanti des retransmissions en Mondovision, en coordination avec l'*Independiente Planet* et ses centaines de correspondants sur chaque continent.

Fabio l'avait retrouvé, assommé, sonné, au bord du Syr-Daria. Un œuf de pigeon sur le haut du front, rien de grave, un peu de maquillage et personne ne remarquerait rien à travers un écran de télévision. C'est d'ailleurs ce qui avait semblé le plus préoccuper Lilio de Castro quand il s'était réveillé ce matin et précipité devant son miroir : est-ce que son hématome s'était résorbé ? Les médecins, il y en avait quatre parmi les assignés, avaient plutôt veillé à ce qu'il continue de se reposer, la journée du centenaire serait longue, et insisté pour qu'il effectue le parcours jusqu'à la frontière allongé dans le premier chariot, le plus confortable, Cléo restant à son chevet.

Au sommet des monts Karataou, les guetteurs, Salahdine et Élisapie, firent signe, par de discrets nuages de fumée, que la voie était dégagée.

Plus rien ne pourrait les arrêter.

Ils franchiraient la frontière. Puis ils se disperseraient partout sur terre.

Une seule Terre, trois cents nations, deux mille peuples, sept mille langues, et autant de territoires à défendre.

La Constitution de 2058 avait garanti au monde la liberté individuelle.

Parfait !

Celle-ci étant acquise, il était temps aujourd'hui de protéger les libertés collectives.

Une seule Terre à partager, fredonnait Asima Majdalawi en laissant son pur-sang prendre un peu d'avance sur le lent convoi. *Un seul monde à bâtir, les océans en sont le ciment, les peuples en sont les briques.*

47

Monastère Taung Kalat, mont Popa, Birmanie

Mi-Cha se réintégra devant Pangaïa. Elle s'était absentée moins de dix minutes.

— Attends-moi, avait-elle ordonné à l'informaticienne, comme si la fille clouée sur son fauteuil pouvait bouger. N'ouvre à personne !

Pangaïa avait attendu le retour de la policière, seule dans la salle centrale du temple Taung Kalat. Elle avait eu le temps de réfléchir à l'idée étrange de Mi-Cha : surprendre ce tueur, Viktor Kapp, si, malgré l'impressionnant dispositif de sécurité mis en place autour du mont Popa, il parvenait à s'introduire jusqu'à elles. Surprendre ce génie de l'hypermobilité par l'immobilité, avait même précisé Mi-Cha. L'immobilité ? Qu'est-ce que cette imprévisible policière, maquillée et habillée comme une poupée, avait bien voulu dire ?

Maintenant qu'elle se tenait devant elle, Pangaïa comprenait.

Elle éclata de rire ! Un rire nerveux, qui se transforma en toux. Pangaïa toussait de plus en plus souvent, de plus en plus longtemps.

Mi-Cha recula, en direction des statues des trente-sept Grands Nats birmans exposées contre le mur au milieu du panthéon hindou, Thagyamin, Vishnou, Nyaung Gyin, Shiva, puis prit la pose, crispant ses mains sur un livre. Elle demeura immobile encore de longues secondes, avant de relâcher tous ses muscles et de demander :

— Alors, tu en penses quoi ? Elle n'est pas incroyable, Palmira, ma maquilleuse ?

— Plus que ça ! dut reconnaître Pangaïa. Tu es complètement cinglée, mais cela pourrait marcher.

La policière coréenne se statufia à nouveau, pour s'entraîner à tenir le plus longtemps possible sans bouger, sans trembler, à peine respirer. Le temps de sa courte téléportation à Milan, via Montenapoleone chez son esthéticienne, elle avait enfilé un sari traditionnel birman, et s'était laissé coiffer, maquiller, poudrer de plusieurs épaisses couches de fond de teint. Une couronne d'or dans les cheveux, un bracelet d'agates au poignet, le livre sacré du Veda à la main et elle était transformée en Sarasvati, la déesse des Connaissances.

Dans la pénombre, si Mi-Cha n'effectuait aucun geste et restait debout, figée, entre Mintara et Krishna, elle passait inaperçue parmi les autres statues du panthéon birman : même peau blanche de marbre, mêmes yeux peints, même masque et perruque colorés, même sari immaculé de toile épaisse aux plis lourds.

L'idée de Mi-Cha, pensait Pangaïa, était à la fois totalement ridicule... et pourtant diablement efficace ! Si jamais Viktor Kapp se téléportait dans cette salle, il s'attendrait à ce que Pangaïa soit protégée par un garde du corps, un flic armé, la main sur un flingue et l'autre sur son TPC. Il avait sans doute prévu une telle situation, et anticipé une solution, vraisemblablement radicale... Tirer le premier !

Mais s'il se retrouvait dans une salle vide, en tête à tête avec une Pangaïa sans défense...

Le tueur pouvait imaginer que des flics jouent à cache-cache avec leur TPC, pour lui échapper ou le coincer, disparaissent, apparaissent, mais pas que l'un d'entre eux se tienne à dix mètres de lui, sans bouger. La téléportation avait sans doute fait oublier aux hommes le plus grand principe de la dissimulation, de la faune comme de la flore : se fondre dans le décor. Devenir banale au point de n'être plus remarquée.

Mi-Cha, derrière son masque au sourire figé, adressa un clin d'œil complice à l'informaticienne.

Banale et pourtant incroyablement jolie, pensa Pangaïa. Tout en rendant son sourire à la capitaine de police, elle se laissa griser par une émotion secrète, une sensation de trouble à la fois douloureuse et délicieuse. Une fièvre inédite, et qu'elle savait interdite.

48

Vallée du Syr-Daria, Kazakhstan

— Je vais vous laisser ici, Lilio.

L'ancienne frontière ouzbek n'était plus qu'à quelques centaines de mètres. Les premiers cavaliers du convoi des assignés l'avaient déjà franchie. Le chariot, tiré par deux karabaïrs, progressait lentement sur le chemin de terre dissimulé sous les platanes centenaires.

Lilio se redressa. Il toucha par réflexe la bosse qui bleuissait toujours son front, mais il ne ressentait plus aucune douleur. Le coup de canne d'Ossian, la nuit dernière, n'était déjà plus qu'un lointain souvenir.

— Qu'est-ce que vous racontez, Cléo ?

L'institutrice l'avait veillé toute la nuit, dès que Fabio, l'assigné corse, était venu la chercher, paniqué : votre ami, le journaliste, retrouvé sur la rive d'un des bras du Syr-Daria, inanimé. Mort, peut-être. Cléo s'était précipitée. Elle avait hurlé en découvrant son corps étendu sur les galets. Elle n'était pas parvenue à calmer les battements de son cœur quand Chenoa, la médecin mapuche, lui avait affirmé qu'il était hors de danger. Elle n'avait pas lâché la main de Lilio alors que Fabio et Salahdine le hissaient jusqu'au dispensaire, une grotte un peu plus vaste que les autres, à flanc de falaise. Elle lui avait fait boire toutes les trois heures du koumis[1], passant sa main derrière son cou pour qu'il relève la tête et lape comme un chaton. Elle lui avait souri, pendant toute la route, belle, les cheveux décoiffés, une robe paysanne glissée sur ses épaules nues. Une héroïne de western. Farouche et déterminée.

— C'était une belle aventure, Lilio. Une très belle aventure. Inoubliable. Si belle que dans des années, quand j'y repenserai, je croirai l'avoir rêvée. Mais elle est terminée...

— Non, Cl...

Cléo posa son doigt sur la bouche du journaliste.

— Chut, Lilio. Taisez-vous. Je ne veux pas qu'on se fâche. Je veux qu'on garde tout intact. La mort qui nous a frôlés. L'amour que l'on a partagé. Je veux garder cette image de vous. De nous. Après, tout sera gâché.

— Qu'est-ce qui sera gâché ?

Cléo caressa doucement la joue du journaliste.

— Dès la frontière franchie, je me téléporterai. J'ai accès à l'espace privé d'Élias. Vous vous souvenez, le courageux architecte avec qui j'assistais au match Brésil-Allemagne au Maracanã. C'était il y a deux jours, j'ai l'impression que c'était dans une autre vie. Je crois que je vais me téléporter chez lui. Je crois même que je vais me marier avec lui. Dans des tas d'années, rassurez-vous (elle rit). Voilà, merci Lilio, le destin m'a offert une très jolie surprise, ces dernières heures, en me plaçant sur votre chemin. Maintenant, je dois retourner à ma vraie vie.

Lilio fixa l'institutrice, longuement.

Autour d'eux, la plupart des chariots avaient franchi la frontière. Des assignés dressaient de grandes tentes camouflées entre les platanes et déroulaient sur le sol des draps blancs qu'ils devaient peindre en banderoles, divers tissus de couleur qu'ils devaient couper et assembler en drapeaux,

---

1. Lait fermenté de jument.

de vieux habits traditionnels qu'ils devaient recoudre, des tambours, flûtes, violons, accordéons, qu'ils devaient tester. Ils en avaient encore pour quelques heures de travail.

Deux exactement.

Asima Majdalawi conservait tous les TPC. Elle les avait transférés du sac de Lilio à un coffre de bois gardé par six assignés armés, et les distribuerait au tout dernier moment. Hors de question de les activer trop tôt. Hors de question de se faire repérer. Ils avaient décidé de tous se téléporter, dans précisément quatre-vingt-dix-sept lieux différents de la planète, à midi, l'heure précise de la célébration du centenaire par la Nouvelle Babel.

— Vous allez rater le meilleur, Cléo. Ça sera une journée unique.

— Je regarderai tout à la télé, fit Cléo avec un sourire désabusé. Et je lirai l'*Independiente Planet*. Je vous fais confiance, Lilio. Vous serez parfait.

Lilio plissa les yeux. Regard d'aigle, front de plumes, mèches corbeau. Si beau.

— Alors vous ne m'aimez pas ?

Cléo hésita. Elle prit la main du journaliste.

— Je l'ai cru, Lilio. J'ai cru que vous étiez un héros tombé du ciel, pour m'enlever. Vous avez tout pour vous, rassurez-vous. L'intelligence, la célébrité, le charisme... même l'humour. Tout ! Trop. Trop, Lilio. Je vous ai trop admiré. Je ne veux pas être déçue.

— Je vous déçois ?

Il y avait du dépit dans les yeux du journaliste.

Il était capable de plaire à la Terre entière, il était le reporter le plus connu du monde, dans moins de vingt-quatre heures, en coordonnant le reportage sur l'opération commando des assignés, sans doute entrerait-il dans l'histoire... Et il était incapable d'être aimé d'une institutrice anonyme.

— Il n'y a pas de place pour moi dans votre vie, Lilio. Ce que vous appelez votre passion, je finirais par appeler ça de l'égoïsme. Ce que vous appelez votre mission, je finirais par appeler ça de l'arrivisme. Vous êtes prêt à tout pour réussir. Moi je veux seulement un homme qui soit prêt à tout pour moi. C'est moi l'égoïste. Celle qui ne pense qu'à elle, pas au grand destin de l'humanité. Je suis désolée, Lilio, je ne suis qu'elle, que cette banale femme-là.

Elle lâcha sa main, à regret, comme on lâche la cordelette d'un ballon de baudruche qui s'envole dans le ciel.

Ils avaient franchi la frontière, sans même s'en rendre compte. Elle posa la main à son poignet, sur son TPC.

— Il habite où, votre Élias prêt à tout pour vous ?

— Un duplex, sur Piccadilly Circus.

— Avec ce TPC clandestin, vous ne pourrez pas pénétrer dans son espace privé.

— Je me téléporterai devant chez lui, 47 Regent Street, et j'entrerai à l'ancienne. Élias est un peu vieux jeu, il m'a aussi confié le digicode de sa porte.

— Je vous accompagne !

— Non, Lilio, non.

— S'il vous plaît. Ça ne prendra qu'une seconde. Vous me devez bien ça. Laissez-moi vous raccompagner, je serai plus rassuré. Puis je retourne ici. Ils ont besoin de moi.

— Et vous avez besoin d'eux. C'est bien. Ne les trahissez pas.

— Pourquoi dites-vous ça ?

— J'aime ces gens, Lilio, même si toute cette folie tournera peut-être au drame dans quelques heures, provoquera peut-être une nouvelle guerre mondiale. J'aime ces gens.

— Vous les aimez, vous ne m'aimez pas. Qu'est-ce qu'ils ont que je n'ai pas ?

Cléo le regarda avec une infinie tendresse.

— Ils ont su choisir un camp.

Lilio ne se vexa pas. Il reprit la main de Cléo alors qu'elle allait appuyer sur son TPC. Cléo finit par sourire.

— D'accord, monsieur le grand journaliste, venez. Je vous offre un thé sur Piccadilly Circus.

49

Monastère Taung Kalat, mont Popa, Birmanie

Pangaïa sentit la main se poser sur son épaule.

Elle était concentrée sur la base de données. La cérémonie du centenaire aurait lieu dans moins de deux heures maintenant. Le taux de participation, d'après l'Ekklesia, avait atteint un record : plus de 83 % de la population mondiale envisageait de se téléporter sur l'île de Tristan da Cunha, soit exactement 8,37 milliards d'habitants prêts à se rassembler sur la petite île de l'Atlantique. On s'approchait des estimations les plus hautes de l'OMD, entre 94 et 96 %, ce qui ne posait aucun souci logistique particulier puisque la Nouvelle Babel avait été conçue pour accueillir les dix milliards de Terriens. La cote de popularité de Galiléo Nemrod, elle-même, avec 76 % d'opinions favorables, n'avait jamais été aussi élevée.

Pangaïa fit pivoter dans un unique mouvement son cou, son visage et le fauteuil.

Il était là !

Viktor Kapp.

Cheveux blonds, mâchoire carrée, corps maigre et musclé, regard clair, étrangement calme, presque rêveur, ici et déjà ailleurs.

Sa main gauche serra plus fermement son épaule. Il tenait dans la droite le santoku, le couteau japonais avec lequel il égorgeait ses victimes.

Ainsi que Pangaïa l'avait redouté, il était entré, tel un fantôme, invisible, insaisissable, malgré les soldats postés partout autour du temple.

Le tueur blond observa longuement la pièce, avant de se tourner à nouveau vers la fille du président.

— Je me doutais que tu serais seule. Tu es comme moi. Une solitaire. Tu tolères tous ces hommes dehors pour te garder, mais tu n'accepterais pas leur présence à tes côtés.

Comment avait-il pu s'introduire jusqu'ici ?

— Et j'ai un autre avantage, ma jolie, je savais où te trouver, puisque tu ne peux pas te téléporter. La dernière fois t'a suffi, pas vrai ? (Il se pencha en avant, les yeux rivés sur l'écran.) Sur quoi étais-tu à ce point concentrée ?

Pangaïa se força à ne pas regarder, par-dessus l'épaule de Kapp, dans la direction de Mi-Cha. Le tueur ne l'avait pas remarquée, statufiée en Sarasvati, entre Krishna et Mintara. Son plan avait fonctionné ! Elle était armée, sous son sari aux plis amidonnés. Si Kapp levait son couteau, la policière tirerait la première.

— Raconte-moi... Sur quoi travaillais-tu ?

Kapp se pencha plus encore, pesant de tout son poids sur l'épaule de Pangaïa, muette d'effroi.

— Ah... La fameuse Nouvelle Babel. Tous ces Terriens qui convergent vers le même point. L'humanité n'a jamais été aussi vulnérable, tu ne trouves pas ? Même Ossian n'aurait pas pu imaginer ça... Tu as lu son bouquin ?

Pangaïa secoua la tête, interprétant du mieux qu'elle le pouvait le rôle de la victime terrifiée.

— Il ne doit pas être sur la table de chevet de ton père, c'est certain. Je ne suis pas d'accord avec tout ce que raconte ce vieux fou, je parle d'Ossian, pas de ton père, mais faut reconnaître qu'il avait prévu qu'un monde sans frontières serait comme une chemise sans coutures, un corps sans os, tu vois ce que je veux dire ? Un truc qui ne tient pas debout bien longtemps avant d'être balayé par les vents.

Des chiffres défilaient sur l'écran. Un bandeau annonçait un taux de participation à la Nouvelle Babel de 86 %.

— Imagine qu'on les envoie tous sur la Lune plutôt que sur Tristan da Cunha. Ça ferait de la place, non ? Un sacré coup de ménage. Tu serais capable d'un tel nettoyage ?

La pression de Kapp sur l'épaule et la poitrine de l'informaticienne se fit plus forte, elle ne contrôla pas une quinte de toux dont l'écho sembla rebondir sur les poutres et les colonnes du temple, avant de se perdre dans la pièce vide. Kapp lui tendit un mouchoir en papier, que ses doigts reliés aux électrodes ne pouvaient saisir ; il se contenta de doucement essuyer le rebord de ses lèvres.

— Ton père ne te soigne pas ?

Pangaïa s'efforça de contrôler sa respiration. Sitôt qu'elle y parvint, elle ruina tous ses efforts et ne put s'empêcher de crier.

— Que voulez-vous ?

Son cri effraya Monking. Le singe-lion s'était caché, dès que le tueur était entré, sous la chaise à roulettes de l'informaticienne. Il escalada l'étagère aux tortues au-dessus d'eux, sans cesser de fixer l'étranger d'un air méfiant.

— C'est donc lui, ton garde du corps. Un babouin ? Je vois, l'humanité n'a jamais été aussi en sécurité.

— Qu'allez-vous faire ? lança Pangaïa.

Elle ignorait les limites des compétences informatiques de Viktor Kapp. Il bricolait avec habileté les composants électroniques d'une antenne locale, assez pour rendre tabou un territoire ou pour effacer les traces de ses propres déplacements, mais il était sans doute incapable de se repérer dans le cœur de la base de données, dont elle seule avait la maîtrise globale. Il n'était qu'un plombier face à une fusée.

— Rien, répondit le tueur après avoir une nouvelle fois inspecté du regard l'ensemble du temple. Cela va te surprendre, je ne veux rien. J'attends les ordres, c'est tout.

— Les ordres de qui ?

Kapp sourit.

— Tu ne me croirais pas. Pour l'instant, une heure avant le lancement de la Nouvelle Babel, je dois juste m'assurer que tu es neutralisée. Tu es une fille très puissante, à ce qu'il paraît. La plus puissante de toutes. Tu serais capable de déplacer un milliard d'êtres humains, au pôle Nord ou en pleine mer, si tu le voulais, d'une simple ligne de code.

Pangaïa toussa à nouveau, comme si les parois de ses poumons étaient sur le point d'exploser.

— Vous allez me tuer ?

— Pas pour l'instant. J'ai juste ordre de te bander les yeux, de te bâillonner et de te lier les doigts, et surtout de te déconnecter de PANGAÏA. Ça fera un peu de vacances à tout le monde. C'est le centenaire aujourd'hui. Pour une fois, laisse les gens aller où ils veulent sans te mêler de ça.

Pangaïa avait un peu forcé sa toux, pour laisser croire à Viktor Kapp qu'elle était plus faible, plus fragile qu'elle ne l'était en réalité, même si elle avait l'impression que sa cage thoracique se déchirait tel un rideau usé à chaque fois qu'elle se forçait à toussoter.

Gagner du temps !

Kapp disait-il la vérité ? N'avait-il pas l'intention de la tuer ? Peu importait au fond qu'il veuille la bâillonner ou la poignarder, dès qu'il se pencherait, Mi-Cha tirerait...

D'un geste brusque, Khan empoigna le dossier du fauteuil de Pangaïa et le fit tourner. Son mouvement fut si violent que la plupart des fils qui liaient la jeune femme au terminal informatique s'arrachèrent.

Pangaïa hurla.

Elle eut la sensation qu'on la séparait de son cerveau, qu'on vidait l'air autour d'elle, qu'on l'expulsait de la Terre et qu'il ne restait plus d'elle qu'un corps flottant dans l'univers.

Monking, au-dessus d'elle, fut tout aussi surpris par son cri. Le singe tenta de sauter, toutes griffes sorties, sur l'agresseur. D'un simple revers de main, Khan l'envoya valser quelques mètres plus loin.

Un babouin pour seul garde du corps, sembla penser le tueur. *Quelle ironie !* Il chassa une mèche blonde sur son front avec la même désinvolture qu'il avait repoussé le singe-lion. Un sourire de triomphe s'afficha sur ses lèvres.

Maintenant, pria Pangaïa en fermant les yeux. *Maintenant, Mi-Cha. Tire ! Il est à toi !*

Elle entendit d'abord les cris de panique de Monking qui, dans sa chute, avait atterri à un mètre de Darn Cat, endormi dans la flaque de soleil de l'unique lucarne au plafond. Puis elle entendit le sifflement caractéristique du chat, dès qu'il croisait le singe d'un peu trop près.

Un singe-lion et un chaton comme protection. De mieux en mieux...

Tire, Mi-Cha. Tire !

Pangaïa ouvrit les yeux.

Elle vit Monking poursuivre Darn Cat.

Elle vit Darn Cat courir à travers la pièce et bondir...

NOOOOON !

... dans les bras de la statue Sarasvati.

Elle vit le visage de la déesse s'animer derrière son maquillage pâle, Mi-Cha repousser son chat d'une main et de l'autre lever le pistolet qu'elle tenait sous son sari.

Elle vit le santoku de Kapp, plus rapide encore, fendre la largeur du temple, et avant même que la policière ait pu tirer, se planter dans son cœur.

Elle vit le pistolet glisser de sa main.

Elle vit Mi-Cha tituber, tenter de se relever. Elle vit Kapp s'approcher pour l'achever, elle vit Mi-Cha, dans un ultime réflexe, toucher son poignet.

Et disparaître.

50

Piccadilly Circus, Londres

Élias ne m'avait pas menti, pensa Cléo.
Maman non plus !
Élias était vraiment un beau parti.

Son appartement londonien s'étendait sur presque la totalité d'un étage du 47 Regent Street, au pied de Piccadilly Circus : une vingtaine de pièces, trois salles de bains, une salle de billard, une autre de fitness... Le genre d'appartement où il faut se téléporter même pour aller aux toilettes. Qu'est-ce qu'un célibataire tel qu'Élias pouvait bien faire de tout cet espace privé ? N'était-il pas plus agréable d'habiter dans une seule pièce à vivre, quand on a le monde entier pour cour de récré ?

Rien que le hall d'entrée, où l'institutrice se tenait avec Lilio, était plus grand que son chalet japonais perdu dans le verger de cerisiers. Lilio regardait par la fenêtre du vestibule les toits rouges des autobus à impériale garés le long de la rue. Ils n'avaient pas roulé depuis cinquante ans mais faisaient pour toujours partie du décor londonien, tout comme les éternelles enseignes publicitaires lumineuses accrochées aux façades.

— Waouh, fit le journaliste. Même si le prix de l'immobilier en centre-ville a chuté à partir de l'invention de la téléportation, ça reste un sacré patrimoine ! La valeur d'une telle garçonnière doit avoisiner le million de PM. Il m'a l'air d'avoir un compte en banque bien rempli, votre futur mari.

— Oui, sourit Cléo. Élias est moins célèbre que vous, mais il est riche, jeune, beau, cultivé, romantique, il adore ma mère, et il est amoureux de moi depuis l'école primaire !

— Et vous succombez à son charme seulement maintenant ? Bonne nouvelle ! Vous m'abandonnez aujourd'hui comme une vieille chaussette, mais ça me laisse de l'espoir avant notre retraite.

Cléo sourit. L'humour désabusé de Lilio lui manquerait.

Elle ouvrit la porte qui menait sans doute au salon et cria :

— Élias ?

Élias était-il là ? Ou envolé sur n'importe quel chantier quelque part dans le monde ? Cléo n'en avait aucune idée...

— Élias ? C'est moi, Cléo !

Elle détestait entrer ainsi chez les gens, même si elle avait accès à leur espace privé. Exactement comme se le permettait sa mère chez elle. Elle détestait l'idée d'être surprise dans son intimité, et plus encore d'y surprendre quelqu'un, surtout accompagnée d'un homme qu'Élias n'avait pas invité.

— Élias ? cria une nouvelle fois Cléo en ouvrant une autre porte.

Un nouveau salon, une nouvelle salle de bains.

— Laissez au moins le temps à sa maîtresse de se rhabiller et de se téléporter, plaisanta Lilio.

— Idiot !

Un nouveau salon. Un billard. Un bar. Une troisième chambre. Vide.

— Vous savez, fit Cléo, vous pouvez me laisser, maintenant. Vos gentils amis vous attendent pour les danses folkloriques et le lever de drapeaux sur le palais du dalaï-lama, la bande de Gaza et le mur du Botswana.

— Ils attendront. Il reste plus d'une heure. Ils attendront. Je ne vous laisse pas seule.

— Comme vous voulez ! Élias, tu es là ?

Un nouveau salon. Un piano. Une table basse rococo. Des fauteuils en cuir de croco.

— Et vous ferez quoi, demanda Lilio, si votre chevalier servant n'est pas là ? Vous l'attendez ? Vous retournez chez votre mère ?

— Chez ma mère ? Ce serait la dernière chose à faire ! Non, je rentre chez moi.

— Ça, ce serait la dernière chose à faire.

— Pourquoi ?

— Les flics vous y attendent forcément.

— Et alors ? Au moins je serai en sécurité. Et je ne dirai rien sur les assignés, rassurez-vous.

— Je ne suis pas inquiet.

Une nouvelle salle. Une bibliothèque, des centaines de livres. Un grand balcon avec vue sur les touristes assis sur les marches de la fontaine, au centre de la place londonienne.

— Éli...

— N'insistez pas, coupa doucement le journaliste. Vous voyez bien que l'appartement est vide.

Lilio fixa Cléo avec un mélange étrange de résignation et d'obstination. Il se pencha pour l'embrasser, rien qu'une fois, une dernière fois, puisque ce bellâtre d'Élias n'était pas là.

Cléo se dégagea.

— Regardez !

Du bout du doigt, elle désigna, sur la table basse du balcon, un verre de whisky dans lequel flottait un glaçon à moitié fondu. Une cigarette tenait en équilibre sur un cendrier, à moitié consumée.

— Il est ici !

Avec détermination, Cléo poussa une nouvelle porte.

Une salle de bains.

Élias était là, il prenait un bain.

Un bain de sang.

Sa gorge était tranchée, une entaille nette, à hauteur de sa carotide, comme un second sourire.

Ni Cléo ni Lilio n'eurent le temps de réagir.

Une voix retentit derrière eux alors que la porte se refermait.

— Entrez, entrez, je vous attendais.

51

Île de Gotland, Suède

— Vous n'allez pas mourir, j'ai stoppé l'hémorragie, cessez de vous agiter !

Valéryah Everianov tenta de bloquer Mi-Cha sur le lit tout en protégeant les perfusions qui reliaient la jeune policière aux poches plastique de liquides translucides suspendues au-dessus d'elle. Un soldat en uniforme se tenait devant la fenêtre, pleine vue sur les milliers d'éoliennes blanches de l'île de Gotland, au large de la Suède, où l'hôpital Sklodowska était installé. Un hôpital presque exclusivement réservé aux militaires de la Garde Internationale et aux policiers du BIC, gardé jour et nuit par une trentaine de soldats, et dans lequel n'importe quel agent en mission pouvait se téléporter, d'une simple pression sur le bouton d'urgence de son TPC.

Mi-Cha se débattait avec une énergie furieuse, secouant le lit médicalisé de ses gestes incontrôlés.

— Il faut envoyer des hommes là-bas, criait-elle. Il faut sauver Pangaïa.

— Mais allez-vous enfin vous calmer ! tonna plus énergiquement l'urgentiste. Vous vous doutez bien qu'un commando a été envoyé sur le mont Popa. Sans parler des centaines de gardes sur place. Vous n'allez pas faire mieux qu'eux, surtout dans votre état ! Vous n'avez pas de pouvoir magique, même dans votre déguisement de déesse birmane.

— Il… il l'a tuée ?

Valéryah enfonça une aiguille dans le bras de Mi-Cha.

— Comment voulez-vous que je sache ? Ça fait presque une heure que je suis concentrée sur une plaie de trois centimètres à la hauteur de votre aorte thoracique. Tonnerre de Mars, arrêtez de bouger, taisez-vous et laissez-moi vous soigner !

Mi-Cha n'en avait aucune intention. Elle continua de s'agiter dans tous les sens, au risque d'arracher les fils qui la liaient à son lit, comme Pangaïa à son ordinateur.

— Faites venir un flic ! Le commandant Akinis. Ou n'importe qui. Je veux juste savoir ce que voulait Viktor Kapp, s'il s'en est pris à Pangaïa, si elle est vivante, si…

— Elle est vivante, lâcha l'urgentiste, tout en préparant une nouvelle seringue.

— Elle est vivante, répéta Mi-Cha, peinant à croire au miracle.

Puis elle s'effondra sur le lit. Son cœur battait si fort.

Kapp n'avait pas tué Pangaïa !

Qu'était-il venu faire alors sur le mont Popa ? N'avait-il pas eu le temps d'exécuter son plan ?

Mi-Cha sentait que tout son corps se relâchait.

— Vous connaissez bien Pangaïa ? demanda Valéryah Everianov.

La capitaine coréenne s'étonna du ton maternel avec lequel la médecin-chef avait posé la question. La seconde suivante, elle réalisa que la question elle-même était plus étonnante encore que son intonation : l'identité de Pangaïa était en théorie tenue secrète. Seuls Galiléo Nemrod, Artem, Babou, elle, et sans doute quelques rares hauts fonctionnaires de l'OMD et du Congrès, connaissaient son existence.

— De… Depuis peu, répondit mécaniquement Mi-Cha. Mais je suis profondément attachée à elle. Vous… vous… vous la connaissez ?

— Assez bien... Et surtout depuis beaucoup plus d'années que vous !

Et tac !

Valéryah planta sans ménagement une seconde aiguille dans le bras, gauche cette fois, de Mi-Cha.

— Je dois aller la voir, fit la policière en trouvant la force de se redresser. J'étais chargée de sa sécurité. Je dois savoir ce que Viktor Kapp lui voulait. Peut-être est-elle blessée. Au moins traumatisée. Je dois...

L'urgentiste la repoussa avec agacement au fond du lit.

— Cessez de vous agiter comme une puce sur un TPC ! Rassurez-vous, elle va bien. Du moins aussi bien que dans son cas on puisse aller.

Une alerte s'alluma dans le cerveau de Mi-Cha. Une série de flashs qui crépitèrent sous son crâne.

Je la connais depuis beaucoup plus d'années que vous.

Aussi bien que dans son cas on puisse aller.

La toux de Pangaïa. La paralysie de Pangaïa, depuis son accident, à l'âge de dix ans.

— Vous... vous êtes le médecin de Pangaïa ?

Valéryah Everianov sourit.

— Je vous ai injecté un calmant, ça fera effet dans quelques minutes. Je vais enfin avoir la paix.

— C'est vous ! C'est vous qui avez soigné Pangaïa. Vous êtes le médecin le plus haut gradé de l'Organisation Mondiale de la Santé. Nemrod avait besoin d'un médecin compétent, et qui saurait garder un secret. Il a forcément fait appel à vous pour suivre la convalescence de sa fille.

Valéryah fixa Mi-Cha.

— Impressionnant, mademoiselle Kim. Même avec une entaille de trois centimètres au bord du cœur, et dans les veines soixante milligrammes de morphine qui auraient déjà assommé n'importe quel patient normal, vous parvenez encore à des déductions tout ce qu'il y a de plus remarquables.

La capitaine serra les poings.

— Dites-moi, Valéryah, dites-moi, je vous en supplie, avant que je m'endorme. Dites-moi. De quoi souffre Pangaïa ?

L'urgentiste s'assit sur le lit. Ses yeux froids, déterminés, prirent pour la première fois une tonalité adoucie, presque douloureuse.

— J'ai rencontré Pangaïa il y a vingt-deux ans, elle avait alors dix ans, elle venait de survivre à un effroyable accident de téléportation humaine. On l'a opérée pendant quarante-huit heures consécutives, avec toute l'équipe d'urgence de l'OMS, au beau milieu de l'océan. Nous sommes parvenus à la sauver, même si la plupart des terminaisons nerveuses étaient touchées. Elle ne pourrait plus jamais marcher, et encore moins se téléporter. Puis je n'ai pas revu Pangaïa pendant des années. Jusqu'à… Jusqu'à il y a deux ans. Son état physique se détériorait rapidement. Toux chronique. Maux de ventre. Vomissements. Galiléo m'a appelée. Le diagnostic fut rapide, hélas (Mi-Cha crut déceler une larme au coin des yeux de Valéryah). Le foie, les poumons, le pancréas étaient touchés. Une saloperie de maladie dégénérative, une version accélérée du syndrome de Hunter, s'était déclarée. Plus rien ne pouvait l'arrêter. Si on avait pu la diagnostiquer plus tôt, on aurait pu gagner des années, tenter des greffes, lutter. Mais là, le mal a pris trop d'avance. Pangaïa… (la voix du médecin trembla). Pangaïa est condamnée.

Lorsque Mi-Cha se réveilla, elle ne reconnut pas le décor autour d'elle. Les froids murs blancs de l'hôpital Sklodowska avaient été remplacés par les boiseries d'un château médiéval : tentures rouges pendues aux murs, armoiries posées sur la cheminée, armures rutilantes gardant la porte d'entrée. Un lustre de cristal pendait au-dessus du lit à baldaquin, un lit dans lequel elle était allongée.

— Vous êtes réveillée, capitaine ? demanda une voix calme et rassurante.

Elle leva les yeux. Son corps restait engourdi, tout autant qu'incroyablement léger.

— Président ? Président Nemrod ?

— Bienvenue parmi les vivants, Mi-Cha.

Une autre voix venait de l'interpeller. Plus familière, celle-là ! Elle tourna légèrement la tête. Artem se tenait debout près d'une meurtrière, seule ouverture visible dans le mur. Croiser un tel sourire d'ange au réveil valait bien de frôler la mort et de se faire charcuter pendant des heures par Valéryah.

— J'ai eu très peur pour toi.

Un ange doux et gentil qui s'assoit sur le rebord de son lit.

— Où... Où sommes-nous ?

Cette fois, ce fut Nemrod qui prit la parole.

— Dans mon château, on le surnomme depuis deux siècles le Nid d'hirondelle. Une forteresse. Nul ne peut y entrer, ou en sortir, sans mon accord express. Vous serez sous ma protection, cette fois.

— Que s'est-il passé ?

— Allez-y, fit Nemrod en s'adressant à Artem. Racontez-lui. En quelques mots. Le temps presse.

Le commandant dirigea successivement ses yeux vers Mi-Cha puis vers le président. Un regard tiède, mitigé, à froideur clinique en direction du politique et à chaleur empathique pour son adjointe.

— Viktor Kapp s'est enfui, expliqua-t-il. Juste après avoir tenté de te poignarder, puis neutralisé Pangaïa, pieds et mains liés, yeux bandés, pour l'empêcher d'intervenir sur la base de données. Il a filé. Sans doute parce que tu as donné l'alerte en te téléportant. Trente hommes étaient postés de l'autre côté de la porte.

— Et... et maintenant ?

— Il peut être partout sur terre, admit Artem. Mais on a une piste. Cléophée Loiselle accompagnée de Lilio de Castro. Elle a été repérée devant la porte d'un appartement qu'on avait placé sous contrôle, celui d'un petit ami qu'elle fréquentait à Londres, sur Piccadilly. On a rendu tabou l'appartement. Ils sont coincés, ils ne pourront pas se téléporter. Je dois y aller, Mi-Cha.

La capitaine hocha la tête. Elle se sentait tellement fatiguée.

— Je reste avec elle, indiqua Nemrod. Commandant Akinis, j'espère que cette institutrice et ce journaliste ne vous échapperont pas, cette fois. Nous sommes à moins de quatre-vingt-dix minutes du lancement de la Nouvelle Babel. Il est hors de question que je prenne le risque d'une telle opération si les centaines de TPC clandestins récupérés par Lilio de Castro sont dans la nature, ou entre les mains de terroristes. Sans oublier ce tueur dont on ignore les intentions.

— Président, interrogea Artem, Viktor Kapp est-il entré sur PANGAÏA ? La base d'informations, je veux dire. A-t-il trafiqué certaines données ?

— Non, commandant, non. Les ingénieurs système sont formels. Il n'a touché à rien.

Artem réfléchissait, tout en soupesant dans sa main le poignard japonais de Kapp récupéré auprès de Valéryah Everianov.

— Étrange... Pourquoi prendre le risque de s'introduire sur le mont Popa, alors ? Pourquoi se contenter de neutraliser votre fille avec des cordes et un bâillon ?

— Vous auriez préféré qu'il l'égorge, commandant ? répliqua Galiléo, cassant. Il vous reste moins de deux heures. Il va forcément resurgir quelque part. Soyez là, cette fois, commandant, soyez là. Et pas d'hésitation ce coup-ci. Tuez-le, c'est un ordre. Tuez-le !

52

Piccadilly Circus, Londres

La porte de la salle de bains claqua derrière Lilio et Cléo.

— Pas la peine d'activer vos TPC, poursuivit la voix dans leur dos, je pense que le Bureau d'Investigation Criminelle a rendu tabou l'appartement de ce pauvre Élias Quiberville.

Cléo n'arrivait pas à se retourner. Ses yeux restaient bloqués sur le cadavre d'Élias, sur ses yeux exorbités, sur la longue tranchée sanglante sous sa carotide, comme si sa tête, tordue en arrière, en équilibre sur la faïence de la baignoire, allait finir par se décrocher.

Vomir ? Hurler ?

Dans un brouillard de coton déformant chaque son, Cléo entendit Lilio répondre.

— Qui êtes-vous ?

La main du journaliste recherchait la sienne. Elle était moite, tremblante, celle d'un enfant s'accrochant à la main d'un adulte, de sa mère, de sa grande sœur. Lilio n'était plus qu'un petit garçon perdu. Cléo détacha lentement les yeux du cadavre, se retourna.

Elle connaissait l'homme devant eux ! Elle le reconnaissait, au moins. C'était l'homme qui, sur les pentes de l'Himalaya, les avait jetés dans le précipice. Celui qui avait abattu Tane Prao d'un tir de fusil. Le tueur serrait dans son poing un couteau ensanglanté. Un Perceval, cette marque luxueuse qu'Élias appréciait.

Sur la lame, du sang frais.

Ce monstre l'avait égorgé avec son propre couteau de cuisine.

— Qui êtes-vous ? répéta Lilio.

Un maigre filet d'autorité durcissait sa voix. Les efforts du journaliste pour dissimuler sa panique paraissaient pourtant dérisoires. Le tueur face à eux semblait aussi affecté par le cadavre d'Élias gisant dans la baignoire qu'un plombier appelé pour régler un problème de lavabo bouché.

— Qui je suis ? (Un sourire presque étonné s'afficha sur le visage du tueur blond.) Un soldat, je crois, un simple soldat. À qui l'on a confié une mission, je me contente de l'exécuter. Un contrat, si vous préférez, qu'on m'a proposé, contre une remise de peine. C'est exactement cela, une remise de peine... Pour bonne conduite ! (Le tueur observa un instant la lame de son Perceval, comme s'il s'agissait d'un banal outil de travail.) Vous voyez, je ne suis pas un monstre, si on me récompense pour bonne conduite. Qu'y puis-je si cette bonne conduite, si la mission qu'on me confie, c'est de tuer ces retraités allemands sur l'atoll de Tetamanu, puis d'éliminer ce trafiquant, Tane Prao, puis de faire taire ce jeune architecte... puis vous maintenant.

Un frisson parcourut Cléo, de sa nuque au bas de son dos, et elle savait que le même courant de terreur électrocutait Lilio. Ils mourraient ensemble, main dans la main, foudroyés par le même éclair. Les yeux du tueur, sans cesse en mouvement, semblaient vérifier que Lilio et elle étaient bien désarmés, que le cadavre d'Élias n'allait pas se relever, qu'il n'existait aucune entrée secrète dans la salle de bains, et surtout que personne ne pouvait se téléporter à proximité. Rassuré, il sourit à nouveau.

— Dire que tout le monde me prend pour un fantôme. Les policiers du Bureau d'Investigation Criminelle m'ont surnommé *Khan*, le cyborg de Star Trek. Je crois que tout ceci n'est qu'un vaste malentendu. On me prend pour l'ennemi terrien numéro un, alors que je suis juste un électricien, capable de bricoler des antennes relais, et tombé amoureux, pendant ma longue détention, des modes de transport anciens. Pour le reste, je vous l'ai dit, je me contente d'obéir aux ordres.

— Vous allez nous tuer ? fit Lilio.

La main du tueur se crispa sur le manche du Perceval. Sa froideur de fonctionnaire à peine concerné par son boulot pétrifiait Cléo. Ses yeux, malgré elle, s'aimantaient sur la lame brillante du couteau. Sur le sang chaud qui en coulait. Sur... Sans lâcher la main de Lilio, elle se retourna.

Elle n'aurait pas dû.

Élias avait continué de se vider. Son visage était aussi pâle que les carreaux de faïence. Un morceau de viande, saigné à blanc, tels ces moutons qu'on sacrifiait, au temps d'avant, dans ces religions barbares oubliées.

Elle n'arrivait pas à croire qu'Élias soit mort. Ainsi. Assassiné.

Dans le monde où elle était née, toute violence avait été éradiquée. Elle se souvenait du petit Élias à huit ans, à dix ans, à treize ans, assis derrière la même table d'école, jouant dans la même cour de récré, si fragile, si douillet, il s'était évanoui une fois en classe, un matin où il s'était percé le doigt avec la pointe d'un compas. Cléo se mordit les lèvres. C'était si ridicule de penser à ça.

Mais à quoi penser, à quoi occuper son cerveau, quelques minutes avant de mourir ?

— Non, répondit enfin le tueur sans quitter des yeux Lilio. J'ai ordre de tuer la fille, pas vous. On m'a demandé de vous laisser filer. Sauf si vous résistez.

La main de Cléo serra plus fort encore celle de Lilio.

Plus personne ne prononçait un mot. Personne ne bougea. Le tueur, comme surpris que le journaliste n'ait pas déguerpi, précisa.

— La zone taboue couvre une surface d'à peine deux cents mètres autour de l'appartement. De Castro, si vous courez vite, dans moins d'une minute, vous en serez sorti. Au prochain croisement après Piccadilly, vous pourrez vous téléporter n'importe où sur la planète.

La main de Lilio lâcha celle de Cléo. Elle ne chercha pas à la retenir. Sa main était morte, déjà.

— Qu'allez-vous faire d'elle ? demanda le journaliste avec détermination.

— La tuer. Elle mourra de toute façon. À vous de décider si vous voulez l'accompagner.

Le tueur leva de quelques centimètres le couteau ensanglanté et se décala d'un mètre, pour dégager le passage devant la porte.

Vision d'horreur.

Lilio hésitait.

Pire horreur encore.

Puis sans un mot, surtout sans regarder Cléo, il franchit la porte de la salle de bains et se mit à courir dans le grand appartement. Ses pas résonnèrent longtemps, en écho, dans les pièces vides.

— Pas très courageux, votre ami, commenta le tueur tandis que le silence effaçait toute trace de la fuite du journaliste. Presque moins que l'autre, celui dans la baignoire. Tout à l'heure, quand je l'ai surpris dans la salle de bains, et que je lui ai demandé où vous étiez, je l'avais à peine chatouillé qu'il m'avait donné votre adresse. Vous n'aimez que les hommes lâches ?

Tout se brouillait dans la tête de Cléo.

Lilio n'avait fui que pour mieux revenir.

Le tueur s'avança, couteau de cuisine pointé devant lui, conscient que désormais, il ne devait pas traîner.

La fuite de Lilio était une feinte. Il allait prévenir les secours.

Cléo se recula. Ses jambes furent arrêtées par le carrelage froid de la baignoire. Elle sentit la main glacée d'Élias caresser le bas de son dos. Aucune place pour se cacher.

Lilio allait forcément surgir.

La lame n'était plus qu'à deux centimètres de sa gorge.

Tout se mélangeait dans ses pensées affolées.

Non, Lilio n'allait pas revenir. Il avait un rôle à jouer dans le destin de l'humanité, il avait de quoi nourrir sa bonne conscience, il ne pouvait pas tout gâcher pour une femme aussi insignifiante qu'elle, se sacrifier, se...

La voix du tueur se brouillait, tel un cauchemar auquel on ne veut pas croire.

— Vous avez beaucoup plus de cran, mademoiselle Loiselle, que les hommes que vous choisissez.

Lilio était forcément là, tapi dans la pièce d'à côté. Il s'était approché en silence. Armé.

Elle appuya nerveusement sur son TPC, qui refusait obstinément de fonctionner.

Le couteau s'éleva à la hauteur de ses yeux, elle pouvait lire la marque sur la lame, *Perceval*, accompagnée du poinçon, un *P* en forme d'épée, une fortune d'ivoire et d'argent, n'importe quelle femme aurait rêvé que de telles pièces d'orfèvrerie figurent sur sa liste de mariage, maman aurait été si fière, si Élias l'avait épousée.

Le couteau se posa sur sa gorge.

Reviens, Lilio, pensa Cléo en fermant les yeux. *Reviens maintenant.*

Lilio, à bout de souffle, atteignait le croisement de Coventry Street et de Haymarket. Des centaines de passants apparaissaient, disparaissaient. Il était sorti de la zone taboue. Il était sauvé.

Épuisé mais sauvé.

Une douleur fulgurante l'avait fauché en pleine course. Un point de côté. Il avait dû s'arrêter. La crampe l'empêchait de penser à autre chose. De réfléchir. D'hésiter. De culpabiliser. De se retourner.

Le journaliste se contenta de consulter l'heure au cadran de Big Ben, en direction de St James's Park. 10 h 45. Dans un peu plus d'une heure, les assignés commenceraient à se téléporter dans quatre-vingt-dix-sept lieux différents dans le monde.

Cette journée resterait dans l'histoire.

Cette journée dont il était à l'origine. Dont il devait être un acteur.

Plus tard il y aurait un temps pour les regrets, pour les hommages, pour les dommages.

Le destin de l'humanité est un torrent contre lequel on ne peut pas lutter.

Chacun coule. Ou surnage.

Au carrefour de Coventry Street et de Rupert Street, Lilio appuya sur son TPC et disparut. Personne ne s'en aperçut.

La lame du poignard était collée contre son cou, plaquée si serré que le *P* du poinçon gravé s'imprimait sur la peau de son cou. Du moins Cléo l'imaginait. La morsure froide du couteau bientôt se transformerait en croc d'argent, planté dans sa chair.

Est-ce qu'elle ressentirait la chaleur du sang expulsé en geyser de son artère carotide ?

Ses jambes ne la portaient plus, elle s'était assise sur la faïence écarlate. Elle allait mourir ainsi, basculer, rejoindre Élias, dans le même bain, pour une noce de sang.

Pas dans vingt et un ans.

— Je suis désolé, murmura le tueur à son oreille, je vais peut-être un peu vous faire mal avec cette lame de boucher. D'ordinaire, avec mon santoku, les gens ne souffrent pas... mais une flic s'est envolée en l'emportant.

La lame entaillait la peau de Cléo. Une voix gronda dans le dos du tueur.

— Le voici, je vous le rends.

Le tueur se retourna en un réflexe d'une rapidité stupéfiante, esquissa le geste de lancer son Perceval, en aveugle, droit en direction de la voix. Il ne fut pourtant pas assez rapide. Une main accrochait déjà son poignet et le désarmait, alors qu'une autre, vive et précise, celle portant le santoku, fendit l'air et d'un geste sec, sans sommation ni hésitation, trancha le poignet droit de Kapp.

Cléo hurla.

La main tomba sur le tapis de bain, aussi flasque qu'un gant de latex. Le TPC encore accroché au poignet tranché glissa doucement dans la mare de sang. Viktor Kapp se recula, écrasant son dos contre la porte vitrée de la douche, livide, résistant à l'évanouissement en roulant des yeux hallucinés.

Son agresseur était trop fort, trop déterminé. Kapp fixait le santoku entre les mains de l'homme qui venait de le mutiler. Le regard du tueur, vaincu, soumis, ressemblait à celui d'un enfant puni, obsédé par un jouet confisqué et qu'il n'oserait pas réclamer.

— Com... commandant Akinis ?

Cléo tremblait, nuque glacée, front brûlant, cerveau balayé par un tremblement de terre et corps entier agité par les répliques. Elle haletait, suffoquait, mais respirait.

Elle comprenait qu'elle était sauvée !

Elle reconnaissait l'homme qui venait de surgir dans la pièce, pour désarmer le tueur, l'amputer de son TPC avant même qu'il ait pu le toucher.

Le policier ! Celui qu'elle avait croisé dans la favela de Rio, qui lui avait tendu une main qu'elle n'avait pas saisie.

Qu'elle avait croisé au Kazakhstan aussi, à l'ombre du bateau échoué dans le désert d'Aralkum.

Cet homme était-il son ange gardien, rattrapant à lui seul la lâcheté de tous les autres Terriens ?

De tous les autres hommes, au moins.

Le commandant Akinis lança à Viktor Kapp une serviette de bain, pour qu'il puisse entourer son moignon.

— Je devrais vous tuer, fit Artem. Pour venger le meurtre de mon meilleur ami, le lieutenant Babou Diop, et pour tous les autres meurtres que vous avez commis.

Viktor Kapp ne répondait pas. Abattu, alors qu'il se croyait invincible.

Il ne mentait pas, pensa Cléo, *quand il disait qu'il n'était qu'un soldat*. Un soldat qui avait échoué, et désormais aussi perdu qu'un robot dont le processeur a grillé.

— Nous sommes pressés, Kapp. La Nouvelle Babel va être lancée dans une heure, je vous conseille de parler. Pour qui travaillez-vous ?

Viktor Kapp ne réagit pas davantage. Il n'était plus qu'un pion muet. Un chien fidèle jusqu'au bout, qui ne se retournerait pas contre son maître.

Le commandant jeta un regard à Cléo, à peine une seconde. Un trouble la traversa sans que le policier n'ait besoin de lui parler. Cléo ressentait une fierté, une fierté stupide, ainsi coincée entre le cadavre d'Élias et ce tueur mutilé. Cet homme, ce commandant de police, depuis deux jours, n'avait eu qu'une obsession : la sauver. Lui se foutait de l'humanité, elle seule comptait...

Délire post-traumatique, ma vieille, songea-t-elle en souriant mentalement.

— Vous avez cinq minutes, annonça le commandant en fusillant à nouveau Viktor Kapp du regard. Ensuite je vous abats. Le président Nemrod lui-même m'a donné l'ordre de vous tuer, ne me tentez pas.

D'un coup, la raideur militaire de Viktor Kapp céda, sans qu'Artem ne comprenne pourquoi.

Il ne croyait guère à l'effet de ses menaces, et encore moins à son compte à rebours, *vous avez cinq minutes, ensuite je vous abats*. Pourtant, les yeux du tueur venaient de se brouiller. Une digue, un mur de sa défense mutique, cédait.

Artem rembobina dans son cerveau les mots qu'il venait de prononcer.

Le président Nemrod
M'a donné l'ordre
De vous tuer.

Viktor Kapp toussa, signe qu'il acceptait de parler. La serviette verte recouvrant son poignet était gorgée de sang violacé.

— C'est... C'est Nemrod qui vous a envoyé ici ? demanda le tueur.

— Oui, en coordination avec l'Organisation Mondiale des Déplacements et le Bureau d'Investigation Criminelle. L'appartement d'Élias Quiberville était surveillé. Nos services ont repéré Lilio de Castro et Cléophée Loiselle dès qu'ils se sont téléportés devant la porte du 47 Regent Street. On les a laissés entrer et on a aussitôt rendu la zone taboue, pour qu'ils ne puissent pas s'échapper. Mais vous, j'ignorais que je vous trouverais ici.

— Nemrod, répondit Viktor Kapp, Nemrod, lui, le savait !

53

Vallée du Syr-Daria, Kazakhstan

Ossian gravit les quelques mètres de dénivelé du lit mineur du Syr-Daria. Le maigre fleuve serpentait dans un désert de cailloux et de poussière, creusant inlassablement son chemin entre les collines dénudées, que le vent et la gravité s'acharnaient à combler. La canne d'Ossian s'enfonçait dans le sable meuble. Plus personne d'autre que lui n'avait dû fouler les alluvions de cette rivière polluée depuis des décennies, pas davantage que de remonter son cours. Sans doute depuis que la zone, toute la zone, tout le Kazakhstan, était taboue.

Ossian s'arrêta.

Il avait marché une bonne partie de la nuit et de la matinée. Moins de quarante kilomètres au final. Un terrain plat sur la plus grande partie du trajet, sitôt entré dans la plaine alluviale, sitôt sorti des montagnes Karataou. Presque une promenade de santé, même pour un vieil homme fatigué refusant d'utiliser le TPC qu'il portait au poignet.

Pas question de se faire repérer.

Pas maintenant, pensait Ossian.

L'Organisation Mondiale des Déplacements avait commis une erreur grossière, une erreur historique, une erreur qui allait leur coûter très cher.

Hors de question de tout gâcher. Il préférait marcher. Son TPC lui servirait quand la zone ne serait plus taboue. Ça n'allait plus tarder...

Il continua d'escalader avec prudence le remblai de terre, pour surplomber le site. Depuis qu'il avait été assigné au Kazakhstan, onze ans plus tôt, c'est la vingtième fois qu'il s'y rendait. Il y avait passé des semaines entières. Les assignés de l'Assemblée des Peuples Libres pensaient qu'il partait seul, méditer, rédiger un nouveau livre, qu'il reviendrait, et effectivement il revenait, toujours, après plusieurs jours, voire plusieurs semaines.

Tous le voyaient comme un idéologue, un philosophe, un agitateur d'idées, au mieux un député raté. Aucun ne se souvenait de sa véritable formation, comme celle de Galiléo Nemrod, comme celle de la plupart des pionniers de la téléportation humaine. Ingénieur. Des scientifiques, avant de devenir des politiques.

Ossian s'arrêta. À chaque fois qu'il revenait, une impression de vertige le saisissait quand son regard embrassait la totalité du site. Comment les hommes avaient-ils pu l'oublier ? Comment l'Organisation Mondiale des Déplacements avait-elle pu être assez stupide pour assigner les principaux prisonniers politiques dans une vaste steppe où jadis, les hommes avaient construit...

... le plus puissant cosmodrome de la planète !

Ossian observa la steppe brûlée par le soleil, une plaine si étendue que l'œil n'en percevait aucune limite, à l'exception d'une ligne de brume floutant l'horizon. Et plantée au milieu de ce décor lunaire, une ville fantôme, des cubes de béton éparpillés, des cheminées noircies d'une fumée qu'elles n'avaient plus crachée depuis des années, des grues de fer gigantesques et squelettiques, abandonnées sur place telles des carcasses d'animaux préhistoriques.

Baïkonour.

Un champ de ruines, quand Ossian l'avait découvert, en 2086.

Qui aurait pu croire que de ce site désaffecté, à moitié enseveli sous le sable, avaient été lancés les premiers satellites artificiels de l'histoire de l'humanité, dans les années 1950 ; que d'ici avait décollé le premier homme dans l'espace, ou qu'avaient été testés, à partir de milliers de tirs, les missiles balistiques intercontinentaux les plus dangereux jamais construits sur terre ?

Ossian en avait fait l'inventaire. Il restait sur le site encore mille cent quatre-vingt-quinze missiles en état d'activité, et mille deux cent trente lanceurs.

Un seul suffirait.

Ossian se remit en route et longea un imbroglio de tuyaux qui sortaient de terre, traversaient la route, puis replongeaient dans les entrailles du désert... Anciens oléoducs ? Gazoducs ? Ou simples conduites d'eau ? Les restes de moteur d'une fusée Soyouz-U2 rouillaient dans un cratère visqueux, formé, au fil des années, par la percolation de gouttes d'huile aux jointures d'un pipeline. Ossian ne devait pas se laisser envahir par cette nostalgie contemplative. Le reste de son plan était strictement minuté. La fameuse Nouvelle Babel de Nemrod s'ouvrirait dans soixante-dix minutes. Il avait tout programmé pendant de longs mois, dans l'attente de ce moment précis.

Il repensa à ce que lui avait appris Lilio de Castro, ce journaliste prêt à tout pour avoir sa place au premier rang du grand théâtre de l'histoire. L'humanité réunie sur l'île de Tristan da Cunha, entre 11 h 45 et midi, en hommage à la première téléportation quantique.

Quelques centimètres, un grain de sable.

Jamais, depuis sa préhistoire, l'humanité n'avait été aussi vulnérable.

Une seule Terre, un seul peuple, une seule langue.
Le mantra de Nemrod était implacable, sourit Ossian. Personne ne pouvait lutter contre une telle utopie. Au siècle dernier, les sites de Baïkonour, Kourou, Cap Canaveral, Jiuquan, sans oublier les bases secrètes iranienne et coréenne, étaient en compétition les uns contre les autres pour se doter des fusées les plus performantes, des lanceurs de satellites les plus fiables et d'armes nucléaires capables de faire exploser dix fois la Terre.

Nemrod avait balayé cette concurrence suicidaire en rassemblant toutes les énergies sur un seul site, l'îlot Rolas, dans l'archipel de São Tomé-et-Principe, au large du Gabon, en plein sur la ligne d'équateur. Le Cosmodrome International abritait les plus grands cerveaux mondiaux de l'astrophysique, unis en un seul objectif : construire des antennes relais sur la Lune, sur Mars, sur Vénus, sur Mercure, et à moyen terme être capable d'organiser la téléportation humaine interplanétaire. Rien, du point de vue de la physique quantique, ne s'y opposait. C'était une simple question d'énergie, de temps, de volonté, et de moyens à y consacrer.

Ossian rejoignit le fleuve. Ses pieds s'enfonçaient dans la boue rouge du lit mineur du Syr-Daria, dont les rives argileuses étaient encore gorgées de l'eau tombée en trombes lors de la violente averse de la veille. Sa canne laissait un fragile sillon, bien droit, que la terre humide effaçait quelques secondes après son passage.

Bien entendu, pensait Ossian, Nemrod avait gagné. Et il ne pouvait pas le supporter. Les Terriens, en se soumettant à la Constitution de 2058, avaient accepté de façon volontaire de n'être plus que les pions d'une société totalitaire. Une termitière absurde, dix milliards d'insectes agitant leurs ailes nouvelles partout sur la Terre, un bocal qui ne leur suffisait déjà plus, bientôt l'essaim de fourmis coloniserait toute la galaxie.

Il fallait revenir en arrière. De cent ans au moins. Prendre un nouveau chemin. Avec ceux qui survivraient.

Ossian ouvrit la porte blindée de la rampe de lancement Proton, celle qu'il avait patiemment réactivée au cours des dernières années. Le missile intercontinental, un Sarmate RS-29, était conçu pour traverser la Terre en quelques minutes. Il n'était pas d'une puissance phénoménale, à peine capable de faire sauter un caillou de dix kilomètres carrés. Mais si, par le plus grand des hasards, la quasi-totalité des hommes, des femmes et des enfants habitant sur terre se trouvaient précisément sur ce caillou ?

Ossian posa sa canne contre la porte de fer, s'assit dans le fauteuil poussiéreux face aux vieux écrans de contrôle, et appuya sur une série de boutons. Des lumières rouges et vertes clignotèrent. Tout était en parfait état de fonctionnement.

Personne ne savait qu'il était ici. Personne n'était au courant de son projet. Personne ne l'arrêterait.

Il l'avait baptisé Nouvelle Sodome. Nemrod aurait apprécié.

Ossian commença méthodiquement à activer un à un les lanceurs balistiques, tout en murmurant entre ses dents, dans le silence du cosmodrome abandonné :

— *Joyeux anniversaire, Galiléo.*

54

Château du Nid d'hirondelle,
péninsule de Crimée, Russie

Mi-Cha était toujours allongée dans le lit à baldaquin. Elle aurait adoré s'y reposer toute la journée, telle une princesse paresseuse, enroulée dans les draps de soie... s'il n'y avait pas eu la plaie non cicatrisée qui lui écartelait le cœur, s'il n'y avait pas eu l'écheveau de perfusions avec lesquelles elle avait dû se téléporter, si elle n'avait pas dû obéir aux consignes strictes de Valéryah Everianov : interdiction formelle de bouger ! Tout juste pouvait-elle se tourner vers les fenêtres et admirer, par les vitraux teintés, les tours de ce château de conte de fées.

Le Nid d'hirondelle, avait expliqué Galiléo Nemrod, avait été bâti tel un pied de nez, près de Yalta, en Crimée, là où les puissants s'étaient partagé le monde de jadis. L'élégant château, posé en équilibre sur la falaise de l'Aurore, surplombait la mer Noire. Le moindre coup de vent paraissait pouvoir le faire basculer.

Il était pourtant là depuis deux siècles, blanc comme neige, avec ses balcons suspendus sur le vide, ses tourelles de poupée, ses meurtrières d'opérette. Il ne fallait pas se fier à ce décor de vieux dessin animé de Disney : le château choisi par Galiléo Nemrod était un des lieux les plus sécurisés au monde. Personne ne pouvait s'y téléporter sans son autorisation personnelle. Un repaire ! Un nid d'aigle plus que d'hirondelle.

Galiléo Nemrod observait, par le vitrail, le bleu infini de la mer. Elle ne semblait avoir été baptisée *mer Noire* que pour accentuer le contraste avec la falaise blanche et les murs d'albâtre du château perché. Le président tournait régulièrement la tête pour consulter la grande horloge, dont le cadran compliqué, en forme d'astrolabe, reposait sur un pied de chêne et de verre, ouvert sur le mouvement régulier d'un balancier de cuivre.

Mi-Cha se redressa autant qu'elle le put. Elle eut l'impression que les fils de son cœur recousu allaient tous céder, mais elle résista et coinça son dos sur un oreiller. La perfusion accrochée à son bras droit injectait goutte après goutte une drogue dans son sang, morphine, fentanyl, nalbuphine ?, pour contenir la douleur, pour engourdir ses muscles, pour engourdir son esprit aussi ?

Sur ce point au moins, c'était raté ! Jamais la jeune Coréenne n'avait eu la sensation d'être aussi lucide. Elle attrapa le regard du président.

— Je ne suis pas en convalescence ici, n'est-ce pas ? Je suis en prison. Vous ne me laisserez pas sortir. J'en... j'en sais trop.

Nemrod se détourna, se concentra longuement sur le mouvement du balancier de cuivre.

10 h 55.

— Dans une heure, tout sera terminé, capitaine Kim. Non, vous n'en savez pas trop. Vous n'en savez pas davantage que les autres, ou pas beaucoup plus. Mais vous êtes plus futée. Vous avez deviné le principal. Et le reste, vous finirez par le comprendre... Alors, il est plus simple de tout vous expliquer.

— Et ensuite ?

— Ensuite, ce sera à vous de décider. Vous êtes une excellente policière. La meilleure, peut-être. Vous déciderez de continuer de servir la Constitution de 2058. Ou d'y renoncer.

Le goutte-à-goutte dans le bras de Mi-Cha semblait réglé sur le tic-tac du balancier, égrenant le temps dans le même compte à rebours. Elle frissonna.

— Si j'y renonce, je deviendrai une sorte de prisonnier politique ? Une de ces assignées ?

Nemrod, avant de répondre, saisit un tisonnier et agita les cendres dans la vaste cheminée de marbre blanc.

— En quelque sorte, capitaine Kim. Même si vous êtes bien moins dangereuse qu'eux. Je sais que je n'ai aucune chance de convaincre le commandant Akinis. Encore moins notre regretté lieutenant Diop. Mais vous, je l'espère... Vous êtes attachée à ce monde dans lequel vous êtes née, ce monde de liberté. Elle a un prix, capitaine. Tout a un prix.

— Je vous écoute (elle se força à sourire). Je sens que la facture va être salée.

Nemrod sourit à son tour. Les bûches dans la cheminée se remirent à flamber.

— Pas tant que cela.

Il observa le reflet des flammes danser dans les vitraux, et s'approcha lentement des fenêtres, comme pour traverser le feu et plonger dans la mer Noire, cinquante mètres plus bas.

— La Nouvelle Babel, capitaine, ce grand bâtiment construit sur l'île la plus isolée du monde, Tristan da Cunha, n'a jamais été destinée à abriter les dix milliards d'habitants de la planète. Ce grand bâtiment a une autre vocation, la Nouvelle Babel est en réalité... (il marqua une longue respiration)... une prison ! La plus grande et la plus isolée de toutes les prisons. Savez-vous, capitaine, que la terre la plus proche de Tristan da Cunha est Sainte-Hélène, l'île où l'on exila jadis Napoléon ? Personne n'osa tuer une telle personnalité, alors on dut l'éloigner autant qu'on le pouvait du reste de l'humanité, pour qu'il ne puisse plus nuire au repos du monde, c'est l'expression qui fut employée à l'époque, l'empêcher de *nuire au repos du monde*. Je la reprendrai volontiers.

« Mon constat est simple, capitaine Kim, très simple. Les assignés, ces prisonniers politiques prônant le retour aux États et aux frontières, à la reconnaissance des nationalismes, à l'expression des langues anciennes ou à la pratique des religions, constituent une menace pour notre monde de liberté. Je ne vous refais pas le couplet, vous êtes assez intelligente pour le comprendre, leurs idées sont des braises qui peuvent à n'importe quel instant provoquer un nouvel incendie.

« La solution la plus raisonnable aurait été d'emprisonner tous les ennemis de la liberté. Le Congrès Mondial, sur ce point, ne m'a jamais suivi. Il s'est contenté de les exiler, en secret, en semi-liberté, dans un territoire suffisamment vaste pour que leur présence soit ignorée de presque tous. Le plus étendu de tous les lieux tabous. Mais ce n'était qu'une solution provisoire. Un jour ou l'autre, leur existence serait dévoilée… Pire que cela même, rien ne les empêchait réellement de sortir des frontières du Kazakhstan, même sans TPC, même surveillés par les soldats de la Garde Internationale. Une évasion était possible, inévitable à long terme. Il fallait trancher. De façon énergique et efficace. C'est-à-dire enfermer tous ceux qui s'opposent, menacent, violent la Constitution mondiale de 2058. Cela n'a rien d'une dictature, capitaine, toute société, toute démocratie, s'est toujours protégée de ses ennemis, sans scrupules, avec justice, sans rien cacher à ses citoyens.

« Pour cela, deux conditions devaient être réunies. Un motif, d'abord : il fallait prouver la dangerosité des assignés. Sans cela, le Congrès Mondial ne m'aurait jamais suivi. Et un moyen, ensuite. La téléportation me le fournissait. Le rêve de tout dirigeant depuis la nuit des temps : pouvoir se débarrasser de ses opposants, des ennemis de l'intérieur, en les déportant. Appuyer sur un bouton et hop, celui qui constitue une menace pour la société se retrouve envoyé ailleurs pour réfléchir quelques jours, quelques mois, quelques années.

Nemrod se pencha vers la fenêtre, à l'opposé de la cheminée. En miroir dans le vitrail, le feu paraissait le dévorer. Sans le faire souffrir, sans même le brûler, tel un diable surgissant des flammes.

— *Pitchipoï*, murmura Mi-Cha.

Le président se retourna.

— Exact, capitaine Kim, *Pitchipoï*. Un moyen radical à n'utiliser, bien entendu, que pour se protéger des terroristes, en aucun cas sur de simples citoyens. Mais là encore, ni les députés du Congrès Mondial, ni l'opinion publique n'y étaient prêts. Déporter quelqu'un contre son gré, même un criminel, est contraire au fameux quatrième article de la Constitution de 2058. Pour l'outrepasser, il fallait des conditions exceptionnelles. Un état d'urgence. Il fallait aussi, petit détail technique, que les ennemis potentiels, ces assignés, aient accroché à leur poignet cet objet contre lequel ils combattent, un TPC. Vous avez compris, capitaine Kim, tout cela nécessitait une petite mise en scène.

« Il fallait tout d'abord créer un climat d'insécurité. Ce n'était pas le plus difficile. Un attentat, dix retraités assassinés dans un atoll du Pacifique, des signes ostensibles de menace terroriste, le livre de ce bon vieil Ossian, cette inscription mystérieuse, *Pitchipoï*, qu'il n'était pas difficile d'interpréter, puis l'évacuation du stade Maracanã lors de l'événement le plus regardé sur toute la Terre. On ne pouvait pas imaginer plus spectaculaire.

10 h 59.

Artem avait uniquement lié les jambes de Viktor Kapp, puis posé son TPC ensanglanté sur la table basse du salon, comme une tentation. Il avait lancé trois serviettes au tueur pour qu'il puisse continuer d'éponger son moignon.

Cléo s'était écroulée sur une chaise, deux mètres derrière le commandant Akinis. Il ne lui avait pas demandé de sortir. Après tout, elle en savait autant, voire plus que lui. Artem, sur le fauteuil face à Kapp, jouait avec son couteau santoku. Par la fenêtre donnant sur Piccadilly Circus, des mannequins métissés défilaient sur les enseignes lumineuses géantes, pour vanter des bracelets de TPC en or massif ou incrustés de diamants.

Big Ben sonna 11 heures.

— Vous connaissez Galiléo Nemrod ?

— C'est... fit Viktor Kapp avec un détachement étrange. C'est un vieil ami.

Artem tentait de conserver son calme. Il devait en apprendre davantage. Ce tueur mentait peut-être. Ou bluffait pour gagner du temps. Il paraissait faire des efforts considérables pour masquer sa douleur. Le commandant était conscient qu'avec sa blessure, l'hémorragie, Kapp pouvait perdre conscience à tout moment.

— On ne refuse rien à un vieil ami, n'est-ce pas ? articula Viktor Kapp, entre sourire et grimace. Mais en l'occurrence, nous avions un contrat. Je l'ai déjà expliqué à la fille et son journaliste, avant que vous ne vous invitiez dans notre discussion. Une remise de peine. J'agissais pour le bien de l'humanité, vous serez d'accord avec moi, si c'est le président qui me le demandait ?

Kapp ne ment pas, pensa le commandant. *Kapp vide sa conscience autant qu'il se vide de son sang.*

*Parce que son commanditaire l'a trahi et a voulu le faire
exécuter ?*
Le président.
Galiléo Nemrod.
C'était tellement énorme.
— Ce n'était pas un travail compliqué, expliqua Khan.
Je crois que si le président m'a choisi, c'est à cause de mes
compétences d'électronicien, bien sûr, mais aussi de ma passion pour les modes de transport anciens. Le président m'a
simplement demandé de récupérer une dizaine de places pour
la finale Brésil-Allemagne à Maracanã, dans l'espace privé de
retraités allemands. Ne me demandez pas pourquoi... Je ne
crois pas que Galiléo Nemrod s'intéresse beaucoup au foot,
moins que moi en tout cas. (Un sourire défigura le visage du
tueur blond. Il souffrait sans rien dire, en martyr.) Il avait
précisé que je ne devais laisser aucun témoin derrière moi.
Et déposer deux indices, ce mot *Pitchipoï,* gravé dans un
palmier, et ce livre, *Droit du sang,* dans un des tiroirs d'une
des tables de chevet.

11 h 04.
— Ne vous endormez pas, capitaine Kim, fit Nemrod
en haussant légèrement la voix, je vais essayer de faire vite,
d'être plus passionnant aussi, de vous épargner les détails
techniques.
Mi-Cha avait l'impression que tout ralentissait. Le mouvement du balancier, les paroles du président, ses pas sur le
parquet verni de la chambre du château, le goutte-à-goutte
dans ses veines aussi, telle une fin d'averse, les dernières
larmes d'une pomme de douche une fois le robinet fermé.
Ce poison qui l'assommait.
— Il n'a pas été difficile de manipuler Lilio de Castro. Je
l'ai choisi parce qu'il était doué, très doué, charismatique,

romantique, même s'il souffrait de quelques défauts chroniques : la lâcheté évidemment, le trait commun de la quasi-totalité des intellectuels, bien qu'ils s'en défendent avec une sincérité touchante, et l'ambition surtout. Lilio de Castro aurait tout donné pour être une sorte de messager divin délivrant aux Terriens un secret révolutionnaire. Un ange Gabriel laïc. Je me suis arrangé pour lui donner les bonnes informations quand il le fallait, pour qu'il se trouve au bon endroit au bon moment, pas très loin de Tetamanu, puis dans le stade Maracanã, qu'il puisse entrer en contact avec Tane Prao aussi, et disposer de rumeurs un peu consistantes sur ces mythiques assignés.

« Seule l'institutrice, Cléophée Loiselle, n'était pas prévue au programme. En définitive, elle ne s'est pas révélée gênante, bien au contraire. Pour l'épater, de Castro a eu plus encore envie de jouer au coq qui réveille l'opinion mondiale en pleine nuit, et votre cher commandant a mis plus d'énergie encore pour retrouver vivante cette pauvre, mais fort charmante, innocente.

Un réflexe nerveux repoussa le poison qui endormait inexorablement Mi-Cha. Un coup de sang ! Ainsi, Galiléo Nemrod avait tout programmé, tout contrôlé, tout deviné, jusqu'à son attirance pour Artem et sa jalousie envers cette Cléophée.

La policière hésita à réagir, puis choisit de se taire. Elle devait laisser le président parler. L'écouter, tout écouter, en luttant de toutes ses forces pour conserver les paupières ouvertes.

— La seconde étape, poursuivit Nemrod, fut aussi simple que la première. Il suffisait d'éliminer cette ordure de Tane Prao, bon débarras !, pour que Lilio de Castro se retrouve comme par miracle en possession de trois cents TPC clandestins, et de renseignements précis sur les assignés. Je ne doutais pas une seconde de son envie irrépressible de les rencontrer et de leur offrir ses services pour s'évader... en échange d'une exclusivité. Pour cela, pour que les assignés acceptent de prendre le risque d'enfiler à leur poignet un TPC, eux qui, plus que quiconque sur cette Terre, s'en méfiaient, il fallait que Lilio soit sincère, qu'aucun assigné ne puisse flairer le piège. Il fallait que la tentation soit irrésistible, et que le tentateur soit suffisamment convaincant pour pousser à sortir de leur douce retraite ces pacifistes velléitaires.

Nemrod attisait à nouveau les cendres de la cheminée. Cette fois, Mi-Cha ne put s'empêcher de s'exprimer.

— Si ce ne sont que des pacifistes velléitaires, pourquoi tout ce cirque ? Pourquoi les faire passer pour des terroristes ?

Une nouvelle bûche, quelques brindilles, les flammes s'élevèrent, plus puissantes que jamais. Le balancier de cuivre rougissait.

11 h 10.

— Voyez-vous, capitaine Kim, Karl Marx n'était qu'un intellectuel velléitaire, et pourtant des dizaines de millions d'innocents ont péri au nom du communisme. Adam Smith n'était qu'un philosophe de salon, et pourtant combien de morts, de crimes, de famines au nom du capitalisme ? La planète entière a failli y rester ! Vous êtes trop jeune, capitaine Kim, mais j'espère vous convaincre. Vos petits-enfants vivront peut-être sur une Terre où le risque de nationalisme sera complètement écarté, où les guerres d'antan seront regardées comme des affrontements de tribus préhistoriques, mais nous ne sommes pas encore parvenus à ce niveau de conscience planétaire et pacifique. Il faudra des siècles, m'entendez-vous, des siècles de bonne volonté. J'espère compter sur la vôtre. Quand je vous aurai tout révélé.

11 h 15.

Le commandant Akinis avait improvisé un garrot à l'aide d'un lacet de l'une des dizaines de baskets U-Bolt exposées dans la salle de fitness. Le sang au poignet tranché de Viktor Kapp avait presque cessé de couler. Toujours assis dans le canapé, Kapp fixait le TPC ensanglanté posé à moins de deux mètres de sa seule main valide. Artem, face à lui, se tenait prêt à intervenir.

Cela faisait partie de sa mise en scène. Rester concentré, jouer avec le tueur, lui laisser un espoir, l'obliger à miser, à parler, à ne pas trop regarder la femme dans son dos, Cléo, qui ne perdait rien des aveux du type qui venait d'égorger son petit ami.

Était-il son petit ami, d'ailleurs ? Il était impressionné par la force tranquille qui se dégageait de cette femme d'apparence si fragile. Rester concentré, ne pas laisser ses pensées s'éparpiller. Se focaliser sur une révélation. Sidérante, si Kapp disait la vérité...

Le président Galiléo Nemrod était à la tête, depuis le début, de l'ensemble du complot.

Kapp réclama un verre d'eau, le vida, avant de continuer de parler.

— Le second des trois contrats, fit-il en reposant le verre, était de me rendre au Cachemire pour tuer Tane Prao. Et comme sur Tetamanu, de graver *Pitchipoï* sur un arbre près de son palace, de déposer un exemplaire de *Droit du sang*, et de ne laisser aucun témoin derrière moi. Ça m'a demandé un peu plus de temps. Ce trafiquant était méfiant. Son palais bien gardé. J'ai passé des heures à faire le guet dans la neige (le tueur tourna ses yeux bleus vers Cléo). C'est là que nous nous sommes croisés, mademoiselle. Je suis désolé, vous faisiez partie des témoins à éliminer. Du moins je croyais. Si ça peut vous consoler, le président m'a passé une sacrée soufflante quand il a appris que je vous avais balancée dans le précipice, avec le journaliste. Visiblement il tenait à vous... Enfin, sans vouloir vous vexer, il tenait surtout à lui.

11 h 20.

— Je dois vraiment remercier Lilio de Castro, il a été parfait (le président Nemrod observa, à travers le verre coloré des fenêtres, les falaises voisines du Nid d'hirondelle, idéales sentinelles abruptes et inhospitalières). Il m'a remis, dès qu'il l'a eue entre les mains, la liste précise des trois cents TPC clandestins. Leurs noms ont été identifiés sur la base PANGAÏA. Dès que les assignés les activeront, ils signeront leur arrêt de déportation. Pas en semi-liberté cette fois, tout droit vers la case prison ! Une belle, grande, fonctionnelle et toute neuve prison. Ils seront bien traités, je vous assure.

« Dans une quinzaine de minutes, j'annoncerai que la cérémonie du centenaire est annulée, en raison d'une menace terroriste inédite. Avec Tetamanu, Maracanã, l'opinion mondiale a été préparée. Je préciserai qu'heureusement, la tentative d'attentat a échoué, grâce au travail et à la collaboration sans faille de l'Organisation Militaire Mondiale et du Bureau d'Investigation Criminelle.

« Vous aussi, capitaine Kim, aurez votre part de gloire. On prendra les assignés la main dans le pot de confiture, ou si je puis dire, le TPC à leur poignet, prêts à déferler un peu partout sur la planète. Le Congrès Mondial ne pourra que me suivre cette fois, poussé par l'Ekklesia. L'opinion mondiale poussera un ouf de soulagement, fustigera l'inconséquence du Congrès d'avoir laissé ces individus en semi-liberté, dans un territoire si vaste qu'il n'était plus possible de les contrôler, à moins de les attirer au-dehors, comme je l'ai fait. Que ma cote de popularité sur l'Ekklesia grimpe en flèche ne sera qu'un avantage collatéral qui n'a guère d'importance, croyez-moi.

Désormais, le monde vivra en sécurité. Telle est la véritable Nouvelle Babel : un monde qui allie pour la première fois liberté et sécurité.

Mi-Cha se sentait de plus en plus fatiguée. Tout son corps s'engourdissait. Elle devait économiser au maximum ses forces. Elle aurait aimé mitrailler ce salaud à barbe blanche d'une salve continue d'insultes. Elle se contenta de cinq mots.

— Au prix d'un mensonge.

— Un mensonge que nous ne sommes que deux à partager. Un mensonge d'État. Une nécessité aussi vieille que le monde, de l'incendie du Reichstag à Pearl Harbor. Un mensonge capital, car si convaincre l'Ekklesia ou le Congrès n'était au fond qu'une formalité, restait le plus délicat : convaincre Pangaïa ! Ma propre fille !

« Bien entendu, elle ignorait tout de l'opération *Pitchipoï*. Pangaïa est idéaliste, rêveuse, naïve. Elle seule possède la capacité de gérer directement la programmation de l'ensemble de la base de données. Les autres ingénieurs de l'Organisation Mondiale des Déplacements n'ont accès qu'à des antichambres, quelques couloirs du labyrinthe, elle seule en est le cerveau, en maîtrise le plan complet et, pour elle, téléporter un milliard d'hommes, à partir de leurs TPC, n'est pas plus compliqué que d'en téléporter un seul.

« Vous connaissez Pangaïa, capitaine Kim, j'ai tenu à ce que vous la rencontriez. Comme moi, vous avez compris qu'elle était la meilleure garantie pour la sécurité de l'humanité. Jamais elle n'abusera de son pouvoir. Elle est une déesse raisonnable et sage. Je savais que lui faire enfreindre le quatrième article de la Constitution de 2058 serait presque impossible. Presque impossible, et pourtant nécessaire pour assurer la paix sur terre. Pour qu'elle accepte, pour qu'elle renonce au premier des principes qu'elle s'était juré de toujours protéger, qu'aucun être humain ne puisse jamais être téléporté contre son gré, elle ne devait avoir aucun doute sur la menace qui planait.

11 h 25.
— La troisième étape du contrat, c'était le mont Popa. Un lieu infesté de militaires et de policiers, mais le défi me plaisait. Qui aurait pu avoir idée de se téléporter en plein ciel et de finir le trajet en parachute ?

Viktor Kapp paraissait petit à petit plus sûr de lui. Sa blessure semblait le faire moins souffrir, soulagée par le garrot et anesthésiée par l'adrénaline de ses souvenirs. Le tueur, à défaut de compassion, recherchait dans le regard d'Artem une forme d'admiration.

— Sauf qu'au moment où je trafiquais la base de données géographiques du Service de Vérification des Reliefs, Cours d'Eaux, Littoraux et compagnie, votre copain a débarqué, chez moi, à Kolmanskop. Je n'avais pas d'autre choix, c'était lui ou moi. J'avais une troisième étape du contrat à honorer. M'introduire au cœur de PANGAÏA. Les ordres de Nemrod étaient toujours les mêmes, ne laisser aucun témoin, mais je devais cette fois me contenter de faire peur à sa fille, jouer mon numéro de méchant terroriste, balancer quelques mots, *Pitchipoï, Droit du sang, Ossian.* Là encore, votre petite collègue n'était pas prévue au programme. Dire que cette gamine s'est téléportée avec mon santoku...

Celui qu'Artem tenait entre ses mains. Avec lequel il résistait à l'envie de lui trancher un second poignet. Puis le cou. Et de balancer sa tête aux macaques de la jungle birmane. Cléo, assise derrière eux, écoutait, attentive et patiente.

— Ensuite, expliqua Kapp, ça a dérapé. Le président m'a demandé d'intervenir pour une nouvelle mission, ici, à Londres, sur Piccadilly, sans aucune préparation. J'ai tiqué, je déteste improviser. Il a insisté, j'ai accepté. Dans ma tête, je rendais ce dernier service au président, et ensuite j'exigeais ma liberté, comme prévu.

De sa main valide, Kapp frotta ses paupières. Une déception sincère brouillait ses yeux clairs, aux antipodes de l'habituelle froide assurance du tueur, celle d'un petit enfant trahi par un adulte trop sournois.

— C'était un piège. J'avais fait mon boulot, Tetamanu, l'Himalaya, le mont Popa, il n'avait plus besoin de moi. Il fallait m'éliminer. Il vous a envoyé ici pour ça, commandant. Il savait que vous le feriez. J'avais assassiné vos deux adjoints (les yeux bleus du tueur fixèrent plus intensément encore Artem). Pourquoi ne l'avez-vous pas fait ? J'ai tué vos deux amis. Pourquoi ne m'avez-vous pas tué ?

Artem se posait la même question. Il s'était réintégré dans l'appartement de Piccadilly Circus avec l'intention de ne lui laisser aucune chance. Les images alimentaient sa rage, celles d'un retraité allemand égorgé sur son lit, d'Élias Quiberville baignant dans son sang, du corps de Babou étendu sur un linceul de sable.

La réponse était évidente, pourtant. Elle était assise sur une chaise derrière lui, portait une robe fatiguée, tête penchée, visage éclairé par deux grands yeux innocents qui avaient déjà vu trop de morts.

Il ne voulait pas croiser, dans son regard, celui d'un boucher.

Car elle le regardait. Il le sentait.

Et se sentait stupide, le manche clair du santoku serré entre ses doigts.

11 h 30.
Galiléo Nemrod s'arrêta devant l'horloge de chêne, observa le cadran aux formes alambiquées, puis baissa les yeux, sans cesser de parler, comme s'il s'adressait au pendule de cuivre.

— Plus que cinq minutes, capitaine. Il va falloir décider quel camp vous rejoignez. Seule. N'attendez aucune aide, ce Nid d'hirondelle est imprenable. Je crois que même si Pangaïa le voulait, elle ne pourrait pas nous téléporter contre notre gré, ni vous ni moi. Personne ne sait que vous êtes là. Pas même Valéryah Everianov. Mais ne vous y trompez pas, votre destin ne dépend pas de moi.

« Il ne dépend que de vous... Vous avez le choix, capitaine Kim. Me soutenir, et ainsi devenir l'une des principales actrices de l'une des plus importantes pages de l'histoire de l'humanité, le jour du Centenaire, celui où le plus grand attentat du vingt et unième siècle a été déjoué, grâce à vous. Ou refuser. Et succomber tristement, anonymement, à vos blessures.

Le pendule de cuivre se balançait sans ralentir ni accélérer, indifférent.

— Vous n'êtes qu'une ordure ! lâcha Mi-Cha, à bout de forces.

Galiléo Nemrod se contenta de hocher la tête, au rythme des secondes qui s'égrenaient. Impossible de savoir s'il était déçu, surpris, ou même vexé. Il se retourna et frotta lentement sa barbe blanche, dans cette attitude de sage grand-père que Mi-Cha lui avait toujours connue, depuis qu'elle était née et que le président occupait les écrans.

— Non, se défendit le président (sa voix demeurait d'un calme exaspérant). Non, sincèrement, je ne crois pas. Napoléon était une ordure, César, Staline, Gengis Khan, Mao et pas mal d'autres. Ils ont des millions de morts sur la conscience, et pourtant, leurs statues trônent encore au milieu des places. Des rues et des écoles portent leurs noms. Moi j'ai à peine vingt morts sur la conscience. Vingt morts, pour acheter la paix pour toute l'humanité ? Est-ce cher payé ?

« Imaginez, si on n'enferme pas ces nationalistes, tout recommencera. Demain, ou après-demain, un fou se fera sauter dans la rue, tirera dans la foule, et vous, moi, tous ceux qui ont une part de responsabilité dans la course du monde auront alors beaucoup plus que vingt martyrs sur la conscience. Vous n'avez plus que trois minutes pour réfléchir, capitaine Kim. Dans exactement trois minutes, un message d'alerte sera diffusé en Mondovision, annonçant officiellement l'annulation de l'opération Nouvelle Babel. Je l'ai enregistré il y a quelques heures. Tout le monde sera invité à se téléporter le moins possible, à rester cloîtré dans son espace privé, pendant que l'Organisation Militaire Mondiale intervient contre des groupes terroristes, dangereux, mais parfaitement localisés et maîtrisés.

Mi-Cha peinait à organiser ses pensées. La drogue l'assommait. Elle luttait. Elle ne voulait pas suivre les raisonnements de ce vieux fou. Elle devait le faire parler, coûte que coûte. Il restait trois minutes. Il n'avait pas tout dit.

— Vous êtes coriace, capitaine. Je vous croyais plus reconnaissante envers ce monde que nous avons construit, pour vous, bien avant votre naissance. Jadis, on se battait pour sa patrie. On mourait pour elle. Des générations de jeunes, sans discuter, partaient offrir leur vie. Un monde en paix vaut bien quelques sacrifices, quelques mensonges, quelques entorses à la Constitution. Je vais vous révéler autre chose. Vous croyez sans doute que je ne suis qu'un vieux radoteur, qui veut faire passer de braves Terriens qui ne partagent pas ses idées pour de dangereux terroristes. Une espèce de grand-père paranoïaque, bon à interner. À votre avis, capitaine, en ce moment même, où se trouve le plus célèbre de ces agitateurs d'idées ?

La jeune Coréenne répondit malgré elle.

— Ossian ?

— Oui, ce brave Ossian. Il serait si rassurant de ne voir en lui qu'un simple dissident gentiment impertinent. Eh bien, capitaine, à l'instant où je vous parle, cet inoffensif philosophe est en train de diriger un missile intercontinental vers l'île de Tristan da Cunha. Je le surveille depuis des années, depuis qu'il a été assigné au Kazakhstan. Sans doute suis-je un peu trop paranoïaque (Nemrod étouffa un bref rictus de satisfaction dans sa barbe). Mais ce fou a l'intention de détruire la quasi-totalité de l'humanité. Imaginez, si je ne l'avais pas gardé à l'œil, si je n'avais pas fait surveiller le cosmodrome de Baïkonour (le président se rapprocha lentement du lit). Vous noterez au passage ce délicieux paradoxe, capitaine Kim : dans quelques minutes, Ossian ne va pas détruire cette humanité qu'il exècre, il va détruire une prison, une prison où seront enfermés, dans quelques secondes, tous ses amis, tous ses alliés, tous ceux qui de près ou de loin partagent ses idées, pas ses méthodes, je vous l'accorde, mais ses idées. Il va même rayer de la carte, et pour quelques générations, toute trace de pensée nationaliste.

— Et... Et vous ne ferez rien pour l'empêcher ?

— Je veux bien assumer la responsabilité de la mort de quelques retraités allemands, d'un odieux trafiquant d'êtres humains (*d'un lieutenant de police*, eut la force d'ajouter Mi-Cha dans sa tête), mais pas de ceux-là. Comprenez bien, capitaine, la compétition, la prédation, est inscrite dans les gènes de tout nationalisme, de toute revendication territoriale. Exterminer, ou être exterminé. Laissons-les alors, laissons-les s'entretuer pour leurs idées, dans l'île la plus isolée du monde, et qu'ils laissent le peuple libre et pacifique du reste de la Terre en dehors de leurs querelles mortifères.

11 h 35.

— Qu'allez-vous faire de moi ?

Artem fit passer le santoku de sa main droite à sa main gauche, plusieurs fois. Il percevait le regard laser de Cléo dans son dos. En réalité, il attendait, depuis le début, que

Kapp se jette sur le TPC posé devant lui, sur la table du salon, pour lui fournir une raison de lui planter le poignard en plein cœur.

Viktor Kapp n'esquissait pas le moindre geste. C'était peut-être mieux ainsi, analysa Artem, la présence de cette femme n'allait-elle pas atténuer ses réflexes ?

— Je vais vous livrer à la justice, assura le commandant. Vous aurez droit à un procès public. Vous parlerez, devant des caméras. Le monde entier saura.

Le tueur éclata d'un rire sinistre, se jetant plus profondé-ment dans le canapé.

— Vous n'avez donc rien compris ? Jamais je n'avouerai, commandant ! Jamais je ne répéterai devant des jurés, ou une télé, ce que je viens de vous raconter. Et si vous en par-lez, et que je suis encore vivant, je nierai. Parce que j'ai passé un contrat, commandant. Parce que je ne suis qu'un soldat. Et surtout parce qu'au fond... (il releva sa jambe droite et posa son moignon à plat sur son genou)... Parce qu'au fond, je suis d'accord avec Galiléo Nemrod ! Il faut liquider tous ces fascistes qui veulent revenir à l'ancien régime, rétablir les races et les frontières, et empêcher les types comme moi d'avoir autant de liberté qu'une petite élite bien née (Artem se recula lui aussi dans son fauteuil, concentré sur la profession de foi du tueur). Il paraît que mon ancêtre, James Kapp, il y a trois siècles, a quitté l'Irlande, avec toute sa famille, à bord d'un transatlantique. Ils étaient dix-neuf, frères et sœurs, cousins, parents, entassés avec des milliers d'autres dans la cale. Tous sont morts pendant la traversée, de soif, de faim et de maladie, tous sauf lui, alors que sur le pont du bateau, on chantait, on dansait et on buvait du champagne. Le président Nemrod m'a trahi. Il avait de bonnes raisons pour cela. Mais moi je ne le trahirai pas.

11 h 40.

Ossian leva les yeux.

Dans le ciel du Kazakhstan, entièrement bleu, le missile Sarmate RS-29 s'éleva. Il suivit une courbe parfaite, au-dessus de Baïkonour, pour disparaître en quelques secondes.

Il mettrait exactement seize minutes et vingt-trois secondes pour atteindre l'île de Tristan da Cunha.

Il n'existait plus, sur terre, aucun bouclier antimissile en activité.

La Nouvelle Sodome était lancée.

Désormais, plus rien ne pourrait l'arrêter.

11 h 40.

— Maintenant, dit Asima Majdalawi.

Sous les platanes de la forêt de Qurama, près de Tachkent, les centaines d'assignés accrochèrent les TPC à leur poignet.

Ils se téléporteraient par groupe de quatre ou cinq, parfois moins.

Les cibles alternaient entre lieux emblématiques et lieux symboliques. Les principales places des anciennes capitales mondiales étaient visées : Times Square, place Rouge, Tiananmen, San Marco, Jemaa el-Fna, plaza de la Revolución... tout autant que les palais, cathédrales, temples, mosquées, mausolées. Partout où au cours des millénaires, des hommes et des femmes étaient tombés pour défendre leur terre. Ossuaire de Verdun, ghetto de Varsovie, Ground Zero, Mémorial de Gisozi à Kigali, de Tsitsernakaberd en Arménie, de Srebrenica en Bosnie, d'Halabja au Kurdistan...

Ils ramassèrent banderoles, drapeaux, costumes, tambours.

Combien de temps les policiers, les militaires mettraient-ils pour les arrêter ? Combien d'hommes, de femmes les rejoindraient ? Une majorité de citoyens, au fond d'eux, soutenaient leur cause, ils en étaient convaincus.

Plus le jardin d'un homme est vaste, plus ses racines doivent être profondes.

Ils prirent quelques secondes pour une dernière et longue méditation.

Une seule Terre à partager,
Un seul monde à bâtir,
Les océans en sont le ciment,
Les peuples en sont les briques.

Le temps de repenser à tous ceux qui les avaient précédés, à tout ce qu'ils avaient à défendre, à ce passé qui les hantait, les habitait, à cette merveilleuse diversité.

À leurs ancêtres,
ils seraient fiers d'eux.
Tous voulaient s'en persuader.

11 h 40.
À New York, April avait enfilé une jupe et un top One-W. Rose indigo.

Toutes ses copines portaient le même, de toutes les nuances de l'arc-en-ciel. Elles allaient se faire un selfie d'enfer sur la Nouvelle Babel.

La téléportation serait ouverte dans moins d'une minute. Le plus grand kif de sa vie ; depuis le concert des Dragonfly, dans la savane kenyane, près de Nairobi, cent cinquante mille personnes, la semaine dernière.

11 h 40.

À Bucarest, Mihaela habillait ses quatre enfants, Dorin, Lorena, Timi et Bia.

Tous portaient le tee-shirt de Yuki la souris. Impossible de leur faire enfiler autre chose ! Elle emporterait avec elle, sur la Nouvelle Babel, le portrait de Georgiana et Nathanael, sa grand-mère et son grand-père, dans leur cadre de verre. Ils étaient encore vivants lors de la première téléportation.

Ses parents les rejoignaient à Tristan da Cunha. Quatre générations réunies. Ce serait une belle cérémonie ! Lorena et Bia, les jumelles, étaient si excitées. Impossible de les coiffer. À l'école, depuis des semaines, on ne leur parlait que de cette journée.

Ce serait leur premier grand souvenir en famille. En attendant celui à Disneyland Paris, dans onze ans exactement.

11 h 40.

Gabriele était à la bourre. En slip, dans son lit. Une cabane sous la canopée. Vue sur l'Amazonie.

— Allez, fit Clara, ça ne durera pas plus d'une minute, on enfile un truc, on se téléporte sur cette île, on fait coucou à tout le monde, on serre quelques mains, et on revient.

— Fait chier !

— C'est un acte citoyen, bordel. C'est comme voter sur l'Ekklesia. Ça te prendra une minute. Une minute de ta vie.

— Connerie !

— Tout le monde, toute l'humanité y sera !

— Justement, ma chérie, on ferait mieux de profiter que les moutons sont occupés pour avoir le Fujiyama, les chutes du Niagara ou le lac Tanganyika rien que toi et moi.

— Merde, Gaby, on a pas le choix, il faut en être. Personne n'a jamais connu ça. Dix milliards de personnes au même endroit.

— Vu comme ça, c'est sûr, ça fait rêver. Vivement qu'on puisse se téléporter sur Pluton, tiens...

— Alors, tu viens ?

Gabriele attrapa un pantalon de toile troué et un tee-shirt déchiré accrochés à une branche de manguier et soupira.

— J'arrive. Faut mettre une cravate, tu crois ?

11 h 40.

— Qu'allez-vous faire de moi, Nemrod ? Me laisser mourir ici ? Me balancer dans la mer Noire ? Appeler Viktor Kapp pour qu'il m'achève ?

Nemrod ajustait sa cravate dans le reflet du balancier de l'horloge.

— Vous avez choisi, alors ? regretta le président. Dommage, le monde libre et pacifique aurait eu besoin d'une personne telle que vous.

Il avait enfilé sa veste, sans doute celle avec laquelle il avait enregistré sa déclaration officielle.

— Je suis bien d'accord avec vous, eut la force de plaisanter Mi-Cha en redressant autant qu'elle le pouvait son dos contre l'oreiller. J'aime plus que tout ce monde de liberté et de paix, mais vous allez y foutre un sacré bordel. Je connais Pangaïa... même pour les beaux yeux de son papa, elle ne violera pas l'article 4 ! Votre projet *Pitchipoï* va se transformer en fiasco. Vous allez vous retrouver avec trois cents assignés éparpillés dans la nature à récupérer, et une explosion nucléaire, même sur une île déserte, à gérer.

Nemrod adressa un sourire triste à l'horloge, sans se retourner.

— Vous vous trompez, capitaine Kim. Pangaïa a toujours eu confiance en moi. Toujours. Elle a... Elle a sacrifié sa vie pour moi, pour moi et pour ce monde libre. Elle n'hésitera pas. Et puisque vous avez eu le privilège de côtoyer ma fille, je peux vous avouer qu'au-delà de la menace terroriste, un autre argument pèsera...

Mi-Cha ne le laissa pas finir.

L'horloge tournait. Le faire parler parler parler.

— Pangaïa est condamnée, fit la capitaine coréenne. Elle va mourir.

Nemrod s'étonna.

— Elle vous l'a dit ?

— Elle non. Valéryah Everianov me l'a dit.

Nemrod hésita. Il lui restait une minute. Il s'efforça de parler plus vite.

— Elle a raison, confirma-t-il. Pangaïa a contracté cette maladie dégénérative lors de son accident, quand elle avait dix ans. Elle s'est déclarée quelques mois après. Le diagnostic était sans appel, Pangaïa ne survivrait qu'une vingtaine d'années. J'ai préféré alors ne rien lui dire, tant que les symptômes de la maladie n'étaient pas encore visibles.

Elle s'est déclarée quelques mois après l'accident. Le diagnostic était alors sans appel.

Mi-Cha repensa aux mots de Valéryah Everianov, à l'hôpital Sklodowska, il y a quelques minutes.

Je n'ai pas revu Pangaïa jusqu'à il y a deux ans. Le diagnostic fut rapide, une version accélérée du syndrome de Hunter. Si on avait pu la diagnostiquer plus tôt, on aurait pu gagner des années, tenter des greffes, lutter.

Nemrod connaissait la gravité de la maladie de sa fille ! Une maladie qui pouvait être soignée si elle avait été traitée plus tôt...

Il n'avait rien dit.

Les dernières forces de Mi-Cha se trouvèrent décuplées.

— Vous mentez, Nemrod ! Vous mentez ! Vous pouviez sauver Pangaïa. Mais vous l'avez laissée mourir, comme un ordinateur, comme une machine qu'on laisse se périmer, qu'on remplace ensuite. De quoi avez-vous eu peur ? Qu'elle ne prenne trop de pouvoir ? Qu'elle échappe un jour à votre contrôle ? Vous avez préféré la sacrifier elle aussi. Votre fille. Votre propre fille !

11 h 40.
Artem se recula encore dans le fauteuil du salon, sans cesser de surveiller Kapp face à lui, TPC posé entre eux. Pile au milieu.
Un jeu. Un duel.
Viktor Kapp n'avait qu'à se pencher pour le saisir. De sa seule main valide, s'il était rapide. Sauf que Kapp n'était pas si naïf... Le tueur flairait le piège, se méfiait, surveillait la lame de son santoku.
Kapp n'était pas si naïf.
Le commandant fut soudain saisi par une évidence : le récit du tueur comportait une étrange incohérence !
Sans bouger d'un centimètre, il fixa Kapp dans les yeux.
— Quelque chose ne colle pas dans votre histoire. Pourquoi avoir fait confiance au président ? Cette histoire de contrat, de remise de peine, n'a aucun sens. Vous vous doutiez que le président n'hésiterait pas à vous sacrifier, à faire passer l'intérêt de l'humanité avant vous. Son discours n'a jamais varié.
Le tueur réagit. Sa main valide se crispa contre son poignet mutilé.
— Non, vous vous trompez ! J'avais confiance en lui, en lui plus qu'en n'importe qui. Il y a longtemps, il m'a tendu la main. Il a été le seul, le seul parmi les cent quatre-vingt-dix-sept députés du Congrès qui m'ont condamné (Kapp prit

une profonde respiration). L'accident d'Ayers Rock, en 2063, était vraiment un accident. Personne ne m'a cru à l'époque, tout le monde a estimé que j'avais volontairement pulvérisé trois cent soixante et onze Terriens. Seul Galiléo Nemrod m'a soutenu. Il m'a proposé un contrat, un premier contrat, et en échange je pouvais rester en semi-liberté dans ce village de Kolmanskop, pas dans une prison de dix mètres carrés.

La voix d'Artem baissa d'une octave. Quelque chose dérapait. Il le sentait. Derrière lui, Cléophée s'était levée.

— Quel était ce premier contrat ? demanda le policier.

Kapp répondit presque distraitement, comme s'il évoquait un vieux souvenir quasiment oublié.

— Tuer deux pauvres agriculteurs. Un couple qui habitait la banlieue de Coimbatore, en Inde du Sud.

— Pour... Pourquoi ?

Kapp hésita à parler. Il sembla peser ce qu'il risquait, puis enfin se lança.

— D'après ce que j'ai compris, il voulait récupérer leur fille. C'était l'enfant le plus doué de toute sa génération, une gamine de cinq ans qui explosait tous les tests à l'école, une sorte de nouvel Einstein, un cerveau comme il y en a un tous les cent ans. Nemrod la voulait auprès de lui, pour la former, la contrôler, pour développer avec elle la base de données des Déplacements Mondiaux, dans...

— Dans l'intérêt de l'humanité, murmura pour la première fois Cléo.

11 h 44.

— J'aime Pangaïa ! cria Nemrod. Vous ne pouvez pas comprendre. J'éprouve pour elle une admiration sans bornes. Sans limites ! Jamais aucune femme sur cette terre n'a fait plus qu'elle pour... pour...

— Pour l'humanité, compléta Mi-Cha.

Le président prit appui sur l'un des barreaux du lit à baldaquin. Il dominait Mi-Cha de toute sa hauteur.

— Exactement ! L'intelligence de Pangaïa était une chance, une chance unique. Je le savais en l'adoptant. Je devais l'aimer, mais garder à l'esprit qu'elle ne m'appartenait pas, que son destin était plus grand que mes sentiments. Que je n'étais là que pour l'aider à réaliser son œuvre. Je le savais en la choisissant, parmi les autres enfants surdoués qui n'avaient pas le quart de son potentiel, je le savais en me débarrassant de ses parents naturels. Je ne devais pas m'attacher à elle. Je peux vous avouer ce que je n'ai jamais avoué à personne, capitaine Kim. Bien entendu, je n'ai jamais souhaité son accident de téléportation au point Nemo, je m'en suis voulu toute ma vie, Pangaïa n'avait que dix ans, elle avait pris des risques insensés pour que je sois fier d'elle. Mais j'assume cette culpabilité, car cet accident qui l'a rendue paraplégique a été une grande chance, une très grande chance pour... pour l'humanité.

Mi-Cha retrouva une force insoupçonnée. Elle parvint presque à s'asseoir sur son lit. Et à cracher :

— Vous êtes un monstre !

— Non ! Pangaïa aime plus que tout cette Terre. Elle peut être fière ! Quand elle mourra, elle en sera à jamais l'une des plus grandes figures, au même titre que Marie Curie, Newton, Copernic, Archimède. Moi je ne suis qu'un politicien obscur, je resterai dans l'ombre, ni elle ni personne ne saura jamais quel rôle j'ai joué...

— Si... elle... le sait.

— Quoi ?

Nemrod regarda avec inquiétude le cadran de l'horloge. Il estima qu'il lui restait encore quelques secondes. Ses deux mains empoignèrent les barreaux du lit.

— Elle le sait, répéta Mi-Cha, défiant le président du regard.

Galiléo paraissait hors de lui.

— Pourquoi dites-vous ça ?

Mi-Cha se redressa autant qu'elle le put, tira au maximum sur les cordons de ses perfusions, et lentement, ouvrit sa chemise.

— Babou Diop, vous vous souvenez, ce lieutenant que vous avez fait assassiner, m'a enseigné quelques trucs. Des vieux trucs de vieux flics. Oubliés. Incroyablement efficaces pourtant. Il me répétait souvent que la téléportation humaine n'était qu'une étape insignifiante de l'histoire du monde, pas plus importante qu'Internet il y a cent ans, ou la télévision encore avant, ou la radio... Toutes ces innovations, selon lui, n'étaient au fond que les produits dérivés d'une seule et unique invention, vieille de plus de trois cents ans. Une invention toute bête, une ficelle et deux gobelets suffisent. Le téléphone ! La première fois que l'être humain a eu la possibilité d'être à la fois ici et ailleurs.

Nemrod empoigna la capitaine par le col de la chemise. Deux perfusions se rompirent, un liquide poisseux se répandit sur le lit.

Derrière eux, le balancier de cuivre s'en moquait. L'horloge tournait.

Dans une minute, l'opération Nouvelle Babel commencerait, si personne ne l'arrêtait.

Dans quelques minutes, une bombe ferait exploser l'île vers laquelle l'humanité entière convergeait.

— Qu'est-ce... qu'est-ce que tu cherches à me dire, petite fouineuse ?

Les mains du président remontèrent jusqu'au cou de la jeune capitaine. Mi-Cha ne se débattit pas. Immobile, fragile, assise. Elle se contenta d'ouvrir complètement sa chemise. Elle ne portait rien dessous, à l'exception, collé sur son sein droit, blanc et plat, d'un petit téléphone portable. Un modèle très ancien.

— Pangaïa nous écoute, Galiléo. Elle nous écoute depuis le début.

L'instant suivant, ils disparurent.

11 h 45.

— Vous savez tout maintenant, dit Viktor Kapp. Vous en ferez ce que vous voulez.

La Nouvelle Babel venait officiellement de commencer, pour atteindre son apogée à midi. L'île de Tristan da Cunha devait déjà s'enfoncer de quelques centimètres supplémentaires dans l'océan sous le poids des milliards de Terriens.

— Il est maintenant trop tard pour tout arrêter, conclut Kapp. Pour ma part, je n'ai aucun regret.

Il ferma les yeux, regarda successivement Artem et Cléo, comme si la partie était terminée. Ses muscles, la tension parurent se relâcher... et soudain, il se jeta en avant pour saisir le TPC.

Artem avait anticipé. Dans le même mouvement, il lança son couteau. Le santoku traversa le mètre devant lui...

... et alla se planter dans le canapé qu'occupait le tueur la seconde auparavant.

Plus aucune trace de Viktor Kapp. Le tueur avait été plus rapide.

Cléo s'avança près de la table où, l'instant d'avant, était encore posé le TPC. Avec prudence. Comme si elle s'attendait à se cogner au corps invisible du tueur. L'institutrice observa le canapé, le couteau planté dans le velours épais, puis se tourna vers le commandant.

Elle semblait rassurée que le poignard n'ait éventré que de la mousse acrylique ; comme soulagée de ne pas avoir assisté en direct à une nouvelle exécution. De ne pas avoir à enjamber un nouveau cadavre.

Elle fixa le commandant Artem Akinis avec tendresse. Elle avait aimé sa maladresse. Son manque de réflexe. Elle en avait assez des super-héros.

Même si Viktor Kapp pouvait resurgir n'importe où, n'importe quand.

Le commandant se leva. Il s'avança vers Cléo, désarmé, désolé. Elle en fit de même.

Sans réfléchir, comme s'il s'agissait du geste le plus naturel, qu'il n'y en avait aucun autre à faire, ils s'approchèrent encore, jusqu'à ce que leurs mains se rejoignent.

Cléo se hissa sur la pointe des pieds. Artem la serra dans ses bras comme si sa vie en dépendait. Alors, sans qu'aucun des deux ne l'ait décidé, sans qu'ils aient même l'impression de se séparer, leurs corps se désintégrèrent.

55

Monastère Taung Kalat, mont Popa, Birmanie

— Écoute-moi, Pangaïa ! S'il te plaît, écoute-moi !

Le président Galiléo Nemrod s'était réintégré dans le temple du mont Popa, un mètre derrière sa fille. Jamais il n'avait vu les doigts de Pangaïa s'agiter aussi rapidement. Ils dansaient à la même vitesse que les lignes de code qui défilaient sur l'écran, à un tel flux qu'elles étaient illisibles à l'œil nu.

— Je t'en supplie, Pangaïa.

Sa fille n'avait pas tourné la tête, ne lui accordait pas le moindre regard. Elle restait concentrée, à pianoter sur son clavier invisible, semblant posséder la capacité de déchiffrer ces séries de nombres s'enchaînant à un rythme supersonique ; mieux que cela, ces chiffres paraissaient sortir de son cerveau, comme s'ils étaient la traduction numérique de ses pensées.

Les pensées de Mi-Cha filaient elles aussi, moins rapides que celles de Pangaïa, mais tout aussi pressées. Mélangées, chavirées. Toutes se bousculaient.

Mi-Cha s'était également retrouvée téléportée dans le temple Taung Kalat et avait directement atterri dans un lit médicalisé où étaient accrochées toutes sortes de perfusions, strictement identiques à celles du baldaquin qu'elle venait de quitter. Le même voyage que Nemrod, du Nid d'hirondelle au mont Popa... Ce château que le président pensait inviolable, y compris par sa fille.

Galiléo, pensa Mi-Cha, *je crois que tu as encore sous-estimé Pangaïa.*

Dès que la jeune Coréenne s'était réintégrée, Darn Cat avait sauté dans les draps et ronronnait déjà dans ses bras. La capitaine ne le repoussa pas, même si le chat pesait de tout son poids sur son cœur recousu.

Nemrod s'était-il vraiment cru à l'abri dans son Nid ? Avait-il simplement pensé que sa fille n'avait aucune raison de se méfier de lui ?

Après avoir été secourue par les soldats en faction, libérée de ses liens, de son bâillon, et reconnectée à son ordinateur quantique, Pangaïa n'avait eu aucun mal à forcer l'espace tabou du château de son père, et à les ramener, lui et Mi-Cha, au mont Popa. Elle ne pouvait pas se téléporter, elle ne pouvait vivre nulle part ailleurs que dans ce monastère, mais possédait le pouvoir d'y inviter, de force s'il le fallait, la terre entière.

La réception de ce soir s'annonçait exceptionnelle ! Pangaïa était vêtue d'une longue robe indienne, pailletée d'or et d'argent. Une des gardiennes du temple, après l'avoir délivrée, avait sans doute dû l'aider à l'enfiler. Pourquoi porter une robe aussi élégante ? Pour quelle cérémonie ?

— S'il te plaît, insistait Nemrod. Réponds-moi, Pangaïa.

Tais-toi, suppliait Mi-Cha dans sa tête. *Tais-toi. Laisse-la se concentrer !*

La Coréenne n'avait rien oublié de sa conversation avec le président, il y a quelques instants. Elle savait que des milliards de Terriens étaient en train de se téléporter sur Tristan da Cunha, cette île qu'un missile balistique ferait exploser dans moins d'une minute, pendant que des centaines de nationalistes avaient décidé de foutre le bordel dans des dizaines de points de la planète... *Alors fous la paix à ta fille, laisse-la travailler, laisse-la sauver ce qui peut encore être sauvé, réparer tes conneries, et ensuite, seulement ensuite, tu t'expliqueras avec elle.*

Le téléphone antique, accroché à sa poitrine, avait glissé dans les plis du drap.

Ensuite seulement, Galiléo, s'ouvrira ton procès.

Ensuite seulement tu lui ouvriras ton cœur si ta fille accepte de l'écouter.

Elle a tout entendu, Galiléo, toutes les atrocités que tu as commises depuis des années,

tu as fait assassiner ses parents, tu as oublié de parler de sa maladie aux médecins, à l'âge où elle pouvait encore être soignée, une maladie qu'elle avait contractée pour toi, pour ce papa qu'elle aimait tant, ce papa qui n'aimait personne pourtant, ou la terre entière peut-être, mais aimer tout le monde, c'est n'aimer personne.

Galiléo Nemrod fit un pas supplémentaire vers sa fille. Il lui suffisait de lever le bras pour la toucher. Elle ne semblait même pas l'avoir remarqué, comme si elle n'avait entendu aucun de ses pas, aucun de ses cris. Comme si elle avait plus urgent, plus important à faire que d'écouter sa pitoyable plaidoirie.

Comment le président allait-il réagir ? Crier encore, plus fort ? S'effondrer, pleurer ?

Ou comme il l'avait toujours fait, agir ? Comme Viktor Kapp l'avait fait à la même place, il y a quelques heures : accrocher ses deux mains au fauteuil, le faire pivoter, arracher tous les fils et forcer sa fille à le regarder, à l'écouter.

Le président paraissait au bord de l'hystérie. Son bras, soudain, se raidit. Il semblait avoir décidé de faire preuve d'autorité. Pangaïa était sa fille, elle devait lui obéir !

Mi-Cha se figea. Nemrod allait gifler Pangaïa, la capitaine coréenne l'avait compris. En cet instant où le destin de la Terre se jouait, il allait sacrifier l'humanité entière pour son honneur de père bafoué. Que pouvait-elle faire ? Allongée sur son lit, incapable de se lever, statufiée, tels Vishnou, Sarasvati ou Mintara, pour de vrai cette fois.

Nemrod lança une ultime sommation.

— Pangaïa, retourne-toi !

Pas un geste, pas un regard, les doigts de Pangaïa pianotaient dans le vide.

— Je ne le répéterai pas !

Même pas de cliquetis sur un clavier, seulement le silence et l'indifférence.

Nemrod posa ses deux mains sur le fauteuil. S'il le faisait pivoter, tous les fils qui reliaient Pangaïa à l'ordinateur seraient arrachés. La plus puissante de toutes les Terriennes, la seule à pouvoir éviter une tragédie planétaire, ne serait plus qu'une femme paraplégique, impotente et dépendante.

Mi-Cha hurla. Darn Cat sursauta, griffes plantées dans sa chair à peine cicatrisée.

Artem avait anticipé.

D'un mouvement rapide et précis, avant que Nemrod ait pu esquisser le moindre geste, le commandant ceintura le président. Il le força à reculer, sans violence, avec prudence, tout en maintenant ses bras en étau. Le vieil homme n'avait pas la force de résister. Il n'eut pas d'autre choix que de laisser Pangaïa travailler. En silence cette fois.

Elle continua, au même rythme, indifférente aux cris et à l'agitation.

Mi-Cha parvint à se redresser d'une poignée de centimètres, pour mieux admirer la froide détermination d'Artem, sa force rassurante, même si davantage que les pattes de Darn

Cat, sa seule présence lui griffait le cœur. Elle pressa plus fort encore contre elle la boule de poils ronronnant sur son lit.

Artem avait été téléporté dans le temple quelques secondes après elle. Mi-Cha s'en était à peine étonnée, elle était née avec la téléportation humaine et trouvait naturel qu'autour d'elle des hommes ou des femmes apparaissent ou disparaissent sans cesse.

Avant que son cœur ne bondisse.

Artem n'était pas seul. Devant elle s'était matérialisé un être à quatre jambes, deux têtes, un seul tronc, quatre bras enlacés. Elle avait mis plusieurs secondes avant de comprendre que le commandant était accroché à cette Cléophée Loiselle. Une jolie femme, pas une gamine comme elle !

Mi-Cha embrassa son chat.

Viens, Darny, viens dans les bras de Mi-Cha.

Galiléo Nemrod, libéré par le commandant, s'était reculé. Il marchait à pas rapides et désordonnés dans le temple, surveillé par Artem, toujours posté en rempart devant Pangaïa... et par Monking, perché sur l'étagère aux tortues.

Nemrod avança vers le singe et, d'un brusque revers de main, balaya toute une rangée de la collection. Les carapaces de nacre, de verre, de cristal explosèrent dans un vacarme épouvantable. Pangaïa ne broncha pas. Comme si après avoir perdu l'usage de ses jambes, ses oreilles à leur tour l'avaient abandonnée.

11 h 59.

Les chiffres défilaient toujours sur l'écran, les doigts de Pangaïa jouaient une frénétique et interminable symphonie. Sans partition, une formidable improvisation, qui ne fournissait aucune réponse aux terrifiantes questions que chacun se posait.

Où s'étaient dispersés les assignés ? Combien d'êtres humains s'étaient téléportés sur Tristan da Cunha ? Quand le missile d'Ossian allait-il exploser ?

Quelques secondes supplémentaires s'écoulèrent, le temps qu'Artem prenne la main de Cléo, le temps que Mi-Cha écrase Darny contre son cœur, le temps que Galiléo Nemrod shoote dans les débris de tortues, provoquant les cris de colère de Monking. Avant qu'enfin, Pangaïa fasse pivoter son cou et se tourne vers eux.

Dans son dos, sur l'écran, des chiffres continuaient de tourner, sans elle.

— Voilà, fit Pangaïa tout sourire, c'est fait.

Elle paraissait soulagée. Son visage ressemblait à celui d'une enfant qui vient de finir ses devoirs et referme son cahier.

Nemrod s'approcha, sans oser s'exprimer. Les tortues brisées crissaient sous ses pieds. Pangaïa continua de parler sur le même ton apaisé.

— Je pense que je vais laisser à cette Terre un assez joli souvenir, plus joli encore que la Nouvelle Babel que tu as imaginée, papa. J'aurais aimé que tu le voies.

Nemrod n'était plus qu'à un mètre de sa fille. Artem se tenait prêt à intervenir. Le président tremblait, voûté, comme portant une charge trop lourde pour lui, un poids soulevé à bout de bras pendant des années, et qui soudain l'écrasait. Il n'avait plus rien de commun avec le grand-père rassurant que dix milliards de Terriens connaissaient.

— Pan... Panga...

— Chut, ne dis rien, papa. Surtout ne parle pas.

Pangaïa souriait toujours, sans accorder le moindre regard à son père. Elle se tourna vers Mi-Cha. Le sari d'argent de la paraplégique étincelait comme celui de la plus belle des princesses indiennes.

— Je te confie Monkie. Je suis certaine que Darny et lui finiront par s'aimer. C'est une chose si étrange, l'amour... La seule chose qui ne se programme pas.

Elle glissa un coup d'œil furtif aux chiffres qui défilaient sur son écran. Ses pupilles humides brillaient du même éclat que sa tenue princière.

— Prends soin de toi, Mi-Cha, murmura Pangaïa. Tu as tellement embelli ma vie.

La capitaine coréenne allait protester, mais déjà Pangaïa s'adressait à Artem et Cléo.

— Commandant Akinis, je suis persuadée qu'il existe une façon non totalitaire, non mensongère, de défendre un monde libre et sans frontières. Les dernières lignes de l'algorithme que je viens de programmer détruisent intégralement le programme *Pitchipoï*. Dans quelques minutes, il sera à nouveau impossible de téléporter quelqu'un contre sa volonté. Article 4 de la Constitution (elle sourit encore, faillit se tourner vers son père, mais finalement retint l'infime rotation de son cou). Il faudra des années avant que des ingénieurs parviennent à le reprogrammer... s'ils le souhaitent, ou si on leur en donne l'ordre. Mais avant cela, je me suis, disons, un peu amusée. Quelques lignes de code. Je crois que tout est en ordre maintenant.

Pangaïa fit pivoter son fauteuil une dernière fois. À nouveau face à son papa. Ses yeux noirs se connectèrent à ceux de son père, parfaitement immobiles, noyés par un océan de souvenirs qu'aucune larme cette fois ne venait agiter. Alors que ses doigts doucement se soulevaient.

Quelques chiffres, lents, sur l'écran.

Mi-Cha comprit immédiatement.

— Non, hurla-t-elle, non Pangaïa, pas toi ! Tu n'as pas le droit ! Tu n'y survivras pas !

Galiléo Nemrod avait comblé le dernier mètre qui le séparait de sa fille. D'un geste sec, Pangaïa arracha les fils qui la reliaient à l'ordinateur. Elle eut la force d'attraper la petite tortue de quartz rose posée à côté, mais ce fut au prix d'un effort surhumain ; sa main retombait déjà comme une feuille morte.

Galiléo la retint.

— Viens, papa, murmura Pangaïa. Viens.

L'instant d'après, ils disparurent.

56

Île de Queimada Grande, Brésil

Midi.

Viktor Kapp se matérialisa à proximité d'un petit sommet, haut d'à peine quelques centaines de mètres. De chaque côté, à trois cent soixante degrés, il apercevait la mer.

Il sourit.

Une île ! On l'emprisonnait sur une île ! Comme ces types dangereux de naguère, bannis sur Alcatraz, l'île du Diable ou Robben Island. Pangaïa l'avait téléporté contre son gré, dès qu'il avait touché au TPC dans l'appartement de Piccadilly Circus, mais elle n'avait pas osé le tuer. On lui imposait seulement un exil à perpétuité… puisque désormais, bien entendu, son TPC ne fonctionnait plus.

Il observa le minuscule îlot. Le diamètre de cette prison ne devait pas dépasser le kilomètre, mais Kapp en évaluait déjà le potentiel : du bois, des lianes, des fruits, de l'eau. Il survivrait. Mieux que cela, il n'était pas idiot. Il saurait construire un radeau.

Il repensa aux êtres humains pour lesquels il n'avait eu aucune pitié, ces Allemands, Tane Prao, Élias Quiberville, jusqu'aux parents de Pangaïa, Dhanya et Suryabhan, qu'il avait égorgés dans leur maison de Coimbatore, près de la rizière. Il n'avait pas eu le choix. Pendant qu'il s'occupait de Suryabhan, Dhanya s'était échappée. Il avait cru qu'elle courait donner l'alerte, mais non, elle s'était précipitée dans la chambre de sa fille, pour la protéger. Elle ne s'appelait pas encore Pangaïa alors. Dhanya avait déjà atteint la porte. Sa fille dormait. Elle n'avait pas voulu la réveiller, pour lui épargner le spectacle de sa mère se faisant assassiner sous ses yeux, et s'était laissé égorger en silence, sans un cri, à un mètre de son lit.

Viktor Kapp n'arrivait pas à comprendre qu'on puisse ainsi pardonner. Il avait tué les parents de Pangaïa, elle l'avait appris... et elle s'était contentée de l'exiler, de le condamner à une vie de Robinson. Après tout, pourquoi chercher à s'échapper de cette île ? Il serait heureux ici. La température dépassait les vingt degrés toute l'année, la végétation paraissait luxuriante, il devait se trouver dans une de ces îles tropicales paradisiaques.

C'est alors qu'il entendit siffler.

Un serpent ! Il recula. Remonta un peu vers le sommet de la montagne.

Le serpent se faufilait sous des fougères arborescentes mais Viktor Kapp avait eu le temps de le reconnaître. Un jararaca.

Aussitôt, Viktor Kapp réalisa.

Les jararacas ne vivaient que sur une seule île au monde. Queimada Grande, à quelques dizaines de kilomètres de la côte brésilienne.

D'autres sifflements vrillèrent le silence. Trois autres serpents rampaient dans l'herbe haute. Viktor Kapp continua de grimper vers le sommet de la colline, accélérant le pas.

Les jararacas étaient les serpents les plus dangereux au monde. Ils étaient la seule espèce sur l'île, depuis des millénaires, et pour survivre, avaient dû développer un venin capable de terrasser un oiseau en quelques secondes, avant qu'il ne puisse s'envoler. Un poison qui tuait cinq fois plus vite que celui de n'importe quel autre serpent venimeux sur terre.

Encore fallait-il qu'ils le mordent. En courant, Kapp pouvait aisément distancer les serpents. Il avait atteint le sommet de l'île et s'apprêtait à basculer sur l'autre flanc pour fuir les reptiles.

Fuir, où ?

De chaque côté, des dizaines de serpents approchaient.

Sans prédateurs sur Queimada Grande, les serpents s'étaient mis à pulluler : l'île en abritait plusieurs milliers, plus d'un par mètre carré ! Depuis deux siècles et l'abandon du dernier phare, plus aucun homme n'y avait mis les pieds.

Viktor Kapp tenta frénétiquement d'appuyer sur son TPC.

Rien ne se produisit. Autour de lui, la colline grouillait, comme si les herbes elles-mêmes s'étaient mises à ramper. Les écailles jaunes et vertes brillaient et avançaient, telle une plante démente dont les dizaines de racines apparentes poussaient à une vitesse hallucinante. Plusieurs centaines de jararacas l'encerclaient, langues sifflantes, yeux fendus, mâchoires ouvertes.

Viktor Kapp, d'un violent coup de botte, repoussa les trois plus audacieux. Quinze autres lui mordirent les mollets, les cuisses, et dès qu'il s'effondra, lui ligotèrent les jambes, les bras et le cou, s'enfoncèrent dans sa gorge et lui arrachèrent les yeux.

57

Cosmodrome de Baïkonour, Kazakhstan

Midi.
Ossian suivait des yeux, dans le ciel vide, le sillage blanc laissé par le Sarmate RS-29. Le missile s'était envolé depuis mille secondes, il avait déjà franchi les trois quarts de la courbure de la Terre, suivant une trajectoire sinusoïdale parfaite. Dans exactement vingt-trois secondes, il atteindrait sa cible.

Tristan da Cunha, à plus de dix mille kilomètres de Baïkonour. Si loin, il n'entendrait rien de l'explosion, ne ressentirait aucun effet du nuage nucléaire, ne verrait rien des projections de pierres et de ce gigantesque cercueil de verre réduit en poussière. Et après...

Y aurait-il encore des journaux pour en parler ?

Des médecins pour porter secours aux survivants, s'il y en avait ?

Des militaires pour évacuer les cadavres, si toute chair humaine n'avait pas été pulvérisée ?

Des policiers pour chercher des coupables ?

Des ingénieurs pour entretenir PANGAÏA ou même se souvenir des bases de la physique quantique ?

En quelle année le monde serait-il téléporté ? Pas dans l'espace cette fois, dans le temps !

Tout dépendrait du nombre de Terriens qui survivraient. Si les prévisions de Nemrod étaient exactes et que plus de

80 % des habitants de la Terre se précipitaient sur Tristan da Cunha, l'humanité demain ne compterait plus qu'un ou deux milliards de Terriens, c'est-à-dire l'équivalent de la population mondiale en 1920.

La Terre, il y a moins de deux siècles, avant que tout s'accélère.

Par la magie d'un Sarmate RS-29, Ossian allait rembobiner l'histoire du monde, juste avant qu'il ne se mette à tourner à l'envers, et lui offrir une seconde chance.

Plus rien ne pressait. Ossian savourait. Il prit le temps d'observer le cosmodrome abandonné autour de lui, les mâchoires ouvertes de la rampe de lancement qui sans doute ne se refermeraient jamais, de laisser l'odeur atroce d'ammoniaque du propergol lui tourner la tête, de la humer, à pleines narines, tel le parfum inestimable d'une essence disparue.

Il éprouva soudain un picotement dans le bas de son bras, une sensation étrange qui se diffusait progressivement dans tout son corps. Un effet secondaire des effluves du carburant du missile ? Non, réagit aussitôt Ossian, il avait reconnu cette palpitation, bien qu'il ne l'ait plus ressentie depuis des années. Il jeta un regard inquiet au TPC accroché à son poignet, sans comprendre. Il ne l'avait pas activé. Pourtant, il vibrait...

Il tenta un geste désespéré pour l'arracher.

L'instant suivant, il se retrouva les deux pieds posés sur une immense terrasse de roche volcanique rouge brique, longue de plus d'un kilomètre, entièrement recouverte d'un extraordinaire toit de verre.

Un bocal, pensa Ossian, il avait été téléporté dans un bocal gigantesque, posé au milieu de la mer. L'idéologue réfléchissait vite. Il s'agissait forcément de la Nouvelle Babel, la folie de Nemrod. Il se trouvait sur... Tristan da Cunha.

Un éclair zébra le ciel !

Une dernière pensée, telle une alarme affolée, se déclencha dans le cerveau d'Ossian : l'île de Tristan da Cunha était vide, désespérément vide.

Pas un seul Terrien ne s'y était téléporté.

Ossian avait lancé de Baïkonour, de l'autre côté de la Terre, un missile de croisière, et aussi improbable que cela puisse paraître, plus rapide encore qu'une bombe lancée à dix mille kilomètres/heure, Ossian se retrouvait au point d'impact.

Avant le missile.

À la fois tireur et cible.

Piégé sur une île déserte.

Cette fusée chargée d'une ogive nucléaire, qui devait détruire une petite dizaine de milliards d'êtres humains... ne détruirait que lui.

Le ciel devint rouge, le vacarme assourdissant.

La seconde suivante, l'île de Tristan da Cunha et son unique occupant furent rayés de la carte. Ça ne dérangea que quelques poissons qui ne nageaient pas assez profondément, et quelques oiseaux habitués à se poser sur ce grand rocher au milieu de l'océan.

58

Liberty Island, baie d'Hudson, New York

Midi.

Lilio de Castro attendait, énervé, impatient, au pied de la statue de la Liberté. Il hésitait entre marcher sur la pelouse de la minuscule île perdue au milieu de la baie de New York, se téléporter sur le piédestal de béton, ou directement s'élever jusqu'à sa couronne.

Liberty Island avait été le premier lieu choisi par les assignés pour y déplier leurs banderoles nationalistes, alors qu'une dizaine d'autres militants, à moins d'un kilomètre, devaient occuper Ellis Island et escalader la façade du musée de l'Immigration, précisément là où des millions de migrants avaient débarqué pour y fonder le Nouveau Monde, treize Etats, puis trente puis cinquante, unis et fiers de leur histoire et de leur drapeau.

Une île symbole face à Manhattan et au siège de l'OMD, loin de l'effervescence de la Nouvelle Babel.

Liberty Island était vide.

Lilio scrutait l'horizon désert, microcaméra à la main. Asima, Fabio, Coco, ainsi que Manik Torossian l'Arménien et Conor Flanagan l'Irlandais auraient déjà dû se téléporter il y a trois minutes. Qu'est-ce qu'ils fichaient ? Le journaliste laissait sa caméra tourner, pour ne rien rater...

Il aperçut d'abord deux ailes blanches, crut qu'il s'agissait d'un curieux oiseau marin, avant de se rendre à l'évidence : l'oiseau possédait la forme triangulaire d'un avion en papier, aux ailes pas vraiment immaculées.

Il venait de se matérialiser sous son nez, et voletait dans la baie de New York. Lilio l'attrapa avant qu'il ne tombe dans l'eau grise de l'Atlantique, le déplia.

Une seule ligne noircissait le papier.

Sept mots.

Un jour, il faut choisir son camp.

Qui avait pu écrire cela ?

Cléo ? Nemrod ? Un flic ? Le cerveau de Pangaïa ?

Qui pouvait lui avoir adressé ce courrier, à l'ancienne, du temps où l'on envoyait encore des lettres ?

Qui avait ce pouvoir ? Que signifiait cette phrase ?

La main en visière de casquette pour ne pas être ébloui par le reflet des tours de verre face à lui, Lilio resta un court moment à scruter le ciel, dans l'espoir qu'une seconde lettre apparaisse... avant de comprendre !

Il tourna la feuille.

Un court poème était imprimé au verso. Il le connaissait, vaguement, il l'avait appris à l'école, comme sans doute presque tous les enfants de sa génération. Quelques rimes d'un poète oublié depuis longtemps. Paul Fort.

Si toutes les filles du monde voulaient se donner la main
Tout autour de la mer, elles pourraient faire une ronde
Si tous les gars du monde voulaient bien être marins
Ils feraient avec leurs barques un joli pont sur l'onde
Alors on pourrait faire une ronde autour du monde

Le texte cette fois était signé.
Pangaïa.

Lilio connaissait la rumeur, partagée seulement entre quelques initiés : l'Organisation Mondiale des Déplacements était pilotée par une femme, une seule, la propre fille du président Nemrod, la base de données mondiale avait été baptisée en son honneur. PANGAÏA.

Le vent soufflait dans la baie, la feuille tremblait dans sa main.

Pourquoi lui adresser ce courrier ? À cet instant. Quel rapport avec la Nouvelle Babel ?

Le journaliste avait toujours trouvé stupide et particulièrement mégalo cette idée du président Galiléo : entasser des milliards de Terriens sur une île, le temps d'une photo souvenir. À l'ère de la téléportation, pour fêter le centenaire et la paix sur terre, n'y avait-il pas mieux à faire ? Plus beau, plus original, plus symbolique, qu'un troupeau parqué ?

C'était évidemment plus simple de donner rendez-vous à tout le monde au même endroit, sur Tristan da Cunha, mais si on lui avait demandé son avis, il aurait...

Lilio sentit soudain son corps se désintégrer, et presque aussitôt, se matérialiser à nouveau, beaucoup plus haut, comme s'il avait effectué un saut de cent mètres, jusqu'au sommet de la statue de la Liberté. Il posa ses mains en appui sur la rambarde qui entourait la flamme portée à bout de bras.

Il voyait, loin.

Immédiatement, il brancha sa caméra.

Pitchipoï, version Pangaïa !

Une chaîne humaine partait de Manhattan jusqu'à Jersey City, puis Cleveland, Toledo, Chicago, et semblait s'étirer à l'infini, à travers l'Iowa, le Nebraska, sans doute ensuite le Wyoming et l'Oregon, jusqu'au Pacifique, à quatre mille kilomètres de là.

Il comprenait. Pangaïa n'avait pas demandé la permission aux dix milliards de Terriens, elle les avait déplacés contre leur gré, une fois, rien qu'une fois, selon une destination que l'ordinateur avait calculée pour former des lignes parfaites, tout autour de la terre. Une fois la stupeur passée, les Terriens avaient vite compris, la rumeur avait circulé : le projet de Nouvelle Babel était annulé, ou plus exactement, il était remplacé... par une ronde, autour du monde, une ronde qui en faisait dix fois le tour. Hommes, femmes, enfants, après s'être demandé où ils avaient atterri, s'étaient spontanément unis, joignant leur main à celle du voisin que le hasard avait téléporté à leur côté.

Lilio se retrouva la seconde suivante en haut du volcan Barú, au point culminant du Panama, d'où il dominait les deux océans. Son TPC semblait avoir été programmé pour qu'il effectue des sauts un peu partout sur terre, sans qu'il puisse les contrôler.

Cette fois, la chaîne humaine liait les deux continents américains, suivant une ligne continue, sur le mince cordon de terre, de la frontière colombienne à la frontière mexicaine. En deux nouveaux sauts, sur le mont Mitchell dans les Appalaches puis sur l'Aconcagua, il constata qu'une nouvelle ligne humaine commençait à Iqaluit, au Nunavut, près du cercle polaire, croisait une autre chaîne aux alentours des chutes du Niagara, et descendait jusqu'à la Terre de Feu.

Un nouveau bond. La caméra tournait. Une folle farandole partait de la pointe sud de l'Afrique, au cap de Bonne-Espérance, pour se prolonger jusqu'à la Méditerranée, des centaines de milliers de Terriens, mains liées, traversant jungles, déserts, savanes, montagnes, pour se partager en deux branches, l'une vers Gibraltar, l'autre vers le Sinaï, et ne s'arrêter que neuf mille kilomètres plus loin, à Vladivostok, et après quelques pointillés sur les glaciers des îles Kouriles et Aléoutiennes, reprenait en Alaska.

Les malheureux citoyens envoyés près du pôle ne tiendraient pas longtemps, Lilio les observait grelotter, mais aucun ne semblait pressé de rompre la chaîne, même si tous désormais pouvaient rentrer librement chez eux.

Deux chaînes de quatre mille kilomètres cadenassaient l'Australie, de Perth à Brisbane et de Darwin à Adélaïde. Une ligne, entre tropique et équateur, reliait la corne de l'Éthiopie au Cap-Vert, un collier de mains moites et de corps en sueur, autant que ceux qui se crochaient dans la péninsule malaise jusqu'à Singapour, alors qu'à l'autre bout, au nord de la Norvège, tous se serraient pour se réchauffer, doigts, bras et nez gelés.

Combien de temps dura cette ronde terrienne ? Qui le premier la brisa ? Qui eut trop chaud, trop froid, trop soif ?

Moins de dix minutes, évaluèrent les historiens, vingt minutes tout au plus pour les plus hautes estimations, avant que chacun rentre chez soi.

Les photos firent la une de l'*Independiente Planet* dans les minutes qui suivirent, mais elles ne furent pas les seules, chacun filma, des satellites zoomèrent, des drones firent de longs travellings. Parmi ces images circulèrent des clichés et des vidéos des assignés participant malgré eux à la chaîne humaine, sans renoncer à agiter leurs drapeaux, slogans ou panneaux. Il en resta des images pour le reste de l'histoire de l'humanité.

Ou au moins jusqu'au bicentenaire de la téléportation, si d'ici là, le quatrième article de la Constitution était aboli.

Celui qui venait d'être violé.

Nul ne peut être déplacé contre son gré.

Passé l'émotion, on chercha des responsables, des explications, on se tourna vers le président Galiléo Nemrod.

Personne ne le trouva.

59

Point Nemo, océan Pacifique

12 h 01.
— Pangaïa ! Pangaïa ! Pangaïa !
Nemrod pleurait.
L'écume se mêlait à ses larmes. Il ne tiendrait plus long-temps. Son TPC était bloqué. Il pouvait nager des heures que ça n'y changerait rien, il avait compris où il se trouvait.
Au point Nemo.
Le point de l'océan le plus éloigné de toute terre émergée.
Il avait passé des journées entières avec Pangaïa, ici, au cœur de l'océan, alors qu'elle avait entre cinq et dix ans, des heures à discuter sur une tortue flottante. Galiléo serra dans le creux de sa main la tortue en quartz rose. S'il la lâchait, elle coulait, par trois mille mètres de fond.
Là où il coulerait, lui aussi.
— Pangaïa ! Pangaïa !
Chaque fois que Galiléo criait, l'eau entrait dans sa gorge, il la crachait puis criait encore.
— Je t'aime, Pangaïa ! Je t'ai choisie, entre toutes ! Est-ce qu'il existe une plus grande preuve d'amour ?
Sa voix se perdait dans l'immensité, un horizon à trois cent soixante degrés, vide. La plus grande étendue maritime possible.

— Notre vie ne nous appartient pas, Pangaïa ! Nous avons tous un rôle à jouer.

Une fine pluie d'or et d'argent tombait sur Galiléo. Sa fille s'était téléportée avec lui. Elle n'y avait pas survécu, il le savait. Se téléporter signifiait pour elle envoyer son corps dans les limbes de l'infini, sans qu'il ne puisse jamais se rematérialiser. Les invisibles particules de ce qui avait jadis constitué sa peau, ses yeux, son cœur, se dispersaient parmi les confettis du sari qu'elle avait revêtu pour son dernier voyage.

Une vague submergea Galiléo. Il battit des mains et hissa la tête hors de l'eau, une dernière fois. La poudre d'or se collait à son visage, il pouvait la respirer, la boire, s'en nourrir.

— Aucun Terrien ne voudra jamais renoncer au monde que tu leur as offert. Tu as eu le premier rôle, Pangaïa ! Je t'ai donné le premier rôle ! Que tu l'as bien joué, ma chérie, oh comme tu l'as bien joué. Depuis que l'humanité existe, personne ne l'a jamais mieux joué.

Personne.

Le point Nemo.

Dans le silence du désert océanique, Galiléo Nemrod joignit ses mains pour l'applaudir, alors que les dernières gouttes de pluie d'or se posaient sur son front, ses lèvres et ses paupières.

Il se laissa couler ainsi, à trois mille mètres de fond.

Sans que son poing ne lâche la petite tortue de quartz rose.

60

Kijong-dong, Corée

Mi-Cha avait tracé, au milieu de sa maison, un petit trait à la craie blanche. Elle regarda par la fenêtre les miradors de l'ancienne frontière coréenne, ce paysage sinistre qu'elle aimait pourtant plus que tout au monde. Elle eut une pensée pour Pangaïa, comme à chaque fois qu'elle portait Monking dans ses bras, puis pour Babou et le quartier des pêcheurs de Saint-Louis. Elle devait s'y téléporter dans moins de quinze minutes, elle était invitée à partager un mafé chez Astou et ses enfants.

Mais avant de s'absenter, elle devait se faire obéir ! Elle posa le singe-lion sur la table du salon.

— Regarde, Monky, ce côté-ci, c'est ton espace. Tu peux grimper aux murs, au placard, sur les chaises.

Elle se tourna vers son chat assis et figé, oreilles dressées, dans l'unique carré de lumière sous la fenêtre.

— Et là, Darny, c'est ton territoire ! Tu as toute cette partie de la maison. Le lit, les coussins. Mais chacun chez soi ! Et vous n'avez le droit de franchir la ligne blanche que quand je suis là ! Compris ?

Mouais… Darn Cat et Monking étaient jaloux l'un de l'autre, quémandaient les mêmes câlins, lorgnaient sur les mêmes gamelles. *Il faudra encore un sacré temps,* pensa

Mi-Cha, *pour que les animaux apprennent eux aussi à vivre sans frontières.*

Elle actionna la télécommande en direction du mur face à elle et fit défiler quelques vitrines de boutiques, pour rapidement s'arrêter sur une jupe Izar-Akbar et une chemise Géronimo de chez Syncrétik. Les franges multicolores des manches s'accorderaient divinement avec ses paupières maquillées.

Parfait !

Elle se pencha à nouveau vers le chat et le singe qui se défiaient mutuellement, indifférents aux modèles qui défilaient sur le mur-écran.

— Je vais être partie longtemps, mes petits chéris. Je ne pourrai pas revenir vous surveiller toutes les cinq minutes, chez les Diop on ne se téléporte pas pendant les repas. Vous comprenez ça ?

Darn Cat réclamait une dernière caresse, Monking un fruit à voler entre ses doigts. Elle se fit violence et ne leur accorda pas !

Pas question que Darny griffe sa jupe en lycra ou que Monky bave dessus. Elle se regarda dans le miroir connecté qu'elle venait de faire apparaître sur le mur, et se trouva sexy. Indice de beauté supérieur de 23 % à la normale !

Adama, le fils de Babou, serait là. Sacrément sexy lui aussi.

Mi-Cha s'accroupit, se retrouva presque à quatre pattes, et murmura dans le creux de l'oreille de Darn Cat. Monking se rapprocha pour ne rien rater des confidences.

— Et peut-être même, mes deux amours, que je ne rentrerai pas après le repas.

61

Hakone, île de Honshū, Japon

Artem et Cléo marchaient de front, dans l'étroite allée sous les cerisiers. Le commandant avait tenu à raccompagner l'institutrice. Deux chaises en osier adossées au mur de cyprès, recouvertes de pétales roses, paraissaient les attendre sous le toit pointu de la minuscule maison japonaise.

— Je devais me marier, fit Cléo. Avec Élias. En 2118. À Saint-Pierre de Rome. D'après ma mère, c'était la déclaration la plus romantique du monde.

Elle regarda avec mélancolie la façade de bois tendre, les jeux de lumières à la surface du petit bassin aux nymphéas, les parterres de shibazakura qui disparaissaient sous le verger. Ils n'avaient même pas eu le temps de faner, à moins que sa mère ne soit venue les arroser.

Artem se tenait derrière elle, luttant contre l'impression de ne pas être ici à sa place, en trop, idiot. Une femme habitant dans un endroit aussi isolé avait besoin de solitude. Il repensa à ses montagnes de Chypre, au mont Olympe, aux cèdres de la forêt du Troodos. La solitude, il comprenait.

Il surmonta avec douceur sa pudeur, et rompit avec prudence le silence.

— Vous êtes triste ?

— Un peu.

Artem plaça son bras autour de la taille de Cléo. Elle s'abandonna contre son épaule.

— Savez-vous ce qu'il faut faire quand on est triste ?

— Non.

Ils avancèrent ainsi, Cléo pesant de tout son poids sur le policier, Artem ne s'était jamais senti aussi léger.

— C'est un vieil écrivain, expliqua le policier, Antoine de Saint-Exupéry, qui l'enseignait. Quand on se sent triste, il faut aller voir un coucher de soleil. Mais à son époque, c'était compliqué, il fallait attendre...

— Attendre quoi ?

— Que le soleil se couche. Mais aujourd'hui, la Terre est devenue aussi petite que la planète de son Petit Prince. Pour regarder autant de crépuscules qu'on le désire, il suffit, comme lui, de tirer notre chaise de quelques pas.

Il saisit une chaise d'osier, Cléo en fit de même.

— Une fois, continua Artem, un jour où il était particulièrement triste, le Petit Prince a vu quarante-trois couchers de soleil.

— Record à battre, plaisanta Cléo.

Ils posèrent leurs chaises côte à côte sur la plage de Takahama, la plus proche de chez Cléo, près de Nagasaki. Puis pressés de ne pas rater celui de Pangkor en Malaisie, ils oublièrent leurs chaises. Ils s'installèrent sur les rochers noirs de Socotra dans le golfe d'Aden, puis une heure plus tard sur le toit d'un bar de la place Taksim à Istanbul, avant de filer s'asseoir en équilibre sur la falaise d'Oia à Santorin.

Ils faillirent manquer en Corse les derniers rayons de soleil sur les calanques de Piana, arrivèrent juste à temps pour voir les falaises d'Étretat se couvrir d'or, puis attendirent très longtemps en Islande qu'il se couche sur le cercle arctique (ils se consolèrent en surprenant une aurore boréale).

Glissant toujours vers l'ouest, ils reprirent de l'avance en bondissant par-dessus l'Atlantique et l'Amérique, mais trouvèrent qu'il y avait trop de monde devant le coucher de soleil de Grouse Mountain sur les hauteurs de Vancouver. Ils désertèrent plein sud et se prirent la main, entourés de flamants roses, face à celui de la plage cubaine de Cayo Coco, puis comparèrent ceux de Puerto Angel, Playa del Amor et Bahia Balandra au Mexique.

Quand ils dépassèrent les quarante-trois couchers de soleil, à Tahai, devant les statues géantes de l'île de Pâques, ils s'embrassèrent. Le ciel était rouge feu et ils décrétèrent que c'était le plus beau du monde. Ils s'embrassèrent encore devant un autre, puis beaucoup d'autres, à Padang Padang sur l'île de Bali, à Cathedral Cove en Nouvelle-Zélande, à Trou-aux-Biches sur l'île Maurice, à Palawan au large des Philippines, pour en être bien certains.

Et sans s'en être rendu compte, ils s'aperçurent qu'ils avaient fait le tour de la Terre, et qu'ils étaient revenus sur la plage de Takahama, où devant le soleil qui se couchait les attendaient les deux chaises en osier couvertes de pétales roses.

Alors Cléo proposa à Artem :

— Et si nous aussi allions nous coucher ?

Ils jetèrent leur TPC dans le sable et, pieds nus, marchèrent sous les cerisiers.

*Composition et mise en pages
Nord Compo à Villeneuve-d'Ascq*

Imprimé en France par CPI
en janvier 2022

N° d'impression : 3046042